카미노 아일랜드

희귀 원고 도난 사건

카미노 아일랜드

희귀 원고 도난 사건

감쪽같이
사라진
'개츠비'의
행방을
찾아라!

조 그리샴 장편소설
남명성 옮김

Camino Island

John Grisham

하빌리스

함께 줄거리를 만들어 준

아내 르네에게 바침

차례

1장   탈취   8

2장   딜러   58

3장   채용   85

4장   해변 산책   147

5장   중간상   201

6장   픽션   212

7장   바람둥이   290

8장   전달   361

에필로그   397

작가의 말   406

1장

탈취

1.

범인은 포틀랜드 주립 대학에서 미국 문학과 교수로 실제 강의를 하고 있으며 곧 스탠퍼드 대학에서 박사 과정을 밟을 예정인 네빌 맨친의 이름을 빌렸다. 완벽하게 위조한 대학 서류 양식에 쓴 편지에서 '맨친 교수'는 자신이 F. 스콧 피츠제럴드를 연구하는 젊은 학자라고 주장하면서, 이번에 동부 지역에 다녀가는 동안 어떻게든 그 위대한 작가의 '친필 원고 및 관련 서류'를 보고 싶다는 의사를 전해 왔다. 편지는 프린스턴 대학 파이어스톤 도서관의 원고 소장부 책임자 제프리 브라운 박사 앞으로 보낸 것이었다. 다른 우편물들과 함께 배달된 편지는 분류 작업을 거쳐 경험 많은 사서 에드 포크의 자리에 도착했다. 에드 포크는 여러 가지 지루한 일들을 했고, 그 가운데 하나는 편지를 보내온 사람의 자격과 신분을 확인하는 것이었다.

에드는 이런 편지를 매주 여러 통 받았다. 모든 편지는 많은 면에서 비슷한 내용을 담고 있었다. 다들 스스로를 피츠제럴드 애호가나 전문가라고 주장했으며, 더러는 진정한 학자라고 칭하기도 했다. 작년만 해도 에드는 이런 부류의 사람들을 190명이나 확인해 도서관에 들어올 수 있도록 도움을 주었다. 전 세계에서 도착한 그들은 눈을 휘둥그레 뜨고 겸손한 자세로 서서 마치 사원 앞에 선 순례자처럼 굴었다. 34년째 같은 자리에서 일하고 있는 에드는 그런 사람들 모두를 처리했다. 그토록 많은 시간이 흘렀건만 순례자의 수는 줄지 않았다. F. 스콧 피츠제럴드는 끊임없이 사람들을 매료시켰다. 30여 년 전에 그랬던 것처럼 지금도 많은 사람들이 이곳을 찾았다. 에드는 위대한 작가 피츠제럴드의 삶에서 이제껏 자세히 연구되지 않았거나 오랫동안 논문으로 평가받지 않은 부분이 여전히 남아 있는지 궁금했다. 얼마 전 한 교수에게서 들은 바로는, 인간과 작가로서의 피츠제럴드, 그리고 그의 작품과 미치광이 부인에 관해 적어도 100여 권의 책과 1만여 건의 연구 논문이 이미 존재한다고 했다.

불행인지 다행인지 피츠제럴드는 죽도록 술을 마셔서 마흔네 살에 사망했다! 만일 피츠제럴드가 오래 살아서 계속 글을 썼다면, 에드는 조수가 한두 명 필요했거나 아예 별도의 부서를 만들어야 했을지도 모를 일이었다. 게다가 그는 피츠제럴드가 요절했기에 훗날 찬사―엄청난 저작권 수입은 말할 것도 없이―를 얻을 수 있었다는 점 또한 잘 알고 있었다.

며칠 뒤 에드는 마침내 맨친 교수의 요청 건을 처리할 수 있었다. 도서관에서 관리하는 서류를 대충 확인해 보니 전에 같은 요청을 해 온 적이 없는 사람이었다. 프린스턴에 여러 차례 방문했던 일부 경험 많은 연구자들은 에드에게 전화 한 통만 달랑 하곤 했다. "이봐, 에드, 나 다음 주 화요일에 방문할 거야." 그래도 상관없었다. 하지만 맨친에게는 그렇게 해 줄 수 없었다. 에드는 포틀랜드 주립 대학 홈페이지에 접속해 맨친을 검색했다. 오리건 대학에서 미국 문학을 전공해 학사 학위를 받았고 석사 학위는 UCLA에서 받았다. 지금은 3년째 시간 강사로 일하고 있었다. 사진상으로는 사뭇 평범하게 생긴 젊은 남성으로 서른다섯 살쯤 되어 보였으며 잠깐 기른 적이 있었던 것 같은 수염에 다리가 가느다란 무테 안경을 끼고 있었다.

편지에서 맨친은 이메일로 회신해 줄 것을 요청하며 자신의 개인 지메일Gmail 주소를 보내왔다. 대학 홈페이지의 공식 이메일은 거의 확인하지 않는다는 것이 그 이유였다. 에드는 생각했다. '말은 바로 하랬다고, 당신이 직급도 없는 시간 강사에다 정식 연구실도 없기 때문이겠지.' 물론 그는 프로답게 이런 말을 속으로만 하고 실제로 입 밖에 꺼내지는 않았다. 그리고 혹시 모르니 다음 날 포틀랜드 대학 홈페이지를 통해 답신을 보냈다. 그는 맨친 교수에게 편지를 보내 준 데에 감사를 표시하고 프린스턴 캠퍼스로 그를 초대했다. 또 언제쯤 방문할 것인지 알려 달라고 요청하면서 피츠제럴드 관련 소장품에 관한 몇 가지 기본적인 규칙도 알려 주었다. 그 밖에 더 많은 규칙은 도서관 홈페이지에서 직접 찾아보아 달라는 부탁도 곁들였다.

이메일을 보내자마자 맨친이 며칠 동안 부재중이라는 자동 회신이 돌아왔다. 가짜 맨친의 공범 한 명이 포틀랜드 주립 대학의 영문학과 이메일 서버를 조종할 수 있도록 미리 해킹해 놓았기 때문이다. 실력 좋은 해커에게는 쉬운 작업이었다. 그와 가짜 맨친은 에드가 답신을 보냈다는 사실을 즉시 확인할 수 있었다.

늘 이런 식이군. 에드가 생각했다. 그는 다음 날 같은 내용의 이메일을 맨친의 개인 지메일 주소로 발송했다. 1시간도 지나지 않아 맨친이 한껏 들떠서는 감사 인사를 보내왔다. 얼른 도서관을 방문하고 싶어 못 기다리겠다는 식의 이야기도 늘어놓았다. 그는 도서관 홈페이지를 열심히 들여다보았고, 몇 시간을 투자해 피츠제럴드 디지털 자료실을 살펴보았으며, 위대한 작가가 자필로 쓴 초고의 복사본 여러 권을 오랜 세월 동안 간직해 왔다고 했다. 그러면서 피츠제럴드의 첫 번째 소설인 《낙원의 이편》에 대한 평론가들의 비평에 특별한 관심이 있다고 언급했다.

대단하시군. 에드가 중얼거렸다. 이전에도 수없이 겪은 상황으로, 이 친구는 도서관에 오기도 전에 에드에게 좋은 인상을 주고 싶어 했다. 늘 벌어지는 일이었다.

2.

F. 스콧 피츠제럴드는 1913년 가을 프린스턴에 입학했다. 열여섯 살에 위대한 소설을 쓰겠다는 꿈을 품고 본격적으로 《낙원의 이

편》초기 작업을 시작했다. 4년 뒤 대학을 중퇴하고 육군에 입대해 1차 세계 대전에 참전했지만 실제로 전장에 배치되기도 전에 전쟁이 끝났다. 대표작《위대한 개츠비》는 1925년에 출간되었으나 그의 사후에 인기를 얻었다. 그는 작품 활동을 하는 내내 금전적인 고통을 겪었다. 그러다 1940년부터 할리우드에서 수준 낮은 시나리오를 쓰면서 창작적인 면에서 실패했을 뿐 아니라 육체적으로도 망가지고 말았다. 같은 해 12월 21일, 그는 오래 지속된 심각한 알코올 중독으로 인한 심장 마비로 사망했다.

1950년에 외동딸인 스코티가 피츠제럴드가 남긴 자필 원고, 메모, 편지 등 그의 '모든 자료'를 프린스턴 대학 파이어스톤 도서관에 기증했다. 그가 쓴 소설 다섯 편은 싸구려 종이에 손으로 쓴 것이어서 보관이 여간 까다로운 게 아니었다. 도서관은 연구자들이 자료에 말 그대로 손을 대는 일이 현명하지 못하다는 사실을 금세 깨달았다. 이에 고품질 복사본이 제작되었고, 원고 원본은 공기, 빛, 온도를 세심하게 조절할 수 있는 지하 수장고에 안전하게 보관했다. 오랜 세월 동안 자료가 수장고 밖에 나온 적은 손으로 꼽을 정도로 적었다.

3.

네빌 맨친 교수로 위장한 남자는 10월 초 한 아름다운 가을날 프린스턴에 도착했다. 그는 '희귀본 및 특별 소장품' 부서로 안내되었고 그곳에서 에드 포크를 만났다. 에드 포크는 다른 보조 사서더

러 남자의 오리건주 운전면허증을 확인하고 복사본을 남겨 두도
록 했다. 당연히 위조였지만 완벽한 모조 신분증이었다. 해커이기
도 한 위조 전문가는 CIA에서 훈련을 받았고 어둠의 세계에서 오
랫동안 민간 스파이 활동을 해 왔다. 그렇기에 대학교 보안을 뚫는
일쯤 식은 죽 먹기였다.

다음 절차는 맨친 교수의 사진을 찍어 출입증을 만들어 주는 것
이었다. 방문객은 도서관 안에서 항상 출입증을 착용하고 다녀야
했다. 맨친은 보조 사서를 따라 2층에 있는 커다란 방으로 갔다.
그곳에는 두 개의 긴 테이블이 놓여 있고 벽을 따라 철제 서랍이
줄지어 설치되어 있었다. 서랍은 모두 잠겨 있었다. 맨친은 방 천
장의 각 구석에 감시 카메라 네 대가 달려 있다는 사실을 확인했
다. 눈에 보이는 카메라만 네 대였다. 분명 잘 보이지 않는 곳에도
카메라가 있을 터였다. 맨친은 보조 사서에게 이런저런 말을 걸어
보았지만 별 소득이 없었다. 그는 농담처럼《낙원의 이편》친필 원
고의 원본을 볼 수 있는지 물었다. 보조 사서는 멋쩍게 웃으며 안
된다고 했다.

"원본을 본 적이 있으세요?" 맨친이 물었다.

"딱 한 번요."

맨친은 얘기를 더 들을 수 있을까 싶어 잠시 기다리다가 먼저 말
문을 열었다. "무슨 일로 원본을 보셨어요?"

"음, 어떤 유명한 학자께서 원본을 보고 싶어 하셨어요. 그분을
수장고로 직접 모시고 가서 원본을 보여 드렸죠. 다만 그분이 원고
에 직접 손을 대지는 않았어요. 오직 저희 쪽 수석 사서만이 원고

를 만질 수 있어서요. 그것도 특수 장갑을 낀 상태에서만요."

"당연히 그렇겠죠. 아, 얼른 하던 일 마저 하시죠."

보조 사서가 커다란 서랍 두 개를 열었다. 둘 다 '낙원의 이편'이라고 적혀 있었다. 사서는 서랍에서 두껍고 커다란 노트를 꺼냈다. 그가 말했다. "여기에 책을 처음 발표한 시기의 비평들이 있어요. 이후의 비평도 다수 보관하고 있습니다."

"완벽하군요." 맨친이 웃으며 말했다. 그는 가방을 열고 작은 노트를 꺼냈다. 테이블에 놓인 모든 것에 덤벼들 준비가 된 모양이었다. 30분 뒤 맨친이 작업에 집중한 사이 보조 사서는 실례하겠다고 말하더니 어디론가 사라졌다. 카메라에 얼굴이 찍히지 않도록 맨친은 절대 고개를 들지 않았다. 한참 뒤 그는 화장실에 가기 위해 자리에서 일어섰다. 화장실을 찾으려고 이리저리 헤매다 길을 잃은 그는 소장품 사이에서 다른 사람들의 눈을 피해 천천히 움직였다. 모든 곳에 감시 카메라가 설치되어 있었다. 현재 녹화 중인 감시 카메라의 화면을 누군가 직접 보고 있지는 않을 테지만 필요하면 언제든 녹화 내용을 찾아볼 수 있을 것이었다. 그는 엘리베이터를 이용하지 않고 근처 계단으로 향했다. 한 층 아래로 내려가니 아까 있던 곳과 구조가 비슷한 공간이 나왔다. 더 아래로 내려갔더니 계단이 지하 2층에서 끊겨 있었고, '비상시에만 출입'이라는 문구가 굵은 페인트 글씨로 쓰인 커다랗고 두꺼운 문이 있었다. 문 옆에 키패드가 달려 있고 '관계자 허가' 없이 문을 여는 즉시 벨이 울린다는 경고문이 붙어 있었다. 두 대의 감시 카메라가 문과 주위를 비추고 있었다.

맨친은 문에서 물러나 다시 계단으로 올라왔다. 작업 중이던 곳으로 돌아오니 보조 사서가 기다리고 있었다. "무슨 문제라도 있으세요, 맨친 교수님?" 사서가 물었다.

"아, 네. 살짝 배탈이 난 것 같습니다. 전염되는 장염이 아니면 좋겠는데요." 보조 사서는 곧바로 다시 자리를 비웠다. 맨친은 온종일 철제 서랍에서 꺼낸 자료를 들여다보고 아무 관심도 없는 오래전 비평을 읽으며 시간을 보냈다. 그는 몇 차례 자리를 이탈해 주변을 살펴보고 치수를 재고 머릿속에 담아 두었다.

4.

3주 뒤 다시 도서관을 방문한 맨친은 이번에는 교수 행세를 하지 않았다. 수염을 깨끗하게 깎고, 머리를 금발로 염색하고, 테가 빨간색인 도수 없는 안경을 쓰고, 사진이 붙은 가짜 학생증을 지참하고 나타났다. 그럴 일은 없겠지만 누군가 묻는다면 아이오와주에서 온 대학원생이라고 대답할 작정이었다. 그의 진짜 이름은 마크였고, 직업—이렇게 부를 수 있는지 모르겠지만—은 전문 절도범이었다. 큰돈이 되고 국제적 스케일에 정교한 계획을 바탕으로 진행하는 강탈 범죄 중에서도, 특히 예술품과 희귀 유물을 훔쳐 낸다음 돈을 내서라도 물건을 되찾고 싶어 하는 간절한 희생자들에게 훔친 걸 도로 팔아넘기는 일이 특기였다. 그의 조직은 다섯 명으로 이루어져 있었는데, 지휘자는 데니라는 이름의 육군 레인저출신인 자로 군에서 쫓겨난 뒤 범죄 세계에 입문한 인물이었다. 데니는 지금까지 검거된 적이 없었고 다른 전과 기록도 없었다. 마크도 마찬가지였다. 그러나 다른 두 사람은 전과가 있었다. 트레이는 두 번이나 재판을 받고 수감되었지만 그때마다 탈옥을 시도해 성공했다. 최근에는 작년에 오하이오주에 있는 연방 교도소에서 탈옥했다. 예술품 좀도둑으로 현재 가석방 중인 제리도 거기서 만났다. 처음 제리에게 피츠제럴드의 원고에 관해 말해 준 사람은 교도소에서 같은 방을 쓰던 다른 예술품 절도 장기수였다.

계획은 완벽했다. 도서관에는 자필 원고 다섯 작품이, 심지어 전부 한곳에 있었다. 말할 것도 없이 프린스턴 대학 측에게 그 작품들은 가치를 매길 수 없을 정도로 소중했다.

팀의 다섯 번째 멤버는 재택근무를 선호했다. 아메드는 해커이자 위조범으로 모든 환상의 창조자였지만 총 같은 물건을 다루는 일은 도무지 자신이 없었다. 그는 버펄로에 있는 자신의 집 지하실에서 일했고 들키거나 체포된 적이 한 번도 없었다. 흔적을 남기는 법이 없었기 때문이다. 벌어들이게 될 돈에서 아메드가 가장 먼저 5퍼센트를 챙기고, 다른 넷은 남은 돈을 똑같이 나누어 가지기로 했다.

어느 화요일 밤 9시, 데니, 마크, 제리는 대학원생인 척하며 파이어스톤 도서관 안에서 시계를 들여다보고 있었다. 그들의 위조 학생증은 완벽하게 통했다. 의심하는 사람은 아무도 없었다. 데니는 3층 여자 화장실에서 숨어 있을 곳을 찾아냈다. 그는 화장실 천장의 패널을 들어 올리고 그 안으로 학생용 배낭을 던져 넣은 다음, 자리를 잡고 덥고 좁은 곳에서 몇 시간을 기다리기 시작했다.

마크는 지하 1층에 있는 기계실의 자물쇠를 강제로 열고 혹시 비상벨이 울리지는 않는지 확인했다. 비상벨은 울리지 않았다. 아메드가 대학의 보안 시스템을 해킹해 두었으므로 비상벨이 울렸더라도 즉시 차단했을 것이다. 마크는 계획대로 도서관 비상 발전기의 연료 주입 장치를 망가뜨렸다. 제리는 수십 년 동안 손대지 않은 책들이 쌓인 채 줄지어 놓여 있는 1인용 열람석 사이에서 숨을 곳을 찾아냈다.

학생처럼 차려입고 배낭을 멘 트레이는 캠퍼스를 돌아다니며 폭탄을 설치할 마땅한 장소를 찾고 있었다.

도서관은 자정에 문을 닫았다. 네 명의 멤버와 버펄로의 지하실에 있는 아메드는 무선으로 연락을 취했다. 리더인 데니가 12시 15분에 모든 것이 계획대로 진행되고 있다고 말했다. 12시 20분, 학생 같은 차림에 커다란 배낭을 멘 트레이가 캠퍼스 중심에 있는 맥캐런 기숙사 건물에 들어섰다. 그는 지난주에 미리 확인해 둔 감시 카메라를 바라보았다. 그러고는 감시 카메라에 잡히지 않는 계단을 통해 2층으로 올라가 남녀 공용 화장실로 몰래 들어간 다음 한 칸을 차지하고 안에서 문을 잠갔다. 12시 40분, 배낭에서 500밀리리터 음료수 용기만 한 깡통 하나를 꺼냈다. 그는 깡통에 달린 시한장치를 작동시키고 변기 뒤에 숨겼다. 그런 다음 화장실에서 나와 3층으로 가서 아무도 없는 샤워실에 또 다른 폭탄을 설치했다. 12시 45분, 그는 2층의 어둑어둑한 기숙사 복도를 발견하고는 아무렇지도 않게 줄에 묶인 대형 블랙 캣 폭죽 열 개를 집어 던졌다. 그가 후다닥 계단으로 달려 내려가는데 위층에서 폭죽 터지는 소리가 울렸다. 잠시 뒤 미리 설치한 연막탄 두 개가 터지면서 매캐하고 짙은 연기가 복도로 밀려 나오기 시작했다. 트레이가 건물을 벗어나는 순간 사람들의 비명이 들리기 시작했다. 그는 기숙사 근처 나무 뒤에 몸을 숨긴 채 주머니에서 선불 폰을 꺼내 프린스턴 소방서에 전화를 걸고 끔찍한 뉴스를 전했다. "맥캐런 기숙사 2층에 총을 든 사람이 있어요. 총을 쏴 대고 있다고요."

2층 창문에서 연기가 흘러나오고 있었다. 도서관의 어두운 개인 열람석에 앉아 있던 제리도 가지고 있던 선불 폰으로 비슷한 전화를 걸었다. 금세 전화가 빗발치면서 대학 전체가 공포에 사로잡혔다.

미국의 모든 대학은 '총기 난사'와 관련한 상황을 다루는 정교한 사전 계획을 세워 두고 있지만, 그 계획을 실제로 시행하고 싶어 하는 사람은 아무도 없었다. 당황한 책임자가 눌러야 할 버튼을 제대로 찾아내기까지 시간이 조금 걸리긴 했으나, 그녀가 버튼을 누르자마자 캠퍼스에 사이렌 소리가 울리기 시작했다. 프린스턴 대학의 모든 학생과 교수, 관리자와 직원은 문자와 이메일로 경고문을 전달받았다. 모든 출입문이 자동으로 닫히고 잠겼다. 모든 건물의 출입 또한 통제되기 시작했다.

제리는 다시 911에 신고 전화를 걸어 학생 두 명이 총에 맞았다고 했다. 맥캐런 기숙사에서 연기가 솟구치고 있었다. 트레이는 쓰레기통에 연막탄 세 개를 더 던져 넣었다. 학생 몇이 정확히 어디가 안전한 장소인지 찾지 못한 듯 건물과 건물 사이의 연기 속에서 이리 뛰고 저리 뛰었다. 학교 경비원들과 프린스턴시(市) 경찰

존 그리샴

이 현장으로 달려왔고, 뒤이어 소방차 대여섯 대가 도착했다. 잠시 후 구급차도 여러 대 왔다. 뉴저지주 경찰 순찰차 한 대도 선발대로 먼저 현장에 나타났다.

트레이는 한 사무용 건물 출입문 쪽에 배낭을 내려놓고 911에 전화를 걸어 수상한 가방이 있다고 신고했다. 배낭에 든 마지막 연막탄의 시한장치는 10분 뒤에 터지게 되어 있었고, 폭발물 전문가가 폭발 장면을 멀리서 지켜보게 될 터였다.

1시 5분, 트레이는 멤버들에게 무선으로 알렸다. "밖에서는 완벽하게 난리가 났어. 여기저기 연기 천지야. 경찰이 엄청나게 몰려왔고. 시작해도 되겠어."

데니가 응답했다. "전기 끊어."

버펄로에서 진한 차를 마시며 준비 중이던 아메드는 재빨리 학교의 보안망을 우회한 다음 전력망 관리 서버로 침투해 파이어스톤 도서관뿐 아니라 주변 대여섯 개 건물의 전력을 차단했다. 야시경을 착용한 마크가 기계실에서 추가로 주 전원 스위치까지 내렸다. 숨을 멈추고 잠시 기다리던 그는 비상 발전기가 작동하지 않는 것을 확인한 다음 편안하게 숨을 내쉬었다.

전기가 끊기자 학교 보안 본부에 있는 중앙 통제소에서 비상벨이 울렸지만 아무도 신경 쓰지 않았다. 당장 캠퍼스에 총기 난사범이 돌아다니는 마당에 다른 경보음에 신경 쓸 여력이 있을 리 만무했다.

제리는 지난주에 파이어스톤 도서관에서 이틀 밤을 보냈다. 그래서 도서관이 문을 닫고 나면 내부에 경비원이 따로 남지 않는다는 걸 확실하게 알고 있었다. 밤에는 제복 차림의 경비원 한 명이 건물 주위를 한두 번 순찰하면서 플래시로 출입문 주위를 비추어 보고는 그냥 돌아가는 게 전부였다. 표식이 붙은 순찰차 한 대도 순찰을 다녔지만 주로 술 취한 학생들을 예의 주시했다. 프린스턴 역시 다른 대학 캠퍼스처럼 새벽 1시부터 아침 8시까지는 대개 아무 움직임도 없었다.

하지만 오늘 밤 프린스턴 대학은 미국의 최고 지성인들이 총에 맞는 광란의 비상사태 한가운데에 있었다. 트레이는 현장에 경찰관들이 뛰어다니고 SWAT 대원들이 장비를 설치하고 사이렌이 울리고 무전기가 빽빽거리고 수많은 빨간색과 파란색 경광등이 번쩍이는 대혼란이 벌어지고 있다고 멤버들에게 알렸다. 연기가 안개처럼 나무들을 휘감고 있었다. 어딘가 가까운 곳에 떠 있는 헬리콥터 소리가 들렸다. 난장판이 따로 없었다.

데니, 제리, 마크는 어둠 속에서 서둘러 움직여 계단을 통해 특별 소장품을 보관하는 지하로 향했다. 각자 야시경을 착용하고 광부용 램프를 이마 쪽에 쓰고 있었다. 모두가 묵직한 배낭을 하나씩 메고 있었고, 제리는 이틀 전 밤 도서관에 미리 숨겨 두었던 군용 더플백을 끌며 이동했다. 가장 아래층인 지하 3층에 도착한 그들은 두꺼운 금속 출입문 앞에 멈추어 서서 감시 카메라를 가린 다음 아메드가 마법을 부리듯 일을 처리하기를 기다렸다. 아메드는 차분하게 도서관의 경보 시스템으로 접근해 출입문에 달린 센서 네 개의 기능을 차단했다. 철컹 소리가 크게 울렸다. 데니가 손잡이를 아래로 누르고 문을 잡아당겨 열었다. 안에 들어서니 좁은

존 그리샴

사각형 공간에 두 개의 금속 출입문이 더 보였다. 플래시로 천장을 훑어보던 마크는 감시 카메라를 하나 발견했다. "저기." 그가 말했다. "하나밖에 없네." 190센티미터로 키가 제일 큰 제리가 작은 검은색 스프레이 페인트를 꺼내 카메라 렌즈에 뿌렸다.

데니는 두 개의 문을 보며 말했다. "동전 던지기로 할까?"

"뭐가 있는데?" 버펄로에 있는 아메드가 물었다.

"금속 문이 두 개 있어. 똑같은 모양." 데니가 대답했다.

"여기서는 아무것도 안 보여." 아메드가 대답했다. "시스템상으로는 첫 번째 문을 지나면 아무것도 없다고 나와. 그냥 뚫고 들어가."

제리는 더플백에서 50센티미터 정도 되는 가스통 두 개를 꺼냈다. 산소와 아세틸렌이 든 통이었다. 데니는 왼쪽 문 앞에 서서 점화기로 절단용 토치에 불을 붙이고 열쇠 구멍과 걸쇠로부터 15센티미터가량 위쪽에 열을 가하기 시작했다.

그 사이 트레이는 맥캐런 기숙사 주위의 혼란스러운 현장을 벗어나 도서관 길 건너편 어두운 곳에 몸을 숨겼다. 경찰차와 구급차가 추가로 도착하면서 사이렌 소리가 더욱 거세게 울려 퍼졌다. 캠퍼스 위로 헬리콥터들이 시끄러운 소리를 내며 날아다녔지만 트레이의 눈에는 보이지 않았다. 그가 숨은 곳 주위에는 가로등도 꺼져 있었다. 도서관 주위에 사람이라고는 단 한 명도 보이지 않았다. 모두가 다른 곳에서 정신없이 바빴기 때문이다.

"도서관 밖은 이상 없어." 그가 동료들에게 알렸다. "잘되고 있어?"

"지금 자르는 중." 마크가 간결하게 대답했다. 다섯 명 다 최소한의 대화만 해야 한다는 것쯤은 잘 알고 있었다. 데니는 800도의 불꽃을 뿜어내는 토치로 천천히 능숙하게 철문에 구멍을 내고 있었다. 시간이 지나면서 녹은 금속이 바닥으로 흘러내리고, 문에서 빨갛고 노란 불꽃이 튀며 날렸다. 잠시 후 데니가 말했다. "두께가 2센티미터는 더 돼 보이는데." 그는 사각형으로 뚫어야 하는 구멍의 위쪽 면 절단 작업을 마치고 아래로 내려오기 시작했다. 작업은 느렸고 시간이 흐르자 긴장이 되기 시작했지만 다들 냉정함을 유지했다. 제리와 마크는 데니 뒤에 서서 그의 모든 움직임을 지켜보고 있었다. 사각형 구멍의 아래쪽 작업을 마친 데니가 걸쇠를 손으로 잡고 흔들자 걸쇠가 느슨해졌다. 하지만 안쪽에서 뭔가에 걸린 것 같았다. "안쪽 볼트에 걸렸어." 그가 말했다. "자를게."

5분 뒤 문이 활짝 열렸다. 노트북 화면을 보고 있던 아메드는 도서관의 보안 시스템에서 별다른 점을 발견할 수 없었다. "이상 없어." 그가 말했다. 데니, 마크, 제리가 안으로 들어섰다. 실내가 꽉 찼다. 기껏해야 폭이 60센티미터쯤 되어 보이는 길이 3미터 정도의 좁은 테이블이 길게 놓여 있었다. 한쪽 벽면을 네 개의 커다란 나무 서랍이 차지하고 있고 맞은편에도 같은 모양의 서랍이 보였다. 자물쇠 전문가인 마크가 야시경을 벗더니 이마에 달린 램프를 조절하고 서랍에 달린 잠금장치를 자세히 살펴보았다. 그가 고개를 저으며 말했다. "이럴 줄 알았어. 이중 자물쇠야. 아마 매일 바뀌는 암호를 넣어야 열릴걸. 이건 못 풀어. 드릴로 뚫어야 돼."

"시작해." 데니가 말했다. "뚫기 시작하라고. 난 다른 문을 뜯고 있을 테니까."

제리는 양쪽에 고정 막대를 세우고 굵직한 무선 전동 드릴을 설치했다. 자물쇠가 있는 위치에 드릴을 겨누고 마크와 함께 최대한 강한 힘으로 밀어붙였다. 드릴 끝이 굉음을 내면서 철문에 닿았다. 처음에는 도저히 뚫어 낼 수 없을 것처럼 보였다. 하지만 부스러기가 떨어져 나오고 두 사람이 계속해서 고정 막대에 연결한 드릴을 힘주어 밀자 드릴 날이 자물쇠 속으로 파고들기 시작했다. 그런데 드릴이 파고드는데도 서랍은 여전히 열리지 않았다. 마크가 얇은 쇠 지렛대를 자물쇠 위쪽 틈에 밀어 넣고 아래로 거칠게 흔들었다. 나무틀이 쪼개지면서 서랍이 열렸다. 서랍 안에는 모서리에 검은색 금속을 덧댄 고문서 보관용 상자가 하나 들어 있었다. 가로와 세로가 각각 40센티미터와 50센티미터 정도 되고, 높이는 10센티미터가 조금 안 되어 보였다.

"조심해." 마크가 상자를 열고 조심스럽게 두꺼운 표지가 달린 얇은 책을 꺼내는 모습을 보면서 제리가 말했다. 마크가 천천히 책 내용을 읽었다. "돌프 매켄지의 시선집이군. 내가 늘 갖고 싶던 거야."

"그게 누군데?"

"잘은 모르지만 우리가 시집 때문에 여기까지 온 건 아니지."

뒤쪽에서 들어온 데니가 말했다. "좋아. 계속하자고. 서랍이 일곱 개 더 있으니까. 다른 문은 내가 거의 다 뚫어 놨어."

세 사람이 각자의 작업에 몰두하는 동안 트레이는 길 건너 공원 벤치에 앉아 아무렇지도 않게 담배를 피우며 시계를 들여다보고 있었다. 캠퍼스에서 난리가 난 쪽 현장의 소동은 가라앉을 기미가 보이지 않았지만 그렇다고 영원히 지속될 리도 없었다.

첫 번째 방의 두 번째, 세 번째 서랍에는 그들이 알지 못하는 작가들의 희귀본이 더 많이 들어 있었다. 두 번째 방으로 통하는 출입문을 뜯어낸 데니는 제리와 마크에게 드릴을 가져오라고 했다. 두 번째 방에도 여덟 개의 커다란 서랍이 있었다. 첫 번째 방과 똑같은 크기로 보였다. 2시 15분, 트레이는 캠퍼스가 여전히 봉쇄된 상태로 유지되고 있지만 상황이 궁금한 학생들이 맥캐런 기숙사 건물 앞 잔디밭에 모여 상황을 지켜보고 있다고 보고했다. 휴대용 확성기를 든 경찰이 학생들에게 숙소로 돌아가라고 지시했으나 주위에 학생들이 너무 많았다. 최소 두 대의 방송사 헬리콥터가 학교 위를 맴돌며 문제를 더 복잡하게 만들었다. 트레이는 휴대 전화로 CNN 채널을 보는 중이었다. 현재 프린스턴 대학 사건이 가장 주목받는 뉴스로 떠 있었다. '현장에 나가 있는' 정신 나간 기자는 연신 '희생자 수가 확인되지 않았다'며 많은 학생이 '적어도 한 명 이상의 범인'으로부터 총에 맞았다는 내용을 꾸역꾸역 전하고 있었다.

"적어도 한 명 이상의 범인?" 트레이가 중얼거렸다. 총격 사건이 일어났다면 당연히 한 명 이상의 범인이 있어야 하는 것 아닌가?

데니, 마크, 제리는 용접기로 서랍을 뚫어 볼 것인지 의논한 끝에 당장은 그러지 않기로 결정했다. 화재 위험이 컸고 만에 하나 원고가 훼손되기라도 한다면 득 될 게 없었다. 데니가 소형 드릴을 꺼내 서랍에 구멍을 뚫기 시작했다. 마크와 제리는 대형 드릴을 사

　　　　　　　　　　　　　　　　　　　　존 그리샴

용했다. 두 번째 방의 첫 번째 서랍에서 또 다른 옛 시인의 우아한 친필 원고가 잔뜩 나왔다. 이름 한번 들어 본 적 없는 시인임에도 이유 없이 짜증이 치밀었다.

2시 30분, CNN은 학생 두 명이 사망하고 최소 두 명이 부상을 입었다고 보도했다. '대량 학살'이라는 단어가 등장했다.

5.

맥캐런 기숙사의 2층을 확보한 경찰은 폭죽 잔여물을 발견했다. 화장실과 샤워실에서는 타고 남은 빈 연막탄이 발견되었다. 폭발물 처리반이 트레이가 버린 배낭을 열어 확인했고, 안에서 폭발한 연막탄이 제거되었다. 3시 10분, 경찰 지휘관이 처음으로 '장난'일 가능성을 언급했지만 여전히 아드레날린이 급격히 솟구치는 상황에서 아무도 '양동 작전'이라는 말은 생각해 내지 못했다.

맥캐런 기숙사의 나머지 구역에서도 빠르게 안전이 확보되었고 모든 학생의 안위가 확인되었다. 다만 주변 건물의 수색이 끝나는 몇 시간 동안은 캠퍼스 봉쇄가 풀리지 않고 그대로 유지될 터였다.

6.

3시 30분, 트레이가 모두에게 보고했다. "바깥 상황이 진정되고 있는 것 같아. 3시간이나 지났잖아. 다 뚫었어?"

"느려." 데니는 짤막한 한마디로 답했다.

지하 수장고 안에서는 아주 느리되 단호한 작업이 진행 중이었다. 먼저 뜯어낸 서랍 네 개 속에서 더 많은 오래된 원고들이 나왔다. 일부는 손으로 쓴 원고였고 나머지는 타자기로 친 것들이었다. 죄다 유명 작가들의 것이었지만 이들에게는 별로 중요하지 않았다. 데니가 다섯 번째로 뜯어낸 서랍에서 다른 것들과 똑같은 모양의 고문서 보관용 상자를 열었을 때 마침내 그들이 찾던 물건을 발견했다. 데니는 조심스럽게 상자의 뚜껑을 열었다. 도서관에서 작성해서 넣어 둔 참고용 색인 서류가 보였다. 'F. 스콧 피츠제럴드의 《아름답고도 저주받은 사람들》 작가 친필 원고 원본'.

"빙고." 데니가 차분하게 읊조렸다. 그는 다섯 번째 서랍에서 똑같이 생긴 상자 두 개를 더 꺼내 좁은 테이블에 조심스럽게 올려놓은 뒤 뚜껑을 열었다. 안에는 《밤은 부드러워라》와 《라스트 타이쿤》 원고 원본이 들어 있었다.

노트북에 들러붙어 카페인이 잔뜩 든 에너지 드링크를 마시던 아메드에게 반가운 소리가 들려왔다. "오케이, 여러분, 다섯 개 중에서 세 개 찾았습니다. 개츠비랑 낙원도 여기 어디 있겠는데."

트레이가 물었다. "얼마나 더 걸릴 거 같아?"

"20분." 데니가 말했다. "밴 준비해."

트레이는 태연하게 캠퍼스를 가로질러 호기심이 가득한 얼굴로 현장을 구경하는 사람들 사이에 섞여 든 다음 이리저리 밀려다니는 경찰들을 잠시 지켜보았다. 경찰들은 더는 몸을 숙이거나 엄폐물 뒤에 숨거나 뛰거나 장전된 총을 들고 차량 뒤로 달려가지 않았다. 위험은 분명히 지나갔지만 주위는 여전히 경광등 불빛에 타오르고 있었다. 구경꾼들로부터 떨어져 나온 트레이는 800미터 정도를 걸어 캠퍼스에서 벗어났다. 그는 존 스트리트에서 멈추고는 그곳에 세워 둔 하얀색 화물용 밴에 올라탔다. 밴의 양쪽 문에 '프린스턴 대학 출판사'라는 글씨가 찍혀 있었다. 길거리에서 흔히 볼 수 있는 밴으로 트레이가 일주일 전 사진으로 찍어 둔 차와 거의 유사하게 만든 것이었다. 트레이는 밴을 몰고 맥캐런 기숙사 주위의 소동이 벌어진 곳을 피해 캠퍼스 내로 다시 들어왔다. 그런 다음 도서관 뒤쪽에 있는 하역장 진입로 옆에 차를 세웠다. "밴 준비 완료." 그가 보고했다.

"이제 여섯 번째 서랍 뜯는 중." 데니가 응답했다.

제리와 마크가 야시경을 위로 올리고 램프로 테이블 위를 비추자 데니가 조심스럽게 보관용 상자를 열었다. 참고용 색인 서류에는 'F. 스콧 피츠제럴드의《위대한 개츠비》작가 친필 원고 원본'이라고 쓰여 있었다.

"빙고." 데니가 차분하게 말했다. "개츠비 찾았어. 이 빌어먹을 놈의 자식."

"야호." 말만 그렇게 했지 마크는 흥분한 티를 내지 않았다. 제리는 서랍에 유일하게 남은 고문서 보관용 상자를 꺼냈다. 피츠제럴드의 첫 소설로 1920년에 출간된《낙원의 이편》원고였다.

"다섯 개 다 찾았다." 데니가 다시 차분하게 말했다. "가자."

제리가 드릴, 용접기, 산소 탱크, 쇠 지렛대를 썼다. 그가 더플백을 들어 올리기 위해 허리를 굽히는 순간 세 번째 서랍의 쪼개진 나뭇조각이 왼쪽 손목 위를 찔렀다. 하지만 흥분 상태였던 그는 미처 알아차리지 못하고 상처를 슬쩍 한번 문지르기만 한 채 배낭을 바닥에 내려놓았다. 데니와 마크는 다섯 개의 소중한 원고를 조심스럽게 학생용 배낭 세 개에 나누어 넣었다. 도둑들은 서둘러 수장고를 빠져나와 약탈한 물건과 장비를 들쳐 메고 재빨리 계단을 올라 1층으로 향했다. 그들은 물품 하역용 입구에 딸린 업무용 출입문을 통해 도서관을 빠져나왔다. 그곳은 두껍고 긴 울타리로 감추어져 있어 외부에서는 눈에 잘 띄지 않았다. 그들이 화물용 밴의 뒷문으로 뛰어오르자 트레이는 기다렸다는 듯 하역장 진입로를 벗어났다. 도서관을 빠져나올 때 그는 학교 경비원 두 명이 타고 있는 순찰차와 마주쳤다. 트레이는 아무렇지도 않게 손을 흔들어 보였다. 경비원들은 아무 반응도 보이지 않았다.

트레이가 시간을 확인했다. 새벽 3시 42분. 그가 보고했다. "작전 완료. 개츠비 선생과 친구들을 데리고 캠퍼스를 벗어나는 중."

7.

전기가 끊긴 여러 건물에서 다양한 경보음이 울렸다. 새벽 4시가 되자 전기 기술자가 간신히 학교 전산망에 접근해 문제를 찾아냈다. 도서관을 제외한 모든 건물에 전력이 재공급되기 시작했다. 경비 책임자가 경비원 세 명을 도서관으로 보냈다. 경보가 울린 이유를 파악하기까지 추가로 10분이 더 걸렸다.

그때쯤 도둑들은 필라델피아에서 가까운 295번 고속 도로 근처 싸구려 모텔에 도착해 있었다. 트레이가 주차장을 녹화하는 유일한 카메라에서 멀리 떨어진 곳에 주차된 한 대형 트럭 옆에 밴을 세웠다. 마크는 하얀색 스프레이 페인트를 뿌려서 밴의 양 문짝에 붙은 '프린스턴 대학 출판사'라는 표시를 가렸다. 전날 밤 트레이와 함께 묵었던 방에서 두 사람은 재빨리 사냥꾼 복장으로 갈아입고 작업할 때 입은 모든 것—청바지, 운동화, 스웨터, 검은 장갑—을 다른 더플백에 담았다. 화장실에 들른 제리는 왼쪽 손목에 난 작은 상처를 발견했다. 차를 타고 오는 동안 엄지손가락으로 상처를 누르고 있었는데, 확인해 보니 생각보다 피가 많이 난 것 같았다. 적신 수건으로 상처를 깨끗하게 씻고 동료들에게 말해야 할지 잠시 고민했다. 당장은 때가 아닌 것 같았다. 나중에 말해도 될 일이었다.

그들은 조용히 모든 물건을 챙기고 조명을 끈 다음 모텔을 떠났다. 마크와 제리는 픽업트럭—데니가 운전하는 좌석이 두 줄인 멋진 렌트 트럭—에 타고 트레이가 운전하는 밴을 따라서 주차장을 벗어나 도로로 나선 다음 다시 고속 도로로 올라섰다. 그들은 필라델피아 북쪽 교외를 지나 주간 고속 도로를 이용해 펜실베이니아의 시골 속으로 자취를 감추었다. 퀘이커타운 근처에서 미리 정해 두었던 지방 도로로 접어든 그들은 도로가 자갈길이 될 때까지 1.6킬로미터가량을 달렸다. 주변에는 집 한 채 보이지 않았다. 트레이는 깊지 않은 계곡에 밴을 세웠다. 그러고는 훔쳐 달았던 번호판을 떼어 낸 뒤 장비, 선불 폰, 무전기, 옷가지를 넣은 가방에 휘발유를 잔뜩 뿌리고 불을 질렀다. 밴은 즉시 불덩이로 변했고, 그들은 픽업트럭을 타고 그곳을 빠져나왔다. 그들은 추적 가능한 모든 증거를 없앴다고 확신했다. 원고는 픽업트럭 뒷자리에 앉은 트레이와 마크 사이에 안전하게 놓여 있었다.

언덕 위로 천천히 해가 떠오르고 있었다. 그들은 아무 말없이 달렸다. 네 사람이 각자 주위의 모든 걸 조심스럽게 지켜보았지만 눈에 띌 만한 것은 보이지 않았다. 반대편 차선으로 간헐적으로 차량이 지나갔다. 헛간으로 향하는 농부가 한 사람 보였으나 고속 도로에는 눈길조차 주지 않았다. 한 노부인이 현관에서 고양이를 데리고 집으로 들어가는 모습도 보였다. 도둑들은 베들레헴 근처에서 78번 고속 도로로 바꾸어 타고 서쪽으로 향했다. 데니는 제한 속도를 잘 지켰다. 프린스턴 대학을 떠난 뒤로 경찰차를 한 대도 만나지 않았다. 그들은 드라이브스루 매장에 들러 치킨 비스킷과 커피를 샀다. 그런 다음 81번 고속 도로를 타고 북쪽으로 달려 스크랜턴 지역으로 향했다.

8.

오전 7시가 막 지난 시간, FBI 요원 두 명이 처음으로 파이어스톤 도서관에 나타났다. 그들은 대학 경비 본부와 프린스턴시 경찰로부터 상황을 보고받았다. 그들은 범죄 현장을 둘러본 다음 도서관을 잠정적으로 폐쇄해 둘 것을 강력히 요청했다. FBI 트렌턴 지부에서 수사관과 감식반 요원이 서둘러 대학으로 오고 있었다.

대학 총장은 아주 긴 밤을 보낸 뒤 캠퍼스에 있는 관사로 돌아와서야 소중한 소장품 일부가 사라졌다는 소식을 들었다. 그는 서

둘러 도서관으로 향했고, 그곳에서 수석 사서, FBI 요원, 지방 경찰과 만났다. 그들은 최대한 오래 도난 사실을 비밀에 부치기로 했다. 워싱턴에 있는 FBI 희귀 자산 회수팀 팀장이 현장으로 오고 있었다. 범인들이 조만간 학교에 연락을 취해 협상을 원할 게 뻔한데 언론에 알려지면 온통 난리가 날 테고 그리되면 문제가 더욱 복잡해질 것이라는 게 그의 의견이었다.

9.

네 명의 사냥꾼은 포코노 산맥 깊은 곳에 있는 오두막에 도착할 때까지 축하 파티를 미루어 두었다. 데니는 나중에 받아 낼 돈을 미리 끌어다 그곳에 사냥철에 사용하는 A자형 오두막을 한 채 빌려두었고, 이미 두 달째 거기서 살고 있었다. 네 명 가운데 현재 거주지가 있는 사람으로는 제리가 유일했다. 그는 뉴욕주 로체스터에서 여자 친구와 함께 작은 아파트에 세 들어 살았다. 탈옥수 트레이는 성인이 되고 난 후 대부분의 시간을 도망자 신세로 지냈다. 마크는 가끔 볼티모어 근처의 전처 집에서 생활하기도 했지만 그걸 입증할 만한 증거는 없었다.

네 사람 모두 위조 신분증을 여러 개 가지고 있었고 그 가운데에는 출입국 관리소에서도 통할 만한 수준의 여권이 포함되어 있었다.

냉장고에 싸구려 샴페인 세 병이 있었다. 데니가 샴페인 하나를 따더니 모양이 제각각인 잔 네 개에 따르고는 진심을 담아 건배사를 했다. "모두 건배. 축하하자고. 우리가 해냈어!" 30분 만에 샴페인 세 병이 동났고 지친 사냥꾼들은 긴 낮잠에 빠졌다. 고문서 보관용 상자에 든 원고들은 여전히 똑같은 모습으로 골드바처럼 총기 금고 속에 쌓여 있었다. 앞으로 며칠간 데니와 트레이가 금고를 지키기로 했다. 제리와 마크는 숲에서 사슴 사냥을 하며 피곤한 한 주를 보낸 척 내일 집으로 돌아갈 예정이었다.

10.

제리가 낮잠에 빠져 있는 동안, 미국 연방 정부의 모든 역량과 분노는 빠르게 그를 향해 달려들고 있었다. FBI의 한 전문가가 도서관의 지하 수장고로 통하는 첫 번째 계단에서 작은 흔적을 발견했다. 그녀는 그것이 핏방울이 떨어진 자국이며 아직 짙은 고동색에서 검은색으로 변하지 않은 걸로 보아 오래된 게 아니라고 판단했고, 그 판단은 옳았다. 그녀는 증거를 챙겨 상관에게 보고했다. 혈액 샘플은 필라델피아의 FBI 본부로 긴급 이송되었다. 곧바로 DNA 검사가 이루어졌고, 전국 데이터 뱅크에서 결과를 조회했다. 1시간이 채 지나지 않아 매사추세츠주에서 DNA가 일치하는 사람이 나왔다. 7년 전 보스턴의 한 미술품 딜러에게서 그림을 훔친 죄로 유죄 판결을 받았다가 가석방된 제럴드 A. 스틴가든이라는 인물이었다. 한 무리의 정보 분석가들이 뭐가 되었든 스틴가든의 자취를 하나라도 찾기 위해 분주히 움직였다. 미국 내에 같은 이름을 가진 사람이 최소 다섯 명 검색되었다. 다만 넷은 명단에서 금세 제외되었다. 다섯 번째 스틴가든에 대한 아파트 수색 영장과 휴대 전화 통화 기록 및 신용 카드 사용 정보 조회 영장이 즉시 발부되었다. 포코노 산맥 깊은 곳에서 제리가 긴 낮잠을 자고 일어났을 때, FBI는 로체스터에 있는 그의 아파트를 감시하고 있었다. 바로 수색 영장을 집행하지 말고 일단 감시하며 기다려 보자는 결정이 내려졌기 때문이다.

혹시라도 스틴가든을 통해 공범들을 찾아낼 수 있지 않을까 하는 데서 비롯된 결정이었다.

프린스턴 대학에서는 지난 일주일간 도서관을 이용한 모든 학생의 명단이 만들어지고 있었다. 학생들이 소지한 학생증은 교내 모든 도서관에 출입할 때마다 기록을 남겼다. 따라서 위조 학생증은 쉽게 눈에 띌 수밖에 없었다. 무엇보다 대학에서 위조 신분증은 미성년자가 술을 사려고 사용하는 것이지 도서관에 드나들기 위해 사용하는 것이 아니었다. 가짜 학생증이 사용된 정확한 시간을 뽑아내고 그 시간에 찍힌 도서관 감시 카메라 화면을 확인했다. 정오가 되었을 때 FBI는 데니, 제리, 마크의 선명한 사진을 확보할 수 있었으나 당장은 사진 자체가 별 소용이 없었다. 모두가 변장을 잘하고 있었기 때문이다.

희귀본 및 특별 소장품 부서에서는 연로한 에드 포크가 몇 십 년 만에 처음으로 최고 속도로 업무에 임하는 중이었다. 그는 FBI 수사관들에게 둘러싸여 자신이 최근에 처리한 방문자들의 접근 기록과 보안용 얼굴 사진을 확인했다. 그러고는 모든 방문자에게 연락해 일일이 확인하는 작업을 거쳤다. 포틀랜드 주립 대학의 시간 강사인 네빌 맨친은 프린스턴 대학에 발 한번 들인 적 없다고 주장했다. FBI는 마크의 선명한 사진은 확보했지만 그의 본명을 알아내지는 못했다.

범죄가 발생한 지 12시간이 지나지 않은 시점에서 마흔 명의 FBI 요원들은 열심히 영상을 들여다보며 정보를 분석 중이었다.

11.

늦은 오후, 네 명의 사냥꾼은 접이식 테이블에 모여 맥주를 마셨다. 데니는 이미 열 번도 넘게 의논했던 이야기를 다시 꺼내 장황하게 늘어놓았다. 절도 계획은 성공적으로 마무리되었지만 증거를 남겨 두고 왔을 가능성이 얼마든지 있었다. 실수는 늘 벌어지기 마련이니 그중 절반이라도 예상할 수 있다면 그것만으로 천재라고 할 수 있었다. 위조 신분증은 얼마 지나지 않아 들통이 날 것이고, 경찰은 그들이 범죄를 저지르기 며칠 전 도서관을 미리 둘러본 사실을 알아낼 것이었다. 감시 카메라에 얼마나 많은 모습이 찍혔을지 누가 알겠는가? 그들이 입었던 옷에서 떨어진 섬유 조직이나 운동화 발자국이 남았을 수 있고, 다른 경우의 수도 차고 넘쳤다. 그들은 지문을 남기지 않았다고 확신했지만 그 역시 모를 일이었다. 네 사람은 경험 많은 도둑들이었고 이 모든 걸 잘 알고 있었다.

제리는 자신의 왼쪽 손목에 붙어 있는 작은 반창고를 눈치챈 사람이 아직 없기에 그냥 무시해 버리기로 마음먹었다. 그는 아무 의미 없는 일이라고 스스로를 설득했다.

마크가 아이폰 5와 똑같이 생긴 기기를 네 대 구했다. 애플사(社)의 로고까지 똑같이 찍혀 있었지만 휴대 전화는 아니었다. 샛트랙 Sat-Traks이라 알려진 이 기기는 위성과 연결되어 세계 어디에 있든 위치를 추적할 수 있었다. 휴대 전화 네트워크를 전혀 사용하지 않기 때문에 경찰이 위치를 파악하거나 그들의 통화를 엿들을 수 없었다. 마크는 앞으로 몇 주간 이곳에 머물 네 사람과 아메드가 반드시 연락이 유지되어야 한다는 점을 또다시 강조했다. 아메드 역시 업계 사람 하나로부터 같은 기기를 구했다. 샛트랙은 전원 스위치가 따로 없었고 세 자리 비밀번호를 입력하면 작동했다. 일단 기기가 켜지면 각자 자신의 고유 비밀번호 다섯 자리를 입력해야 했다. 매일 정확히 오전 8시와 오후 8시 정각에 다섯 사람은 기기를 통해 '이상 없음'이라는 메시지를 보낼 예정이었다. 시간을 어기는 건 용서할 수 없는 일인 동시에 참사가 벌어졌을 가능성을 의미하는 것으로 받아들이기로 했다. 즉, 연락이 늦어진다면 샛트랙, 특히 해당 기기의 사용자에게 어떤 방식으로든 문제가 발생했다는 의미라는 것이었다. 누군가 15분 넘게 연락이 없다면 플랜 B를 시작하는데, 데니와 트레이가 원고를 확보해 두 번째 안전 가옥으로 이동하는 것이었다. 만일 데니나 트레이와 연락이 끊어진다면 전체 작전을 취소하고, 제리, 마크, 아메드는 즉시 해외로 몸을 피할 예정이었다.

나쁜 뉴스가 있는 경우 간단하게 '적색'이라고 연락하기로 했다. '적색'은 (1) 뭔가 잘못되었으므로 질문하지 말고, (2) 가능하다면 원고를 세 번째 안전 가옥으로 옮기고, (3) 수단과 방법을 가리지 말고 최대한 빨리 해외로 도피하라는 의미였다.

누가 되었든 경찰에 체포될 시 무조건 침묵을 지키기로 했다. 다섯 사람은 의리를 지키겠다는 약속을 담보하기 위해 다른 멤버들의 주소와 가족 이름을 기억해 두었다. 보복은 확실할 터였다. 그러니 누구도 자백하지 않을 것이었다. 절대로.

이렇게 불길한 준비까지 해 두었지만, 분위기는 여전히 밝았고 축제를 벌이는 기분마저 들었다. 그들은 교묘한 범죄를 성공리에 해냈고 완벽하게 탈출했다.

연쇄 탈옥범인 트레이는 자기 이야기를 늘어놓는 걸 좋아했다. 그가 성공적으로 탈옥할 수 있었던 이유는 교도소에서 빠져나온 뒤 어떻게 할 것인지 계획을 세워 두었기 때문이라고 했다. 이런 그와 달리 다른 사람들은 오직 교도소에서 어떻게 빠져나갈 수 있을지에 대해서만 고민한다고 했다. 범죄도 마찬가지였다. 수 일, 수 주에 걸쳐 계획을 세우고 생각하지만 범죄를 저지르고 난 다음에는 어떻게 할 것인지 대책이 없는 경우가 허다했다. 그들은 계획을 세워 두어야 했다.

하지만 그들은 한 가지 계획으로 뜻을 모을 수 없었다. 데니와 마크는 빠르게 치고 빠지는 걸 선호했다. 일주일 이내에 프린스턴 대학에 연락해 원고를 돌려주는 대신 대가를 요구하는 방식이었다. 이렇게 하면 원고를 넘겨 버릴 수 있으니 원고를 안전하게 보관하거나 이동시키는 걱정을 하지 않으면서 돈을 챙길 수 있었다.

좀 더 경험이 많은 제리와 트레이는 인내심이 필요한 접근 방식을 선호했다. 일단 사태가 정리될 때까지 기다린다. 암시장에 소문이 퍼져 나가 상황이 현실로 받아들여지도록 한다. 그들이 용의자로 의심받지 않음을 확인할 때까지 어느 정도 시간이 흐르게 둔다. 원고는 반드시 원래 주인인 프린스턴 대학에 되팔지 않아도 된다. 물건을 살 사람은 얼마든지 있다.

갑론을박이 길게 이어지면서 감정이 격해지는 순간도 있었지만, 맥주가 빠지지 않았고 농담과 웃음이 섞여 있었다. 마침내 그들은 잠정적인 계획에 동의했다. 제리와 마크는 다음 날 아침 집으로 돌아가기로 했다. 제리는 로체스터로, 마크는 로체스터를 거쳐 볼티모어로 갈 예정이었다. 그들은 앞으로 일주일 동안 남의 눈에 띄지 않으면서 뉴스에 귀를 기울이기로 했다. 그리고 하루에 두 번씩 팀 전체가 연락을 하기로 했다. 데니와 트레이는 원고를 보관하되 일주일쯤 있다가 두 번째 안전 가옥으로 옮기기로 했다. 두 번째 안전 가옥은 펜실베이니아주 앨런타운의 지저분한 동네에 위치한 싸구려 아파트였다. 열흘 후에 그들은 안전 가옥에서 제리, 마크와 합류할 예정이었고, 네 사람은 그때 다시 확실한 계획을 세우기로 했다. 중간에 마크가 오래 알고 지낸, 브로커 역할을 해 줄 만한 사람에게 접촉하기로 했다. 그는 도난 예술품과 유물이 거래되는 암시장에서 활동하는 자였다. 마크는 업계에서 비밀리에 통하는 암호를 통해 자신이 피츠제럴드의 원고에 관해 뭔가 알고 있다는 사실을 흘릴 요량이었다. 단, 그들이 다시 모이기 전까지 그 이상은 발설하지 않을 것이었다.

12.

제리와 동거 중인 여자 친구 캐럴은 4시 30분에 홀로 아파트에서 나왔다. 누군가 몇 블록 떨어진 식료품점에 가는 그녀를 미행했다. 당장은 아파트에 진입하지 않는 것으로 급하게 결정이 내려졌다. 주변에 이웃이 너무 많았다. 이들 가운데 누구 하나라도 입을 여는 순간 감시 작전은 엉망이 될 것이었다. 캐럴은 자신이 얼마나 엄중한 감시를 받는지 알 도리가 없었다. 캐럴이 장을 보는 사이 요원들이 그녀의 자동차 안에 위치 추적 장치 두 개를 설치했다. 운동복을 입은 다른 두 명의 여자 요원들은 캐럴이 어떤 물건을 사는지 확인했다(특별한 것은 없었다). 캐럴이 어머니에게 보내는 문자의 내용이 확인되고 기록되었다. 그녀와 친구의 모든 전화 통화 내용 또한 요원들에 의해 도청되었다. 그녀가 술집에 들렀을 때 청바지 차림의 요원이 그녀에게 접근해 술 한잔 사도 되는지 묻기도 했다. 9시가 조금 넘어 그녀가 귀가할 때까지 그녀의 일거수일투족이 감시되고 촬영되고 기록되었다.

13.

그 사이 캐럴의 남자 친구 제리는 오두막의 뒤쪽 포치에 있는 해먹에 누워 맥주를 마시면서《위대한 개츠비》를 읽었다. 몇 걸음 떨어진 곳에는 아름다운 연못이 있었다. 마크와 트레이는 연못에서 조용히 보트 낚시를 즐겼고, 데니는 그릴에다 스테이크를 구웠다. 해 질 무렵 차가운 바람이 불어오자 네 명의 사냥꾼은 난롯불을 피운 오두막 안으로 모였다. 정확히 저녁 8시가 되었을 때 그들은 각자의 샛트랙을 꺼내 비밀번호를 입력하고 '이상 없음'이라는 문자를 보냈다. 버펄로에 있는 아메드도 마찬가지였다. 세상은 안전하게 돌아가고 있었다.

정말로 멋진 인생이 아닐 수 없었다. 불과 24시간 전만 해도 그들은 대학교 건물의 어둠 속에 숨어 미칠 것같이 긴장한 상태였다. 그러면서도 한편으로는 절도 작전의 스릴을 즐기고 있었다. 그들이 세운 계획은 완벽하게 통했고, 그들은 돈 주고도 살 수 없는 원고를 빼냈으며, 머지않아 현금을 손에 쥐게 될 것이었다. 물론 원고와 현금의 교환은 쉽지 않겠지만 그건 그때 가서 해결할 문제였다.

14.

술의 도움을 빌리고자 했으나 네 사람 모두 쉽게 잠을 이루지 못했다. 이튿날 아침 일찍 데니가 베이컨과 달걀로 요리를 하고 커피를 내리는 동안, 마크는 탁자에 앉아 노트북으로 동부 지역의 헤드라인 뉴스를 훑어보았다. "아무것도 없어." 그가 말했다. "학교에서 소동이 벌어졌다는 기사는 많은데 현재는 공식적으로 장난이었다는 결론이 났고, 원고 도난에 관한 기사는 한 개도 없어."

"분명히 비밀 유지 전략을 쓰는 걸 거야." 데니가 말했다.

"그러니까. 근데 그 전략이 얼마나 가려나?"

"절대 오래 못 가. 이런 상황에서 기자들을 무한정 막을 도리는 없거든. 아마 오늘이나 내일이면 얘기가 새 나갈 거야."

"그게 좋은 건지 나쁜 건지 모르겠는데."

"둘 다 아니야."

트레이가 깔끔하게 면도를 한 얼굴로 주방에 들어섰다. 그는 면도한 턱을 자랑스럽다는 듯 쓰다듬으며 말했다. "어때 보여?"

"끝내줘." 마크가 말했다.

"그런다고 뭐가 달라지진 않아." 데니가 말했다.

네 사람은 24시간 전과 전혀 다른 모습을 하고 있었다. 트레이와 마크는 털이란 털은 모조리 밀어 버렸다. 수염, 머리, 심지어 눈썹까지. 데니와 제리는 깎을 수염은 없었지만 대신 머리 색을 바꾸었다. 데니는 얼룩덜룩하던 금발을 짙은 갈색으로 염색했다. 제리는 연한 적갈색이었다. 앞으로 네 사람은 매일 다른 모자와 안경을 착용할 것이었다. 그들은 자신들이 감시 카메라에 잡혔다는 사실과 FBI의 안면 인식 기술 및 능력에 대해 익히 알고 있었다. 그들은 분명 실수를 저질렀다. 그럼에도 어떤 실수였는지 떠올리려는 노력은 빠르게 사그라들고 있었다. 이제는 다음 단계로 넘어가야 할 시점이었기 때문이다.

한편으로, 완벽히 성공한 범죄에 따라오는 자연스러운 부작용으로 살짝 자만심에 차 있기도 했다. 그들은 1년 전에 처음 만났다. 중죄를 지은 적이 있는 전과자이자 가장 경험이 많은 트레이와 제리가 데니를 알게 되었고, 데니가 아메드와 친분이 있는 마크를 소개했다. 그들은 오랜 시간에 걸쳐 계획을 세우고 작전을 짜면서 누가 무엇을 할지, 언제가 가장 좋은 시기인지, 그리고 일을 벌인 후

존 그리샴

어디로 갈 건지 논쟁을 벌였다. 세부적으로 챙겨야 할 사항이 아주 많았다. 굵직한 건도 있고 소소한 건도 있었으나 어느 하나 중요하지 않은 건 없었다. 절도 작전은 이미 과거의 일이었고, 이제 그들 앞에는 돈을 받아 내는 일만이 남아 있었다.

목요일 오전 8시, 그들은 다 같이 모여서 샛트랙으로 보고를 주고받았다. 아메드는 잘 살아 있었다. 다들 문제없이 보고 의식을 치렀다. 제리와 마크는 작별 인사와 함께 포코노 산맥의 오두막을 떠났고, 4시간 뒤 로체스터 외곽에 도착했다. 그들은 수많은 FBI 요원이 석 달 전 리스한 2010년형 토요타 픽업트럭을 참을성 있게 기다리며 해당 지역 주변을 감시하고 있다는 사실을 알 턱이 없었다. 제리가 자신의 아파트에 토요타 픽업트럭을 주차하고 마크와 함께 태연하게 주차장을 가로질러 3층으로 향하는 계단을 오르는 동안, 정체를 숨긴 카메라들이 그들의 얼굴을 크게 확대해 촬영하고 있었다.

그들의 얼굴을 찍은 디지털 사진은 즉시 FBI 트렌턴 지부의 분석실로 전달되었다. 제리가 캐럴에게 키스하며 안부를 나누는 사이, 프린스턴 도서관의 감시 카메라 속 화면과 사진을 비교하는 작업이 이루어졌다. FBI의 영상 기술은 제리 또는 제럴드 A. 스틴가든을 확인해 냈고, 마크가 네빌 맨친 교수의 이름을 도용한 범인이라는 사실 역시 알아냈다. 마크는 전과가 없어서 전국 범죄 기록 전산망에 자료가 없었다. FBI는 마크가 도서관에 왔었다는 사실은 밝혀냈으나 그의 이름까지는 파악하지 못했다.

그렇지만 이름을 알아내는 데에 그리 오랜 시간이 걸리지는 않을 터였다.

일단은 감시를 하며 기다리기로 했다. 제리가 마크를 데려왔으니 어쩌면 다른 동료를 또 데려올 수도 있었다. 점심 식사 후 두 사람은 아파트를 나와 다시 픽업트럭에 올라탔다. 마크는 고동색 싸구려 운동 가방을 들고 있었다. 제리의 손에는 아무것도 없었다. 둘은 시내로 향했다. 제리는 경찰과 마주치지 않도록 교통 규칙을 조심스럽게 지키면서 느긋하게 운전했다.

15.

그들은 모든 걸 눈여겨보고 있었다. 모든 자동차, 모든 얼굴, 공원 벤치에 앉아 신문으로 얼굴을 가리고 있는 모든 노인들까지. 그들은 미행이 없다는 걸 확신했다. 하지만 그들의 세계에서는 절대 마음을 놓아서는 안 되었다. 그들은 1킬로미터 상공에서 그들의 주변을 부드럽게 맴돌며 따라오는 헬리콥터의 모습을 보거나 그 소리를 들을 수 없었다.

암트랙 기차역에 도착한 마크는 말없이 픽업트럭에서 내렸다. 그러고는 뒷좌석의 가방을 들고 입구로 이어지는 보도를 따라 급히 걸음을 옮겼다. 역사 안으로 들어간 그는 맨해튼의 펜 스테이션으로 가는 2시 13분 기차의 이코노미석을 한 장 샀다. 제리는 기차를 기다리며 낡은《라스트 타이쿤》소프트 커버본을 꺼내 들었다. 그는 책을 별로 읽지 않던 사람이었으나 갑자기 피츠제럴드에게 푹 빠져 버렸다. 문득 피츠제럴드의 친필 원고 원본과 그것이 지금 숨겨져 있는 곳이 떠올라 웃음이 배어 나려고 하는 걸 꾹 참았다.

제리는 주류 판매점에 들러 보드카를 한 병 샀다. 그가 가게를 나서는 순간 어두운 색 정장을 입은 세 명의 건장한 젊은이가 앞에 나타나 인사와 동시에 배지를 보여 주면서 이야기를 나누고 싶다고 했다. 제리는 해야 할 일이 있어 안 된다고 대답했다. 하지만 세 남자도 해야 할 일이 있었다. 한 사람이 그에게 수갑을 채우더니 다른 사람이 보드카를 받아 들고 세 번째 사람이 그의 주머니를 뒤져서 지갑, 열쇠, 샛트랙을 꺼냈다. 제리는 앞뒤로 긴 검은색 밴으로 끌려가 네 블록이 채 안 되는 거리에 위치한 시내 유치장으로 옮겨졌다. 차로 이동하는 잠깐 동안 아무도 입을 열지 않았다. 텅 빈 방에 홀로 남겨질 때 역시 아무 말도 듣지 못했다. 그는 무슨 일인지 묻지 않았고, 그들도 설명하지 않았다. 교도관 하나가 인사를 하러 들렀을 때 제리가 말했다. "저기요, 이게 다 무슨 일인가요?"

교도관은 복도를 좌우로 훑어보더니 창살에 몸을 가까이 붙이고 말했다. "모르겠네, 친구. 하지만 자네가 거물급 인물을 열 받게 한 건 분명해." 어두운 감방 속 침상에서 기지개를 켜던 제리는 지저분한 천장을 쳐다보며 지금까지 일어난 일련의 일들이 실화인지 스스로에게 물었다. 도대체 어떻게? 뭐가 잘못된 거지?

감방이 제리의 주위를 빙글빙글 돌고 있던 시각에, 캐럴은 집을 찾아온 10여 명의 요원들을 현관에서 맞이하고 있었다. 한 사람이 수색 영장을 보여 주었다. 그 사람은 그녀에게 아파트에서 나가 그녀의 차에 앉아 있되 시동을 걸지는 말라고 했다.

마크는 2시에 열차에 올라 좌석에 앉았다. 2시 13분에 출입문이 닫혔는데 열차가 움직일 기미를 보이지 않았다. 2시 30분, 출입문이 열렸고 똑같은 네이비색 트렌치코트를 입은 남자 두 명이 열차에 올라타 험한 눈길로 그를 응시했다. 그 끔찍한 순간 마크는 상황이 심상치 않다는 걸 직감했다.

남자들은 조용히 신분을 밝히더니 그에게 열차에서 내려 달라고 요구했다. 한 사람이 그의 팔꿈치를 붙잡고 움직였고, 다른 사람은 위쪽 선반에서 가방을 꺼냈다. 유치장으로 가는 내내 두 남자는 아무 말도 하지 않았다. 침묵에 무료해진 마크가 물었다. "저기요, 저 지금 체포된 건가요?"

운전석에 앉은 남자는 고개를 돌리지 않은 채 말했다. "우리는 아무 시민에게나 수갑을 채우진 않습니다."

"그렇겠죠. 그럼 전 무슨 죄로 체포되는 건데요?"

"유치장에 도착하면 다 설명드릴 겁니다."

"권리를 읽어 줄 때 무슨 혐의로 체포하는지 고지해야 하는 걸로 아는데요?"

"선생님을 범죄자라고 한 적은 없는데요? 그러니 심문 전까지 선생님에게 권리를 읽어 주진 않아도 됩니다. 지금은 그저 평화와 정적을 즐기고 싶을 뿐이고요."

마크는 입을 꾹 다문 채 창밖으로 오가는 차량을 바라보았다. 짐작건대 제리도 체포된 것 같았다. 그렇지 않고서야 마크가 기차역에 있다는 사실을 그들이 어떻게 알아냈겠는가. 혹시 제리가 이미 자백을 했고 협상 중인 걸까? 설마 그럴 리 없겠지.

제리는 아무것도 털어놓지 못했고, 그럴 기회도 없었다. 5시 15

분, 그는 유치장을 나와 몇 블록 떨어진 FBI 지부 사무실로 옮겨
졌다. 그가 조사실 책상 앞에 앉았다. 요원들은 수갑을 풀고 커피
를 한 잔 주었다. 맥그리거라는 요원이 들어오더니 재킷을 벗고
의자에 앉아서 잡담을 늘어놓기 시작했다. 그는 제리를 친근하게
대해 주었지만 결국 미란다 원칙을 고지하는 것으로 이야기의 끝
을 맺었다.

"전에도 체포된 적이 있나?" 맥그리거가 물었다.

제리는 전에 체포된 적이 있었고, 과거 경험으로 미루어 이 맥
그리거라는 친구가 자신의 전과 기록을 가지고 있다는 걸 눈치챘
다. "네." 그가 대답했다.

"몇 번?"

"이봐요, 요원 선생, 방금 저한테 침묵을 지킬 권리가 있다면서
요. 전 한마디도 하지 않을 거고 당장 변호사를 불러 주길 요구합
니다. 알겠어요?"

맥그리거가 말했다. "그러지." 그가 조사실에서 나갔다.

그로부터 멀지 않은 다른 조사실에 마크가 앉아 있었다. 맥그리
거는 그리로 걸어 들어가 똑같은 과정을 반복했다. 두 사람은 잠시
커피를 홀짝거리다가 미란다 원칙에 관해 이야기했다. 영장을 발
부받은 그들은 마크의 가방을 수색해 온갖 흥미로운 물건들을 찾
아냈다. 맥그리거는 물건들을 테이블에 늘어놓았다. 그가 말했다.
"이게 다 당신 지갑에서 나온 거야, 마크 드리스콜. 메릴랜드주 운
전면허증. 사진이 흐릿하긴 하지만 숱 많은 머리에 눈썹도 있군.
사용 가능한 신용 카드 두 장, 펜실베이니아주에서 발급한 임시 수

렵 허가증." 여러 장의 카드가 테이블에 추가되었다. "그리고 이것
들은 당신 가방에서 찾은 거고. 아널드 소여 명의의 켄터키주 운
전면허증. 이 사진에도 머리숱이 많군. 위조 신용 카드 한 장." 그
는 천천히 더 많은 카드를 꺼내 놓았다. "위조된 플로리다주 운전
면허증. 여기선 안경을 쓰고 수염을 길렀네, 루서 바나한. 그리고
이건 휴스턴에서 클라이드 D. 메이지 이름으로 발행한 고품질 위
조 여권이야. 같은 이름의 운전면허증과 세 장의 위조 신용 카드
도 있고."

테이블이 가득 찼다. 마크는 욕지기가 올라왔지만 턱에 힘을 꽉
주고 한껏 몸을 웅크렸다. 그래서 어쩌라고?

맥그리거가 말했다. "아주 인상적이군. 우리가 확인해 봤더니 당
신의 진짜 정체는 드리스콜이고, 여기저기 떠돌아다녀서 딱히 정
해진 주거지는 없더라고."

"그건 질문인가요?"

"아니. 아직 아니야."

"잘됐네요. 전 아무 말도 하지 않을 거니까. 저한텐 변호사를 고
용할 권리가 있으니 변호사를 한 명 붙여 주셔야 할 겁니다."

"좋아. 이 사진들에는 머리숱도 많고 구레나룻도 있고 눈썹도 있
었는데, 이상하게도 지금은 전부 사라졌네. 뭐, 숨기는 거라도 있
나, 마크?"

"변호사 불러 주세요."

"당연히 그렇게 해 줘야지. 자, 마크, 우린 아직 포틀랜드 주립 대
학 네빌 맨친 교수의 신분증은 찾아내지 못했어. 혹시 들어 본 적

있는 이름인가?"

들어 봐? 머리를 커다란 망치로 얻어맞은 느낌인데?

반투명경을 통해 고해상도 카메라가 마크를 찍고 있었다. 그쪽 방에서는 용의자와 증인의 거짓을 찾아내는 훈련을 받은 두 명의 심문 전문가가 마크의 동공, 윗입술, 턱 근육, 머리의 움직임을 지켜보고 있었다. 네빌 맨친이라는 이름을 들려주자 용의자가 반응을 보였다. 마크가 더듬거리며 "어, 전 한마디도 하지 않을 거예요. 당장 변호사를 불러 주세요."라고 말했을 때 두 전문가는 고개를 끄덕이며 웃음을 지었다. 잡았다.

맥그리거는 방에서 나와 동료들과 이야기를 나누고는 제리가 있는 방으로 들어갔다. 그는 자리에 앉아 웃으며 한참 뜸을 들인 다음 말했다. "자, 제리, 여전히 할 말이 없나?"

"변호사 불러 주세요."

"그럼. 그래야지. 지금 변호사를 불러오려는 중이야. 당신은 말이 많지 않은 타입인가 봐."

"변호사요."

"자네 친구 마크는 자네보다 훨씬 협조를 잘하던데."

제리는 마른침을 꿀꺽 삼켰다. 그는 마크가 어떻게든 기차를 타고 이곳을 빠져나갔기를 바랐다. 하지만 그런 일은 일어나지 않은 모양이었다. 도대체 어떻게 된 거지? 어떻게 이렇게 우릴 빨리 잡을 수 있었던 거야? 어제 이맘때만 해도 그들은 오두막에 둘러앉아 카드놀이를 하고 맥주를 마시고 완전 범죄를 음미하고 있었다.

마크가 벌써 모든 걸 털어놓았을 리 없었다.

맥그리거는 제리의 왼손을 가리키며 물었다. "손목에 밴드를 붙였군. 다쳤나?"

"변호사 불러 주세요."

"의사를 불러 줄까?"

"변호사요."

"그래. 알았어. 변호사를 불러 주지."

맥그리거는 문을 쾅 닫고 나갔다. 제리는 자신의 손목을 바라보았다. 그럴 리 없었다.

16.

연못에 어둠이 내려앉았다. 데니는 낚싯줄을 걷고 오두막을 향해 노를 젓기 시작했다. 물에서 피어오르는 냉기가 얇은 재킷을 뚫고 들어왔다. 그는 트레이에 대해 생각 중이었다. 솔직히 말해 트레이를 전혀 신뢰할 수 없었다. 트레이는 마흔한 살이었다. 장물을 다루다가 두 번 체포되었는데, 처음에는 교도소에서 4년을 보내다 탈옥했고, 두 번째에는 2년을 버티고 담을 넘어 도망쳤다. 트레이에 대해 마음에 걸리는 점은 두 번 체포될 당시 동료를 배신하는 진술로 형량을 줄였다는 사실이었다. 선수들 사이에서 그런 행동은 엄청난 죄였다.

데니의 생각에 다섯 사람 중 가장 나약한 사람이 트레이라는 데에는 의심의 여지가 없었다. 특수 부대원 출신인 데니는 전쟁에서 벌어진 총격전에서도 살아남은 인물이었다. 동료를 잃었고 많은 적을 죽였다. 그는 두려움이 뭔지 잘 알았다. 그가 증오하는 건 나약함이었다.

17.

목요일 8시, 데니와 트레이는 맥주를 마시며 카드놀이를 하고 있었다. 두 사람은 카드놀이를 멈추고 샛트랙을 꺼내 각자 비밀번호를 넣고 기다렸다. 몇 초 만에 아메드가 '이상 없음'이라는 메시지를 버펄로에서 보내왔다. 마크나 제리는 아무 소식이 없었다. 마크는 기차에 올라타고 로체스터에서 펜 스테이션까지 6시간을 이동하는 중이어야 했다. 제리는 본인의 아파트에 있을 시간이었다.

　이후의 5분이 매우 더디게 흘러갔다. 아니, 오히려 쏜살같이 지나간 걸 수도 있었다. 상황이 명확하지 않았다. 기기가 제대로 작동하는 거겠지? 샛트랙은 CIA에서 쓸 법한 물건으로 엄청나게 비싼 것이었다. 동시에 둘씩이나 아무 소식이 없다는 건…… 무슨 뜻이겠는가. 8시 6분, 데니가 일어서서 말했다. "가장 급한 절차부터 몇 개 밟자고. 중요한 물건은 가방에 넣고, 빠져나갈 준비를 하는 거야. 이견 없지?"

　"응." 트레이의 얼굴에 걱정하는 기색이 역력했다. 두 사람은 각자 방으로 뛰어가 더플백에 옷가지를 챙겨 넣기 시작했다. 몇 분 뒤 데니가 말했다. "8시에서 벌써 11분이나 지났어. 20분에 여길 뜬다. 알았지?"

"알았어." 트레이는 대답하자마자 하던 일을 멈추고 샛트랙을 확인했다. 여전히 아무 소식이 없었다. 8시 20분, 데니는 창고 문을 열고 총기 보관함의 잠금장치를 풀었다. 그들은 녹색 군용 더플백두 개에 다섯 개의 원고와 옷가지를 나누어 넣고 데니의 트럭에 실었다. 그리고 전등을 끄기 위해 다시 오두막에 들어가 최종적으로 미친 듯이 주변을 확인했다.

"집을 태워 버릴까?" 트레이가 물었다.

"젠장, 안 돼." 트레이의 말도 안 되는 소리에 짜증이 난 데니가쏘아붙였다. "그래 봐야 관심만 더 끌 뿐이야. 우리가 여기 있었다는 걸 알리는 것밖에 안 된다고. 말도 안 되지. 우린 오래전에 여기서 사라진 거야. 원고에 관련된 증거는 전혀 남기지 않고."

그들은 전등을 끄고 문 두 개를 모두 잠갔다. 데니가 현관을 나서면서 잠시 꾸물거리는 사이 트레이가 한 걸음 앞서게 되었다. 그순간 데니가 양손으로 트레이의 목을 단단하게 움켜쥐었다. 그러고는 두 엄지손가락으로 경동맥을 있는 힘껏 눌렀다. 나이도 많고저질 체력인 데다 의심조차 하지 못했던 트레이는 목을 겨냥한 전직 특수 부대원의 치명적인 공격을 막아 낼 재간이 없었다. 그는잠시 꿈틀대더니 이내 축 늘어졌다. 데니는 트레이를 바닥에 쓰러뜨리고 그의 허리띠를 끌렀다.

18.

데니는 스크랜턴 근처에서 주유를 하고 커피를 사느라 멈추었다가, 80번 고속 도로를 타고 서쪽으로 향했다. 제한 속도는 시속 110킬로미터였다. 그는 자동차의 자율 주행 속도 유지 장치를 시속 105킬로미터에 맞추었다. 전날 저녁에 맥주를 몇 병 마시기는 했지만 지금은 아무 문제없었다. 샛트랙을 계기판 위에 올려 두고 몇 분마다 한 번씩 들여다보았다. 이제 그는 샛트랙의 화면이 밝아질 일이 없다는 사실을 받아들이기로 했다. 아무도 연락을 보내지 않을 것이었다. 마크와 제리는 체포되었고 아주 똑똑한 녀석들이 그들의 샛트랙을 분해하고 있으리라. 트레이의 샛트랙은 트레이의 몸과 함께 연못 속에 빠져 이미 썩어 가고 있을 터였다.

만일 데니가 하루 정도만 잘 버텨서 해외로 빠져나갈 수 있다면 모든 돈을 독차지하게 될 것이었다.

그는 24시간 팬케이크 식당에 들러 트럭을 출입문 근처에 세우고 차가 보이는 자리에 앉았다. 노트북을 열고 커피를 주문하면서 와이파이가 되느냐고 물었다. 여자 종업원은 가능하다고 대답하면서 비밀번호를 알려주었다. 그는 그곳에서 잠시 머물다 가기로 하고 와플과 베이컨도 주문했다. 그러고 나서 인터넷에서 피츠버그를 출발하는 항공편을 검색해 시카고로 가는 표를 예약하고, 거기서 다시 멕시코시티로 직행하는 표를 예약했다. 그는 냉난방이 되는 임대 창고를 검색해 목록을 만들었다. 그리고 천천히 식사도 하고 커피도 리필하며 최대한 오랜 시간을 그 식당에서 보냈다. 〈뉴욕 타임스〉에 접속한 그는 4시간 전에 올라온 헤드라인 뉴스를 보고 깜짝 놀랐다. 기사 제목은 '프린스턴 대학, 피츠제럴드 원고 도난 사실 확인'이었다.

만 하루 동안 아무런 언급이 없고 미심쩍게 부인만 하던 대학 관계자가 마침내 소문의 진상을 확인해 주는 성명을 발표했다. 내용은 이러했다. 지난 화요일 밤, 대학 측이 교내에 총기 난사범이 있다는 911 신고에 대응하는 사이 파이어스톤 도서관이 침입을 당했다. 신고는 주의를 끌려는 작전이었고 잘 먹혔다. 대학 당국은 도난당한 피츠제럴드의 친필 원고 원본의 양이 얼마나 되는지는 밝힐 수 없다고 하며 그저 '상당한' 정도라고만 언급했다. 기사는 현재 FBI가 수사 중이라는 내용으로 이어졌지만 세부 사항은 언급하지 않았다.

마크나 제리에 관한 내용은 기사에 보이지 않았다. 데니는 갑자기 조바심이 나면서 달아나고 싶어졌다. 계산을 마치고 식당을 나서면서 출입문 밖에 있는 쓰레기통에 샛트랙을 던져 넣었다. 더는 과거와 연결된 것이 없었다. 그는 혼자였고 자유였으며 사건이 어떻게 진행될지 기대되는 동시에, 사건이 언론에 등장한 데에 일견 긴장되기도 했다. 해외 도주가 불가피했다. 원래 계획에는 없었지만 상황이 그렇게 하지 않을 수 없도록 전개되고 있었다. 계획은 세운 대로 실행되는 법이 없다. 생존자는 그때그때 계획을 조정할 줄 알아야 한다.

트레이는 보나 마나 골칫거리로 전락해 짐이 되었을 게 뻔했다. 어차피 데니에게 트레이 일은 과거에 불과했다. 어둠이 내려앉기 시작하면서 피츠버그의 북쪽 외곽에 접어든 데니는 트레이에 대한 모든 기억이 들어 있는 방의 문을 닫아 버렸다. 이로써 또 하나의 완전 범죄가 성립되었다.

오전 9시, 그는 피츠버그 교외 오크몬트에 있는 이스트 밀스 안전 보관 창고 회사의 사무실로 걸어 들어갔다. 접수 직원에게 몇 달 동안 고급 와인을 보관해야 한다면서 온도와 습도를 조절하고 확인할 수 있는 작은 공간을 찾고 있다고 말했다. 직원은 그에게 1층에 있는 가로세로 3.6미터의 공간을 추천했다. 요금은 최소 1년간 사용하는 조건으로 한 달에 250달러였다. 데니는 그렇게 오래 사용할 생각은 없었기에 직원이 내건 조건을 거절하고, 결국 월 300달러에 6개월간 사용하는 것에 합의했다. 그는 뉴저지주에서 발급한 운전면허증을 제시하고 계약서에 폴 래퍼티라고 서명한 다음 현금으로 계산했다. 열쇠를 받아 든 그는 창고에 가서 온도 13도, 습도 40퍼센트로 맞추고 조명을 껐다. 그는 복도를 따라 걸어 나오면서 감시 카메라의 위치를 파악하고 직원의 눈에 띄지 않게 밖으로 나왔다.

오전 10시, 창고형 와인 할인점이 문을 열었고 데니는 그날의 첫 손님이 되었다. 그는 싸구려 샤르도네 네 상자를 현금으로 구매하고 직원에게 부탁해 빈 상자 두 개를 얻어서 가게를 나왔다. 그는 30분 동안 차를 몰고 다니면서 다른 차들이나 감시 카메라로부터 숨을 곳을 찾았다. 그는 싸구려 자동 세차장의 진공청소기 옆에 차를 세웠다. 《낙원의 이편》과 《아름답고도 저주받은 사람들》의 원고가 빈 와인 상자 하나에 딱 맞게 들어갔다. 《밤은 부드러워라》와 《라스트 타이쿤》의 원고도 다른 상자에 넣었다. 개츠비는 또 다른 상자에 따로 담았다. 상자에 들어 있던 와인 열두 병은 꺼내서 차 뒷좌석에 두었다.

오전 11시, 데니는 와인 상자 여섯 개를 이스트 밀스의 창고로 옮겨 두었다. 창고를 나서다가 직원과 마주친 데니는 내일 와인을 좀 더 가져오겠다고 말했다. 그러세요. 직원은 아무 신경도 쓰지 않았다. 차를 타고 떠나던 그는 줄지어 서 있는 창고들을 보며 그 속에 또 어떤 것들이 숨겨져 있을까 궁금해졌다. 아마도 장물이 대부분이겠지만 그가 숨긴 물건보다 소중한 건 없을 것 같았다.

그는 시내를 돌아다니다가 마침내 우범 지역으로 보이는 곳을 찾아냈다. 그는 묵직한 철창으로 무장한 한 약국 앞에 차를 세웠다. 그러고 나서 꽂아 둔 차키가 잘 보이도록 창문을 내려놓은 다음 뒷좌석에 싸구려 와인 열두 병은 그대로 놓아두고 가방만 챙겨서 그 자리를 떴다. 정오에 가까운 시간인 데에다 맑고 환한 가을 날이라서 그리 위험하다는 생각은 들지 않았다. 그는 공중전화를 찾아서 택시를 부르고 한 흑인 전통 음식점 앞에서 기다렸다. 45분 뒤 그는 피츠버그 국제 공항의 출발 로비 입구에 도착해 있었다. 항공권을 수령하고 별문제 없이 검색대를 통과한 다음 탑승구 근처의 한 커피숍으로 걸어갔다. 신문 가판대에서 〈뉴욕 타임스〉와 〈워싱턴 포스트〉를 한 부씩 샀다. 〈워싱턴 포스트〉 1면 헤드라인이 그를 향해 외치고 있었다. '프린스턴 도서관 도난 사건 관련 두 명 체포'. 사진이나 범인의 이름이 없는 걸로 보아 프린스턴 대학과 FBI가 상황을 통제하기 위해 무던히도 애를 쓰고 있는 듯했다. 요약 기사를 읽어 보니 전날 로체스터에서 두 남자가 체포되었다는 내용이었다.

더불어 '극적인 도난 사건에 연루된' 다른 사람들을 추적 중이라고도 했다.

19.

데니가 시카고행 비행기를 기다리는 동안, 아메드는 버펄로에서
비행기를 타고 토론토로 날아갔다. 토론토에서 암스테르담으로
가는 편도 비행기표는 이미 예약해 둔 상태였다. 탑승까지 4시간
이 남았기에 그는 공항 라운지의 바에 앉아 메뉴판으로 얼굴을 가
리고 술을 마시기 시작했다.

20.

그다음 주 월요일, 마크 드리스콜과 제럴드 스틴가든은 범죄인 인
도법 공판권을 포기한 채 뉴저지주 트랜턴으로 이송되었다. 그들
은 연방 판사 앞에서 서면으로 재산이 없음을 확인하고 변호인을
배정받았다. 위조 서류를 사용한 전력 때문에 도주의 염려가 있다
는 이유로 보석은 허가되지 않았다.

일주일이 또 지나고 다시 한 달이라는 시간이 흐르면서 수사의
열기가 식기 시작했다. 초반에는 사건의 해결 가능성이 커 보였으
나 그 희망이 점점 사라져 가고 있었기 때문이다. 피 한 방울, 변장
한 범인들의 사진, 사라진 원고들 말고는 아무 증거도 없었다. 범
인들이 도주할 때 사용한 밴이 불에 탄 채 발견되었지만 차량의 출
처 역시 오리무중이었다. 데니가 빌린 픽업트럭은 도난당하고 분

해되어 사방에 팔린 지 오래였다. 그는 멕시코시티를 거쳐 파나마로 갔다. 그곳에는 잠수깨나 탄다는 친구들이 있었다.

제리와 마크가 위조 학생증으로 도서관을 몇 차례 방문했다는 증거는 명확했다. 심지어 마크는 피츠제럴드를 연구하는 학자 행세까지 했다. 그런데 도난 작전이 실행되던 날 밤, 두 사람이 세 번째 공범과 도서관에 들어갔다는 증거는 있었지만 언제, 어떻게 도서관을 빠져나갔는지는 밝혀낼 방법이 없었다.

도난당한 물품을 확보하지 못한 상황에서 검사는 기소를 미루고 있었다. 제리와 마크의 국선 변호인들은 혐의 기각을 요청했지만 판사가 거부했다. 그들은 보석도 거부당한 채 유치장에 수감되었고 어떤 이야기도 전해 듣지 못했다. 침묵이 이어졌다. 사건이 벌어진 지 석 달이 지나자 검사가 최종 거래를 제안했다. 모든 걸 털어놓으면 풀어주겠다는 것이었다. 전과가 없고 범죄 현장에 DNA를 남기지 않은 마크가 거래에 더 안성맞춤인 상대였다. 그는 입만 연다면 자유의 몸이 될 수 있었다.

마크는 두 가지 이유를 들어 거절 의사를 밝혔다. 첫 번째 이유는 그의 변호사가 정부 측이 범죄의 진상을 밝혀 기소하지 못할 거라고 했고, 따라서 계속해서 기소를 피할 수 있을 거라고 귀띔해 주었기 때문이다. 더 중요한 두 번째 이유는 데니와 트레이가 아직 잡히지 않았기 때문이다. 그 말인즉슨 원고가 여전히 잘 숨겨져 있다는 의미이자, 그가 앙갚음을 당할 수도 있다는 뜻이었다. 게다가 마크가 데니와 트레이의 이름을 불어 버린다고 하더라도 FBI가 쉽사리 그들을 찾아낼 수 없을 것이었다. 마크는 원고의 행방에 대해 전혀 아는 바가 없었다. 그저 두 번째, 세 번째 안전 가옥의 위치와 그 두 곳이 사용되지 않았다는 사실만을 알고 있었다.

21.

모든 상황이 막다른 골목에 직면해 있었다. 처음에는 급박한 것 같던 사안들이 지금은 모두 희미해졌다. 기다림의 싸움이 시작되었다. 원고를 가진 사람이 누구든 돈을—그것도 거액의 돈을—원할 것이었다. 그들이 결국 정체를 드러낼 거라는 데에는 이견이 없었다. 문제는 언제, 어디서, 얼마나 많은 돈을 요구할 것인가였다.

2장
딜러

1.

브루스 케이블이 스물세 살의 나이에도 여전히 오번 대학 3학년에 재학 중일 당시 그의 아버지가 갑자기 사망했다. 두 사람은 브루스의 나쁜 성적 때문에 사이가 좋지 않았고, 아버지가 그를 유언장에서 빼 버리겠다며 몇 차례 협박성 발언을 하는 바람에 상황은 훨씬 더 나빠져 있던 참이었다. 집안의 한 선조가 자갈을 팔아 큰돈을 벌었는데, 잘못된 법적 조언에 따라 수 대에 걸친 엉뚱하고도 복잡한 상속을 통해 재산을 물려받을 자격이 없는 여러 친척에게 돈이 광범위하게 뿌려지고 있었다. 그의 가문은 오랜 세월 동안 엄청난 부라는 허울 뒤에서 재산이 서서히 사라져 가는 모습을 지켜보며 살아왔다. 유언장과 신탁 내용을 바꾸어 버리겠다며 협박하는 것은 가문의 자식들을 향한 흔한 작전이었지만 제대로 통한 적은 한 번도 없었다.

그러다 브루스의 아버지가 변호사 입회하에 유언장의 내용을 실제로 교체하기 전에 사망했고, 브루스는 느닷없이 30만 달러를 당장 물려받는 상황과 맞닥뜨렸다. 가히 아름답다고 할 만한 행운이기는 했으나 그렇다고 평생 놀고먹을 수 있는 금액은 아니었다. 투자 생각도 해 보지 않은 건 아니었다. 다만 보수적으로 투자하면 기껏해야 1년에 5~10퍼센트 정도의 수익을 올릴 수 있을 테고, 그 돈으로는 브루스의 머리에 갑자기 떠오른, 자신이 그리는 라이프 스타일을 유지할 도리가 없었다. 좀 더 과감한 투자도 생각해 보지 않은 건 아니나 떠안아야 할 위험이 너무 컸다. 물려받은 돈을 조금이라도 잃고 싶지 않았던 브루스는 결국 뜻밖의 행동을 하기에 이르렀다. 어쩌면 여태껏 살면서 내린 가장 의아한 결정일지도 몰랐다. 바로 5년이나 다니던 대학을 중퇴하고 절대 되돌아보지 않기로 한 것이었다.

그는 어떤 여자를 만나 꼬임에 빠져서 플로리다주 카미노 아일랜드의 한 해변으로 향하게 되었다. 그곳은 잭슨빌 북쪽에 있는 16킬로미터 길이의 섬 아닌 섬으로서 바닷물에 둘러싸인 해변이었다. 그는 여자가 세를 얻어 사는 고급 콘도에서 맥주를 마시고, 서핑을 즐기고, 몇 시간이고 대서양을 멍하니 바라보고, 《전쟁과 평화》를 읽으며 한 달의 시간을 보냈다. 그는 영문학을 전공했으나 한 번도 읽지 않은 명작들이 많아 늘 신경이 쓰이던 참이었다.

브루스는 해변을 걸으면서, 재산을 보호하고 가능하면 재산이 불어나는 걸 지켜보기 위해 여러 벤처 기업에 투자할까도 생각했다. 현명하게도 그는 큰돈이 생겼다는 걸 아무에게도 말하지 않고 비밀로 하고 있었다. 어차피 그 돈은 수십 년 동안 묻어 둘 것이기도 했다. 그래서 친구들의 온갖 충고나 돈을 빌려 달라는 부탁에 시달리지 않아도 되었다. 여자도 돈에 대해서는 전혀 모르는 것이 분명했다. 여자와 함께한 지 일주일이 지났을 때부터 이 여자와는 곧 헤어지게 되리라는 사실을 직감했다. 그는 치킨 샌드위치 프랜차이즈, 플로리다의 미개발 지역, 근처의 고층 콘도, 실리콘 밸리의 닷컴 회사, 내슈빌의 상가 등 두서없이 여러 곳을 투자처로 고민했다. 열 가지도 넘는 금융 관련 잡지를 읽었지만 공부를 할수록 자신에게 투자를 견딜 만한 참을성이 없다는 사실만 깨달을 뿐이었다. 모든 것이 아무 희망 없는 숫자와 전략의 미로처럼 보였다. 그가 경제가 아닌 영문학을 전공으로 택한 데에는 이유가 있었다.

그와 여자는 매일 산타 로사라는 운치 있는 동네를 돌아다녔고, 그곳의 메인 스트리트라는 데에 있는 카페에서 점심을 먹거나 바에서 술을 마셨다. 거기에는 커피숍을 겸한 깔끔한 서점이 하나 있었다. 두 사람은 오후가 되면 그 서점에서 커피를 마시며 〈뉴욕 타임스〉를 읽는 습관이 생겼다. 바리스타 겸 사장인 중년 남자 팀은 수다쟁이였다. 어느 날 그가 서점을 팔고 키웨스트로 이사를 고민 중이라고 말했다. 이튿날 여자 없이 혼자 커피를 즐기던 브루스는 바에 자리를 잡고 앉아 팀에게 서점을 어떻게 할 생각인지 캐묻기 시작했다.

서점은 쉽지 않은 장사라고, 팀이 설명했다. 대규모 체인형 서점들이 베스트셀러들을 많이 할인된 가격으로 파는데 심지어 50퍼센트까지 싸게 판단다. 게다가 요즘 사람들은 집에서 인터넷과 아마존으로 책을 산다고도 했다. 지난 5년 동안 700개의 소형 서점이 문을 닫았다. 돈을 버는 서점은 극소수였다. 이야기를 이어 갈수록 팀의 얼굴이 침울해졌다. "소매 장사는 아주 끔찍해요." 그는 적어도 세 번을 이렇게 강조했다. "오늘 했던 모든 일을 다음 날 처음부터 다시 해야 된다니까요."

브루스는 팀의 솔직함을 높이 사면서도 그가 요령 없는 사람이라는 생각이 들었다. 이래서야 누가 서점을 사겠다고 나서겠는가?

팀은 서점을 운영하면서 돈을 꽤 벌었다고 했다. 카미노 아일랜드에는 실제로 활동하는 작가들을 비롯해 문학 공동체가 자리를 잡고 있고, 도서 축제도 열리고, 좋은 도서관들도 있다고 했다. 뿐만 아니라 은퇴한 사람들은 여전히 독서를 즐기며 책을 사는 데 돈을 썼다. 섬의 인구만 대략 4만여 명인 데에다 해마다 1백만 명의 사람들이 관광을 다녀가니 자연스럽게 오가는 사람들도 많았다. 서점을 얼마에 넘기려는 걸까? 마침내 브루스가 질문을 던졌다. 팀은 현금 15만 달러에, 매도인이 일부 대금을 빌려주는 방식으로 매매 대금을 나누어 내는 것은 고려하지 않는다고 했다. 브루스는 혹시 서점의 재무 상태를 보여 줄 수 있느냐고 소심하게 물었다. 복잡한 건 제외하고 단지 기본적인 대차 대조표와 손익 계산서를 보고 싶었다. 팀은 그리 달가워하지 않았다. 그는 브루스를 잘 몰랐고 그를 바닷가에서 놀고먹으며 아버지의 돈만 축내는 뻔하디뻔한 20대 청년이라 생각했기 때문이다. 팀이 말했다. "좋아요. 단, 먼저 당신의 재무 상황부터 공개하면 나도 내 걸 보여 주지."

"그럼 그러시죠." 브루스가 말했다. 그는 다시 오겠다고 약속하고 가게를 나섰다. 그런데 문득 자동차 여행을 떠나고 싶다는 생각이 든 바람에 옆길로 빠지게 되었다. 사흘 후 그는 여자에게 작별을 고하고 새 차를 사기 위해 잭슨빌로 갔다. 그는 반짝거리는 포르셰 911 카레라를 사고 싶었다. 수표에 서명만 하면 차를 살 수 있다는 생각에 고통스러운 유혹을 느꼈다. 하지만 그는 생각을 고쳐먹고 온종일 고심한 끝에 원래 몰던 낡은 지프 체로키를 새걸로 바꾸는 선에서 자신과 합의를 보았다. 어쩌면 짐을 실을 공간이 필요할지도 몰랐다. 포르셰는 지금이 아니더라도 언제든 살 기회가 올 것이었다. 게다가 그런 드림 카를 손에 넣을 수 있을 만큼의 부를 쌓을 때까지 기다리는 게 마땅해 보이기도 했다.

브루스는 돈을 은행에 묻어 둔 채 새 차를 타고 플로리다로 문학 여행을 떠났다. 앞으로 조금씩 나아갈 때마다 기대감이 차올랐다. 따로 일정을 잡지는 않았다. 일단 서쪽으로 출발하되 태평양을 만나면 북쪽으로 방향을 틀고 다시 동쪽으로 갔다가 남쪽으로 내려올 생각이었다. 시간은 아무 의미 없었다. 언제까지라고 정해 두지도 않았다. 그는 소형 서점들을 찾아다녔다. 그러다 한곳에서 하루나 이틀 실내를 훑어보고 커피를 마시고 책을 읽었다. 카페를 겸하는 서점에서는 점심을 먹기도 했다. 보통은 서점 주인들에게 접근해 조심스럽게 이런저런 정보를 캐냈다. 그는 주인들에게 서점 인수를 고려하고 있다며 솔직하게 그들의 조언을 구했다. 그들의 반응은 다양했다. 대부분 자신의 일을 즐겼지만 그런 이들조차 미래에 대해서는 신중한 의견을 가지고 있었다. 워낙 불확실성이 큰 업종인 데다 업계를 장악해 가는 대형 서점들에, 미지의 인터넷 세계까지 가세하는 중이었다. 같은 지역에 대형 할인 서점이 들어서면서 기존의 소형 서점들이 망해 간다는 상당히 우려스러운 이야기도 들었다. 그나마 일부 소형 서점, 특히 대형 서점의 지점이 들어오기에 너무 작은 대학 도시에 있는 곳들은 장사가 좀 되는 편인 듯했다. 이외에는 도시에 위치한 서점이라고 하더라도 죄다 사정이 어려워 보였다. 이런 와중에도 일부 새로 오픈한 서점들이 열심히 대세를 거스르고 있기도 했다. 서점 주인들의 조언은 일관되지 않았고 광범위했다. "소매점 사업은 끔찍해요." 같은 일반적인 반응부터, "한번 해 봐요. 아직 스물세 살밖에 안 됐잖아요." 같은 반응까지 아주 다양했다. 단, 조언을 해 준 사람들 모두 일을 즐기고 있다는 공통분모를 가지고 있었다. 그들은 책과 문학, 작가, 출판계에 대한 애정이 깊을 뿐만 아니라, 숭고한 소명 의식을 가지고 자신의 일에 많은 시간을 투자하며 고객들을 대했다.

두 달 동안 브루스는 소형 서점들을 찾아 별다른 계획 없이 전국을 이리저리 헤매고 돌아다녔다. 한 도시의 서점 주인이 같은 주에 있는 다른 서점 세 군데를 귀띔해 주기도 했다. 브루스는 진한 커피를 엄청나게 마시고, 여행 중인 작가들과 어울리고, 저자 사인이 된 책을 수십 권 사고, 만난 지 얼마 안 된 독서광들과 싸구려 모텔에 묵고, 지식과 조언을 아끼지 않는 서적상과 몇 시간을 보내고, 참석자가 손에 꼽힐 정도로 적은 사인회에서 값싼 와인을 잔뜩 마시고, 서점의 내부 및 외부 사진을 수백 장 찍고, 여러 페이지에 걸쳐 필요한 사항을 적고, 기록을 남겼다. 여행이 끝나고 운전이 지겨워졌을 즈음 확인해 보니 74일간 근 1만3천 킬로미터를 달리고 61개의 서점을 방문했는데, 그 가운데 조금도 서로 비슷한 곳은 없었다. 그는 마침내 계획이 섰다고 생각했다.

카미노 아일랜드로 돌아온 그는 떠날 때와 똑같이 커피 바에서 에스프레소를 마시며 신문을 보고 있는 팀을 발견했다. 그는 전보다 더 수척해져 있었다. 처음에 팀은 그를 기억하지 못했다. 브루스가 말했다. "제가 몇 달 전에 이 가게를 사려고 했잖아요. 그때 저한테 15만 달러를 달라고 하셨죠."

"아, 그랬지." 팀은 살짝 기운을 차리며 말했다. "그래서 돈은 구했나?"

"일부는 구했어요. 오늘 10만 달러 수표를 써 드리고 1년 뒤에 2만5천 달러를 드릴게요."

"좋아. 하지만 그래도 내가 원하는 금액보다 2만5천이 적은데."

"수중에 돈이 이것뿐이에요, 팀. 제가 제안한 액수가 싫으시면 관두죠 뭐. 저도 나름대로 매물로 나온 다른 서점을 찾았거든요."

팀이 잠시 생각하더니 천천히 오른손을 내밀었다. 두 사람은 악수로 거래에 동의했다. 팀은 변호사에게 연락해 빨리 계약을 진행하라고 말했다. 사흘 뒤 두 사람은 계약서에 서명하고 돈을 주고받았다. 브루스는 내부 수리를 위해 한 달 동안 서점 문을 닫았고, 공사가 진행되는 동안 도서 판매에 관한 특강을 들었다. 팀은 브루스와 어울리며 사업의 면면에 관한 자신의 지식을 아낌없이 전수해 주었다. 그러면서 고객들이나 시내 다른 상인들에 관한 소문도 들려주었다. 그는 온갖 문제에 다양한 의견을 가지고 있었다.

2주 정도 지나자 브루스는 팀 없이도 해 나갈 수 있을 만큼 준비가 되었다.

1996년 8월 1일, 브루스는 자신이 할 수 있는 가장 성대한 방식으로 서점을 재오픈했다. 상당한 수의 사람들이 모여 샴페인과 맥주를 마시며 레게와 재즈를 들었다. 그제야 브루스는 한숨 돌릴 수 있었다. 거대한 모험이 이제 막 시작되었다. '베이 북스-신간 및 희귀본 서점'이 드디어 문을 열었다.

2.

희귀본에 관한 그의 관심은 우연히 생겼다. 아버지가 심장 마비로 갑자기 세상을 떠났다는 끔찍한 소식을 듣고 브루스는 애틀랜타의 집으로 갔다. 사실 그곳을 집이라고 부르기는 좀 그랬다. 그는 그 집에서 살았던 적이 없었다. 그 집은 그저 아버지가 죽기 전 마지막으로 살았던 곳에 불과했다. 아버지는 거처를 자주 옮겨 다녔고 대개는 무서운 여자를 한 명씩 데리고 다녔다. 케이블 씨는 두 번의 결혼이 실패로 끝나자 다시는 결혼하지 않겠다고 맹세했지만, 형편없는 여자를 사귀며 스스로 인생을 꼬는 데서 존재의 이유를 찾는 것 같았다. 여자들은 재산 때문에 자연스럽게 아버지에게 매력을 느꼈으나, 시간이 흐르면 두 번의 끔찍한 이혼으로 생긴 상처를 간직한 아버지에게 아무 희망도 품을 수 없다는 사실을 깨닫게 되었다. 브루스 입장에서는 다행스럽게도, 아버지의 마지막 여자 친구가 막 아버지 곁을 떠난 뒤라 집에는 물건을 건드리는 손이나 살펴보는 눈이 존재하지 않았다.

적어도 브루스가 집에 도착할 때까지는 그랬다. 시내에서도 세련된 동네에 있는 그 집은 일종의 최첨단 강철과 유리 덩어리 같은 황당한 모습을 하고 있었다. 3층에는 케이블 씨가 투자 업무를 보지 않을 때 그림을 그리던 커다란 화실이 있었다. 평생을 이렇다 할 직업 없이 유산으로 먹고살았던 그는 스스로에게 '투자가'라는 수식어를 붙여 주었다. 뒤늦게 그림 그리는 데에 눈을 돌렸지만, 그가 그린 유화들이 너무나 끔찍했던 탓에 애틀랜타의 모든 화랑에서 쫓겨나고 말았다. 화실의 한쪽 벽은 수백 권의 책이 덮고 있었다. 처음에 브루스는 무슨 책을 모아 둔 것인지 알아차리지 못했다. 그는 책들은 그저 겉치레일 뿐이며, 깊고 복잡하고 다독가인 것처럼 보이고자 하는 아버지의 어설픈 노력 내지는 연극이라고 생각했다. 그런데 가까이서 들여다보니 책장의 두 칸이 익숙한 제목의 오래된 책들로 채워져 있었다. 위쪽 칸에서 책을 한 권씩 꺼내 자세히 살펴보는 동안, 그의 가벼운 호기심은 곧장 다른 무언가로 바뀌기 시작했다.

모든 책이 초판본이었고 일부에는 작가의 사인도 있었다. 조지프 헬러의 《캐치-22》(1961), 노먼 메일러의 《벌거벗은 자와 죽은 자》(1948), 존 업다이크의 《달려라, 토끼》(1960), 랠프 엘리슨의 《보이지 않는 인간》(1952), 워커 퍼시의 《영화광》(1961), 필립 로스의 《굿바이, 콜럼버스》(1959), 윌리엄 스타이런의 《냇 터너의 고백》(1967), 대실 해밋의 《몰타의 매》(1929), 트루먼 커포티의 《인 콜드 블러드》(1965), 그리고 J. D. 샐린저의 《호밀밭의 파수꾼》(1951) 등이었다.

처음 열 권 정도를 확인한 브루스는 책을 책장에 다시 꽂지 않고 모두 테이블에 내려놓았다. 처음의 호기심이 흥분으로, 그다음엔 탐욕이 자극적인 파도처럼 밀려왔다. 아래쪽 책장에 꽂힌 모르는 작가의 모르는 책들을 손으로 더듬던 그는 더 깜짝 놀랄 만한 발견을 했다. 두꺼운 세 권짜리 처칠의 전기 뒤쪽에 네 권의 책이 숨어 있었다. 윌리엄 포크너의《소리와 분노》(1929), 스타인벡의《황금의 잔》(1929), F. 스콧 피츠제럴드의《낙원의 이편》(1920), 어니스트 헤밍웨이의《무기여 잘 있거라》(1929)였다. 모두 초판인 데다 보관 상태가 훌륭했고 작가의 사인까지 있었다.

브루스는 주변을 좀 더 둘러보았다. 흥미를 끄는 건 더 이상 찾아내지 못했다. 그는 아버지의 낡은 리클라이너에 털썩 앉아 책이 가득 찬 벽을 바라보았다. 그는 이전에 한 번도 와 본 적 없던 집에 앉아 명백히 재능이 없어 보이는 화가가 그린 형편없는 유화들을 바라보면서 아버지가 이 책들을 어디서 구했는지 의문을 가지는 한편, 여동생 몰리가 도착해서 함께 장례식 계획을 세우기 시작하면 어떻게 행동해야 할지 고민했다. 브루스는 자신이 세상을 떠난 아버지에 관해 아는 게 하나도 없다는 데에 새삼 놀랐다. 하지만 알 게 뭐람? 아버지는 그와 한 번도 시간을 보낸 적이 없었다. 케이블 씨는 브루스가 열네 살이 되자마자 그를 기숙 학교에 보냈다. 여름이 되면 아버지는 그를 6주짜리 항해 캠프에 보냈다가 추가로 6주 더 관광 목장으로 보내는 등 어떻게든 집에 오지 못하도록 했다. 브루스는 아버지가 끔찍한 여자들과 연달아 사귀는 일 말고 책 수집도 즐겼다는 사실을 전혀 몰랐다. 케이블 씨는 골프와 테니스를 쳤고 여행도 다녔지만, 브루스나 그의 여동생이 아닌 최근에 사귄 여자 친구를 대동했다.

그나저나 책은 대체 어디서 난 걸까? 아버지는 얼마나 오래전부터 책을 수집했을까? 오래된 거래 명세서같이 책의 존재를 증명하는 서류들이 어딘가에 남아 있을까? 유언 집행을 담당하는 사람이 수집한 책들을 다른 재산과 합쳐 에모리 대학에 기증하게 될까?

브루스는 아버지가 전 재산을 에모리 대학에 기부한 일 역시 짜증스러웠다. 그의 아버지는 가끔 기부와 관련된 얘기를 들려주되 아주 상세하게는 알려 주지 않았다. 케이블 씨는 재산을 자손들에게 남겨 탕진하게 두어서는 안 되며 교육에 투자해야 한다는 고결한 소신을 가지고 있었다. 브루스는 아버지야말로 다른 사람이 번 돈으로 빈둥거리며 평생을 보내지 않았냐며 당신에게 팩트를 상기시켜 주고 싶은 유혹을 여러 번 느꼈다. 하지만 그런 문제로 옥신각신하는 것은 자신에게 별반 도움이 되지 않을 듯싶었다.

순간, 그는 진심으로 그 책들이 가지고 싶었다. 가장 훌륭한 책 열여덟 권을 챙기고 나머지는 남겨 두기로 했다. 너무 욕심을 부려 책장이 듬성듬성 빈다면 누군가 눈치챌 수도 있었다. 그는 책을 빈 와인 상자에 차곡차곡 담았다. 아버지는 오랜 세월 술과 싸워 왔는데, 최근에는 매일 밤 레드 와인 몇 잔을 마시는 정도로 휴전을 선언한 상태였다. 덕분에 차고에 텅 빈 와인 상자가 몇 개 있었다. 브루스는 책이 빠져나간 것처럼 보이지 않도록 여러 시간 동안 책장을 정리했다. 누가 알겠는가? 그가 아는 한 몰리는 책을 읽지 않았다. 게다가 아버지의 여자 친구들을 경멸했기에 아버지와도 만나는 법이 없었다. 브루스가 알기로 몰리 역시 이 집에서 묵어 본 적이 없었다. 그러니 그녀도 아버지가 남긴 유물에 관해 전혀 알 리가 없었다. (하지만 두 달 뒤 몰리는 그에게 전화를 걸어 와 혹시 '아버지의 오래된 책들'에 관해 아느냐고 물었다. 브루스는 전혀 모른다고 대답했다.)

브루스는 어두워질 때까지 기다렸다가 상자를 지프로 옮겼다. 현관 앞과 진입로 차고를 비추는 감시 카메라가 세 대 있었다. 혹시 누가 물어보면 그냥 비디오테이프나 CD 같은 자신의 물건을 옮기고 있었다고 대답하면 그만이었다. 나중에라도 유언 집행인이 사라진 초판본들에 관해 질문해 오면 그땐 모른 척할 생각이었다. 그 집 가정부한테 물어보세요.

지나고 나서 보니 그건 완전 범죄였다. 브루스는 그렇게 생각하지 않았지만. 그는 외려 훨씬 더 많은 걸 받아야 한다는 입장이었다. 긴 유언장과 가족 변호사 덕분에 아버지의 재산은 금세 정리되었고 아버지의 서재는 언급조차 되지 않았다.

이렇게 브루스 케이블은 계획에도 없던 희귀본 세계로 깔끔한 첫발을 내딛게 되었다. 그가 고서적 거래에 푹 빠져서 깊이 파고든 결과, 그의 첫 번째 소장품이자 아버지 집에서 가져온 열여덟 권의 책이 대략 20만 달러의 가치가 있다는 사실을 알게 되었다. 그럼에도 선뜻 책을 팔지는 못했다. 누가 책을 알아보고 질문을 퍼부을까 봐 두려웠기 때문이다. 아버지가 어떻게 책들을 수중에 넣었는지 몰랐으므로 일단 기다리는 게 최선이었다. 시간이 흘러 기억에서 사라질 수 있게 말이다. 그가 사업을 하면서 빠르게 터득한 한

가지는, 인내는 필수라는 것이었다.

3.

서점은 산타 로사 중심지의 3번가와 메인 스트리트 모퉁이에 있었다. 100년 된 건물로서 원래는 이 지역에서 가장 큰 은행의 본점으로 사용하기 위해 지어졌었다. 대공황을 겪으면서 은행이 망해버린 후 건물은 약국이 되었다. 그러다 다른 은행으로 바뀌었고 그뒤에 다시 지금의 서점이 되었다. 2층에는 상자, 트렁크, 파일 캐비닛이 쌓여 있었다. 죄다 먼지를 뒤집어쓴, 아무 쓸모없는 것들이었다. 브루스는 그곳 또한 서점의 일부라고 여기며, 공간을 치우고 벽을 두 개 세운 다음 침대를 들여놓았다. 그는 그곳을 아파트라 불렀다. 그는 베이 북스를 운영하기 시작한 시점부터 10년을 거기서 살았다. 아래층에서 책을 팔지 않는 시간에는 위층을 치우고 청소하고 칠하고 고치고 마지막으로 인테리어까지 했다.

서점이 처음 문을 연 것은 1996년 8월이었다. 와인과 치즈를 차려 놓고 오픈 기념 행사를 치른 뒤 며칠은 바쁘게 돌아가는 듯싶었지만 곧 사람들의 호기심이 잠잠해지고 말았다. 방문객은 서서히 줄었다. 사업을 시작한 지 3주 만에 혹시 큰 실수를 저지른것은 아닌가 하는 의구심이 고개를 들었다. 8월 한 달 동안 순이익은 겨우 2천 달러에 불과했고, 브루스는 공황 상태에 빠지기 일보 직전이었다. 더구나 8월은 카미노 아일랜드에 관광객이 가장많이 몰리는 시기였다. 그는 대다수의 소형 서점 주인들이 웬만하면 하지 말라고 조언했던 일을 시작해 보기로 결심했다. 바로 할인 행사를 하는 것이었다. 새로 나온 화제작과 베스트셀러를 25퍼센트 할인된 가격에 팔았다. 가게 문을 닫는 시간도 저녁 7시에서 9시로 미루고 하루에 15시간씩 영업했다. 그는 정치인마냥 손님들을 직접 마주하며 일했고, 단골손님들의 이름과 그들이 구입하는 책을 외워 두었다. 그는 금세 훌륭한 바리스타가 되어, 손님이 오면 응대를 하는 동시에 에스프레소까지 뽑아내는 경지에 이르렀다. 그다지 인기가 없는 고전들이 대부분인 오래된 책이 가득한 책장을 없애고 대신 그 자리에 작은 카페를 만들었다. 영업 종료 시간을 9시에서 10시로 다시 한번 늦추었다. 그는 서점 고객에게, 그리고 대륙을 횡단하며 여행할 때 만났던 작가와 서적상에게 수십 장씩 손 편지를 썼다. 한밤중에도 컴퓨터 앞에 앉아 베이 북스의 소식지를 만들었다. 더불어 일요일에도 서점을 열 것인지에 대해 상당히 고민했는데, 그도 그럴 것이 자영업자들 대부분이 일요일 영업을 하고 있었기 때문이다. 그는 일요일만큼은 일을 하고 싶지 않았다. 휴식도 필요했거니와 반발이 두렵기도 했다. 카미노 아일랜드는 바이블 벨트에 속한 곳이었다. 서점에서 걸어갈 수 있는 교회만 해도 열 군데가 넘었다. 그렇지만 이곳은 휴양지이기도 했다. 관광객들은 일요일 오전 예배에 관심이 없었다. 9월에 들어서면서 브루스는 될 대로 되라는 심정으로, 막 인쇄가 끝난 〈뉴욕 타임스〉, 〈워싱턴 포스트〉, 〈보스턴 글로브〉, 〈시카고 트리뷴〉과 세 집 옆에 있는 카페에서 공수한 치킨 비스킷을 늘어놓고 일요일 아침 9시에 서점을 열었다. 세 번째 일요일부터 서점은 사람들로 북적거리기 시작했다.

서점은 9월과 10월에 순수익을 4천 달러로 끌어올렸고 6개월 뒤 수익이 다시 두 배로 늘었다. 브루스는 더 이상 걱정스럽지 않았다. 1년이 채 지나지 않아 베이 북스는 시내의 중심이자 단연코 가장 붐비는 가게가 되었다. 그가 끈질기게 졸라 댄 덕에 출판사와 판매 대리점이 작가들의 신작 홍보 투어 목록에 카미노 아일랜드를 넣기 시작했다. 브루스는 미국 서점 협회에 가입했고, 각종 위원회에서 협회의 주장과 현안을 논의하는 데 열정적으로 참여했다. 1997년 겨울 협회 총회에서는 스티븐 킹을 만나 도서 축제에 참석해 달라고 부탁해 허락을 받아 냈다. 스티븐 킹은 서점 주변을 에워싸고 줄을 선 팬들에게 9시간 동안 사인을 해 주었다. 그날 스티븐 킹의 여러 작품을 2,200권 팔아 7만 달러의 매출을 올렸다. 베이 북스가 아주 유명해진 영광스러운 날이었다. 3년 뒤 베이 북스는 플로리다주의 최고 소형 서점에 뽑혔고, 2004년에는 〈퍼블리셔스 위클리〉에서 올해의 서점으로 선정되었다. 2005년, 9년 동안의 어려운 전투를 치러 낸 브루스 케이블은 미국 서점 협회 이사회에 진출했다.

4.

그맘때쯤 브루스는 나름대로 지역의 유명 인사가 되어 있었다. 풀을 먹인 흰색 와이드 스프레드 칼라 셔츠와 함께 열 벌도 넘는 각기 다른 색깔의 시어서커 정장을 매일같이 갈아입었고, 대개는 빨간색이나 노란색 같은 현란한 컬러의 넥타이를 매치했다. 그는 맨발로 갈색 벅스킨 구두를 신어 자신의 패션을 완성했다. 양말은 절대 신지 않았다. 기온이 영하에 가깝게 떨어지는 1월도 예외는 아니었다. 숱이 많고 살짝 곱슬거리는 머리를 어깨에 닿을 정도로 길렀으며, 수염은 일주일에 한 번 일요일 오전에 깎았다. 서른 살 무렵부터 구레나룻과 머리 몇 가닥이 회색으로 세기 시작했는데, 그에게 꽤 잘 어울렸다.

브루스는 서점이 조금만 한가해지면 매일같이 거리로 나섰다. 그러고는 우체국이나 은행에 가서 직원들과 시시덕거리며 시간을 보냈다. 시내에 새로운 가게라도 오픈하는 날이면 어김없이 개업식에 발 도장을 찍었고, 오래지 않아 가게를 재방문해 여자 점원들과 한담을 주고받았다. 브루스에게 점심 식사는 가장 중요한 일과였고, 일주일에 여섯 번은 밖에서 저녁을 먹었다. 늘 동행이 있었기에 식사에 드는 돈은 사업상의 비용으로 처리할 수 있었다. 새 카페가 문을 열 때도 누구보다 먼저 가서 메뉴에 있는 모든 걸 맛보고 여종업원에게 수작을 부렸다. 점심때마다 빼놓지 않고 와인 한 병을 마셨으며, 서점 위층에 있는 아파트에서 잠깐의 낮잠을 즐겼다.

브루스는 쾌락과 집착 사이에 명확한 선을 그었다. 그는 여자들을 보는 눈이 있었고, 여자들도 그런 그를 알아보았다. 그의 교묘한 줄타기 능력은 가히 예술적이라 할 만했다. 베이 북스가 작가들의 홍보 투어 장소로 인기를 끌게 되면서 그는 뜻밖의 노다지를 찾아냈다. 이곳을 찾는 작가들의 절반은 여자로 대개 마흔 살이 안

되었고 모두 집에서 멀리 떨어져 있는 상태였다. 그들 가운데 많은 이들이 미혼이었고 혼자 여행하며 뭔가 재미난 일을 기대하고 있었다. 그들은 서점에 도착해서 그의 세상에 발을 내딛는 순간 쉽고도 자발적인 목표물이 되었다. 낭독회와 사인회를 마치면 긴 저녁 식사가 이어졌고, 작가들은 위층 아파트로 올라가 브루스와 '인간 감정에의 더욱 깊은 탐구'를 시작하곤 했다. 개중에 그가 선호하는 작가들이 있었는데, 에로틱 미스터리를 아주 잘 쓰는 두 명의 젊은 여성 작가와 특히 가까웠다. 게다가 그들은 매년 새 책을 냈다!

브루스는 마음 깊은 곳에 품고 있던 사업에 대한 야망을 박학다식한 바람둥이라는 외적인 이미지 속에 잘 감추어 두었다. 서점에서 나는 꽤 많은 수익이 우연에 의한 결과는 아니었다. 전날 아무리 밤늦게까지 일했더라도 다음 날이면 틀림없이 아침 7시에 티셔츠에 반바지 차림으로 출근해, 배송받은 책을 옮겨서 꺼내고 매대를 정리하고 재고를 관리하고 바닥 청소를 했다. 그는 상자에서 막 꺼낸 새 책의 느낌과 냄새를 좋아했다. 그는 새 책이 꽂힐 완벽한 자리를 찾아내는 데 선수였다. 서점에 들어오는 모든 책을 직접 손으로 만지며 정리하는 동시에, 안타깝지만 재포장해서 출판사로 반품을 보내야 하는 책도 직접 처리했다. 그는 반품을 매우 싫어했고, 모든 반품 도서를 실패작이자 사라진 기회로 간주했다. 재고 중에서 팔리지 않는 것들을 없애고 나니 몇 년 뒤 1만2천여 종의 책들로만 서점이 채워졌다. 서점의 각 구역은 가운데가 밑으로 처진 낡은 책장이며 바닥에 쌓인 책들로 비좁았지만, 브루스는 무엇이 어디에 있는지 잘 알았다. 모든 걸 직접 조심스럽게 정리했기 때문이다. 매일 아침 8시 45분이 되면 그는 서둘러 위층 아파트로 올라가 샤워를 마치고 그날의 시어서커 정장으로 갈아입은 다음, 정확히 9시에 서점 문을 열고 고객들에게 인사를 건넸다.

그는 쉬는 날이 거의 없었다. 휴가라고 해 보았자 뉴잉글랜드 지역(미국 동북부 대서양 연안의 여섯 개 주 : 메인, 뉴햄프셔, 버몬트, 매사추세츠, 로드아일랜드, 코네티컷 - 옮긴이)의 낡고 먼지 덮인 희귀본 취급 서점에서 그곳 사장과 출판 시장에 관한 이야기나 나누는 게 전부였다. 그는 희귀 도서들에 대한 애정이 남달랐다. 특히 20세기 미국 작가들을 좋아해서 열정적으로 그들의 책을 수집했다. 그의 소장품은 나날이 늘어 갔다. 많이 사기도 했지만 일단 마음이 아파서 도저히 팔 수가 없었다. 브루스가 훔친 '아버지의 오래된 책들' 열여덟 권은 그의 수집 생활에 멋진 기초가 되어 주었다. 마흔 살 무렵 그가 자체적으로 추산해 본 결과, 소장 중인 희귀본의 가치는 2백만 달러에 달했다.

5.

그가 미국 서점 협회 이사회에서 활동할 당시 서점 건물의 주인이 죽었다. 브루스는 건물을 사들여 서점을 확장하기 시작했다. 그가 생활하는 2층의 아파트 공간을 줄이고 커피 바와 카페를 2층으로 옮겼다. 또 서점의 벽을 하나 허물어 아동 도서 구역을 두 배로 키웠다. 매주 토요일 오전이면 서점에 아이들이 몰려와 책을 사고 구연동화에 귀를 기울였다. 그동안 젊은 엄마들은 위층에서 사근사근한 서점 주인이 주의 깊게 지켜보는 가운데 커피 타임을 즐겼다.

그는 희귀 도서 구역에 많은 공을 들였다. 서점 중앙의 벽을 하나 더 허물어 '초판본 전시실'을 만들고는 멋진 참나무 책장을 들여놓고 벽 인테리어를 하고 비싼 카펫도 깔았다. 지하에는 희귀 도서 중에서도 더욱 귀한 것들을 보관해 두기 위해 수장고를 설치했다.

10년 동안 아파트에서 생활한 브루스는 더 큰 시도를 할 준비가 되었다. 그는 산타 로사 시내에 있는 오래된 빅토리아 시대풍 건물 여러 채에 지속적인 관심을 두어 왔다. 이 가운데 두 곳에는 매입 의사를 전달하기도 했다. 하지만 두 건물 다 충분한 가격을 제시하지 못해 매입에 실패했다. 건물들은 금세 다른 사람에게 팔려 나갔다. 한 세기의 전환기에 철도 거물, 선박왕, 의사, 정치인 등이 지었던 장엄한 주택들은 시대를 초월한 채 오래된 참나무와 스페인 이끼로 그늘진 거리에 아름답게 보존되어 서 있었다. 마치뱅크스 부인이 103세의 나이로 사망하자 브루스는 텍사스에 사는 81세 된 그녀의 딸에게 접근했다. 그는 지나치다 싶을 정도로 높은 가격을 제시했다. 그도 그럴 것이 세 번째에는 절대로 실패하지 않으리라 굳게 마음먹었기 때문이다.

서점에서 북쪽으로 두 블록, 동쪽으로 세 블록 떨어진 곳에 있는 마치뱅크스 저택은 1890년 한 의사가 예쁜 새 아내에게 선물하기 위해 지은 것으로, 이후로 내내 같은 집안에서 소유하고 있었다. 네 개 층으로 된 이 거대한 저택은 총면적이 750제곱미터에 달했다. 남쪽에는 높이 솟은 탑이 있었고, 북쪽에도 작은 탑이 하나 있었으며, 넓은 테라스가 1층을 감싸고 있었다. 여기에 데크가 깔린 옥상과 생선 비늘 모양 장식으로 덮인 다양한 박공지붕을 갖추었고, 스테인드글라스로 장식한 퇴창도 있었다. 저택은 하얀색 말뚝 울타리가 늘어서 있고 세 그루의 오래된 참나무와 스페인 이끼가 그늘을 드리우는 대지의 작은 모퉁이에 세워져 있었다.

어두운 나무 바닥과 그보다 더 어둡게 칠한 벽, 낡은 카펫, 늘어지고 먼지투성이인 커튼, 갈색 벽돌로 꾸민 난롯가 등 전체적인 실내 장식이 너무 침울했다. 브루스는 집을 살 때 딸려 온 가구 대부분을 곧바로 처분하기 시작했다. 지나치게 지저분하지 않은 오래된 카펫들은 서점으로 가져가 고풍스러운 분위기를 연출하는 데 사용했다. 쓸모없고 오래된 커튼은 버렸다. 집을 비운 다음 인부들을 고용해 두 달에 걸쳐 내벽을 환한 색으로 칠했다. 그다음 기술자를 고용해 다시 두 달에 걸쳐 집안 곳곳의 나무 바닥을 새롭게 손질했다.

그가 그 저택을 산 이유는 배관, 전기, 수도, 냉난방 시스템이 제대로 작동했기 때문이다. 그는 집을 뜯어고칠 만한 인내심이나 배짱이 없었다. 꼼꼼하게 수선을 하자면 이제 막 집을 산 사람은 파산에 이를 수도 있을 법한 수준이었다. 그는 재능 없는 집수리에 매달리느니 차라리 그 시간을 좀 더 유용하게 쓸 방법을 찾아보기로 했다. 집을 사고 나서도 그는 서점 위층 아파트에 머물면서 새 집을 어떻게 채우고 꾸밀지 고민하며 1년의 시간을 보냈다. 집은 비워진 상태로 밝고 아름답게 서 있었지만 그걸 사람이 살 수 있는 공간으로 바꾸는 건 겁나는 일이었다. 전형적인 빅토리아 시대풍의 장엄하기까지 한 집은 그가 선호하는 현대적 미니멀리즘 양식과 어울리지 않았다. 그 저택은 야단스럽고 장식이 많은 데다 그의 스타일이 전혀 아니었다.

웅장하고 오래된 집 외부를 원래대로 두고 실내만 모던한 가구와 소품으로 인테리어하는 게 뭐 어떤가? 그럼에도 왠지 그러면 안 될 것 같다는 생각에 그는 실내 인테리어를 진행하지 못한 채 손발이 묶여 버리고 말았다.

그는 매일같이 저택에 가서 방마다 돌아다니며 어찌해야 할지 몰라 당혹스러워하며 서 있곤 했다. 브루스같이 이렇다 할 취향이 없는 사람에게 너무 크고 복잡한 빈집을 사는 일은 어리석은 선택이었을까?

6.

브루스는 몇 달 전 노엘의 책을 출간한 출판사가 보내온 홍보 자료에서 본 그녀의 사진에 매료되었다. 브루스는 늘 하던 대로 그녀에 대한 조사에 착수했다. 나이는 서른일곱, 아이가 없는 상태에서 이혼했으며, 뉴올리언스 토박이지만 어머니가 프랑스인이었다. 그리고 프랑스 프로방스 지방의 골동품에 관한 전문가로 정평이 나 있었다. 그녀가 운영하는 골동품점은 뉴올리언스 프렌치 쿼터의 로열 스트리트에 있었다. 작가 소개에 따르면, 그녀는 1년의 절반을 프랑스 남부 및 남서부 지역에 머물며 고가구를 찾으러 다닌다고 했다. 전에도 같은 분야의 책을 두 권 낸 적이 있기에 브루스는 그 책들도 꼼꼼히 읽어 두었다.

직업의식까지는 아니고 그저 습관이었다. 서점에서는 매주 두 세 번의 작가 사인회가 열렸다. 브루스는 작가가 도착할 때까지 그 사람이 쓴 모든 책을 읽었다. 그는 탐욕스럽다 싶을 정도로 책을 읽었다. 특히 살아 있는 작가가 쓴 소설류를 선호했다. 직접 만나고 홍보도 하고 친구가 되어 연락하며 지낼 수 있다는 이유에서였다. 하지만 필요하다면 전기, 자기 계발, 요리, 역사 등 가리지 않고 미친 듯이 책을 읽었다. 이는 그가 할 수 있는 최소한의 성의 표시나 다름없었다. 그는 모든 작가를 존경했다. 단 한 명의 작가라도 시간을 내 그의 서점을 방문해 준다면, 그리고 그와 저녁 식사를 하고 술을 마셔 준다면 당연히 그 작가의 작품을 주제로 토론할 수 있는 능력을 반드시 갖추어야 한다고 생각했다.

그는 밤이 깊을 때까지 책을 읽었고, 침대에 책을 펼쳐 둔 채로 잠이 드는 일도 허다했다. 책을 포장하거나 풀 일이 없을 때는 아침 일찍 서점 문을 열기 한참 전부터 서점에서 홀로 진한 커피를 마시며 책을 읽었다. 온종일 책을 읽다 보니 기묘한 습관도 하나 생겼다. 서점 정면 쇼윈도 앞 전기물 도서 구역 근처를 지정석 삼아, 실물 크기의 티무쿠안 인디언 추장 나무 조각상에 자연스럽게 기대고 쉴 새 없이 에스프레소를 홀짝이며 한쪽 눈으로는 책을, 다른 눈으로는 서점 출입문을 지켜보는 것이었다. 그는 고객들에게 인사를 건네고 그들이 원하는 책을 찾아 주고 대화를 원하는 모두와 수다를 떨었다. 가끔 일이 바쁘게 돌아갈 때는 커피 바나 판매 데스크의 일을 돕기도 했지만, 어김없이 추장 조각상 옆자리로 돌아와 읽던 책을 들고 독서 삼매경에 빠졌다. 그는 일주일에 평균

네 권의 책을 읽는다고 공공연히 말하고 다녔고, 이를 의심하는 사람들은 없었다. 서점 직원을 뽑을 때도 일주일에 최소 두 권의 책을 읽지 않는다면 채용하지 않았다.

어쨌든 노엘 보닛의 서점 방문은 엄청난 성공이었다. 당장 매출이 오르지는 않았지만 브루스와 베이 북스에 미치는 영향이 오래 지속되리라는 것만은 확실했다. 두 사람은 보자마자 서로에게 강렬한 매력을 느꼈다. 재빨리 그리고 간단하게 저녁 식사를 마친 두 사람은 2층의 아파트로 올라가 즐거운 하룻밤을 보냈다. 그녀는 몸이 아프다는 핑계로 나머지 홍보 일정을 취소한 채 그곳에서 일주일을 머물렀다. 사흘째 되던 날, 브루스는 그녀를 마치뱅크스 저택으로 데려가 자랑스럽게 그의 트로피를 보여 주었다. 노엘은 그야말로 압도당했다. 세계적인 디자이너이자 장식가 겸 가구 거래상인 그녀는 화려한 빅토리아 시대풍 건물 속 750제곱미터나 되는 면적의 빈방과 벽을 본 순간 숨이 멎는 듯했다. 방들을 구경하다 보니 각 방을 어떻게 칠하고 도배하고 가구를 배치할지 그림이 그려지기 시작했다.

브루스가 대형 TV를 놓자거나 당구대를 설치하자는 등 두어 개의 제안을 했지만 받아들여지지는 않았다. 그녀는 전문가로서 이미 작업에 들어간 상태였고, 경계 없는 캔버스에 그림을 그리고 있었다. 노엘은 다음 날에도 혼자 빈집을 찾아가서 치수를 재거나 사진을 찍고 텅 빈 방 안에 우두커니 앉아 있었다. 서점에서 일을 하고 있던 브루스는 노엘에게 완전히 반하긴 했으나 재정적으로 끔찍한 상황이 닥쳐 올까 봐 처음으로 덜컥 겁이 났다.

노엘은 주말에 서점을 닫고 함께 뉴올리언스에 다녀오자며 브루스를 설득했다. 그녀는 어수선하지만 멋진 그녀의 골동품 가구점으로 그를 안내했다. 그곳에서 프로방스 마을의 부잣집에서 사용했고 마치뱅크스 저택에서 완벽한 제자리를 찾을 테이블, 램프, 사주식 침대, 옷장, 긴 의자, 트렁크, 카펫, 서랍장, 장식장을 보여주었다. 두 사람은 프렌치 쿼터를 둘러보고, 그녀가 좋아하는 식당에서 식사를 하고, 그녀의 친구들과 어울리고, 또 많은 시간을 침대에서 보냈다. 사흘 뒤 브루스는 진이 빠진 채 혼자 저택으로 돌아왔지만, 난생처음 사랑에 빠졌다는 사실을 깨닫게 되었다. 돈이야 얼마가 들면 어떤가? 그는 노엘 보닛 없이 살 수 없었다.

7.

일주일 뒤 커다란 트럭 한 대가 산타 로사에 도착하더니 마치뱅크스 저택 앞에 멈추어 섰다. 이튿날 노엘이 등장해 짐꾼들을 지휘했다. 지대한 관심을 품고 서점과 저택 사이를 걸어서 오가며 지켜보던 브루스는 살짝 떨렸다. 노엘은 자신이 창조한 예술 세계에 푹 빠져 있었다. 그녀는 이 방 저 방을 바쁘게 돌아다니면서 가구를 최소 세 번씩 자리를 바꾸어 가며 배치해 보고는 결국 더 많은 가구가 필요하다는 걸 깨달았다. 첫 번째 트럭이 돌아간 지 얼마 지나지 않아 두 번째 트럭이 도착했다. 브루스는 걸어서 서점으로 돌아오며 로열 스트리트에 있는 그녀의 가게에 물건이 남아나지 않겠다는 혼잣말을 했다. 아니나 다를까 그날 저녁 식사를 하면서 노엘은 남은 물건이 없으니 프랑스에 가서 단 며칠이라도 쇼핑을 하자고 졸랐다. 그는 중요한 저자 몇이 도착할 예정이라 서점에 나가 보아야 할 것 같다며 조심스럽게 거절 의사를 내비쳤다. 같은 날 두 사람은 저택에서 처음으로 밤을 보냈다. 그녀가 작은 아파트를 두고 있는 아비뇽 근처에서 찾아낸 연철 장식 침대 위에서였다.

다음 날 아침 일찍 두 사람은 뒤쪽 포치에서 커피를 마시며 미래에 관한 대화를 나누었다. 당시 둘의 앞날은 불확실했다. 그녀는 뉴올리언스에, 그는 카미노 아일랜드에 각자의 삶이 있었기에 연고지를 옮기면서까지 관계를 이어 가는 일은 둘 다에게 어울리지 않는 것 같았다. 어색한 분위기가 감돌자 두 사람은 얼른 화제를 돌렸다. 브루스의 입에서 프랑스에 한 번도 가 본 적이 없다는 말이 나오자마자 그들은 기다렸다는 듯 휴가 계획을 짜기 시작했다.

노엘이 떠나고 얼마 지나지 않아 집을 채운 가구들의 첫 번째 거래 명세서가 도착했다. 거기에는 그녀가 아름다운 필체로 직접 쓴 편지가 붙어 있었는데, 물품의 마진을 포기하고 원가에 주는 거라는 내용이었다.

그녀가 아비뇽에서 뉴올리언스로 돌아온 뒤 사흘 만에 허리케인 카트리나가 뉴올리언스를 덮쳤다. 프렌치 쿼터에 있는 그녀의 가게와 가든 디스트릭트의 아파트는 피해를 보지 않았지만 도시 전체가 치명타를 입었다. 그녀는 모든 문을 걸어 잠그고는 그녀를 위로하고 안심시켜 줄 브루스가 기다리는 카미노 아일랜드로 날아갔다. 여러 날 동안 그들은 텔레비전을 통해 참상을 지켜보았다. 물이 차오른 거리, 물에 떠다니는 시신들, 기름이 둥둥 뜬 물, 광란에 빠진 수많은 사람들, 공황 상태에 빠진 구급대원들, 갈팡질팡하는 정치인들까지.

노엘은 과연 집으로 돌아갈 수 있을까 하는 의문이 들었다. 사실 돌아가고 싶은 건지조차 확신이 서지 않았다.

결국 그녀는 이사에 관해 이야기하기 시작했다. 고객의 절반이 뉴올리언스 주민인데, 그들 가운데 많은 사람이 살던 곳을 떠났으니 사업도 걱정스럽다고 했다. 고객의 나머지 절반은 전국 각지에 퍼져 있었다. 그녀는 명성이 자자했고, 가게의 골동품들은 전국으로 배송되었다. 인터넷 홈페이지도 성공적이었고, 출간한 책도 인기가 좋았다. 그녀의 팬들은 대부분 진지한 수집가들이었다. 브루스가 넌지시 물어서 파악한 바에 따르면, 그녀는 카미노 아일랜드로 사업을 옮겨 올 수 있는 것은 물론, 이번에 잃은 것을 복구하는 정도가 아니라 오히려 더 크게 성공할 수 있으리라 믿었다.

허리케인이 지나가고 6주 후, 노엘은 산타 로사의 메인 스트리트에 있는 한 작은 가게의 세를 얻었다. 베이 북스에서 세 집 떨어진 데에 있는 가게였다. 로열 스트리트에 있던 그녀의 가게는 문을 닫았고, 창고에 남아 있던 물품은 '노엘의 프로방스'라는 새 가게로 옮겨졌다. 프랑스에서 새 물건들이 도착하자 그녀는 샴페인과 캐비어를 곁들인 오픈 행사를 열었고, 브루스는 손님을 맞는 그녀를 도왔다.

그녀에게는 다음에 쓸 책에 대한 좋은 아이디어가 있었다. 프로방스의 골동품으로 가득 찬 마치뱅크스 저택의 변신이 주제였다. 그녀는 텅 빈 저택 사진을 여러 장 찍어 두었다. 이제 그녀의 성공적인 집수리 이야기를 책으로 써낼 생각이었다. 브루스는 그런 유의 책이 비용을 감당할 수 있을 정도로 팔릴지 걱정스러웠다. 하지만 아무려면 어떤가? 노엘이 좋다는데.

언젠가부터 거래 명세서가 오지 않았다. 브루스가 어찌된 영문인지 슬쩍 물었다. 그녀는 그가 최대 할인을 받을 수 있는 이유가 생겼고, 그건 바로 그녀 자신(!)이라는 과장된 설명으로 답을 대신했다. 저택 자체의 소유권은 그에게 있었지만, 집 안에 있는 모든 물건은 두 사람의 공동 소유였다.

8.

2006년 4월, 두 사람은 남부 프랑스에서 2주간의 시간을 보냈다. 아비뇽에 있는 그녀의 아파트를 본부 삼아 마을에서 마을로, 시장에서 시장으로 발바닥에 땀나도록 돌아다녔다. 브루스는 사진으로만 보았던 음식을 직접 먹고, 미국에서 접할 수 없었던 훌륭한 현지 와인을 마시고, 운치 있는 호텔에서 묵고, 경치를 구경하고, 그녀의 친구들을 소개받았다. 물론 그녀의 가게를 채울 물건들도 사들였다. 파고들기 좋아하는 브루스는 소박한 프랑스 가구와 공예품의 세계로 뛰어들었고, 금세 좋은 물건들을 찾아내기 시작했다.

두 사람은 니스에 갔을 때 바로 그 자리에서 결혼을 약속했다.

3장
채용

1.

4월 어느 완벽한 늦은 봄날, 머서 만은 살짝 흥분한 상태로 노스캐롤라이나 대학의 채플 힐 캠퍼스를 가로질러 걷고 있었다. 구직 문제로 초면인 사람과 간단한 점심 식사 약속을 잡아 놓았기 때문이다. 그녀는 신입생들에게 문학을 가르치는 시간 강사로 2주 뒤에 계약 기간이 종료될 예정이었다. 세금과 비용을 줄이는 데 혈안이 된 이들이 지배하는 주 의회가 예산을 삭감한 탓이었다. 재계약을 위해 어떻게든 줄을 대 보려고 했지만 소득이 없었다. 조만간 그녀는 빚과 함께 집도 없이 직장에서 쫓겨날 판이었다. 전에 낸 책도 절판된 상황이었다. 서른한 살에 애인 하나 없는 그녀의 삶은 계획했던 것과 아주 거리가 멀었다.

도나 왓슨이라는 모르는 여자로부터 온 두 개의 메일 중 첫 번째는 전날 온 것이었다. 이메일의 형식이 허락하는 한 최대로 모호한 내용이었다. 왓슨은 자신이 한 사립 학교의 컨설턴트인데, 고등학교 졸업반 학생들에게 창의적 글쓰기를 강의할 새 교사를 구한다고 했다. 그녀는 마침 이 도시에 와 있으니 만나서 차 한잔할 수 있는지 물었다. 그러면서 연봉은 최고 7만5천 달러 정도까지 가능하며, 문학 애호가인 교장이 실제로 소설을 한두 권 써 본 사람을 고용하기로 결정했다고도 했다.

머서는 소설을 한 권 썼고, 단편집도 하나 낸 적이 있었다. 연봉은 상당히 괜찮은 수준으로 현재 그녀가 버는 액수보다 많았다. 다른 자세한 사항은 언급이 없었다. 머서는 학교 이름과 위치 같은 몇 가지 질문과 함께 우호적인 답신을 보냈다.

두 번째 이메일은 첫 번째보다 살짝 덜 모호했지만 상대가 밝힌 건 학교가 뉴잉글랜드 지역이라는 것뿐이었다. 그리고 커피를 마시자던 제안이 '간단한 점심 식사'로 바뀌어 있었다. 상대는 캠퍼스 바로 밖 프랭클린 스트리트에 있는 스팽키스라는 식당에서 정오에 만날 수 있느냐고 물어 왔다.

머서는 당장의 고급 식사에 마음이 끌려 상류층 고등학생들을 가르쳐야 한다는 사실을 대수롭지 않게 여기는 자신이 부끄러웠다. 아무리 연봉이 올라도 고등학교 교사라면 지금보다 한 단계 내려서는 것이나 마찬가지였다. 3년 전 채플 힐 캠퍼스에 왔을 때 그녀는 열심히 가르치는 일을 하면서 구상 중이던 소설을 마무리 짓겠다고 다짐했었다. 3년 후 그녀는 조만간 대학에서 잘리게 생겼고, 소설은 그녀가 채플 힐에 왔을 때와 마찬가지로 여전히 미완성 상태였다.

레스토랑에 들어가자마자 멋지게 잘 차려입은, 50대로 보이는 여자가 그녀에게 손을 흔들었다. 그녀는 악수를 청하며 말했다. "도나 왓슨이에요. 만나서 반가워요." 머서는 맞은편에 앉아 찾아와 주어 고맙다고 말했다. 점원이 테이블로 메뉴판을 가져왔다.

도나 왓슨은 1초도 낭비하지 않겠다는 듯 돌변해서는 말했다. "일단 내가 지금까지 가짜 신분을 사용했다는 사실부터 밝혀야겠군요. 내 이름은 도나 왓슨이 아니고 일레인 셸비예요. 난 베데스다에 있는 한 회사에서 일해요."

머서는 멍한 얼굴로 시선을 옮겼다가 다시 상대를 바라보았다. 그녀는 어떻게든 적절하게 대꾸할 말을 생각해 내느라 안간힘을 썼다.

일레인이 몰아붙이듯 말을 이어 갔다. "거짓말한 건 미안해요. 그렇지만 다시는 거짓말을 하지 않을 거예요. 그래도 점심 얘기는 진심이에요. 점심은 내가 살 테니 한 번만 내 얘기를 들어 봐요."

"거짓말을 하신 이유가 있겠죠." 머서는 조심스럽게 입을 열었다.

"그럼요. 아주 훌륭한 이유가 있죠. 그리고 만일 내가 한 거짓말을 용서해 주고 내 얘길 들어준다면 이유를 설명할게요."

머서는 어깨를 으쓱해 보이며 말했다. "우선 배가 고파서요. 배가 찰 때까지는 당신 얘기를 들어 볼게요. 배가 차고 나서도 상황이 깔끔하게 정리되지 않으면 그땐 그냥 일어날 거예요."

일레인은 신뢰하지 않을 수 없어 보이는 미소를 지었다. 까만 눈동자에 피부색도 짙었다. 아마도 중동이나 이탈리아 혹은 그리스

카미노 아일랜드

의 피가 섞인 것 같다고, 머서는 생각했다. 다만 여자의 억양으로 미루어 보아 미국 중서부 북쪽 출신이 분명했다. 여자는 스마트한 스타일의 짧은 회색 머리를 하고 있었다. 식당 안의 남자 둘이 그녀에게 벌써 두 번째 눈길을 보내고 있었다. 그녀의 예쁜 얼굴과 완벽한 옷차림은 캐주얼한 차림의 평범한 대학생 무리 속에서 단연 튈 수밖에 없었다.

그녀가 말했다. "일자리 얘기는 거짓말이 아니에요. 그러니 내가 여기까지 직접 와서 일자리에 대한 확신을 심어 주는 거죠. 내가 메일에 쓴 것보다 더 좋은 조건으로."

"무슨 일인데요?"

"글 쓰는 일. 쓰던 소설을 완성하는 거요."

"어떤 소설이요?"

점원이 주문을 받으러 왔고 두 사람은 치킨 샐러드와 탄산수를 주문했다. 점원이 메뉴판을 낚아채듯 도로 가져가며 자리를 떴다. 잠시 뜸을 들인 후에 머서가 말했다. "계속하시죠."

"이야기가 길어요."

"그럼 확실한 것부터 시작해요. 당신에 관해서."

"좋아요. 나는 보안과 수사에 특화된 회사에서 일해요. 우리 회사는 따로 광고를 하지 않고 홈페이지도 없어서 들어 본 적이 없겠지만 탄탄한 회사예요."

"무슨 말인지 모르겠어요."

"좀 더 들어 봐요. 6개월 전 절도범 일당이 프린스턴 대학 파이어스톤 도서관에서 피츠제럴드의 원고를 훔쳤어요. 둘은 체포돼서 교도소에 수감 중이고요. 나머지는 행방이 묘연한 상태예요. 원고도 아직 못 찾았고요."

머서가 고개를 끄덕이고는 말했다. "언론에 많이 나온 얘기잖아요."

"네. 원고가 총 다섯 개인데, 우리 고객인 회사가 보험 업무를 담당했어요. 아주 큰 개인 회사고, 예술 작품, 보물, 희귀 자산의 보험 업무를 보는 곳이에요. 아마 그 회사 이름 역시 들어 보진 못했을 거예요."

"보험 회사 쪽은 어차피 잘 몰라요."

"다행이네요. 어쨌든 우리는 FBI, 특히 희귀 자산 회수팀과의 공조를 통해 6개월 동안 조사를 진행했어요. 압력이 커요. 6개월이 더 지나면 우리의 고객 회사는 어쩔 수 없이 프린스턴에 2천5백만 달러를 물어 줘야 하거든요. 사실 프린스턴은 돈보다 원고를 더 원하고 있어요. 알다시피 그 원고들은 가격을 매길 수 없을 정도로 귀중하잖아요. 몇 가지 단서를 찾아냈지만 지금까지 이렇다 할 만한 결과는 없어요. 다행스럽게도 도난된 책과 원고를 다루는 암시장은 그렇게 크지 않아요. 현재 우리는 물건을 취급한 것으로 보이는 특정 딜러의 흔적을 찾아내는 단계까지 왔어요."

점원이 두 사람 사이에 커다란 산 펠레그리노 탄산수 병과 얼음, 레몬이 든 유리잔 두 개를 차례로 내려놓았다.

점원이 사라지자 일레인이 말을 이었다. "당신이 알 수도 있는 사람이에요."

머서는 옅은 신음 소리를 내며 어깨를 으쓱하고는 상대방을 바라보고 말했다. "참 놀랄 일이로군요."

"당신은 카미노 아일랜드와 오랜 역사를 갖고 있잖아요. 어렸을 때 여름이면 그곳에서 살았죠. 할머니와 그분의 해변 오두막에서 말이죠."

"그걸 어떻게 아세요?"

"당신이 글에 썼으니까요."

머서는 한숨을 내쉬고 물병을 집었다. 그녀는 유리잔 두 개에 천천히 물을 따르면서 마음을 가라앉혔다. "그렇군요. 제가 쓴 글을 전부 다 읽으셨나 봐요."

"아니요. 당신이 책으로 낸 것들만요. 이번 일을 위한 준비 작업의 일환이었는데, 아주 즐거웠어요."

"고마워요. 책이 더 많지 않아 죄송하네요."

"아직 젊고 재능이 있잖아요. 이제 막 시작했고."

"그럼 들어 보죠. 얼마나 숙제를 잘했는지 확인 좀 해 볼게요."

"좋아요. 당신의 첫 번째 소설 《10월의 비》는 뉴컴 출판사에서 2008년에 나왔어요. 당신이 겨우 스물네 살일 때. 판매량도 괜찮았죠. 양장본은 8천 부가 팔렸고 소프트 커버로는 그 두 배가 팔렸으니까요. 전자책도 좀 나갔고. 베스트셀러라고까진 할 수 없지만 비평가들로부터 아주 좋은 평을 받았죠."

"죽음의 키스였지만요."

"그 작품으로 전미 도서상 후보에 올랐고 펜포크너상 최종 후보에도 올랐어요."

"그리고 수상에는 실패했고요."

"그래요. 하지만 첫 소설이, 더구나 젊은 작가의 작품이 그런 관심을 받는 일은 드물어요. 〈타임스〉는 그 책을 올해 최고의 도서 10으로 선정하기도 했어요. 그 뒤에 《파도의 음악》이라는 단편집을 출간했어요. 그때도 비평가들에게서 호평을 받았지만 판매 실적은 그리 좋지 않았죠."

"네."

"그다음에 당신은 에이전트와 출판사를 바꿨어요. 세상은 아직 당신의 다음 소설을 기다리고 있고요. 그 사이 당신은 문학 잡지에 세 개의 글을 기고해요. 그중 하나는 당신이 테사 할머니와 해변의 거북 알을 지키는 내용이었어요."

"그럼 테사 할머니에 관해서도 알고 있나요?"

"있잖아요, 머서, 우린 알아야 할 건 다 알고 있어요. 그리고 출처는 모두 공개된 기록들이고요. 우리가 뒤를 많이 캐고 다니는 건 인정해요. 하지만 우린 공개 자료 외의 사생활은 파고들지 않아요. 물론 요즘 같은 인터넷 세상에는 사생활이라는 게 없지만."

샐러드가 나왔다. 머서는 나이프와 포크를 들었다. 그녀가 몇 입 먹는 동안 일레인은 물을 마시고 그녀를 지켜보았다. 마침내 머서가 물었다. "식사하실 거예요?"

"그럼요."

"그래서 테사 할머니에 관해 뭘 알고 있죠?"

"당신의 외할머니죠. 1980년에 남편과 함께 카미노 아일랜드에 오두막을 지었어요. 두 사람은 당신이 태어난 멤피스에서 살았고, 휴가 때만 그 오두막에서 지냈어요. 1985년에 남편, 그러니까 당신의 외할아버지가 세상을 떠나고 나서 홀로 남은 테사는 아예 바닷가로 이사를 갔어요. 당신은 어렸을 때, 그리고 10대 때 외할머니와 그곳에서 긴 여름을 보내곤 했어요. 다시 말하지만 이건 당신이 글로 쓴 내용이에요."

"맞아요."

"테사는 2005년 항해 도중 사고로 사망했어요. 그녀의 시신은 폭풍이 발생하고 이틀 뒤 해변에서 발견됐어요. 하지만 함께 항해했던 사람과 선박은 끝내 발견하지 못했어요. 이 부분은 신문에 다 난 거고요. 주로 잭슨빌에서 발행되는 〈타임스 유니언〉에 실렸던 내용이에요. 공개된 기록에 따르면, 테사는 오두막을 포함해 모든 재산을 세 자녀에게 물려주겠다고 유언장에 썼어요. 세 자녀 가운데 한 사람이 당신 어머니죠. 오두막은 여전히 가족 전체의 소유고요."

"네. 저도 3분의 1 가운데 절반을 소유하고 있어요. 할머니가 돌아가신 뒤로 한 번도 가 본 적은 없지만. 전 오두막을 팔고 싶은데 가족들은 어떻게 할지 의견을 모으지 못하고 있어요."

"오두막을 사용하긴 하죠?"

"그럼요. 겨울이면 이모가 거기서 지내요."

"제인 말이군요."

"네. 그리고 제 친언니도 여름휴가를 그리로 가죠. 그냥 궁금해서 그러는데, 저희 언니에 관해서는 뭘 알고 있나요?"

"당신 언니 코니는 남편, 10대 딸 둘과 내슈빌에서 살죠. 마흔 살이고 남편이 운영하는 회사에서 일해요. 남편은 프로즌 요거트 판

존 그리샴

매점을 여러 개 갖고 있고 장사가 제법 잘돼요. 코니는 SMU에서 심리학을 공부했고 남편도 학교에서 만났죠."

"제 아버지에 관해서는요?"

"당신 아버지 허버트 만은 한때 멤피스에서 가장 큰 포드 자동차 대리점을 운영했었죠. 돈을 꽤 벌었는지 코니가 대학에 다닐 때는 학자금 대출 없이 등록금을 낼 수 있었어요. 이후에 무슨 이유에서인지 사업이 잘 안 돼서 사업을 접었고, 지난 10년 동안 볼티모어 오리올스 프로 야구팀에서 비정규직 스카우터로 일하고 있어요. 지금은 텍사스에 거주 중이고요."

머서는 나이프와 포크를 테이블에 내려놓고 깊게 한숨을 내쉬었다. "미안하지만 듣기 불편하네요. 꼭 스토킹당하는 기분이라서요. 원하는 게 뭐죠?"

"제발요, 머서, 우리가 가진 정보는 그저 형사들의 구닥다리 탐문 방식으로 모은 거예요. 봐선 안 될 자료는 전혀 보지 않았다고요."

"그냥 소름 끼쳐요. 전문 스파이들이 내 과거를 캐고 다니다니. 현재에 대해서는 또 얼마나 알고 있죠? 지금 직장에서의 제 상황을 얼마나 알고 있냐고요?"

"일을 계속할 수 없는 상황이란 거요?"

"그래서 새 일자리가 필요하단 것도요?"

"네."

"이건 공개 자료가 아니잖아요. 노스캐롤라이나 대학에서 누구를 채용하고 해고하는지 당신들이 어떻게 알아요?"

"정보원들이 있어요."

머서는 얼굴을 찌푸리며 식사를 다 마친 듯 샐러드 접시를 옆으로 살짝 치웠다. 그녀는 팔짱을 끼고 셸비를 향해 인상을 썼다. "사생활 침해를 당했다는 느낌을 지울 수가 없군요."

"머서, 제발 내 말 좀 들어 봐요. 우리에게는 최대한 많은 정보를 수집하는 일이 중요했어요."

"왜죠?"

"우리가 제안하려는 일자리를 위해서요. 만일 제안을 거절한다면 우리가 그동안 수집한 정보를 당신에게 넘겨주고 떠날 거예요. 수집한 정보는 절대 누설하지 않아요."

"그 일자리가 대체 뭔데요?"

일레인은 음식을 조금 입에 넣고는 오래도록 씹었다. 그리고 물을 한 모금 마시고 말했다. "다시 피츠제럴드의 원고로 돌아가죠. 우린 그 원고들이 카미노 아일랜드에 숨겨져 있다고 생각해요."

"누가 숨겨 놨는데요?"

"일단 지금부터 우리가 나눌 얘기를 절대 발설하지 않겠다는 약속부터 받고 싶군요. 많은 것이 걸려 있는 문제라서요. 한마디라도 정보가 새 나가면 돌이킬 수 없는 피해가 발생할 거예요. 우리 고객이나 프린스턴 대학뿐 아니라 원고 자체가 위험해질 수도 있고."

"제가 이런 얘기를 누구한테 하겠어요?"

"그냥 약속만 해 줘요. 부탁할게요."

"비밀을 지키려면 신뢰가 필요하잖아요. 내가 왜 당신을 믿어야 하죠? 지금 당장 드는 생각은 당신과 당신이 일하는 회사가 의심스럽다는 것뿐인데요."

존 그리샴

"이해해요. 하지만 나머지 이야기도 부디 들어주면 좋겠어요."

"알겠어요. 들어나 보죠. 하지만 이젠 배가 안 고파요. 그러니 빨리하는 게 좋을 거예요."

"그러죠. 산타 로사 시내에 있는 베이 북스라는 서점에 가 본 적 있죠? 거기 주인이 브루스 케이블이라는 남자인데요."

머서는 어깨를 으쓱하고는 말했다. "그럴 거예요. 어렸을 때 할머니랑 몇 번 가 봤어요. 다시 말하지만 전 할머니가 돌아가신 뒤로는 그곳에 한 번도 가지 않았어요. 벌써 11년이나 지났네요."

"장사가 아주 잘되는 곳이에요. 체인형 서점을 제외하고 전국에서 제일 잘나가는 곳 가운데 하나일 거예요. 케이블은 서점 업계에서 유명인이고, 활발하게 활동하는 사람이기도 해요. 연줄이 많아서 작가들이 홍보 투어 할 때 많이 들러요."

"여담이지만, 저도《10월의 비》홍보할 때 거기 가려고 했었어요."

"그래요. 케이블은 현대 문학 작품의 초판본을 공격적으로 수집하고 있기도 해요. 거래를 많이 하는 것 같은데, 우리는 그가 그쪽 사업을 통해 아주 많은 돈을 벌고 있다는 의심을 하고 있어요. 도난당한 책들도 거래한다는 말도 도는데, 이런 식으로 암거래를 하는 사람은 극소수예요. 두 달 전 우리는 다른 수집가와 친한 정보원으로부터 정보를 받아서 그의 흔적을 포착했어요. 우리는 케이블이 피츠제럴드의 원고를 갖고 있다고 봐요. 어떻게든 장물을 처리하고 싶었던 중간 상인으로부터 산 것 같아요."

"정말이지 식욕이 싹 달아나 버렸네요."

"우린 그 사람에게 접근하는 데 한계가 있어요. 지난 한 달간 서점에 사람을 들여보내서 지켜보고 캐내고 몰래 사진이며 비디오도 촬영했지만, 결국 벽에 부딪히고 말았어요. 서점의 중앙 구역에 크고 멋진 공간이 있는데요. 그곳에 희귀 서적을 전시하는 책장이 있어요. 주로 20세기 미국 작가들의 작품이에요. 중요한 구매자라면 기꺼이 구경을 시켜 주겠죠. 그 사람에게 희귀본을 팔려는 시도도 해 봤어요. 포크너가 사인을 해서 특정인에게 선물했던 그의 첫 소설 《병사의 보수》라는 희귀본을 팔아 보려고 했죠. 케이블은 그 작품이 세상에 몇 권 남아 있지 않다는 걸 알고 있더군요. 세 권은 미주리주에 있는 한 대학 도서관이, 한 권은 포크너를 연구하는 어떤 학자가, 그리고 다른 한 권은 여전히 포크너의 후손이 소장 중이라는 사실도요. 시장 가격은 4만 달러 정도였는데, 우리는 케이블에게 2만5천 달러에 팔겠다고 제안했어요. 처음에는 관심을 보이는 것처럼 굴다가 어떻게 책을 손에 넣었느냐면서 질문을 퍼붓기 시작하더군요. 수준급의 질문들이었죠. 그러더니 결국 겁을 먹었는지 거절했어요. 그때 필요 이상으로 두려워하는 그의 모습을 보고 그에 대한 의심이 커지기 시작했어요. 이후로 그의 세상을 더 뚫고 들어가는 데 한계가 왔고, 우린 내부자가 필요하다는 걸 깨닫게 됐죠."

"저요?"

"그래요. 당신 같은 사람. 잘 알겠지만 작가들은 가끔 안식 기간을 보내기 위해 은둔 생활을 하며 작업을 하잖아요. 당신은 완벽하게 정체를 숨기고 움직일 수 있어요. 실제로 그 섬에서 자라기도 했고. 그 오두막에 대한 실제 소유권도 일부 갖고 있고. 문단에 이름도 알려져 있고. 당신 이야기라면 완벽하게 먹힐 거예요. 당신은 모두가 기다리는 책을 마무리하기 위해 그곳의 해변에서 6개월 동안 머무는 거죠."

"제 책을 기다리는 사람이 한 세 명쯤 되려나요."

"6개월 일하는 조건으로 10만 달러를 드리죠."

머서는 잠시 말문이 막혔다. 그녀는 고개를 절레절레하며 샐러드 접시를 더 밀어내고는 물을 한 모금 마셨다. "미안하지만 전 스파이가 아니에요."

"당신에게 스파이 노릇을 하라는 게 아니에요. 그냥 지켜보기만 하면 돼요. 당신은 완벽하게 자연스럽고 신뢰할 만한 행동만 하게 될 거예요. 케이블은 작가들을 아주 좋아해요. 그는 작가들과 와인을 마시고 식사를 하고 그들을 지지해 줘요. 홍보 투어를 다니는 작가들 가운데 다수가 그의 집에서 묵어요. 정말 끝내주는 집을 갖고 있더군요. 케이블 부부는 친구들과 작가들을 초청해서 아주 긴 저녁 식사를 즐기곤 하죠."

"그럼 바로 접근해서 그 사람의 신뢰를 얻어 내고 피츠제럴드의 원고를 어디에다 숨겨 뒀는지 물어보면 되겠네요."

일레인은 웃음으로 받아넘겼다. "우린 아주 많은 압박을 받고 있어요. 당신이 뭘 알아낼 수 있을지 난 모르겠어요. 하지만 지금 상태라면 뭐든 도움이 될 거예요. 케이블과 그의 아내가 당신에게 접근해 올 가능성도 크고, 어쩌면 당신과 친해지려고 할 거예요. 아니면 천천히 그들과 아주 가까운 사람들 속으로 들어갈 수도 있

겠고요. 케이블은 술을 많이 마시니까 실수로 뭐라도 흘릴지 모르
죠. 혹시 그 사람의 친구 하나가 서점 지하에 있는 수장고 얘기를
꺼낼지도 모르고요."

"수장고요?"

"그냥 소문이에요. 하지만 우린 갑자기 찾아가서 질문할 수 있
는 처지가 아니라서요."

"그 사람이 술을 많이 마신다는 건 어떻게 알았죠?"

"수많은 작가가 그 사람을 거쳤어요. 작가들이 끔찍한 험담꾼이
라는 건 부인할 수 없는 사실이고요. 소문은 흘러나오기 마련이에
요. 출판계가 얼마나 좁은지 잘 알잖아요."

머서는 양손을 들어 올려 손바닥을 내보이면서 의자를 뒤로 밀
었다. "미안해요. 제가 할 일은 아닌 것 같아요. 물론 전 완벽하진
않지만 남을 속이는 사람까진 아니라고요. 게다가 거짓말을 잘하
는 것도 아니고, 거짓으로 이런 일을 도모할 만한 깜냥도 없어요.
사람을 잘못 고르셨어요."

"제발."

머서는 자리를 뜨려는 모양으로 일어서서 말했다. "점심 잘 먹
었어요."

"제발, 머서."

일레인의 만류에도 머서는 그길로 식당을 나와 버렸다.

2.

간단한 점심 식사를 하는 동안 어느새 해가 사라지고 바람이 세차게 불고 있었다. 봄 소나기가 내릴 것 같았다. 늘 우산 없이 다니는 머서는 최대한 빠른 걸음으로 집으로 향했다. 그녀의 집은 식당에서 800미터 정도 떨어진 곳으로, 학교에서 가깝지만 채플 힐에서 오래된 구역에 속하는 동네였다. 그녀는 멋지고 오래된 주택 뒤편에, 그늘지고 비포장도로로 된 골목에 위치한 작은 렌털 하우스에서 살았다. 집주인은 대학원생과 배고픈 시간 강사들에게만 세를 놓았다.

그녀가 좁은 현관 앞 포치에 발을 올리자마자 첫 번째 빗방울이 집의 양철 지붕을 거칠게 때리기 시작했다. 완벽한 타이밍이었다. 그녀는 자기도 모르게 누가 지켜보는 건 아닌지 주위를 둘러보았다. 도대체 어떤 사람들일까? 머서는 신경 쓰지 말자, 하고 혼잣말을 했다. 집에 들어간 그녀는 신발을 벗어 던지고는 차를 한 잔 만들어 들고 소파에 앉아서 깊은 숨을 내쉬었다. 그리고 빗방울이 만들어 내는 음악에 귀를 기울인 채 점심을 먹으며 나눈 대화를 되새겨보았다.

감시를 당하고 있었다는 충격이 가시기 시작했다. 일레인이 옳았다. 요즘에는 인터넷과 소셜 미디어, 그리고 어디에나 출몰하는 해커며 온갖 투명성 어쩌고 하는 말들 때문에 진정한 사생활이 존재할 수 없었다. 그들의 계획이 상당히 스마트하다는 사실 또한 인정해야 했다. 그녀는 그들의 채용 조건에 딱 맞는 인물이었다. 그 섬과 어릴 적부터 관련 있는 작가에다 일부지만 그곳의 주택에 대한 소유권도 가지고 있었다. 게다가 진작에 마감했어야 할 소설을 쓰다가 중단한 상태였고, 새로운 친구들을 찾는 외로운 영혼의 소유자이기도 했다. 그녀를 둘러싼 모든 조건은 브루스 케이블이 그녀를 스파이라고 의심할 수 없게 했다.

그녀는 브루스 케이블을 분명히 기억했다. 멋진 정장을 입고 나비넥타이를 매고 양말을 신지 않는 잘생긴 남자. 길고 구불거리는 머리에 플로리다 해변에서 태운 피부까지. 남자는 언제나 서점 출입문 근처에 서서 손에 책을 들고 커피를 홀짝거리며 책을 읽는 동시에 모든 걸 지켜보았다. 무슨 이유에서인지 테사 할머니는 그 남자를 좋아하지 않았고 도통 서점에 가는 법이 없었다. 할머니는 책도 사지 않았다. 도서관에서 공짜로 책을 볼 수 있는데 왜 사니?

작가 사인회와 책 홍보 투어. 머서는 홍보할 새 소설이 있기라도 했으면 좋겠다는 생각이었다.

2008년 《10월의 비》를 발표했을 때 뉴컴 출판사는 홍보나 홍보 투어를 진행할 비용이 없었다. 출판사는 그로부터 3년 뒤에 망했다. 그러다 〈타임스〉에서 격찬하는 리뷰 기사를 내 준 덕분에 몇몇 서점에서 작가의 홍보 투어를 제안해 왔다. 급하게 홍보 계획이 수립되었다. 머서가 진행할 홍보 투어 계획에 따르면, 그녀는 아홉 번째로 베이 북스에 들를 예정이었다. 하지만 그녀의 홍보 투어는 워싱턴 D. C.에서 진행한 첫 번째 사인회에 열한 명이 참석하고 겨우 다섯 명이 책을 사면서 시작하자마자 예정에서 벗어나기 시작했다. 게다가 그날 모인 인원은 전체 홍보 투어에서 최대의 성과였다! 필라델피아에서 열린 그녀의 두 번째 사인회에는 겨우 네 명의 팬이 나타났고 머서는 사인회 내내 출판사 직원들과 수다를 떨며 시간을 때워야 했다. 세 번째이자 결과적으로 마지막이 된 사인회는 하트퍼드의 대형 서점에서 열렸다. 그녀는 길 건너 바에 앉아 마티니 두 잔을 연달아 마시며 사람들이 줄을 서길 기다렸다. 사람들은 보이지 않았다. 그녀는 도로를 건너 10분 늦게 행사장에 도착하고 난 뒤에야 행사장에 서점과 출판사 직원들밖에 없다는 걸 알게 되었다. 독자가 아무도 오지 않은 것이었다. 단 한 명도.

이보다 더 창피할 수는 없었다. 그녀는 예쁜 책을 테이블에 잔뜩 쌓아 두고 가까이 오지 않으려는 고객들의 눈을 피하며 홀로 앉아 있는 창피함을 절대, 다시는 무릅쓸 수 없었다. 그녀는 알고 지내는 몇몇 작가들로부터 무시무시한 이야기를 들었다. 서점에 등장해서 직원들과 자원봉사자들이 친절한 얼굴로 건네는 인사를 받고, 그 직원들과 자원봉사자들이 책을 사고 사인을 받으려는 사람이 얼마나 될지 궁금해하면서 혹시 숨어 있는 팬이라도 있는지 초조하게 주위를 두리번거리는 모습을 지켜보다가, 그들이 사랑해 마지않는 작가가 개망신을 당하자 결국 다들 어디론가 사라져 버렸다는, 어마어마하게 창피한 일에 대해서 말이다.

어쨌든 그녀는 남은 홍보 투어 일정을 전부 취소했다. 어차피 카미노 아일랜드에 다시 가고 싶은 마음도 없었다. 그곳과 관련된 멋진 기억이 많기는 하지만 그 추억들은 끔찍하고 비극적인 할머니의 죽음에 가려지곤 했다.

빗소리에 졸음이 몰려왔다. 머서는 긴 낮잠 속으로 빠져들었다.

3.

발걸음 소리에 잠에서 깼다. 오후 3시, 시계처럼 규칙적인 집배원이 삐걱거리는 포치 위로 시끄럽게 걸어 올라와 현관 옆 작은 우편함에 우편물을 집어넣는 소리가 났다. 그녀는 집배원이 갈 때까지 잠시 기다렸다가 대부분이 광고지나 청구서에 불과할 게 뻔한 우울한 우편물들을 꺼내 왔다. 광고 우편물은 커피 테이블에 던져 두고 노스캐롤라이나 대학에서 온 편지를 뜯었다. 영문학과의 학과장으로부터 온 편지였다. 유쾌하고 장황한 내용이었지만, 한마디로 그녀에게 공식적인 해고 통보를 한다는 것이었다. 그녀가 학교 임직원의 '유용한 재산'이자 '동료들로부터 존경받고' '학생들로부터 사랑받는' '재능 있는 교수'였다는 식의 이야기가 쓰여 있었다. '영문학과 전체'는 그녀가 학교에 남아 가르칠 수 있기를 원하며 그녀가 '엄청난 보탬'이 된다고 보지만 안타깝게도 예산에 여유가 없다고 했다. 학과장은 그녀의 행운을 빌면서 혹시라도 내년에 '예산이 적절한 수준으로 다시 확보되면' '다른 자리'가 날지도 모른다는 아주 작은 희망을 보여 주는 일도 잊지 않았다.

편지 내용의 대부분은 사실이었다. 학과장은 그녀의 편이었고 가끔 조언자 역할도 해 주었다. 머서는 학계라는 지뢰밭에서 어떻게든 살아남기 위해서 입을 다물었고 가능한 한 종신 교수들과의 만남을 피했다.

그러나 그녀는 교수가 아니라 작가였고 이제 앞으로 나아가야 할 때였다. 어디로 가야 할지는 알 수 없었지만, 강의실에서 3년을 보내고 나니 매일 아무 일도 하지 않고 소설이나 짧은 이야기를 쓰면서 유유자적하는 자유가 애타게 그리웠다.

두 번째 우편물에는 카드 회사에서 온 명세서가 들어 있었다. 카드 대금 명세서는 그녀가 어떻게 절약하며 살았고, 어떤 곳의 소비를 줄이려고 했는지를 여실히 보여 주었다. 어쨌든 이렇게 생활해야만 매달 신용 카드 대금을 제때 낼 수 있고, 은행이 어떻게든 이월시켜서 더 붙여 보려는 높은 이자도 피할 수 있었다. 그녀의 월급으로는 간신히 카드 대금을 내고, 집세, 자동차 보험료, 차 수리비, 효력이 없다시피 한 건강 보험료를 낼 수 있었다. 특히 건강 보험료는 매달 수표를 써서 보낼 때마다 내지 말까 고민하곤 했다. 그녀는 학교 월급만으로 안정적인 재정 상황을 유지할 수도 있었다. 적게나마 남는 돈으로 입을 만한 옷도 사고, 재미도 좀 보면서 말이다. 하지만 세 번째 우편물 때문에 그런 일은 불가능했다.

세 번째 우편물은 지난 8년 동안 그녀를 끔찍하게 괴롭혀 온 국립 학자금 대출 공사에서 온 것이었다. 그녀의 아버지는 그녀가 사우스 대학에 입학한 첫해의 학비만 겨우 대 주었다. 그 후 아버지가 갑작스럽게 파산하고 감정적 붕괴를 겪으면서 머서는 먹고살 길이 막막해졌다. 그녀는 학자금 대출, 보조금, 아르바이트, 그리고 테사 할머니가 남긴 부동산에서 나오는 소액의 자금으로 간신히 학업을 마쳤다. 《10월의 비》와 《파도의 음악》을 집필했을 당시 소량의 선금을 받아 학자금 대출 이자를 일부 갚기는 했으나 원금에는 손도 대지 못했다.

실직 상태가 되면 새로 대출을 내서 이전의 대출로부터 나오는 빚을 갚아야 했고, 두세 차례 이직을 거치고 현재에 이르면서 상황은 나날이 악화일로를 걸었다. 그녀는 빚더미에 눌린 상황에서는 창의적인 표현 활동이 불가능하다는 진실을 깨달았지만, 이 얘기를 누구에게도 털어놓지는 않았다. 매일 아침 맞닥뜨리는 빈 종이는 위대한 소설의 한 페이지가 될지도 모른다는 약속이 아니라, 채권자들을 만족시킬 만한 뭐라도 만들어 내기 위한 변변찮은 노력일 뿐이었다.

그녀는 변호사 친구에게 파산 신청을 하면 어떻게 되는지 물어보기도 했는데, 학자금 대출이 특별 보호를 받는 동시에 면제될 수 없도록 은행과 학자금 대출 공사가 의회에 로비를 해 두었다는 사실만을 확인했을 뿐이다. 친구는 말했었다. "거지 같지. 하물며 도박꾼들도 파산 신청을 하면 다 털어 버릴 수 있는 마당에."

그녀를 스토킹한 사람들은 그녀의 학자금 대출에 대해서도 알고 있을까? 이런 부분은 비밀이 완벽히 보장되지 않나? 하지만 왠지 전문가들은 뭐든 파고들어 알아낼 수 있을 것 같은 생각이 들었다. 그녀는 가장 민감한 의료 기록조차 엉뚱한 사람들에게 흘러 들어갈 수 있다는 기사도 본 적이 있었다. 게다가 카드 회사는 고객들의 개인 정보를 팔아먹는 걸로 악명이 높지 않은가? 비밀로 안전하게 묻어 둘 수 있는 게 존재하긴 할까?

그녀는 광고를 쓰레기통에 던져 넣었다. 그리고 학교에서 온 마지막 편지를 잘 보관해 두고, 청구서 두 장은 토스터 옆 선반에 올려 두었다. 차를 더 마시면서 소설이나 읽으려는데 휴대 전화가 울렸다.

또 일레인이었다.

4.

일레인이 말문을 열었다. "저기, 점심때 일은 정말 죄송해요. 거짓
말로 접근할 생각은 없었어요. 하지만 당신과 이야기를 시작할 방
법이 없었어요. 어떻게 해야 할지 모르겠더라고요. 무작정 캠퍼스
로 찾아가서 당신을 붙잡고 속마음을 털어놓을 수도 없고."

머서는 눈을 감고 조리대에 몸을 기댔다. "됐어요. 괜찮아요. 그
냥 예상 못했던 일이라 그래요. 이해하시죠?"

"그럼요. 이해해요. 그래서 더 미안한 거예요. 저기, 난 내일 아침
에 워싱턴으로 돌아가요. 혹시 괜찮다면 저녁 먹으면서 하던 얘기
를 마저 하면 어떨까 싶은데."

"그건 사양할게요. 전 당신이 필요로 하는 사람이 아니에요."

"머서, 당신은 우리가 찾는 인물에 완벽하게 들어맞는 사람이에
요. 솔직히 말하자면 다른 대안도 없어요. 제발 내가 모든 걸 설명
할 수 있는 시간을 좀 줘요. 아직 못다한 이야기가 있거든요. 아까
말했듯이 지금 우리 회사는 아주 심각한 문제에 직면해 있어요. 우
린 원고가 훼손되거나 수집가들에게 조각조각 팔려 사라지는 최
악의 사태가 벌어지기 전에 원고를 찾아내려고 애쓰고 있어요. 제
발 한 번만 더 기회를 줘요."

머서는 자신의 돈 문제를 부정할 도리가 없었다. 그도 그럴 것이
그녀에게 돈은 정말 큰 문제였다. 잠시 마음이 흔들린 그녀가 말했
다. "그래서 나머지 이야기가 뭔데요?"

"설명하려면 시간이 좀 걸려요. 나한테 차도 있고 기사도 있으니
까 7시에 데리러 갈게요. 이 동네는 잘 모르지만 랜턴이라는 좋은

레스토랑이 있다고 하던데. 거기 가 봤어요?"

머서도 그 레스토랑에 대해 익히 알고 있었다. 다만 너무 비싸서 가 보지는 못했었다. "우리 집 아시죠?" 그녀는 이렇게 묻고 나서 이내 자신이 얼마나 순진한 말을 내뱉었는지 깨닫고는 몹시 부끄러워졌다.

"아, 그럼요. 7시에 봐요."

5.

차는 예상대로 검은색 세단이었고, 머서가 사는 동네에서는 충분히 의심스러워 보일 만했다. 그녀는 진입로에서 차를 발견하고 재빨리 일레인이 앉아 있는 뒷좌석에 올라탔다. 차가 동네를 벗어나는 동안 머서는 몸을 낮추고 앉아 주변을 힐끔거리며 자신을 본 사람이 없는지 확인했다. 굳이 그렇게까지 할 필요는 없었다. 그도 그럴 것이 3주 후에 셋집 계약이 끝나면 그녀는 영원히 이곳을 떠날 것이었다. 그녀의 불확실한 이주 계획에는 찰스턴에 사는 오랜 친구의 차고를 개조한 셋집에 임시로 얹혀사는 것도 포함되어 있었다.

아까와는 달리 일레인은 캐주얼한 차림새였다. 청바지와 네이비색 블레이저를 입고 비싼 펌프스를 신은 일레인이 웃음으로 그녀를 압박하며 말했다. "동료 하나가 여기서 학교를 나왔는데 농구 얘기밖에 안 하더군요."

"엄청 열성적이죠. 하지만 전 관심 없어요. 제가 다닌 학교도 아니고."

"이곳 생활이 잘 맞았어요?"

그들은 프랭클린 스트리트로 올라서서 고풍스러운 지역을 천천히 지나가고 있었다. 아름다운 주택들과 잘 손질된 잔디밭을 지나자 주택들을 개조해 학생 클럽 공간으로 사용하는 구역이 나왔다. 비는 그쳤고, 집집마다 포치나 마당에서 맥주를 마시며 음악을 듣는 학생들이 보였다.

"괜찮았어요." 머서는 영혼 없이 대답했다. "하지만 전 학계에 어울리는 사람은 아닌가 봐요. 가르치는 일을 할수록 더 글을 쓰고 싶어졌거든요."

"대학 신문과의 인터뷰에서 채플 힐에 있는 동안 소설을 완성하고 싶다고 말했죠. 진척이 좀 있었나요?"

"그걸 어떻게 찾아냈어요? 제가 여기 처음 왔던 3년 전에 한 인터뷰인데."

일레인은 웃으며 창밖을 바라보았다. "우린 웬만한 건 놓치는 법이 없죠." 그녀는 차분하고 느긋했고, 그녀의 낮은 목소리에서 확신이 느껴졌다. 그녀와 그녀가 일한다는 정체 모를 회사는 모든 카드를 쥐고 있었다. 머서는 일레인이 이런 식의 은밀한 임무를 지금까지 몇 번이나 해 보았을지 궁금했다. 작은 도시의 서점 주인보다 훨씬 더 복잡하고 위험한 적들과 맞선 경험이 있으리라는 건 분명했다.

프랭클린 스트리트에 위치한 랜턴은 학생들의 주요 활동 무대에서 몇 블록 떨어져 있었다. 운전기사가 두 사람을 레스토랑 문 앞에 내려 주었다. 그들이 안으로 들어갔을 때 아늑한 실내는 텅 비어 있었다. 두 사람은 보도와 도로에서 몇 발자국 정도만 떨어져 있는 창가에 자리를 잡고 앉았다. 지난 3년 동안 머서는 지역 잡지에서 이 레스토랑에 관한 열렬한 평가를 보아 왔다. 온갖 상이란 상은 모두 받은 곳이었다. 머서는 인터넷으로 메뉴를 미리 훑어보았고, 다시 배가 고픈 상태였다. 여종업원이 두 사람을 따뜻하게 맞이하고는 물병에 담긴 물을 따라 주었다.

"음료 먼저 드릴까요?" 종업원이 물었다.

일레인이 머서에게 주문의 우선권을 주었다. 머서가 재빨리 말했다. "전 마티니요. 진으로 해 주시고 올리브를 짜서 넣어 주세요."

"전 맨해튼으로 할게요." 일레인이 말했다.

종업원이 돌아가자 머서가 말했다. "여행 많이 다니시겠네요."

"그렇죠. 너무 많이 다니는 것 같지만. 대학 다니는 아이가 둘 있어요. 남편은 에너지부에서 일하는데, 마찬가지로 일주일에 5일은 비행기를 타고 출장을 다녀요. 혼자 텅 빈 집에 앉아 있는 것도 지쳤네요."

"그리고 당신은 이런 일을 하고요? 이를테면, 도난당한 물건을 찾는?"

"우리는 여러 가지 일을 해요. 근데 맞아요. 이쪽이 내 주요 분야예요. 평생 미술을 공부했고 어쩌다 보니 이런 업종에 굴러 들어오게 됐네요. 우리가 맡는 사건들 대부분이 도난 작품이나 위조 작품이에요. 가끔은 조각품도 있지만 그건 훔치기 어려워서. 요새는 책이나 원고, 오래된 지도가 많이들 도난당해요. 그렇지만 피츠제럴

드 사건 같은 건 유례가 없었어요. 우린 이 사건에 사활을 걸었어
요. 그럴 이유가 충분하기도 하고."

"물어볼 게 아주 많은데."

일레인이 어깨를 으쓱하며 말했다. "난 시간이 아주 많고."

"그럼 그냥 두서없이 질문할게요. 왜 이런 일에 FBI가 나서지
않는 거죠?"

"실은 그러고 있어요. FBI의 희귀 자산 회수팀은 아주 뛰어나죠.
열심히 하기도 하고. 실은 사건이 발생한 지 24시간 만에 FBI가
사건을 해결할 뻔했어요. 범인 중 하나인 스틴가든이란 작자가 범
죄 현장, 그러니까 수장고 바로 바깥에 피를 한 방울 떨어뜨렸거
든요. FBI는 그 친구와 동료인 마크 드리스콜이라는 자를 체포해
서 수감했어요. 우리가 보기에 다른 공범들은 겁을 집어먹고 원고
와 함께 잠적해 버린 것 같아요. 까놓고 말하면 FBI가 너무 서둘
러 움직인 것 같아요. 처음에 잡은 둘을 2주가량 빈틈없이 감시했
다면 나머지 공범들까지 모두 잡아넣을 수 있었을 거예요. 지금 와
서 생각해 보니 그렇더라고요. 하긴 지난 일이니까 이런 말도 할
수 있는 거겠죠."

"당신이 저를 고용하려고 한다는 걸 FBI도 알고 있나요?"

"아니요."

"FBI가 브루스 케이블을 의심하고 있나요?"

"아니요. 적어도 나는 그렇게 생각하진 않아요."

"그럼 양쪽에서 조사하는 거네요. 당신네랑 FBI랑."

"아직은 그들과 모든 정보를 공유하고 있진 않아요. 어쨌든 당

신 말이 맞아요. 우린 가끔 다른 경로로 조사를 진행하기도 해요."

"하지만, 왜죠?"

주문한 술이 나왔다. 종업원이 혹시 더 필요한 게 있느냐고 물었다. 두 사람 모두 아직 메뉴를 제대로 보지 않은 상태여서 일단 종업원을 돌려보냈다. 레스토랑은 금세 손님들로 차기 시작했다. 머서는 행여 아는 사람이라도 있을까 주위를 한번 둘러보았다. 얼굴이 눈에 익은 사람은 없었다.

일레인은 술을 한 모금 마시고 웃음을 지으며 어떻게 대답할지 생각했다. 그녀가 테이블에 술잔을 내려놓고 말했다. "만일 어떤 도둑이 훔친 그림이나 책이나 지도를 갖고 있다고 의심되면 확인할 방법이 있어요. 우리에겐 최신 기술, 최첨단 기기, 그리고 최고로 스마트한 인재들이 있어요. 우리 엔지니어 중 일부는 전직 정보 기관 요원 출신이에요. 일단 도난당한 물건의 존재가 확인되면 FBI에 통보하거나 물건 확보를 위해 진입하죠. 사건에 따라 다르긴 한데, 어쨌든 양쪽은 별개로 움직여요."

"진입이요?"

"네. 이걸 생각해야 해요, 머서. 우리는 귀중한 물건을 숨기고 있는 도둑을 상대하고 있어요. 그것도 그냥 귀중한 물건이 아니라 고객이 엄청난 액수의 보험금을 지급해야 하는 물건을 가진 도둑이요. 도둑은 자기 것도 아닌 물건을 어떻게든 팔아서 큰돈을 챙기려고 하죠. 자연히 도둑 입장에서는 모든 상황이 상당히 긴박할 수밖에 없어요. 물론 시계가 째깍거리며 돌아가더라도 우린 엄청난 인내심을 보여야 하죠." 일레인은 다시 술잔에 살짝 입을 댔다. 그러고는 아주 신중하게 단어를 고르며 말을 이어 갔다. "이런 상황이라면 보통 경찰이나 FBI는 의심할 만한 근거라든가 수색 영장 따위를 고민해야 하잖아요. 그렇지만 우린 이런 헌법적 형식에 늘 제약을 받진 않아요."

"그럼 불법으로 침입한다는 말이에요?"

"불법은 절대 저지르지 않아요. 단, 가끔은 진입을 해요. 오직 확인하고 회수하기 위한 목적으로만. 대부분의 건물은 조용한 진입이 가능해요. 게다가 도둑들은 스스로 머리가 좋다고 생각하지만 물건 숨기는 걸 보면 똑똑함과는 거리가 멀거든요."

"그쪽 회사에서 전화를 도청하고 컴퓨터를 해킹하고, 뭐 그러는 거예요?"

"글쎄요, 가끔은 듣는 일도 한다고 해 두죠."

"그럼 불법이란 거네요?"

"우린 그걸 회색 지역에서 작전을 벌인다고 표현해요. 잘 듣고 진입하고 확인한 다음, 대부분의 경우 FBI에게 알려요. 그러면 그들이 적절한 수색 영장을 발부해서 할 일을 하고 예술품은 주인에게 돌아오게 돼요. 도둑은 교도소로 가고, FBI는 공을 가져가고. 모두의 해피 엔딩인 셈이죠. 뭐, 도둑 입장에서는 그렇지 않을 수도 있겠지만, 우리가 도둑의 기분까지 신경 쓸 필요는 없으니까."

술잔에 세 번째 입을 댔을 때 진의 기운이 몸속에 자리를 잡아 가는지 머서는 느긋해지기 시작했다. "그럼 그렇게 솜씨가 좋은데 왜 케이블의 수장고에 몰래 들어가서 확인하지 않나요?"

"케이블은 도둑이 아니니까요. 그리고 그는 평균적인 용의자보다 더 똑똑해 보여요. 극도로 조심스럽기도 한데, 그래서 더 의심이 가는 것도 있어요. 혹시 어떤 식으로라도 잘못 건드렸다간 원고가 다시 사라질 수도 있어요."

"근데 당신네 회사에서 도청하고 해킹하고 그 사람의 움직임을 감시 중이라면 왜 못 잡는 거죠?"

"우리 회사가 지금 그런 일을 하고 있다고 말하진 않았는데요? 조만간 그런 일에 착수할 수도 있지만, 당장은 정보가 좀 더 필요해요."

"당신네 회사가 불법 행위로 기소된 적이 있나요?"

"아니요. 그런 비슷한 상황도 없었고요. 다시 말하지만 우린 회색 지대에서 일해요. 일단 범죄가 해결되고 나면 누가 딱히 신경이나 쓰겠어요?"

"범인은 신경 쓸 수도 있죠. 전 변호사는 아니지만, 도둑이 불법 수색을 당했다고 주장할 수 있지 않을까요?"

"변호사 해도 되겠는데요."

"생각만 해도 끔찍하네요."

"대답은 '아니다'예요. 도둑과 그쪽 변호사는 우리가 개입했다는 걸 눈치조차 채지 못해요. 그들은 우리의 존재를 절대 알지 못하고, 우린 아무런 흔적도 남기지 않고요."

두 사람이 각자의 칵테일에 집중하면서 메뉴를 훑어보는 동안 긴 침묵이 흘렀다. 종업원이 주문을 재촉했지만 일레인은 급할 거 없다는 말로 점잖게 응수했다. 머서가 마침내 입을 열었다. "그러니까 당신은 지금 당신네가 말하는 회색 지대에서 벌어지는 일에 말려들 수도 있는 일자리를 저한테 맡아 달라고 제안하시는 거네요. 좋게 말해 회색 지대이지 위법 행위나 마찬가지고요."

그래도 받아들일 생각은 있는 모양이군, 일레인이 속으로 생각했다. 점심 식사가 갑자기 끝나 버리고 나서 그녀는 머서를 포기하려고 했었다. 이제 남은 문제는 거래를 마무리하는 거였다.

"전혀 그렇지 않아요." 일레인은 머서를 안심시켰다. "당신이 어떤 법률을 위반할 수 있겠어요?"

"그야 모르죠. 그쪽에 당신네 회사 사람이 있을 거잖아요. 절 혼자 둘 리는 없다고 생각해요. 분명히 케이블을 감시하는 것처럼 저도 밀착 감시하겠죠. 그러니까 일종의 팀이 있고, 협업을 하는 건데, 보이지 않는 동료가 무슨 짓을 할지 전 알 수가 없고요."

"그들에 관해서는 걱정하지 말아요. 그들은 잡힌 적이 한 번도 없는 고도로 숙련된 전문가들이에요. 자, 머서, 내가 약속해요. 우리가 당신에게 요청하는 일은 조금도 불법적인 부분이 없어요. 내가 약속한다고요."

"당신과 제가 약속을 할 정도로 가까운 사이는 아닌 것 같은데요. 전 당신을 모르잖아요."

머서는 남은 마티니를 모두 마시고는 말했다. "한잔 더 해야겠어요." 이런 식의 만남에서 술은 늘 중요했다. 그래서 일레인도 자신의 술을 들이켜고 손을 들어 종업원을 불렀다. 두 번째 술잔이 도착했을 때 두 사람은 베트남식 돼지고기와 게살 스프링 롤을 주문했다.

"노엘 보닛에 대해 말해 주세요." 머서의 말에 긴장감이 수그러

들었다. "그 사람에 관해서도 뒷조사를 했을 것 같은데요."

일레인이 웃더니 말했다. "했어요. 하지만 당신도 오후에 인터넷으로 조사를 좀 해 본 모양이군요."

"맞아요."

"그 여자는 지금까지 네 권의 책을 썼어요. 전부 골동품이나 프로방스 스타일의 실내 장식과 관련된 것들이니 그녀가 뭘 하는 사람인지 짐작하겠죠. 그녀는 여행을 많이 다니고 사람들과 이야기도 많이 하고 글도 많이 쓰고 1년의 절반을 프랑스에서 보내요. 케이블과 동거한 지는 10년 정도 됐는데 둘이 아주 잘 맞는 모양이에요. 아이는 없고. 여자는 한 번 이혼한 적이 있고요. 남자는 초혼이고. 남자가 프랑스에 자주 가지는 않아요. 서점을 떠나는 법이거의 없어요. 지금은 여자의 가게가 서점 바로 옆에 있어요. 남자가 서점 건물을 소유하고 있는데 3년 전에 남성복 가게를 빼고 그자리를 부인에게 줬어요. 재미로 참견하는 것 말고는 남자와 여자는 서로의 사업에 전혀 관여하지 않는 것 같아요. 여자의 네 번째 책은 그들이 사는 저택에 관한 내용이었어요. 빅토리아 시대풍 건물인 그들의 집은 시내에서 몇 블록 떨어진 데 있어요. 한번 구경해 볼 만한 집이긴 해요. 내가 지저분한 소문 하나 알려 줄까요?"

"말해 보세요. 그런 얘길 싫어하는 사람도 있나요?"

"지난 10년간 그 둘은 다른 사람들에게 그들이 결혼을 했고 니스의 어떤 언덕에서 결혼식을 올렸다고 말해 왔어요. 로맨틱한 이야기지만 사실이 아니에요. 그들은 결혼하지 않았고 서로 개방된 결혼 관계를 유지하고 있는 것 같아요. 남자도 바람을 피우고 여자도 바람을 피우지만 두 사람은 늘 원래의 자리로 돌아가는 거죠."

"도대체 그런 걸 어떻게 알아냈어요?"

"다시 말하지만, 작가들은 입이 아주 싸요. 일부 작가는 성적으로 아주 문란하고."

"전 빼 주세요."

"당신이 그렇단 말을 한 게 아니라, 일반적으로 그렇단 거예요."

"계속하세요."

"우리가 사방을 뒤져 봤지만 미국이든 프랑스든 그들이 결혼했다는 기록이 없더군요. 아주 많은 작가가 그들을 스쳐 갔어요. 브루스는 여자 작가들과 그렇고 그런 관계를 맺었어요. 노엘은 남자 작가들과 그랬고. 그들이 사는 집 3층에 침실이 하나 있는 타워형 공간이 있어요. 손님들은 그곳에서 묵어요. 항상 혼자 지내진 않고요."

"그럼 전 작전을 위해 모든 걸 바쳐야만 하는 건가요?"

"최대한 가깝게 접근해 주면 돼요. 어떤 선택을 할지는 당신에게 달렸어요."

스프링 롤이 나왔다. 머서는 랍스터 덤플링을 넣은 수프를 주문했다. 일레인은 후추 새우 구이를 주문하고 상세르 화이트 와인을 한 병 시켰다. 머서는 두 입째 먹고 나서 처음에 마신 마티니로 인해 입안의 감각이 사라졌다는 걸 깨달았다.

일레인은 두 번째로 나온 술을 무시하고 있다가 마침내 말했다. "좀 개인적인 얘기를 물어봐도 될까요?"

머서는 다소 과장되게 웃어 보이고는 말했다. "아, 안 될 게 뭐가 있겠어요? 아직도 저에 관해 모르는 게 있어요?"

"많죠. 테사가 세상을 떠난 후에 오두막에 발길을 끊은 이유가 뭐예요?"

머서는 슬픈 표정으로 고개를 돌리고 대답할 말을 생각했다. "너무 고통스러웠거든요. 저는 여섯 살부터 열아홉 살 때까지 매년 여름을 그곳에서 보냈어요. 할머니랑 단둘이서 해변을 걸어 다니고 바다에서 수영하고 끝없이 이야기꽃을 피웠죠. 저한테 할머니는 할머니 그 이상이었어요. 믿고 의지할 수 있는 사람이자 엄마였고, 가장 좋은 친구이자 모든 것이었어요. 아버지와 사는 끔찍한 9개월 동안, 해변에서 할머니와 지낼 수 있는 방학이 되기만을 하루하루 손꼽으며 보냈어요. 할머니랑 1년 내내 같이 살게 해 달라고 아버지에게 빌며 애원했지만 허락하지 않으셨죠. 제 어머니에 관해서는 알고 계실 테고."

일레인은 어깨를 으쓱하고 말했다. "기록에 남아 있는 것만요."

"어머니는 제가 여섯 살 때 미쳐서 어디론가 끌려갔어요. 제가 보기에 아버지도 제정신은 아닌 것 같아요."

"아버지는 테사와 사이가 좋았나요?"

"그럴 리가요. 저희 가족에서 사이가 좋은 사람은 아무도 없어요. 아버지는 할머니를 속물로 치부했어요. 당신 딸이 결혼을 잘못해서 신세를 망쳤다고 생각한다면서요. 저희 외가는 멤피스 빈민가 출신으로 중고차를 팔아 돈을 만졌고 나중에는 새 차를 팔았죠. 멤피스의 유서 깊고 분위기 좋은 곳에서 살았는지는 몰라도 돈은 별로 없었어요. 이런 말 들어 봤을 거예요. '새로 칠을 하기에는 가

난하지만, 덧칠만 하기에는 자존심이 상한다'고 말이에요. 우리 외 갓집을 가리키는 완벽한 표현이 아닐까 싶네요."

"할머니는 자식이 세 명이죠?"

"네. 어머니, 제인 이모, 홀스테드 외삼촌이요. 누가 애 이름을 홀스테드라고 짓겠어요. 할머니가 그런 거죠. 할머니 집안에서 쓰던 이름이었어요."

"홀스테드는 캘리포니아에 살고요?"

"네. 외삼촌은 50년 전 남부에서 탈출해 어떤 집단에 들어가서 살았어요. 그러더니 마약쟁이 여자랑 결혼해서 아이를 넷 낳았죠. 전부 미치광이들이에요. 우리 엄마 때문에 사람들은 우리가 모두 정신병자라고 생각하지만, 그쪽 사람들이야말로 진짜로 정신 나간 사람들이라고요. 어찌나 멋진 집안이신지."

"가혹하네요."

"그나마 최대한 좋게 말한 거예요. 그 인간들은 할머니 장례식에도 나타나지 않았어요. 결론적으로 어릴 때 말고는 본 적도 없는 셈이죠. 단언컨대 그 사람들이랑 다시 엮일 일은 없을 거예요."

"《10월의 비》는 망가진 가족 이야기를 다루고 있잖아요. 일종의 자전적 얘기였던 건가요?"

"그쪽 집에선 그렇게 생각했던 게 분명해요. 홀스테드 외삼촌이 말 같지도 않은 역겨운 편지를 보내왔거든요. 그 편지가 관 뚜껑에 마지막 못을 박은 거죠." 머서는 스프링 롤의 절반을 베어 먹고 물을 한 모금 마셨다. "다른 얘기하시죠."

"좋은 생각이에요. 질문이 있다고 했죠?"

"왜 해변의 오두막으로 돌아가지 않았느냐고 물어보셨죠? 그곳은 절대로 기억 속 모습과 같을 수 없을 테고, 전 그 사실을 견디기 힘들 것 같아요. 생각해 보세요. 저는 서른한 살이고 인생의 가장 행복했던 날들은 모두 지나갔어요. 그 오두막에서 테사 할머니와 보냈던 시간들 말이에요. 다신 돌아갈 수 없을 것 같아요."

"꼭 그리로 돌아가야 할 필요는 없어요. 우리는 6개월 동안 다른 멋진 집을 빌릴 거예요. 다만 당신이 오두막에 머문다면 정체를 숨기기 훨씬 유리하겠죠."

"오두막을 사용할 순 있을 거예요. 언니가 매년 7월에 2주 정도 쓰고 있고, 가끔 다른 사람들에게 빌려 주기도 하지만요. 제인 이모가 오두막을 관리하면서 친구들에게 빌려 주고 있거든요. 매년 11월에는 한 캐나다 가족이 사용하고요. 제인 이모는 1월부터 3월까지 그곳에서 겨울을 보내요."

일레인이 음식을 입에 넣고 나서 술을 한 모금 마셨다.

"그냥 궁금해서 그러는데요." 머서가 말했다. "그 집 보셨어요?"

"네. 2주 전에. 당신을 만나기 위한 준비 중 하나였죠."

"어때 보이던가요?"

"예뻤어요. 잘 관리한 것 같고. 나도 살아 보고 싶은 곳이랄까."

"아직도 사람들이 해변에 있는 집을 빌려서 살고 그러나요?"

"그럼요. 11년 동안 크게 변하진 않았을 거예요. 그쪽 지역은 아직도 옛 휴양지 같은 분위기를 풍기거든요. 아름다운 해변에, 별로 붐비지도 않고."

"우린 그 해변에서 살았어요. 할머니는 해가 뜨면 절 깨워서 새로 나타난 거북들을 확인했어요. 거북은 밤에 와서 집을 만들어 놓곤 했어요."

"책에도 썼잖아요. 아름다운 이야기였어요."

"고마워요."

두 사람이 술을 다 마시니 메인 요리가 나왔다. 일레인이 먼저 와인을 확인하자 종업원이 두 사람의 잔에 와인을 따라 주었다. 머서는 음식을 한 입 입에 넣고 포크를 내려놓았다. "저기요, 일레인, 전 이번 일에 어울리지 않는 것 같아요. 사람을 잘못 고르셨어요. 전 거짓말에 젬병이고 사람들 속이는 솜씨가 엉망이에요. 브루스 케이블과 노엘 보닛의 삶에 슬며시 끼어들고 그들의 작은 문학 모임에 들어가고 뭐든 쓸모 있는 내용을 알아낼 수 있는 그런 사람이 아니에요."

"말했잖아요. 당신은 가족이 쓰는 해변 오두막에 두어 달 사는 작가일 뿐이에요. 소설을 쓰기 위해 힘을 쏟는 작가. 완벽한 이야기 아닌가요, 머서? 왜냐하면 사실이니까요. 게다가 당신만의 개성도 완벽해요. 그 또한 진짜니까요. 애초에 우리가 가짜 연기자를 원했다면 당신과 내가 이렇게 얘기를 나누고 있지도 않았겠죠. 왜요? 두려워요?"

"그건 아닌데. 모르겠어요. 두려워해야 하나요?"

"아니요. 이미 약속했지만 당신이 해야 할 일 가운데 불법인 건 없어요. 위험한 일도 없고. 내가 매주 당신을 만나서……."

"당신도 거기 가요?"

"나도 가끔 갈 거예요. 그리고 혹시 당신에게 남자든 여자든 친구가 필요하면 우리가 근처에 하나 배치해 줄 수도 있어요."

"저를 애 취급할 필요는 없어요. 그리고 제가 걱정하는 건 오직 하나예요. 실수할지도 모른다는 거. 당신들은 제게 큰돈을 지급하잖아요. 그 대가로 제가 해야 할 일은 뭔가 중요하지만 저로서는 상상조차 되지 않는 일인데, 당신들은 분명히 결과를 기대하고 있을 거잖아요. 만일 케이블이 당신들이 생각하는 것보다 훨씬 똑똑하고 끈질겨서 아무것도 알아내지 못한다면요? 혹시 제가 바보 같은 짓을 해서 케이블이 의심하고 원고를 다른 곳에 숨긴다면요? 이번 일을 망칠 가능성은 아주 많아요, 일레인. 전 경험도 없고 이해도 잘 못하고 있으니까."

"난 당신의 그런 정직함이 좋아요. 그래서 당신이 완벽한 거예요, 머서. 당신은 직설적이고 정직하고 투명해요. 게다가 아주 매력적이어서 케이블은 당신을 보자마자 좋아할 거예요."

"다시 섹스 얘기인가요? 섹스도 제가 해야 할 일에 포함된 건가요?"

"전혀. 다시 말하지만, 뭐든 당신 판단에 따라서 하는 거예요."

"하지만 뭘 어떻게 해야 할지 모르겠다고요!" 머서의 목소리가 커지자 주위 테이블에서 힐긋거리는 눈길이 느껴졌다. 그녀는 고개를 숙이고 말했다. "미안해요." 두 사람은 잠시 아무 말없이 먹기만 했다.

"와인은 마음에 들어요?" 일레인이 말했다.

"아주 훌륭해요. 고마워요."

"내가 좋아하는 와인이에요."

"그래도 제가 싫다고 하면요? 그땐 어떻게 하실 거예요?"

일레인은 냅킨으로 입술을 톡톡 두드리더니 물을 조금 마셨다. "물론 우리 쪽에 가능성이 있는 다른 작가도 아주 소수나마 있긴 해요. 하지만 누구도 당신처럼 흥미롭진 않아요. 당신은 우리가 가진 모든 걸 걸 수 있을 만큼 이 역할에 딱 맞는 완벽한 사람이에요. 당신이 거절한다면, 어쩌면 지금의 계획을 깡그리 날려 버리고 다음 계획을 진행할 수도 있어요."

"다음 계획은 뭔데요?"

"그건 말 못해요. 우린 활용할 수 있는 자원이 많아요. 그만큼 압박도 크지만. 아무튼 그러니 다른 방향으로 아주 빠르게 움직이게 되겠죠."

"케이블이 유일한 용의자인가요?"

"그만. 그런 거까진 말해 줄 수 없어요. 단, 당신이 거기 가서 작업에 착수할 준비를 마치고 우리가 해변을 함께 거닐 때라면 더 많은 걸 알려 줄 순 있겠죠. 해야 할 얘기가 많을 거예요. 당신이 어떤 식으로 접근하고 임무를 수행할지를 포함해서. 그렇지만 지금은 깊게 들어가고 싶지 않아요. 어차피 극비 사항이고요."

"알겠어요. 전 비밀 지키는 데 도가 텄어요. 가족사를 겪으면서 얻은 교훈이죠."

일레인은 이해했다는 듯, 그리고 머서를 완전히 신뢰한다는 듯 웃었다. 종업원이 두 사람에게 와인을 좀 더 따라 주었고 그들은 메인 요리를 먹었다. 식사 중 가장 길었던 침묵이 지나고, 머서는 마른침을 꿀꺽 삼키고 깊게 숨을 들이마신 뒤 말했다. "학자금 대출 잔액이 6만천 달러가 남았는데 도저히 갚을 수가 없어요. 눈을 뜨면 온통 그 생각뿐이라 미칠 것 같아요."

일레인은 그 역시 알고 있다는 듯 웃어 보였다. 머서는 혹시 알고 있는지 물어볼 뻔했지만, 사실은 대답을 듣고 싶지 않았다. 일레인은 포크를 내려놓고 팔꿈치로 테이블을 짚었다. 그녀는 손끝으로 테이블을 부드럽게 두드리며 말했다. "학자금 대출은 우리가 처리할게요. 여기에다 원래 제안했던 10만 달러를 추가로 지급할게요. 지금 5만 달러, 6개월 후에 나머지 5만 달러를 주는 걸로. 현금, 수표, 금괴. 어떤 형태든 원하는 대로. 물론 세금은 내지 않을 수 있도록 할게요."

별안간 머서의 어깨를 짓누르던 납덩이가 벗겨져서 공기 중으로 날아가 버린 것 같았다. 그녀는 숨이 턱 막혀 와 손을 입에 가져다 댄 채 눈만 깜박거렸다. 금세 눈가가 촉촉해졌다. 한마디라도 해야 할 것 같은데 무슨 말을 해야 할지 떠오르지 않았다. 입이 바짝바짝 말라 와 물만 마실 뿐이었다. 일레인은 언제나 그랬던 것처럼 머서의 모든 움직임을 계산적으로 지켜보았다.

머서는 지난 8년 동안 그녀를 짓누른 악몽과도 같은 학자금 대출의 속박에서 단번에 벗어난 현실에 압도되었다. 그녀는 한 호흡 크게 몰아쉬었다. 그러고 나서 랍스터 덤플링을 입에 넣고 와인을 한 모금 마셨다. 이제야 와인 맛이 제대로 느껴졌다. 그녀는 조만간 같은 와인을 한두 병 사서 마셔 보리라 생각했다.

일레인은 상대가 무너지고 있음을 눈치채고 마지막 결정타를 날렸다. "거기 얼마나 빨리 갈 수 있죠?"

"2주만 있으면 시험이 끝나요. 하지만 좀 더 생각해 보고 싶은데."

"물론 그래야죠." 종업원이 주위에서 서성거리자 일레인이 말했다. "디저트로 판나 코타를 먹어 볼까 하는데, 당신은요?"

"저도 같은 걸로요. 그리고 디저트 와인도 한잔 부탁드려요."

6.

물건이 많지 않아 이삿짐 포장이 몇 시간밖에 걸리지 않았다. 머서는 폴크스바겐 비틀에 옷가지, 컴퓨터, 프린터, 책, 냄비와 팬 몇 개 등의 조리 도구를 싣고 손톱만큼의 미련도 없이 채플 힐을 떠났다. 좋은 기억은 딱히 없었다. 그나마 연락하다가 두 달쯤 지나면 잊게 될 친구 두 명이 전부였다. 그녀는 여러 번 사는 곳을 옮겨 보았고 작별도 해 보았기에 어떤 우정이 오래가고 그렇지 않은지 잘 알았다. 두 친구를 미래에 다시 만나리라는 확신은 서지 않았다.

지금 당장은 아니고 이틀 후 남쪽으로 내려갈 예정이었다. 서쪽으로 향하는 고속 도로를 타고 달리다가 아름다운 도시 애슈빌에서 멈추어 점심을 먹고 간단히 주위를 둘러본 다음, 좁은 고속 도로로 갈아타고 산속을 이리저리 돌아 테네시주로 들어섰다. 녹스빌 외곽의 한 모텔에 도착했을 즈음에는 날이 어두워져 있었다. 그녀는 현금으로 작은 방을 하나 빌리고 모텔 바로 옆 타코 식당에서 저녁을 먹었다. 그러고 나서 한 번도 깨지 않고 8시간을 내리 잔 후 또 다른 긴 하루를 준비하기 위해 새벽같이 일어났다.

힐디 만은 지난 20년간 이스턴 스테이트 정신 병원에 환자로 있었다. 머서는 최소한 1년에 한 번은 어머니를 찾아갔고 가끔 두 번도 갔지만 그 이상은 절대 가지 않았다. 다른 가족들은 면회 자체를 가지 않았다. 아내가 집에 돌아올 가망이 없다는 현실을 자각한 아버지는 조용히 이혼 절차를 밟기 시작했다. 아무도 그를 비난할 수 없었다. 언니 코니는 겨우 3시간 떨어진 곳에 살았지만 단 한 번도 어머니를 찾지 않았다. 코니는 장녀로서 힐디의 법적 보호자였지만 너무 바빠서 면회를 갈 수 없었다.

머서는 정신 병원에 들어가는 데 필요한, 불편하고 요식적인 절차를 참을성 있게 밟았다. 15분간 의사와 면담을 하고 지난번과 같이 암울한 예후에 관한 설명을 들었다. 환자는 신경이 쇠약해져서 편집증적 조현병에 시달리고 망상, 환각, 환청으로 이성적 사고를 할 수 없는 상태였다. 그녀는 자그마치 25년 동안이나 차도가 없었고, 그래서 희망을 품을 하등의 이유 또한 없었다. 엄청난 양의 약을 복용 중이었기에 머서는 어머니를 찾아갈 때마다 그 많은 약이 긴 세월 동안 환자의 몸에 얼마나 큰 피해를 주었을지 궁금했다. 하지만 다른 방도가 없었다. 힐디는 정신 병원의 영구 격리 병동에 있었고, 그곳에서 생을 마감할 터였다.

간호사들이 면회를 위해 평상시에 입는 흰색 환자복 대신 머서가 오래전에 가져다준 옷 여러 벌 가운데 하늘색 면 원피스를 환자에게 입혔다. 머서는 병실로 들어가 침대 끝에서 맨발로 앉아 바닥을 노려보고 있는 어머니의 이마에 입을 맞추었다. 머서는 어머니 곁에 앉아 그녀의 무릎을 두드리며 그동안 너무 보고 싶었다

존 그리샴

고 말했다.

힐디는 그저 기분 좋은 웃음으로 대답할 뿐이었다. 머서는 원래 나이보다 훨씬 늙어 보이는 어머니의 모습에 매번 깜짝 놀랐고 오늘도 예외는 아니었다. 어머니는 예순네 살이지만 여든 살이라고 해도 믿을 것 같았다. 머리가 하얗게 세고 피부가 유령처럼 창백하고 몸이 비쩍 말라서 아주 쇠약해 보였다. 왜 안 그렇겠는가? 어머니는 한 번도 병실을 떠난 적이 없었다. 몇 년 전만 해도 간호사들이 하루에 한 번 어머니를 데리고 1시간 정도 운동장을 걷기도 했다. 하지만 결국 힐디는 그마저도 거부하기 시작했다. 그녀는 외부 공간의 뭔가를 두려워했다.

머서는 이전에 하던 대로 혼잣말을 시작했다. 자신의 삶, 일, 친구, 그리고 그 밖의 이것저것에 대해. 일부는 진실이고 일부는 꾸며 낸 이야기였다. 물론 어떤 이야기도 제대로 전달되는 것 같지는 않았다. 힐디는 아무것도 이해하지 못하는 듯했다. 여전히 그녀는 아무 생각 없어 보이는 미소를 띤 채 바닥에서 눈길을 떼지 않았다. 머서는 힐디가 그녀의 목소리를 알아들었을 거라고 속으로 되뇌었지만 확신이 들지는 않았다. 사실 이런 상태의 어머니를 보기 위해 굳이 면회를 가는 확실한 명분도 찾지 못했다.

그건 아마도 죄책감일 터였다. 코니는 어머니를 잊고 살 수 있을지 몰라도 머서는 어머니를 좀 더 자주 찾아가 보지 못하는 데에 죄책감을 느꼈다.

힐디가 마지막으로 그녀에게 말을 했던 때로부터 5년이 지났다. 그때만 해도 어머니는 그녀를 알아보고 그녀의 이름을 부르고 심지어 들러 주어 고맙다고까지 했다. 그러다 몇 달 뒤 힐디가 면회 중에 갑자기 화를 내며 발작을 일으키는 바람에 간호사의 제지까지 받는 상황이 벌어졌다. 가끔씩 머서는 자신이 면회를 간다는 걸 알면 병원에서 약을 더 많이 쓰는 게 아닌지 궁금해졌다.

테사 할머니 말에 따르면, 어머니는 10대 시절 에밀리 디킨슨의 시를 좋아했단다. 그래서 할머니는 당신 딸이 입원한 지 얼마 되지 않았을 때 병원에 와서 시를 읽어 주곤 했다. 당시만 해도 힐디는 귀를 기울이고 반응을 보였지만 시간이 지나면서 상태가 아주 나빠졌다.

"시 좀 읽어 줄까, 엄마?" 머서는 두껍고 낡은 《명시 모음집》을 꺼내면서 물었다. 오래전에 할머니가 정신 병원에 가져오곤 했던 바로 그 책이었다. 머서는 침대 가까운 곳으로 흔들의자를 끌어와 앉았다.

힐디는 시를 읽는 소리를 들으며 웃기만 할 뿐 여전히 아무 말도 하지 않았다.

7.

멤피스로 간 머서는 시내의 한 레스토랑에서 아버지를 만나 점심을 먹었다. 허버트는 재혼한 부인과 텍사스 쪽에서 살았다. 머서는 아버지의 재혼 상대를 만나거나 그녀와 이야기를 나눌 생각이 없었다. 아버지는 중고차를 팔 때는 차에 관한 말만 하더니 오리올스에서 스카우터로 일하면서는 야구 얘기만 했다. 머서는 어느 쪽에도 관심이 없었지만 어떻게든 점심을 즐겁게 먹고자 애쓰며 대화에 집중했다. 그녀는 1년에 딱 한 번만 아버지를 보았다. 그 이유는 아버지를 만나고 30분만 지나면 알 수 있었다. 아버지는 '사업상' 확인해 볼 일이 있어서 시내에 나왔다고 했지만, 머서는 믿지 않았다. 그녀가 대학에 입학하던 해에 아버지의 사업이 폭삭 망한 탓에 그녀는 학자금 대출의 덫에 갇혀 버리고 말았었다.

그런데 그 빚이 전부 사라졌다! 그녀는 자신에게 벌어진 일이 여전히 믿기지 않았다.

허버트는 다시 야구 얘기로 돌아가서 이런저런 고등학교의 전망에 대해 이러쿵저러쿵 떠들 뿐 그녀가 최근에 낸 책이나 하는 일에 대해서는 절대로 묻지 않았다. 그녀가 쓴 책을 읽었는지는 알 수 없었지만 절대 그랬다고 말하지 않았다.

한참의 시간이 흘렀다. 정신 병원에 면회 갔을 때가 차라리 나았다는 생각이 스멀스멀 들었다. 입을 닫아 버린 불쌍한 어머니보다 장황하고 자기밖에 모르는 아버지를 받아 주는 게 몇 곱절은 더 지루했다. 그럼에도 불구하고 그녀는 아버지와 포옹하고 작별 인사를 나누며 자주 보자는 약속을 했다. 몇 달간 해변의 오두막에서 소설을 마무리할 예정이라는 말도 했지만 아버지의 손은 이미 휴대 전화에 가 있었다.

그녀는 점심 식사를 마치고 로즈우드 묘지에 있는 할머니의 무덤에 장미를 놓아두었다. 그녀는 묘비에 기대앉아 한참을 울었다. 할머니는 일흔네 살의 나이로 세상을 떠날 때까지 늘 젊게 살았다. 지금까지 살아 있었다면 여든다섯 살이 되었을 할머니는, 보나 마나 그 어느 때보다 건강한 몸으로 해변을 바쁘게 돌아다니면서 조개껍데기를 줍고 거북 알을 보호하고 정원을 열심히 꾸미고 사랑하는 손녀가 와서 당신과 함께 시간을 보내기를 기다렸을 것이다.

이제 할머니의 목소리를 듣고 할머니가 남긴 물건들을 쓰다듬으며 그것들의 발자취를 따라가기 위해 돌아갈 시간이었다. 처음에는 마음이 상당히 아플 것이었다. 다만 머서는 11년의 시간이 흐르는 동안 언젠가 이런 날이 오리라 짐작은 하고 있었다.

그녀는 고등학교 시절의 오랜 친구 해나와 저녁을 먹고 친구네 집 손님 방에서 묵었다. 이튿날 아침 일찍 그녀는 친구와 헤어졌다. 15시간만 더 달리면 카미노 아일랜드였다.

8.

머서는 탤러해시 근처의 한 모텔에서 밤을 보내고 계획대로 정오쯤 오두막에 도착했다. 할머니가 좋아했던 소프트 옐로가 아니라 흰색으로 칠한 모습이었지만 그리 많이 변하지는 않았다. 굴 껍데기가 깔린 좁은 진입로 양쪽은 버뮤다 그래스로 깔끔하게 덮여 있었다. 제인 이모 말에 따르면, 정원을 관리하는 래리가 여전히 집을 돌보고 있고 그가 나중에 인사를 하러 들를 거라고 했다. 현관문이 페르난도 스트리트에 너무 가까이 붙어 있어서 할머니가 사생활 보호를 위해 키 작은 야자수와 엘더베리 관목을 심었는데, 나무들이 아주 빽빽하고 높이 자라서 다른 집이 보이지 않았다. 할머니가 햇빛을 피해 오전 시간을 보내던 화단에 베고니아, 개박하,

라벤더가 가득 채워져 있었다. 포치의 양쪽 기둥은 끝없이 휘감고 올라가는 등나무로 덮여 있었다. 작은 앞마당 잔디에는 커다란 유칼립투스 한 그루가 그늘을 드리우고 있었다. 제인 이모와 래리는 정원 관리를 아주 잘하고 있었다. 할머니가 살아 있었다면 분명 기뻐했을 것이다. 물론 할머니 성격상 뭐든 지금보다 더 좋게 바꿀 방법을 끊임없이 찾아냈을 테지만.

열쇠로 자물쇠를 끌렀지만 문이 문틀에 꽉 끼어서 움직이지 않았다. 머서가 어깨로 강하게 밀치고 나서야 문이 움직이며 열렸다. 그녀는 거실 겸 주방으로 들어섰다. 길고 넓은 공간의 한쪽 구석에 오래된 소파와 의자들이 텔레비전과 마주 보도록 놓여 있고, 그녀가 처음 보는 투박한 식탁도 있었다. 식탁 뒤편의 주방은 높은 창문이 있는 벽으로 둘러싸여 있었다. 그 창문으로 모래 언덕 너머 70미터 떨어진 바다가 보였다. 모든 가구며 벽 색깔, 바닥 카펫이 기억과 달랐다. 집이라기보다 숙박 업소 같은 느낌이 들었지만, 머서는 이런 상황 또한 예상하고 있었다. 할머니는 이 집에서 20년 가까이 살았고, 집은 한결같이 깔끔하게 유지되었다. 집이 휴가철 숙소가 된 지금은 대청소가 절실해 보였다. 머서는 주방을 가로질러 뒷문을 통해 외부 테라스로 나갔다. 나무가 깔린 넓은 테라스는 오래된 고리버들 가구로 가득 차 있었고, 그 주변을 야자수와 백일홍이 둘러싸고 있었다. 그녀는 흔들의자의 먼지와 거미줄을 쓸어 내고 앉아 모래 언덕과 대서양을 바라보며 부드럽게 밀려드는 파도 소리에 귀를 기울였다. 울지 않겠다고 스스로에게 약속했기에 울음을 꾹 참았다.

해변에서 아이들이 뛰어노는 모양이었지만 웃음소리만 들릴 뿐 아이들의 모습은 보이지 않았다. 모래 언덕이 파도를 가리고 있었다. 갈매기와 고기잡이 까마귀가 모래 언덕과 파도 위에서 위아래로 쏜살같이 날아다니며 깍깍 소리를 질렀다.

어느 것 하나도 특별하고 소중한 그 시절의 추억이 묻지 않은 게 없었다. 할머니는 어머니의 빈자리를 대신해 사실상 머서를 입양했고, 1년에 최소 석 달은 해변에 와서 지내도록 해 주었다. 나머지 아홉 달은 할머니와 그녀의 등 뒤로 해가 지기 시작하는 늦은 오후에 바로 이곳, 이 흔들의자에 앉아 있기를 고대하면서 보냈다. 두 사람은 해 질 무렵을 유독 좋아했다. 그 시간이면 이글거리던 열기가 지나가고 해변이 텅 비었다. 늦은 오후, 두 사람은 1.6킬로미터 떨어진 곳에 있는 사우스 부두까지 걸어갔다가 돌아오면서 조개껍데기를 줍고, 바닷물에 발을 담그고, 할머니의 친구들이나 이웃들과 수다를 떨었다.

그때 그 사람들도 지금은 볼 수 없었다. 세상을 떠난 이도 있었고, 요양원에 들어간 이도 있었다.

머서는 오랫동안 흔들거리며 앉아 있다가 일어섰다. 집 안을 돌아다녔지만 할머니를 떠오르게 할 만한 물건은 보이지 않았다. 차라리 잘된 일인 것 같았다. 그런데 집에 할머니 사진이 한 장도 없었다. 침실에 제인 이모네 가족의 스냅 사진 액자 몇 개만이 보였다. 이모는 할머니의 장례식이 끝나고 머서가 관심을 보일 법한 사진, 그림, 퍼즐 따위가 든 상자를 하나 보냈다. 머서는 그때 받은 사진 몇 장을 앨범에 넣어 보관해 왔다. 그녀는 앨범을 꺼내고 나머지 짐도 푼 다음 식료품점에 가서 기본적인 것들을 사 왔다. 점심을 먹고 나서 책을 읽으려고 했지만 집중이 잘 되지 않았다. 그녀는 테라스에 있는 해먹에 누워 잠이 들었다.

머서는 래리가 계단을 밟고 올라오는 소리에 잠에서 깼다. 두 사람은 짧은 포옹을 나누고, 세월이 지나 변한 서로의 모습에 관해 이야기를 주고받았다.

래리는 머서더러 옛날에도 예뻤는데 미모가 여전하다며 '여자가 다 되었다'고 말했다. 래리는 예전과 똑같았다. 그저 흰머리와 주름이 좀 늘었고, 태양 아래서 너무 많은 시간을 보낸 탓인지 피부가 많이 거칠어 보였다. 비록 키는 작았지만 몸은 여간 다부진 게 아니었다. 그는 그녀가 어렸을 때 본 기억이 있는 밀짚모자를 쓰고 있었다. 그제서야 래리가 어두운 과거를 가지고 있고 멀리 북쪽 어딘가, 이를테면 캐나다 같은 곳에서 플로리다로 도망 왔었다는 사실이 머서의 머릿속에 떠올랐다. 그는 이 집 저 집 다니면서 정원을 가꾸거나 잡일을 해 주며 살았다. 할머니와 그는 꽃을 어떻게 돌보아야 하는지를 두고 옥신각신하곤 했다.

"진작에 좀 와 보지." 그가 말했다.

"그러게요. 맥주 드릴까요?"

"아니. 몇 년 전에 술 끊었다. 집사람이 하도 잔소리를 해 대서."

"새 부인 얻으세요."

"그 짓도 다 해 봤다."

머서가 기억하는 한, 그는 여러 번 결혼했었다. 할머니 말로 래리는 엄청난 바람둥이였다. 그녀는 흔들의자로 걸어가며 말했다.

"앉으세요. 얘기 좀 해요."

"그래. 그래야지." 그의 운동화는 풀물이 들고 발목에는 잘린 풀들이 잔뜩 붙어 있었다. "물이 좀 있으면 좋겠구나."

머서는 래리를 향해 한번 웃어 보이고는 마실 걸 내왔다. 그녀가 맥주병을 따면서 물었다. "그동안 어떻게 지내셨어요?"

"나야 뭐 늘 똑같지. 넌 어떻게 지냈니?"

"애들도 가르치고 글도 쓰면서 지냈어요."

"나도 네가 쓴 책 읽었다. 마음에 들더라. 책 뒤에 있는 네 사진을 보면서 말하곤 했지. '와, 나 이 사람 아는데. 그것도 아주 오랫동안 알고 지낸 사람인데.'라고 말이야. 테사가 있었으면 아주 자랑스러워했을 거야. 그렇지?"

"그러셨겠죠. 요새 섬에 도는 소문 같은 거 없나요?"

그가 웃으며 말했다. "평생 떠나 살더니 오자마자 동네 소문부터 챙기는 거냐."

"옆집 밴크로프트네는 어떻게 된 거예요?" 그녀는 어깨 너머로 고갯짓을 하며 물었다.

"그 양반은 2년 전에 세상을 떴지. 암이었어. 안주인은 살아 있지만 요양원에 들어갔고. 자식들이 집을 팔았어. 새 주인들은 날 싫어해. 나도 그 사람들이 싫고." 머서는 단답형에 무뚝뚝한 래리의 말투를 떠올렸다.

"길 건너 헨더슨네 가족은요?"

"죽었어."

"헨더슨 부인하고는 할머니 돌아가시고 몇 년 정도 편지를 주

존 그리샴

고받았어요. 그러다 흐지부지됐고요. 여긴 변한 게 별로 없네요."

"섬 자체야 변할 게 없지. 근데 여기저기 새로 이사 온 사람이 좀 있어. 해변엔 빈 데 하나 없이 건물이 들어섰고, 리츠 호텔 옆에 고급 콘도도 생겼어. 관광객이 많아졌는데, 이건 좋은 일인 것 같고. 제인 말로 여기서 몇 달 지낼 거라 했다며?"

"네. 봐서요. 잠깐 일을 쉬면서 책을 마무리하려고요."

"넌 책을 아주 좋아했잖아. 집 안에 책이 쌓여 있던 게 생각난다. 네가 아주 어릴 때부터 그랬는데."

"할머니가 일주일에 두 번 도서관에 데리고 가셨어요. 제가 5학년일 때 학교에서 독서 대회가 있었거든요. 그해 여름에 책을 아흔여덟 권 읽어서 트로피를 거머쥐었죠. 마이클 콴이 쉰세 권으로 2등을 했고요. 100권을 채우고 싶었는데."

"테사는 네가 매사에 경쟁심이 과하다고 했어. 체커나 체스, 모노폴리를 할 때조차 말이야. 넌 꼭 이겨야 했지."

"제가 좀 그랬죠. 이제 와 생각하니 왠지 바보 같았네요."

래리는 물을 한 모금 마시더니 셔츠 소매로 입을 닦았다. 그러고는 바다를 바라보며 말했다. "네 할머니가 보고 싶구나. 우린 화단이며 비료를 두고 끝도 없이 말다툼을 하곤 했는데. 하지만 말만 그랬지 네 할머니는 친구들을 위해서라면 뭐든 할 분이셨다."

머서는 고개만 끄덕일 뿐 아무 말도 하지 않았다. 한참 말이 없던 래리가 입을 열었다. "공연한 소리를 했네. 미안하다. 아직도 마음이 아플 텐데."

"뭐 좀 여쭤 봐도 돼요? 할머니한테 일어났던 일을 아무하고도 이야기해 본 적이 없어요. 장례식이 끝나고 한참 뒤에 그냥 신문을 읽은 정도예요. 혹시 제가 모르는 뭐가 있나요? 기사에는 없었던 뒷얘기 같은 거라도요."

"아무도 모르지." 그가 바다를 향해 고개를 끄덕였다. "할머니와 포터는 바다로 5, 6킬로미터쯤 나갔어. 그 정도면 뭍이 보였을 텐데, 아무튼 갑자기 폭풍이 온 거야. 늦여름 오후에 가끔 그런 바람이 불곤 했는데, 그날은 유독 심했지."

"아저씨는 그때 어디 계셨어요?"

"집에서 빈둥거리고 있었지. 눈 깜짝하는 사이에 하늘이 시커메지고 찢어지는 소리가 나면서 바람이 불었어. 굵은 빗줄기가 옆에서 날아들었어. 나무도 몇 그루 쓰러졌고, 전기도 나갔고. 포터가 무전으로 구조 신호를 보냈다는데 너무 늦었던 모양이야."

"저도 그 배를 열 번 넘게 탔지만, 항해는 저랑 안 맞았어요. 배에 타기만 하면 너무 덥고 지루했거든요."

"포터는 솜씨 좋은 뱃사람이었어. 그리고 너도 알겠지만, 그 친구는 테사를 아주 좋아했지. 남녀 관계로서가 아니라. 젠장, 어차피 스무 살이나 어렸으니까."

"그 점에 관해선 확실히 모르겠어요. 두 사람은 정말 친했거든요. 나이가 들면서 생각해 보니 의심스럽긴 하더라고요. 한번은 할머니 벽장에서 포터의 낡은 선박용 신발을 본 적도 있어요. 어린애라 호기심이 넘쳐서 유심히 살펴봤죠. 딱히 무슨 말을 하진 않았고 그냥 좀 더 귀를 기울였다고나 할까. 제가 느끼기에 포터는 제가 이 집에 없을 때 여기서 많은 시간을 보냈던 것 같아요."

래리가 고개를 흔들었다. "아니야. 그럼 내가 알지 않았겠어?"

"그런가요."

"난 이 집에 일주일에 세 번은 왔어. 늘 이 집을 눈여겨봤고. 근데 남자가 드나든다? 내가 그걸 놓쳤을 리가 없지."

"그렇겠네요. 어쨌든 할머니는 포터를 아주 좋아했어요."

"누구나 좋아했지. 착한 친구였으니까. 그 친구와 배는 영영 못 찾았지만."

"수색도 했나요?"

"아, 그럼. 내가 봤던 중에 가장 대규모 수색이었다. 날 포함해 섬에 있는 배라는 배는 전부 바다로 나갔지. 해안 경비대와 헬기도 나서고. 해 뜰 무렵에 조깅하던 사람이 노스 부두에서 테사를 발견했어. 내 기억으로는 사고가 나고 2, 3일 뒤였을 거야."

"할머니는 수영을 잘했어요. 다만 구명조끼를 절대 입지 않았죠."

"그런 폭풍 속에선 큰 상관없었을 거다. 우린 그때 무슨 일이 있었는지 몰라. 그저 미안할 따름이구나."

"제가 먼저 여쭤 본 건데요, 뭘."

"가야겠다. 혹시 내가 해 줄 건 없고?" 래리가 천천히 일어나더니 양팔을 뻗었다. "언제든 전화해."

머서도 일어서서 그를 가볍게 안았다. "고마워요, 래리. 만나서 반가웠어요."

"잘 왔다."

"고마워요."

9.

오후 늦게 머서는 샌들을 벗은 채 해변으로 향했다. 바닥에 판자를 깔아 놓은 산책로가 오두막의 테라스에서 시작해, 출입 금지 구역이라 법적인 보호를 받는 모래 언덕 위로 오르락내리락 이어져 있었다. 그녀는 예전에 했던 것처럼 거북을 찾으며 느릿느릿 걸었다. 거북은 멸종 위기 동물이었고, 할머니는 거북의 서식지를 보호하는 일에 열성적이었다. 거북은 모래 언덕을 덮은 바다 귀리와 갯끈풀을 먹고 살았다. 머서는 여덟 살이 되었을 때부터 온갖 식물을 구분할 수 있었다. 돼지풀, 골풀, 유카, 천수란. 할머니는 머서에게 풀의 이름을 가르치고 이듬해 여름이 올 때까지 기억하고 있기를 바랐다. 할머니의 바람대로 11년이 지난 지금도 머서는 여전히 풀의 이름을 기억하고 있었다.

머서는 좁은 산책로에 설치된 문을 열고 나가 물가까지 걸어간 다음 남쪽으로 향했다. 바닷가에서 조개껍데기를 줍던 사람 몇 명을 지나가는데 그들이 고개인사를 하며 웃었다. 목줄을 맨 개를 데리고 있는 사람들도 있었다. 앞쪽에서 한 여자가 머서를 향해 똑바로 걸어왔다. 완벽하게 풀을 먹인 카키색 반바지에 샴브레이 셔츠, 어깨에 두른 면 스웨터까지, 여자는 흡사 제이크루 카탈로그에서 방금 뛰쳐나온 모델 같았다. 낯익은 얼굴이었다. 일레인 셸비가 웃으며 인사를 건넸다. 두 사람은 악수를 하고 맨발로 파도 거품을 밟으며 걸었다.

"그래, 오두막은 어땠던가요?" 일레인이 물었다.

"상태가 좋던데요. 제인 이모가 관리를 잘하셨어요."

"이모가 이것저것 질문이 많으셨나요?"

"별로. 제가 여기 머물고 싶다고 하니까 좋아하시긴 했어요."

"7월 초까지 있을 수 있다고요?"

"7월 4일 정도까지요. 그때 코니 언니가 가족이랑 2주간 사용한다니까 그 기간에는 안 되고요."

"근처에 당신이 지낼 방을 얻어 줄게요. 오두막에 또 올 손님은 없나요?"

"11월까지는 없어요."

"그때까진 일이 끝날 거예요. 어떻게 해서든지."

"당신이 그렇다면 그런 거겠죠."

"알려 줄 게 두 가지 있어요." 일레인은 곧장 일 얘기로 넘어갔다. 겉으로 보기에는 별생각 없이 해변을 산책하는 것처럼 보였지만 사실은 중요한 회의였다. 목줄을 맨 골든 레트리버 한 마리가 다가와 인사를 건네고 싶어 했다. 두 사람은 개의 머리를 쓰다듬고 개 주인과 일상적인 인사치레를 주고받았다. 일레인이 다시 걸음을 떼며 말했다. "첫 번째, 나라면 먼저 서점에 접근하진 않을 거예요. 당신이 접근하는 게 아니라 케이블이 당신에게 접근하게 만드는 게 중요해요."

"어떻게요?"

"이 섬에 마이라 벡위스라는 여자가 살아요. 작가예요. 혹시 들어 봤어요?"

"아니요."

"못 들어 봤을 거 같긴 했어요. 책을 많이는 썼는데, 죄다 외설스러운 로맨스물인 데다 사용 중인 필명만 해도 열 개가 넘거든요. 한때는 그쪽 분야에서 제법 팔리는 책을 썼지만 나이가 들면서 전보다 일이 많지 않은가 봐요. 애인이랑 시내에 있는 오래된 주택에서 살아요. 키가 180센티나 되고 덩치도 좋아서 꼭 남자 같아요. 직접 보면 더해요. 그런 여자가 다른 사람이랑 섹스란 걸 해 보긴 했나 싶을걸요. 뭐, 상상력이 풍부한 거라고 해 두죠. 아무튼 엄청 특이하고 괴짜에다가 시끄럽고 개성도 되게 강한데 문학계에서 일종의 여왕벌 노릇을 하고 있어요. 예상했겠지만 마이라 벡위스는 케이블과 아주 오래된 친구 사이예요. 그녀에게 먼저 연락해서 당신을 소개하고 이곳에서 뭘 하고 있는지 말해요. 뻔한 방식이지만, 언제 한번 들러서 차 한잔하며 인사나 나누고 싶다고 해요. 아마 케이블이 하루도 지나지 않아서 당신의 존재에 대해 알게 될 거예요."

"그 여자의 애인은 어떤 사람인가요?"

"리 트레인이라고, 마찬가지로 작가예요. 혹시 들어 봤을까요?"

"역시나 못 들어 봤네요."

"그렇군요. 그 여자는 소설 쓰기에 매우 열정적이에요. 안 팔려서 문제지. 마지막으로 쓴 책이 300부 팔렸는데, 그마저도 8년 전일이에요. 여러모로 기이한 커플임에 틀림없지만 일단 어울리면 재미는 있을 거예요. 당신이 그들과 안면을 트면 머지않아 케이블도 접근해 올 거예요."

"간단하네요."

"두 번째 방법은 좀 더 위험하지만 잘 먹힐 거라고 봐요. 세리나 로치라는 이름의 젊은 작가가 있어요."

"빙고. 들어 본 이름이네요. 만나 본 적은 한 번도 없지만 같은 출판사에서 책을 냈거든요."

"아, 그녀의 최근 소설이 며칠 전에 나왔는데."

"비평을 봤어요. 끔찍하던데요."

"그건 중요하지 않아요. 지금 신간 홍보 투어 중인데 다음 주 수요일에 이 섬에 올 거예요. 그녀의 이메일 주소를 줄 테니 연락해서 커피나 한잔하자는 식으로 접근해 봐요. 당신하고 비슷한 나이에 미혼이니까 어울리기 편할 거예요. 그녀의 사인회라는, 당신이 서점에 방문할 완벽한 이유가 생길 수도 있고."

"미혼이고 젊은 여자니까 케이블이 극진하게 대접할 거고요."

"당신이 이곳에 잠시 체류 중이고 로치가 홍보 투어까지 왔으니 어쩌면 케이블과 노엘이 사인회가 끝나고 저녁 식사 자리를 마련할지도 몰라요. 참, 요새 노엘은 이곳 시내에서 지내고 있어요."

"당신이 어떻게 그걸 알고 있는진 굳이 묻지 않을게요."

"그런 건 어렵지 않게 알아낼 수 있어요. 오늘 오후에 골동품 쇼핑을 좀 했거든요."

"두 번째 방법은 좀 더 위험하다면서요."

"글쎄요, 술을 마시다 보면 당신이랑 세리나가 초면이라는 얘기가 나올 수도 있죠. 그냥 우연의 일치라고 생각할 수도 있고, 아닐 수도 있고."

"제 생각엔요." 머서가 말했다. "그 여자와 제가 같은 출판사에서 책을 낸 적이 있으니까 제가 들러서 인사를 건네는 게 더 그럴

듯할 거 같아요."

"좋아요. 오전 10시에 오두막으로 상자가 하나 배달될 거예요. 책이 잔뜩 들었을 텐데, 노엘이 쓴 책 네 권, 세리나가 쓴 책 세 권이에요."

"숙제인가요?"

"독서 좋아하시죠?"

"제 일의 일부죠."

"마이라가 쓴 소설도 재미 삼아 몇 권 넣을게요. 말 그대로 쓰레기지만 제법 중독성이 있어요. 리 트레인의 책은 한 권밖에 못 찾았는데 그것도 보낼게요. 아마 그 여자 책이 전부 절판일 건데 그럴 만한 이유가 있어요. 굳이 찾아 읽어야 할진 잘 모르겠네요. 난 몇 페이지 못 읽고 포기했거든요."

"얼른 보고 싶은데요. 여기 얼마나 있을 거죠?"

"내일 떠나요." 두 사람은 물가를 따라 말없이 걸었다. 서프보드에 올라탄 아이 두 명이 근처에서 물을 튀겼다. 일레인이 말했다. "우리가 채플 힐에서 저녁 먹을 때 당신이 작전에 관해 질문했잖아요. 많은 걸 알려 줄 수는 없지만, 아무튼 우리 회사에서 정보를 제공하면 사례를 하겠다고 은밀하게 소문을 퍼뜨렸어요. 두 달 전 보스턴 지역에 사는 여자 하나를 찾았어요. 그 여자는 과거에 책 수집가면서 희귀본을 거래하고 뒤가 찜찜한 책도 다룬다고 알려진 사람과 결혼했었어요. 보아하니 이혼한 지 얼마 안 된 건지 여태 짐도 다 못 풀었더라고요. 그 여자 말로 전남편이 피츠제럴드 원고에 관해 많은 걸 알고 있대요. 전남편이 도둑들에게서 피츠제럴드 원고들을 산 다음 겁이 나서 곧바로 되판 것 같대요. 백만 달러는 받은 것 같다는데 아직 확인은 못했어요. 그 여자 쪽에서도 확인 못했고. 만일 진짜라면 해외 계좌를 통해 돈이 오간 것 같아요. 계속 확인 작업 중이에요."

"전남편이라는 사람하고는 얘기해 봤어요?"

"아직."

"그럼 그 사람이 브루스 케이블에게 되판 건가요?"

"그 여자가 케이블이라는 이름을 언급했어요. 상황이 나빠지기 전까지 전남편과 같이 일했기 때문에 거래에 관해 뭘 알고 있는 것 같더라고요."

"케이블은 왜 원고를 이리로 가져왔을까요?"

"그렇게 안 할 이유도 없잖아요. 여긴 그 사람 집이 있는 곳이니까 안전하다 생각했겠죠. 현재 여러 상황을 고려했을 때 원고가 이 섬에 있다고 추정하고는 있지만, 아직은 그야말로 추정에 불과해요. 우리가 틀렸을 가능성도 커요. 말했지만 케이블은 아주 똑똑하고 이런 일에는 도가 텄는지라. 너무 노련해서 연막 작전을 폈을 수도 있어요. 서점 지하에 수장고가 있다고는 하지만 거기 넣어 뒀을 것 같진 않단 말이에요. 그렇지만 누가 알겠어요? 죄다 추측일 뿐이고, 더 확실한 정보가 입수될 때까지는 계속 추측만 할 수밖에."

"정보라면?"

"서점 내부, 특히 그의 '초판본 전시실' 내부를 볼 수 있는 눈이 필요해요. 당신이 그와 안면을 트고 나서 서점에 드나들며 책도 사고 다른 작가 행사에 참석하고, 하는 거죠. 그러다가 당신이 그의 희귀본들에 관심을 보이기 시작하는 거예요. 할머니가 남겼다고 둘러댈 수 있는 고서적을 준비해 줄게요. 그래야 얘기를 꺼내 볼 수 있을 테니까. 그 책들이 얼마나 가치가 있을까요? 케이블이 그 책들을 사겠다고 나설까요? 그와 나눌 대화들이 어떻게 이어질진 알 수 없어요. 하지만 적어도 케이블이 의심하지 않을 내부자를 심어 둘 수 있게 되니까. 적당한 때가 오면 당신은 무슨 말이라도 들을 수 있게 될 거예요. 그게 무엇인지, 언제인지, 어디서인지는 아무도 몰라요. 저녁 식사 도중에 피츠제럴드 원고 도난 사건이 화젯거리로 떠오를 수도 있고. 케이블은 술을 많이 마시니까 술김에 실언을 할 수도 있고. 비밀은 어떻게든 흘러나오죠."

"그 사람이 실수로 뭘 흘릴 것 같진 않은데요."

"그렇긴 하죠. 근데 엉뚱한 사람에게서 말실수가 나오기도 하잖아요. 아무튼 우리의 눈과 귀가 내부에 있다는 게 중요해요."

두 사람은 사우스 부두에서 반대쪽으로 돌아서 다시 북쪽으로 걸었다. 일레인이 말했다. "따라와요." 그들은 모래에 판자를 깔아서 만든 산책로에 올라섰다. 일레인이 중간에 있는 출입문을 열었고, 그들은 계단을 따라 작은 층계참으로 올라섰다. 그녀는 멀리 보이는 2층짜리 트리플렉스 건물을 가리키며 말했다. "오른쪽 집을 우리가 쓰고 있어요. 일단 지금은요. 저기가 내가 머무는 곳인 거죠. 이틀 뒤엔 다른 사람이 쓰고 있을 거예요. 그 사람 전화번호는 문자로 알려 줄게요."

"절 감시하는 건가요?"

"아니요. 당신은 단독으로 움직여요. 하지만 혹시 모를 상황에 대비해 친구가 있는 거예요. 하나 더, 매일 밤 상황이 어떻게 돌아가는지 나한테 이메일로 알려 줬으면 해요. 괜찮죠?"

"그럼요."

"난 이만 갈게요." 일레인이 오른손을 내밀며 작별 인사를 했다. 머서가 그녀의 손을 잡았다. "행운을 빌어요, 머서. 단순하게 해변에서 휴가를 보낸다 생각해요. 케이블과 노엘을 알아 가고 그들과 보내는 시간이 예상 외로 재미있을지도 모르잖아요."

머서는 어깨를 으쓱하고는 말했다. "두고 봐야죠."

10.

덤버턴 갤러리는 조지타운의 위스콘신가(街)에서 한 블록 떨어진 곳에 있었다. 붉은 벽돌로 지어진 오래된 타운 하우스 건물 1층에 자리 잡은 작은 갤러리로, 도색 작업이 시급해 보였고 여차하면 지붕도 교체해야 할 것 같았다. 갤러리에서 불과 한 블록 떨어진 곳만 해도 오가는 사람이 많았다. 그러나 갤러리는 파리를 날리기 일쑤였고 벽에 전시된 그림도 없다시피 했다.

갤러리는 미니멀한 현대 작품을 주로 다루었는데, 애석하게도 조지타운에서는 그다지 인기가 없는 분야였다. 그럼에도 갤러리의 주인은 크게 개의치 않았다. 갤러리 대표는 조엘 리비코프라는 사람으로 쉰두 살 먹은 전과자였다. 그는 장물을 거래하다가 두 번이나 붙잡힌 이력이 있었다.

두 번이나 체포되어 8년을 감옥에서 썩고 나자 조엘은 누군가 늘 자신을 감시한다고 굳게 믿었다. 그가 운영하는 1층 갤러리는 누가 되었든 그를 감시하는 사람들을 속여 넘기기 위한 위장막이었다. 그는 자신이 깨끗이 손을 씻고 먹고살기 위해 아등바등하는 워싱턴 D. C.의 일개 갤러리 대표라고 스스로에게 최면을 걸었다. 갤러리는 정상적으로 운영되었다. 실제로 전시회가 열렸고, 조엘과 알고 지내는 몇몇 화가들도 있었으며, 그보다 더 적은 수나마 고객도 있긴 했다. 대충 홈페이지도 하나 운영했는데, 이 역시 감시의 눈초리를 속이기 위해서였다.

그는 갤러리 건물 3층에서 살았다. 2층에는 사무실이 있었다. 그곳에서 그는 도난당한 그림, 판화, 사진, 책, 원고, 지도, 조각품, 심지어 사망한 유명인의 위조 편지 등을 판매하는 위험한 사업을 운영했다. 두 번이나 체포되고 교도소에도 갔다 왔지만 조엘 리비코프는 좀처럼 규율을 지키는 삶을 살지 못했다. 지하 세계에서 생활하는 일이 작은 갤러리를 운영하고 사람들이 원하지 않는 예술작품을 억지로 파는 일보다 훨씬 흥미진진하고 돈도 많이 벌었다. 그는 절도범과 그들에게 당한 피해자 또는 중개인을 연결해 주고 여러 단계와 사람들을 거쳐 귀중품을 은밀히 옮기고 해외 계좌로 돈을 보내는 거래를 성사시키는 일에서 희열을 느꼈다. 단, 장물을 직접 손에 넣는 경우는 드물었다. 그런 것보다는 손에 때가 묻지 않는 영리한 중개인 역할을 선호했기 때문이다.

프린스턴 대학의 피츠제럴드 원고 도난 사건이 벌어지고 한 달 뒤 FBI가 찾아왔다. 그때만 해도 조엘은 해당 사건에 대해 아는 바가 전혀 없었다. 그로부터 또 한 달 뒤 FBI가 다시 그를 찾아왔고, 그는 여전히 아무 정보도 가지고 있지 않았다. 그러다 시간이 더 지나서야 그 사건과 관련해 많은 걸 알게 되었다. FBI의 도청이 두려워진 조엘은 워싱턴 주변에서 자취를 감추고 잠행에 들어갔다. 그는 선불 폰으로 절도범들에게 연락을 취해 메릴랜드주 애버딘 인근 고속 도로 주변의 한 모텔에서 그들을 만났다. 절도범은 자신을 데니, 그리고 공범을 루커라고 소개했다. 두 남자 모두 아주 강인해 보였다. 1박에 79달러인 2인실의 싸구려 침대에서 조엘은 다섯 점의 피츠제럴드 원고를 두 눈으로 직접 보았다. 원고의 가치는 셋 중 그 누구도 상상하지 못할 금액이었다.

조엘의 눈에 절도범들의 리더임이 분명해 보이는 데니는 빨리 원고를 팔아넘기고 해외로 도주하고 싶다는 압박을 엄청나게 느끼는 것 같았다. "백만 달러는 받아야겠어." 데니가 말했다.

"그렇게 큰손은 못 찾아." 조엘이 답했다. "이런 책이라면 얘기해 볼 수 있는 거래처가 딱 한 군데밖에 없거든. 이쪽 사업을 하는 친구들은 하나같이 몸을 사리는 중이야. FBI 요원들이 전국에 깔렸으니까. 최대 50만 달러. 거래는 이거 하나뿐이야."

데니는 욕지거리를 내뱉더니 방 안에서 쿵쾅거리며 서성였다. 가끔 커튼 틈으로 주차장을 힐끔힐끔 내다보기도 했다. 데니의 과장된 행동은 멈출 기미를 보이지 않았다. 기다림에 지쳐 버린 조엘은 이만 돌아가겠다고 말했다. 결국 데니가 먼저 굴복했고, 두 사람은 자세한 내용을 논의했다. 조엘은 서류 가방만 들고 떠났다. 데니는 날이 어두워지면 프로비던스까지 차를 몰고 가서 기다리라는 지시를 받았다. 군 출신으로 범죄의 길로 빠져든 루커 역시 그곳에서 데니와 합류했다. 사흘 후 다른 중개인의 도움을 받아 물건의 전달이 완벽하게 이루어졌다.

시간이 흐르고 데니는 루커와 함께 그의 보물을 되찾기 위해 조지타운에 다시 나타났다. 리비코프는 지난번에 데니에게 잔뜩 엿을 먹였다. 그런 일은 다신 일어나지 않을 터였다. 3월 25일 수요일, 갤러리는 오후 7시에 문을 닫았다. 데니는 정문으로, 루커는 조엘의 사무실 창문을 따고 침입했다. 두 사람은 모든 문을 잠그고 불이란 불은 모조리 끈 다음, 조엘을 3층에 있는 그의 집으로 끌고 갔다. 그러고는 정보를 뽑아내기 위해 그를 결박하고 재갈을 물리고는 끔찍한 작업을 시작했다.

4장

해변 산책

1.

할머니와 지낼 때는 해가 뜸과 동시에 하루가 시작되었다. 할머니
는 머서를 침대에서 끌어내 서둘러 테라스로 나갔고, 두 사람은 거
기서 커피를 마시며 수평선 위로 오렌지색 빛이 희미하게 보일 때
까지 기대감을 품고 기다렸다. 해가 떠오르고 나면 두 사람은 서둘
러 산책로로 걸어가 바닷가를 확인하러 갔다. 할머니가 오두막 서
쪽 화단에서 꽃을 가꾸는 오전 시간 동안 머서는 다시 침대로 들
어가 긴 낮잠을 즐기곤 했다.

머서는 열 살 무렵부터 할머니의 허락을 받아 처음으로 커피를
마셨고, 열다섯에 난생처음 마티니를 맛보았다. 할머니는 '모든 걸
적당히 할 줄 알아야 한다'라는 말을 제일 좋아했다.

하지만 이제 할머니는 없고 머서는 떠오르는 해를 충분히 볼 만

큼 보았다. 그녀는 9시가 넘을 때까지 자고도 마지못해 침대에서 나왔다. 커피를 내리는 동안 오두막을 돌아다니면서 글쓰기에 완벽한 장소를 찾아 헤맸지만 마땅한 곳을 발견하지 못했다. 일정의 압박이 없었으므로 할 이야기가 있을 경우에만 집필 활동을 하기로 마음먹었다. 어차피 그녀가 써야 할 소설은 마감이 3년이나 지나 버린 상태였다. 뉴욕의 출판사가 3년을 기다렸는데 1년 정도는 더 참아 줄 수 있지 않을까 싶었다. 가끔 그녀의 에이전트로부터 확인 전화가 걸려 왔지만 시간이 지나면서 그 횟수가 점점 줄어들었고 용건도 간단해졌다. 채플 힐에서 멤피스를 거쳐 플로리다까지 장거리 운전을 하면서 그녀는 빈둥거리며 꿈꾸듯 줄거리를 생각했다. 그녀의 소설은 스스로 목소리를 찾아가는 것 같았다. 그녀는 써 두었던 약간의 글을 모조리 날려 버리고 새롭게 시작할 계획이었다. 이번만큼은 신중하고 새로운 스타트를 끊을 수 있을 것 같았다. 더는 대출금에 시달리지 않았고 이직 걱정도 없었다. 그녀의 머릿속은 일상의 복잡한 일들로 어지럽지 않았다. 마음먹고 작업에 돌입하면 하루에 적어도 평균 1천 단어는 쓸 수 있을 터였다.

하지만 두둑한 대가를 받은 현재의 작전에 관해서 제대로 이해하지 못했고, 작전을 완료하기까지 시간이 얼마나 걸릴지도 알 수 없었다. 이런 상황에서 단 하루라도 허비하는 건 전혀 도움이 되지 않았다. 인터넷에 들어가 새 이메일이 있는지 확인했다. 일레인은 간밤에 이미 필수 메일 주소 목록을 보내왔다. 매사에 효율적으로 임할 게 분명한 일레인이라 그리 놀랍지도 않았다.

머서는 여왕벌에게 메일을 써서 보냈다. "친애하는 마이라 벡위스. 저는 머서 만이라고 합니다. 몇 달 동안 소설을 집필하면서 바닷가에 있는 집을 보아주며 지내게 되었습니다. 이곳에 연고가 닿는 사람이 없는지라, 기회가 된다면 인사를 나누고 트레인 씨와 함께 한잔하면 어떨까 싶습니다. 제가 와인을 한 병 가져가겠습니다."

오전 10시 정각에 현관 벨이 울렸다. 머서가 문을 열었더니 아무 표시 없는 상자 하나가 포치에 놓여 있었다. 배달부는 보이지 않았다. 그녀는 상자를 주방 테이블로 가져와 열고는 내용물을 꺼냈다. 일레인이 말한 대로 노엘 보닛이 쓴 사진 위주의 커다란 책 여러 권, 세리나 로치의 소설 세 권, 리 트레인의 상대적으로 얇아 보이는 책 한 권이 들어 있었다. 그리고 소름 끼치는 삽화를 곁들인 로맨스 소설 대여섯 권이 있었다. 눈부시게 아름답고 젊은 여자들과 그 여자들의 잘생기고 몸 좋은 연인들이 서로의 전신을 더듬는 그림이 대부분이었다. 각각 다른 작가가 쓴 것같이 보였지만 모두 마이라 벡위스의 작품이었다. 머서는 로맨스 소설들은 나중을 위해 밀어 놓기로 했다.

받은 책들 가운데 그녀가 쓰는 소설에 영감을 줄 만한 건 단 하나도 없었다.

그녀는 마치뱅크스 저택에 관한 노엘의 책을 뒤적거리면서 그래놀라를 조금 먹었다.

10시 37분에 휴대폰으로 등록되지 않은 번호의 전화가 걸려왔다. 그녀가 "여보세요."라고 하자마자 고음의 정신없는 목소리가 단호하게 말했다. "우린 와인 안 마셔요. 난 맥주, 리는 럼을 좋아하죠. 그리고 찬장이 술로 가득 차 있으니 술은 따로 가져오지 않아도 돼요. 섬에 온 걸 환영해요. 난 마이라."

머서는 하마터면 깔깔대며 웃을 뻔했다. "반가워요, 마이라. 이렇게 빨리 답이 올 줄은 몰랐어요."

"뭐, 심심하기도 하고 새로운 사람은 늘 환영이니까. 오늘 오후 6시까지 참을 수 있겠어요? 우린 6시 전에는 절대 술을 마시지 않아서."

"노력해 볼게요. 그때 봬요."

"우리가 어디 사는진 알아요?"

"애시 스트리트에 사시잖아요."

"이따 봐요."

머서는 전화기를 내려놓고 상대방의 억양으로 출신지를 추측했다. 남부는 확실했고, 아마도 텍사스인 것 같았다. 그녀는 러니언 오쇼너시라는 필명의 작가가 쓴 소프트 커버 한 권을 들고 읽기 시작했다. '치명적으로 잘생긴' 영웅이 어떤 성에서 천덕꾸러기 신세로 살고 있었다. 그 영웅은 4페이지에서 이미 두 명의 하녀와 잠자리를 가졌고 세 번째 하녀에게 치근덕거리고 있었다. 첫 번째 장이 끝나갈 무렵 모든 사람이 지쳤고, 머서 또한 지쳤다. 그녀는 혈압이 너무 높아진 게 아닌가 싶어 책을 내려놓았다. 500페이지나 되는 책의 공세를 견뎌 낼 체력이 그녀에게는 없었다.

그녀는 리 트레인의 소설을 들고 테라스로 가서 파라솔 아래 놓인 흔들의자에 앉았다. 11시가 넘었고 한낮의 플로리다 햇빛이 쏟아지고 있었다. 그늘지지 않은 곳의 모든 것이 뜨거웠다. 트레인이 쓴 소설은 젊고 미혼인 여자가 어느 날 일어나 보니 임신을 했는데 아이 아빠가 누군지 알 수 없다는 내용이었다. 주인공은 전해에 술을 지나치게 많이 마시면서 난잡한 성관계를 가졌고, 설상가상으로 기억력마저 좋지 않았다. 그녀는 달력을 앞에 두고 어떻게 된 일인지 기억해 내려 애쓰면서 마침내 그럴듯한 후보군으로 세 사람을 추려 냈다. 그녀는 언젠가 아이를 낳으면 진짜 아이 아빠에게 친자 확인 소송을 걸어 양육비를 받아 내겠다는 계획을 세우고 세 사람을 비밀리에 조사하리라 결심했다. 줄거리는 괜찮았으나 글이 너무 복잡하고 허세가 심해 독자들이 집중해서 읽기 어려울 것 같았다. 모든 장면이 깔끔하지 않아 무슨 일이 벌어지는 건지도 잘 파악되지 않았다. 트레인은 한 손에는 펜을, 다른 손에는 사전을 들고 있던 것이 분명했다. 머서조차 처음 보는 긴 단어들이 등장했기 때문이다. 무엇보다 절망적인 것은 대화 내용을 따옴표로 표시하지 않아 가끔 누가 무슨 말을 하는 건지 알 수 없다는 점이었다.

20분 동안 생고생만 하다 지쳐 버린 그녀는 낮잠에 빠져들었다.

땀에 젖어 잠에서 깬 그녀는 지루해졌다. 이 지루함이라는 감정은 그녀에게 아주 낯선 것이었다. 그도 그럴 것이 그녀는 혈혈단신의 처지를 견디기 위해 일부러라도 바쁘게 살려고 노력했다. 평소의 그녀라면 오두막 대청소부터 했겠지만 잠시 미루어 두기로 했다. 사실 머서는 할머니의 꼼꼼한 살림 솜씨를 물려받지 못했다. 하지만 혼자 사는 집이 좀 지저분하기로서니 뭐가 그리 대수겠는가? 그녀는 수영복으로 갈아입었다. 거울에 비친 피부가 너무 창백해 보이는 것 같아 열심히 태닝을 해야겠다고 마음먹고 해변으로 향했다. 주말을 앞둔 금요일이라 숙소를 예약한 사람들이 속속 도착하고 있었지만 오두막 앞 해변에는 아무도 보이지 않았다. 한참 수영을 하고 잠시 걷다가 다시 오두막으로 돌아와 샤워를 했다. 시내에 가서 점심을 먹기로 하고, 가벼운 원피스를 입고 립스틱만 발랐다.

페르난도 스트리트는 바다와 모래 언덕 옆 해변을 따라 8킬로미터가량 이어진 도로였다. 오래된 혹은 새로 지은 렌털 하우스, 저렴한 모텔, 신축 고급 주택, 콘도가 뒤섞인 채 줄지어 서 있고 가끔 민박집도 보였다. 도로 건너편에는 더 많은 주택, 숙소, 상점, 몇 안 되는 사무용 건물, 더 많은 모텔, 그리고 간단한 음식을 제공하는 술집에 가까운 레스토랑이 있었다. 머서는 시속 56킬로미터라는 제한 속도를 철저히 지키며 어슬렁거렸다. 아무것도 바뀌지 않고 기억 속 그 모습 그대로였다. 산타 로사는 본래의 모습을 그대로 간직하고 있었다. 200미터마다 작은 주차장이 있고 그곳에서 사람들이 해변으로 접근할 수 있도록 널빤지를 깔아 놓은 산책로가 바다까지 이어져 있는 것도 여전했다.

그녀 뒤로 보이는 남쪽에는 리츠, 메리어트 같은 대규모 호텔들이 높이 솟은 콘도 건물과 함께 보이고, 그보다 훨씬 더 고급스러운 주거용 건물들이 보였다. 할머니라면 이런 식의 개발을 전혀 달가워하지 않았을 터였다. 그녀는 지나친 조명이 식물과 붉은바다거북의 성장을 방해한다고 생각했다. 할머니는 '거북 지킴이'의 열성적인 멤버였고, 섬에서 활동 중인 자연환경의 보전과 보호에 관한 모든 모임에 참여했다.

머서는 활동가는 아니었다. 모임이라는 걸 견디지 못해서였다. 이는 대학과 교수진들로부터 거리를 두고 생활했던 또 다른 이유이기도 했다. 그녀는 시내로 들어서서 메인 스트리트를 채운 차들과 속도를 맞추어 움직이며 노엘의 프로방스 옆에 있는 서점 앞을 지나갔다. 골목에 차를 세우고 안뜰에 자리가 있는 작은 카페를 찾아냈다. 그늘에서 조용히 긴 점심을 먹고, 관광객 무리에 섞여 각종 옷 가게와 티셔츠 가게를 둘러보았지만 딱히 뭘 사지는 않았다. 별생각 없이 항구 쪽으로 걸어가서 배들이 오가는 모습을 지켜보았다. 그녀는 할머니와 함께 포터를 만나러 이곳에 오곤 했다. 포터와는 배를 타면서 친구가 되었다. 그는 길이가 10미터쯤 되는 작은 범선을 소유하고 있었는데, 틈만 나면 할머니와 머서를 바다에 데리고 나가고 싶어 했다. 바다에 나가면 지루했다. 어쨌든 머서에게는 그랬다. 그녀가 기억하기로 바람이 셌던 적은 단한 번도 없었다. 배를 타면 햇빛에 잔뜩 타기만 했기 때문에 그녀는 에어컨도 없는 선실 안에 숨기 바빴다. 포터는 어떤 끔찍한 질병으로 아내를 잃었다. 할머니 말로는 포터가 그 얘기를 절대 꺼내는 법이 없고 그 기억으로부터 벗어나기 위해 플로리다로 이사를 온 거라고 했다. 할머니는 포터의 눈이 세상에서 가장 슬퍼 보인다고 말하곤 했다.

머서는 사고 후에도 포터를 원망해 본 적은 없었다. 포터와 배를 타는 걸 좋아했던 할머니는 항해의 위험성에 대해 익히 알고 있었다. 다만 뭍이 보이지 않는 곳까지 나간 적은 없었으니 방심했을지도 모른다.

열기를 피해 항구 레스토랑으로 들어가 텅 빈 바에 앉아 아이스티를 마셨다. 그녀는 바다를 보면서 마히마히를 잔뜩 잡아 전셋배에 싣고 얼굴이 벌게진 채 행복한 표정으로 돌아오는 네 명의 낚시꾼을 바라보았다. 고속 운전 금지 구역임에도 지나치게 빠른 속도로 제트 스키를 타는 한 무리의 사람들도 보였다. 그때 작은 범선한 척이 부두에서 멀어지는 모습이 눈에 띄었다. 공교롭게 포터가몰던 배와 길이와 색이 같았다. 갑판 위에 두 사람이 보였다. 나이든 신사가 배를 몰고 여자는 밀짚모자를 쓰고 있었다. 순간적으로여자가 할머니처럼 보였다. 할머니는 음료수를 손에 들고 느긋하게 앉아 선장이 원하지 않는 조언을 하는 것 같았다. 흘러간 시간이 사라지고 할머니는 다시 살아나 있었다. 머서는 할머니를 보고안고 얘기하고 웃고 싶었다. 배 속에서 묵직한 고통이 느껴졌지만그 순간은 금세 지나갔다. 그녀는 배가 사라질 때까지 응시하다가찻값을 내고 항구를 떠났다.

커피숍에 들어간 그녀는 테이블에 앉아 길 건너 서점을 보고 있었다. 서점의 커다란 쇼윈도에 책이 가득 차 있었다. 곧 있을 작가사인회의 광고 현수막이 눈에 들어왔다. 출입문으로 사람들이 드나들었다. 원고가 서점에, 그것도 지하에 숨겨진 수장고 속에 있다는 사실을 도저히 믿을 수 없었다. 뿐만 아니라 그 원고를 어떻게든 빼내야 한다는 현실을 인정하고 싶지 않았다.

일레인은 머서더러 섣불리 서점에 접근하지 말고 케이블이 먼저 움직이기를 기다리라고 충고했다. 하지만 머서는 스스로의 선택으로 스파이가 된 이상 자신만의 규칙을 만들어 가야 할 필요가 있다고 생각했다. 그럼에도 불구하고 여전히 어떻게 해야 할지 명확한 감이 오진 않았다. 엄밀히 말해, 그녀는 누구의 지시도 받고 있지 않았다. 지시는커녕 흔한 계획조차 없었다. 머서는 느닷없이 전장에 떨어졌고 그때그때 상황을 보아 가면서 스스로 조절하고 임기응변으로 대응해야 했다. 오후 5시, 시어서커 양복을 입고 나비넥타이를 맨 한 남자가 서점에서 나와 동쪽으로 걸어가는 모습이 보였다. 브루스 케이블이 틀림없었다. 머서는 그가 사라질 때까지 기다린 다음 도로를 건너 아주 오랜만에 베이 북스에 들어섰다. 마지막으로 이곳을 방문했던 게 언제인지 가물가물했다. 아마도 열일곱 살이나 열여덟 살쯤 직접 차를 몰고 왔던 듯싶었다.

그녀는 어느 서점을 가든 소설 구역부터 찾고 재빨리 자신의 이름이 있을 법한 책장을 뒤져 혹시 자기 책이 꽂혀 있는지 확인했다. 그녀는 웃었다. 책장에 《10월의 비》 보급판이 한 권 보였다. 《파도의 음악》은 끝내 보이지 않았지만 예상한 일이었다. 그녀의 단편집은 출간 당시에도 서점에서 찾아보기 힘들었다.

부분적인 승리의 전리품을 손에 들고 그녀는 천천히 서점 안을 돌아다니며 새 책, 커피, 그리고 어딘가에서 풍기는 연한 파이프 담배 냄새를 들이마셨다. 그녀는 가운데가 꺼지기 시작한 책장, 바닥에 잔뜩 쌓인 책, 오래된 카펫, 층층이 쌓인 소프트 커버 책, 25퍼센트 할인 표시가 있는 형형색색의 베스트셀러 코너가 마음에 들었다! 서점 내부를 가로질러 '초판본 전시실'이 보였다. 깔끔하게 나무로 장식하고 안이 들여다보이도록 유리로 둘러친 공간에 수백 권의 고가 도서가 모여 있었다. 그녀는 위층 카페에서 탄산수 한 병을 사서 바깥 포치로 나갔다. 손님들이 커피를 마시며 늦은 오후 시간을 보내고 있었다. 멀리 구석진 곳에서 통통한 신사 한 명이 파이프 담배를 피웠다. 그녀는 섬에 관한 관광객 가이드북을 뒤적이며 시계를 확인했다.

6시 5분 전 아래층으로 내려간 그녀는 카운터에서 고객과 이야기를 나누고 있는 브루스 케이블을 발견했다. 그가 그녀를 절대 알아보지 못할 거라 생각했다. 그가 그녀를 알아볼 수 있는 유일한 단서는 발간된 지 7년이나 지났고 지금은 거의 팔리지도 않는 소설 《10월의 비》 표지에 실린 흑백 사진 한 장뿐이었다. 다만 중간에 취소되기는 했지만 그녀가 이곳에서 사인회를 계획한 적이 있고 그는 모든 책을 읽는다고 했으니, 어쩌면 그는 그녀가 이 섬과 연관 있는 사람이라는 사실을 이미 알고 있을지도 몰랐다. 무엇보다 그의 관점에서 보면 그녀는 젊고 매력적인 여성 작가였으므로 그가 먼저 그녀를 알아볼 가능성도 꽤 있었다.

결론부터 말하자면, 그는 머서를 알아보지 못했다.

2.

애시 스트리트는 메인 스트리트에서 남쪽으로 한 블록 떨어져 있었다. 목적지는 5번가와의 교차로 모퉁이에 있었다. 박공지붕을 얹은 오래된 집이었는데, 삼면으로 나 있는 베란다도 지붕이 덮고 있었다. 부드러운 분홍색으로 페인트칠을 했고 문, 덧문, 포치는 짙은 파란색 장식이 되어 있었다. 현관문에는 작은 명판이 하나 있었다. '비커 하우스 1867'.

어렸을 때 산타 로사 시내에 분홍색 주택이 있었던가? 하지만 특별히 문제 될 건 없었다. 건물 도색 작업이야 매년 하는 일이니까.

문을 두드리니 안쪽에서 여러 마리의 개가 짖는 소리가 났다. 굉장히 세 보이는 여자가 문을 확 열더니 손을 내밀며 말했다. "마이라예요. 들어와요. 개들은 신경 쓰지 마요. 이 집에서 뭘 물어뜯는 건 나뿐이니까."

"머서예요." 그녀가 손을 잡으며 말했다.

"알아요. 들어와요."

머서가 마이라를 따라 현관 안으로 들어서자 개들이 뿔뿔이 흩어졌다. 마이라는 찢어지는 듯한 소리로 말했다. "리! 손님 오셨어! 리!" 리가 바로 응답하지 않자 마이라가 말했다. "여기 있어요. 가서 데려올 테니." 그녀는 뜨개질 탁자 아래 숨어서 이빨을 잔뜩 드러낸 채 으르렁거리는 쥐새끼만 한 잡종 강아지와 머서 둘만 남겨 둔 채 거실을 가로질러 사라졌다. 머서는 강아지를 무시하려 애쓰면서 주위를 둘러보았다. 담배 전 내와 지저분한 개 냄새가 섞인 것 같은 실내 공기에 기분이 썩 좋지는 않았다. 가구는 벼룩시장에서 구한 것인 듯 낡아 있었지만, 기발하고 매력적이었다. 벽에 형편없는 유화와 수채화가 열 점도 넘게 걸려 있었다. 그중 간접적으로라도 바다와 관련 있어 보이는 그림은 단 하나도 없었다.

집 안 어딘가 깊숙한 곳에서 마이라가 다시 외쳤다. 덩치가 훨씬 작은 여자가 다이닝 룸에서 나오더니 부드럽게 말했다. "안녕하세요. 리 트레인이에요." 그녀는 악수는 청하지 않았다.

"만나서 반갑습니다. 머서 만이라고 해요."

"당신이 쓴 책 정말 마음에 들어요." 리가 웃으며 말하는데 담뱃진에 전 위아래 치아가 드러났다. 머서는 그런 칭찬이 아주 오랜만이었다. 그녀는 머뭇거리다가 가까스로 어색하게 대꾸했다. "아, 감사합니다."

"2시간 전에 서점에서 진짜 책으로 한 권 샀어요. 마이라는 그놈의 전자 기기에 중독돼서 모든 걸 그걸로 읽거든요."

머서는 답례로서 리의 책에 관해 뭐라도 한마디해야 하는 건가 싶었는데 때마침 마이라가 등장해 준 덕분에 더 고민하지 않아도 되었다. 마이라는 느릿느릿 현관 앞으로 돌아와 말했다. "여기 있었군. 보아하니 우린 이미 친구가 된 거 같고 술 마실 시간도 지났으니 얼른 한잔해야겠어. 머서, 뭐 마실래요?"

그들이 와인을 마시지 않는다는 걸 염두에 두고 머서가 대답했다. "더우니까 맥주로 할게요."

두 여자는 기분이 상한 듯 몸을 움츠렸다. 마이라가 말했다. "아, 좋아요. 참고로 난 맥주를 직접 만들어 마셔서요. 맛이 좀 다를 거예요."

"끔찍해요." 리가 덧붙였다. "나도 마이라가 맥주를 직접 만들기 전까지는 맥주를 즐겨 마셨답니다. 지금은 입에 대기도 싫어요."

"그럼 자기는 럼이나 마셔. 우린 우리끼리 알아서 할 테니까." 마이라는 머서를 보며 말했다. "강렬한 맛이 나는 8도짜리 에일 맥주예요. 방심하면 확 취해요."

"근데 우리 왜 여기 서서 얘기하는 거야?" 리가 물었다.

"빌어먹을, 좋은 지적이야." 마이라가 계단을 향해 팔을 흔들며 말했다. "이리로 가요." 뒤에서 보는 마이라는 태클을 걸면서 복도를 열어 주는 미식축구 선수 같았다. 머서와 리는 마이라의 뒤를 따라 텔레비전과 벽난로가 있는 거실로 들어섰다. 한쪽 구석에는 대리석 카운터가 달린 완벽한 바가 차려져 있었다.

"와인도 있어요." 리가 말했다.

"그럼 화이트 와인으로 할게요." 머서가 말했다. 사실 수제 맥주만 아니라면 뭐든 괜찮을 것 같았다.

마이라가 바 안쪽으로 들어가 마실 걸 준비하면서 질문을 쏟아내기 시작했다. "어디서 지내요?"

"혹시 테사 맥그루더 아세요? 저희 할머니인데요. 할머니가 예전에 페르난도 스트리트에 있는 작은 해변 주택에 사셨거든요."

두 여자는 모른다는 의미로 고개를 흔들었다. "이름은 들어 본 것도 같은데." 마이라가 말했다.

"11년 전에 돌아가셨어요."

"우린 여기서 산 지 10년밖에 안 됐어요." 리가 말했다.

머서가 덧붙였다. "그 집이 아직 저희 가족 소유라 거기서 지내요."

"얼마나 있을 거예요?" 마이라가 물었다.

"몇 달 정도요."

"책을 마무리한다고 했죠?"

"아니면, 새로 하나 쓸 수도 있고요."

"다들 그렇지 않나?" 리가 물었다.

"이미 계약한 책이 있나 봐요?" 마이라가 술병을 흔들었다.

"네."

"일단 계약했으면 된 거죠. 출판사가 어디예요?"

"바이킹이요."

마이라가 뒤뚱거리며 바에서 나오더니 머서와 리에게 술을 내밀었다. 그녀는 1리터가 조금 더 되어 보이는 유리병에 진한 맥주를 부어 들고는 말했다. "담배도 피울 겸 밖으로 나가시죠." 말은 그랬지만 그들은 실내 흡연이 익숙한 듯했다.

그들은 널빤지가 깔린 테라스를 가로질렀다. 그러고는 한 쌍의 청동 개구리가 입에서 물을 뿜어 내는 분수 옆에 있는 예쁜 연철 테이블에 자리를 잡고 앉았다. 안뜰을 덮은 오래된 유칼립투스 나무가 짙은 그늘을 만들어 주었고, 어디선가 부드러운 바람이 불어왔다. 포치에 달린 출입문이 잠겨 있지 않아서 개들이 수시로 들락날락했다.

"정말 예쁘네요." 머서는 두 안주인이 담배를 피워 무는 사이 말했다. 리는 길고 가는 담배를 피웠다. 마이라의 담배는 갈색의 맛이 강한 것이었다.

"연기는 미안." 마이라가 말했다. "우린 골초라 담배를 못 끊어요. 아주 옛날에 금연을 시도한 적이 있긴 해요. 근데 그냥 포기했어요. 일이 너무 많고 힘들고 괴롭고, 그래서 그냥 에라, 모르겠다, 하고 피워요. 어차피 어떻게든 죽을 건데." 그녀는 담배를 길게 한 모금 빨아들였다가 연기를 내뱉었다. 그러고는 수제 맥주를 한 모금 꿀꺽 삼켰다. "한번 마셔 볼래요? 그러지 말고 한 모금 마셔 봐요."

"나라면 안 마실 거예요." 리가 말했다.

머서는 재빨리 와인을 마시며 고개를 흔들었다. "아니요. 괜찮아요."

"가족이 해변에 집이 있다고 했죠?" 마이라가 물었다. "오랜만에 온 건가요?"

"네. 어릴 때 이후로 처음이에요. 옛날에는 여름 방학 때 여기서 할머니랑 지내곤 했어요."

"좋은 기억이네요. 마음에 들어요." 그녀는 맥주를 한 모금 더 마셨다. 마이라의 머리는 귀에서 위로 2센티미터 정도로 짧게 깎여 있었다. 그녀가 술을 마시거나 담배를 피우거나 말을 할 때마다 회색 머리카락이 좌우로 흔들거렸다. 머리가 전체적으로 세어 있었고 나이는 리와 비슷한 것 같았다. 반면에 길고 검은 머리를 뒤쪽으로 단단히 넘겨 묶은 리는 흰머리 하나 없었다.

두 사람 모두 질문 세례를 퍼부을 준비를 마친 것 같았기에 머서가 역공에 나섰다. "왜 카미노 아일랜드에 오셨어요?"

두 사람은 길고 복잡한 얘기를 해야 한다는 듯 서로를 바라보았다. 마이라가 말했다. "우리는 포트 로더데일에서 오래 살았어요. 교통 체증과 인파에 완전히 지쳐 있었죠. 여긴 삶의 속도가 훨씬 느리잖아요. 사람들도 좋고. 집도 싸고. 당신은요? 원래 어디 살았어요?"

"3년 동안 채플 힐에 있는 대학에서 학생들을 가르쳤어요. 하지만 지금은 거주지를 옮기는 과정에 있다고 해야겠네요."

"무슨 말이에요?" 마이라가 물었다.

"집도 없고, 백수에, 책을 얼른 마무리해야 한다는 말이죠."

리가 키득대며 웃자 마이라까지 웃음을 터뜨렸다. 두 사람 코에서 담배 연기가 밀려 나왔다. "우리도 그런 때가 있었어요." 마이라가 말했다. "우린 30년 전에 만났어요. 둘 다 땡전 한 푼 없었어요. 난 역사 소설을 써 보려던 참이었고, 리는 지금도 열심히 쓰려고 용쓰는 이상한 문학 작품을 쓰고 있었지만 전혀 팔리지 않았죠. 우린 복지 보조금과 식품 할인권으로 하루하루를 연명하고 최저 임금을 받으며 일한 적도 있어요. 암울한 나날들이었죠. 어느 날 둘이서 상가 앞을 걷다가 사람들이 길게 줄을 선 걸 봤어요. 전부 중년 여자들이었는데 뭘 기다리고 있더라고. 앞을 보니까 서점이었어요. 쇼핑몰에 가면 흔히 볼 수 있는 체인 서점 월든이요. 서점에 놓인 테이블 앞에 당시 가장 인기 있던 로맨스 소설가 로버타 돌리가 앉아 있었어요. 난 홀린 듯이 줄을 섰어요. 리는 워낙 고상한 친구라 나 혼자 줄을 서서 책을 샀죠. 우리는 서로에게 책을 읽어 줬어요. 카리브해를 떠돌아다니면서 배를 약탈하고 소란을 피우며 영국인들로부터 도망 다니는 해적에 관한 내용이었어요. 그가 배를 멈추는 곳마다 어떻게 된 일인지 어리고 예쁜 숫처녀가 자신을 가져 주기를 기다리고 있는 거예요. 말도 안 되지. 아무튼 그 책 덕에 우리는 노예들을 멀리하지 못하고 그들과 어울리다가 임신을 하고 만 남부의 미인 이야기를 만들어 내게 됐어요."

리가 덧붙였다. "자료 조사를 위해 지저분한 내용을 담은 잡지들을 샀어요. 우리가 미처 몰랐던 세계가 많더군요."

마이라가 웃더니 이야기를 계속했다. "우리는 석 달 동안 글을 써서 뉴욕에 있는 에이전트에게 보냈어요. 일주일 후 그쪽에서 연락이 와서 하는 말이, 어떤 멍청이가 선인세로 5만 달러를 제안했대요. 우린 마이라 리라는 필명으로 책을 냈어요. 머리 완전 좋죠? 1년도 안 돼서 엄청난 돈을 벌었기 때문에 후회는 없어요."

"그럼 두 분이서 공동 집필을 하세요?" 머서가 물었다.

"마이라가 써요." 리는 거리를 두려는 듯 얼른 대답했다. "줄거리는 같이 만들어요. 10분이면 되니까. 그런 다음 마이라가 실제로 쓰는 거죠. 지금까지 그랬어요."

"리는 너무 고상해서 그런 데 손대지 않아요. 하지만 번 돈에는 당연하다는 듯 손을 대고."

"마이라, 그만." 리가 웃으며 말했다.

마이라는 담배 연기를 깊이 빨아들였다가 머리 위로 뿜어냈다. "그때가 좋았지. 우린 열 개 정도의 필명으로 100권쯤 되는 책을 썼어요. 그 이상은 속도를 못 내겠더라고. 내용은 지저분할수록 좋아요. 그렇게 하나 써 봐요. 완전히 더러운 걸로."

"당장 해 보고 싶은데요." 머서가 응수했다.

"하지 마요." 리가 말했다. "그러기엔 너무 현명하신 분인 거 같은데. 당신 책 정말 좋았어요."

진심으로 감동을 받은 머서가 조용히 말했다. "감사합니다."

"이후에 작업이 좀 더뎌졌어요." 마이라가 계속했다. "북쪽 지방의 어떤 미친년이 우리가 자기 작품을 표절했다면서 두 번이나 소송을 걸었거든요. 완전 거짓말이었죠. 우리가 쓴 쓰레기가 그년이 쓴 쓰레기보다 훨씬 나았지만 우리 쪽 변호사가 지레 겁을 먹고 덜컥 합의를 해 버렸어요. 그 과정에서 우리는 우리 쪽 출판사랑 큰 소송을 벌여야 했고, 그다음에는 우리 에이전트랑 또 분쟁이 있었어요. 그러니 작품 활동을 제대로 할 수 있었겠어요? 표절 작가라는 누명까지 쓰게 된 마당에. 아니, 나만 그런 건가? 리는 다행스럽게도 내 뒤에 숨어서 온갖 진흙탕을 피할 수 있었죠. 그래서 리의 문학적 평판은 여전히 아무런 문제가 없어요."

"그만, 마이라."

"그럼 지금은 글을 안 쓰시는 거예요?" 머서가 물었다.

"느긋하게 작품 활동을 한다고 해 두죠. 은행에는 돈이 있고 일부 책은 여전히 팔리고 있으니까."

"난 여전히 매일 글을 써요." 리가 말했다. "글을 쓰지 않았다면 내 인생은 엄청 공허했을 거예요."

"그리고 내가 쓴 책이 팔리지 않았다면 그 인생은 더 지독하게 공허했을 거고." 마이라가 호통을 쳤다.

"그만, 마이라."

무게가 20킬로그램은 되어 보이고 털이 긴 잡종견이 근처에 쭈그리더니 똥을 쌌다. 마이라는 그 모습을 보고도 아무 소리를 하지 않았다. 그러다 개가 볼일을 다 보자 그쪽을 향해 담배 연기만 뿜어 댔다.

머서가 주제를 바꾸어 질문했다. "섬에 다른 작가들도 사나요?"

리가 웃으며 고개를 끄덕였다. 마이라가 대답했다. "아, 차고 넘치죠." 그녀는 맥주를 한 모금 꿀꺽하더니 입맛을 다셨다.

존 그리샴

"제이라고 있어요." 리가 말했다. "제이 아클루드."

리는 화제만 제시할 뿐 구체적인 설명은 마이라의 몫이었다. 마이라가 말했다. "일단 그 사람부터 만나면 되겠네. 그 사람 역시 안 팔리는 책을 써요. 미워할 수 있는 한 모두를 미워하는, 문학적이고 고상한 분이시지. 시도 쓰신답니다. 시 좋아해요, 머서?"

그녀의 말투로 보아 시는 아무짝에도 쓸모가 없다고 여기는 게 틀림없었다. 머서가 대답했다. "그렇게 많이 읽지는 않아요."

"그럼 그 사람 시 읽지 마요. 행여 눈에 띄더라도 말이죠."

"들어 본 적이 없어서."

"웬만한 사람들 다 들어 본 적 없는 이름일걸요. 리보다도 안 팔리는 책을 쓰니까."

"그만, 마이라."

"앤디 애덤은요?" 머서가 물었다. "그 사람도 여기 살지 않나요?"

"중독 치료 센터에 들어가 있지 않을 때는 여기 살죠." 마이라가 말했다. "남쪽 끝 지역에 멋진 집을 하나 지었다가 이혼하면서 날렸어요. 상태는 엉망이지만 진짜 훌륭한 작가예요. 난 그 사람이 쓴 《캡틴 클라이드》 시리즈 엄청 좋아해요. 근래 들어 최고의 범죄 소설이 아닌가 싶어요. 하다못해 리도 열심히 읽는 책이에요."

리가 말했다. "취하지 않았을 땐 아주 멋진 남자지만 술에 취하면 대책이 없어요. 그 나이에 아직도 주먹질을 하고 다니니까."

마치 매끄러운 패스를 받은 것처럼 마이라가 이어서 말했다. "불과 지난달에도 메인 스트리트에 있는 술집에서 싸움을 벌였어요. 자기 나이의 절반도 안 되는 친구한테 죽도록 얻어맞고 경찰에 잡혀 갔다니까요. 브루스가 보석금을 내줬으니 망정이지."

"브루스가 누구예요?" 머서가 재빨리 물었다.

마이라와 리는 한숨을 내쉬고는 술을 한 모금 마셨다. 마치 브루스에 관해 뭐든 말하기 시작하면 몇 시간은 필요하다는 투였다. 한참 만에 리가 말했다. "브루스 케이블. 서점 사장. 한 번도 못 봤어요?"

"그런 거 같아요. 어렸을 때 서점에 몇 번 간 기억은 있는데, 그 사람을 만났는진 잘 모르겠어요."

마이라가 말했다. "이 섬에서 책과 작가에 관한 일은 그 서점을 빼놓고 논할 수 없어요. 한마디로 모든 게 브루스 중심으로 돌아간달까. 그 사람은 이 동네를 꽉 잡고 있어요."

"좋은 의미에서요?"

"아, 우린 브루스를 좋아해요. 미국 최고의 서점 사장이고 작가들에 대한 애정도 깊어요. 아주 오래전에, 그러니까 우리가 이리로 이사 오기 전이고 내가 아직 책을 써서 내고 있었을 때 그 사람이 자기 서점에서 사인회를 해 달라면서 날 초청한 적이 있어요. 괜찮은 서점에서 로맨스 소설 작가를 섭외한다는 게 좀 이상했지만 브루스는 신경 쓰지 않았죠. 우린 끝내주는 파티를 열었고 책도 많이 팔았어요. 싸구려 샴페인에 취해서 자정이 되도록 서점 문을 닫지 않았어요. 세상에, 그 사람이 심지어 리에게도 사인회를 열어 줬는데."

"그만, 마이라."

"사실이잖아. 책은 열네 권밖에 못 팔았지만."

"열다섯 권이야. 내가 했던 사인회 중 최고 기록이었지."

"제 기록은 다섯 권이에요." 머서가 말했다. "그것도 첫 번째 사인회에서요. 그다음엔 네 권, 세 번째에 제로. 그러고 나서 뉴욕에 전화해 남은 사인회를 다 취소해 버렸어요."

"저런." 마이라가 말했다. "중단시킨 거예요?"

"네. 혹시 다시 책을 낸다고 해도 홍보 투어는 안 할 거예요."

"그때 베이 북스에는 왜 안 왔어요?"

"계획이 잡혀 있었는데 겁이 나서 포기해 버렸어요."

"여기서부터 시작했어야죠. 브루스라면 언제든 사람을 불러 모을 수 있는데. 젠장, 그 사람 우리한테 툭하면 전화해요. 작가 사인회를 할 건데 우리가 진짜 좋아할 만한 책이라면서. 결국 사인회에 와서 빌어먹을 책 좀 사라는 거지! 우린 꼭 가니까."

"그래서 우리 집에 책이 엄청 많은 거예요. 전부 작가 친필 사인이 있고. 대부분 읽지도 않았어요." 리가 덧붙였다.

"그 서점에 가 봤어요?" 마이라가 물었다.

"여기 오다가 들렀어요. 멋지던데요."

"문명이자 오아시스인 곳이죠. 거기서 같이 점심 한번 먹어요. 내가 브루스를 소개해 드리지. 마음에 들 거예요. 브루스도 분명히 당신한테 호감을 가질 거고. 그 사람은 작가라면 다 좋아하거든요. 젊고 예쁜 여자는 특별히 더 관심을 두기도 하고."

"유부남인가요?"

"아, 네. 노엘이라고, 부인은 보통 브루스와 함께 있어요. 진짜 특이한 사람이에요."

"난 마음에 들던데." 리는 모두가 반대로 느낀다는 듯 방어적으로 말했다.

"그분은 무슨 일을 하세요?" 머서는 최대한 태연하게 물었다.

"서점 옆 가게에서 프랑스 골동품을 팔아요." 마이라가 말했다. "한잔 더 할 사람?"

머서와 리는 술에 거의 손도 대지 않았다. 마이라는 묵직한 발걸음으로 술잔을 다시 채우러 갔다. 개 세 마리가 그녀를 따라갔다. 리가 다시 담배에 불을 붙이더니 물었다. "자, 그럼 당신이 요새 쓰는 소설의 진도가 얼마나 나갔는지 말해 봐요."

머서는 따뜻한 화이트 와인을 한 모금 들이켜고 말했다. "말씀 드릴 수 없어요. 저만의 소소한 규칙이라서요. 전 작가들이 본인들 작품 얘기하는 게 되게 듣기 싫던데요."

"난 좋아요. 나야 내 작품 얘기를 하고 싶지만, 마이라는 듣지 않을 테고. 자기 작품에 관한 이야기를 하게 되면 실제로 글을 쓰고 싶은 생각이 들기도 하니까. 난 근 8년 동안 작가로서 침체기에 빠져 있는 중이에요." 그녀는 낄낄대며 웃더니 재빨리 담배를 한 모금 빨았다. "그렇지만 마이라는 별 도움이 안 돼요. 오히려 마이라 때문에 겁나서 글을 못 쓴다니까."

순간적으로 리가 딱해 보였다. 머서는 자진해서 리의 독자가 되어 주고 싶다는 생각이 들었다. 그러다 문득 그녀의 끔찍한 필력이 떠올랐다. 마이라는 술잔을 채워 쿵쾅거리며 돌아오더니 개에게 발길질을 하며 의자에 앉았다.

그녀가 말했다. "참, 뱀파이어 걸을 잊으면 안 되지. 에이미 성이 뭐더라?"

"에이미 슬레이터." 리가 말했다.

"맞다. 5년 전쯤에 남편이랑 애들이랑 이리로 이사 왔지. 뱀파이어하고 유령이 나오는 쓰레기 같은 책을 시리즈로 써서 노다지를 캤잖아. 진짜 거지 같은 책들이 미친 듯이 팔린다니까. 형편 안 좋을 때 끔찍한 책을 써 본 사람으로서 말하건대 난 한 손을 뒤로 묶고 써도 그 정도는 쓸 수 있어."

"그만, 마이라. 에이미는 착한 친구잖아."

"당신은 계속 같은 말만 하네."

"다른 사람 또 있나요?" 머서가 물었다. 지금까지 등장한 다른 작가들은 죄다 쓰레기 취급을 받았고 머서는 어느새 이들을 향한 언어적 학살을 즐기고 있었다. 이런 상황은 작가들이 술자리에 모여 서로에 관해 떠벌릴 때 흔하게 벌어지곤 했다.

두 사람은 잠시 생각하더니 술잔을 기울였다. 마이라가 말했다. "자비로 책을 내는 사람들은 많아요. 자기가 책을 만들고 인터넷에 올리고 스스로 작가라고 부르는 거죠. 몇 부 되지도 않는 책을 내고 서점에서 죽치면서 좋은 자리에 잘 보이게 놔 달라고 브루스를 괴롭히고 이틀마다 얼마나 팔렸는지 확인하는 그런 사람들이요. 정말 골치 아픈 사람들이죠. 브루스는 자비 출판을 한 책들을 한쪽 테이블에 모아 두는데 한두 명은 꼭 항의를 해요. 요즘 같은 인터넷 시대에는 누구나 직접 책을 내고 작가가 될 수 있어요. 알죠?"

"아, 네." 머서가 말했다. "강사일 때 책이랑 원고를 집 앞에 두고 가는 사람들이 있었어요. 대개는 그들이 쓴 작품이 얼마나 멋진지 설명하면서 추천사 좀 써 줬으면 좋겠다는 요청이 담긴 장문의 편지가 함께였죠."

"강사 시절 얘기 좀 해 봐요." 리가 부드럽게 말했다.

"아, 작가들 얘기가 훨씬 재밌는데요."

"내가 아는 작가가 있어요." 마이라가 말했다. "그 남자 이름은 밥이지만 J. 앤드루 코브라는 필명을 사용하죠. 우린 그를 밥 코브라고 불러요. 그 사람은 회사에서 불법 행위를 저지르는 바람에 연방 교도소에서 6년을 살았는데 그때 글쓰기를 배웠대요. 자기가 잘 아는 분야, 그러니까 산업 스파이에 관한 내용의 책을 네다섯 권 냈더라고. 그냥 재미로 읽기 좋은 책들이에요. 필력도 나쁘지 않고."

"그 사람 떠난 줄 알았는데." 리가 말했다.

"리츠 호텔 옆에 아직 콘도를 갖고 있어. 해변에서 만난 젊은 여자들을 꼭 콘도에 데려가잖아. 쉰 살이 다 된 나이에 한참 어린 여자들하고만 논다니까. 근데 사실 사람이 매력적이긴 하고, 또 교도소 얘기를 그럴듯하게 늘어놓으니까. 해변에 나갈 때 조심해요. 밥 코브가 늘 배회하고 있으니까."

"명심할게요." 머서가 웃으며 말했다.

"작가가 또 누가 있으려나?" 마이라가 술을 꿀꺽 삼키며 말했다.

"지금으로서는 그 정도면 충분해요." 머서가 말했다. "지금 나온 사람들만 기억하려고 해도 노력 좀 해야겠네요."

"곧 전부 만나게 될 거예요. 그 사람들은 늘 서점에 다니고, 브루스는 그 사람들이랑 술과 저녁을 즐기니까요."

리가 웃으며 술잔을 내려놓았다. "여기서 하자, 마이라. 우리 집에서 저녁 식사 파티를 열어서 우리가 지금까지 씹었던 멋진 사람들을 다 초대하는 거야. 우리가 파티를 주최한 지도 오래됐고 브루스하고 노엘한테 신세만 졌잖아. 머서가 여기 온 걸 공식적으로 환영도 할 겸. 어때?"

"아주 좋은 생각이야. 끝내줘. 도라한테 부탁해서 음식을 만들어 오도록 하고 우린 집을 청소하는 거야. 어때요, 머서?"

머서는 어깨를 으쓱했다. 생각지도 못한 기회가 생겼는데 반대 의견을 내는 건 바보짓이었다. 리는 자신의 술잔을 채우고 와인을 더 가져왔다. 그들은 그때부터 파티에 관해 이야기하면서 누구를 초대할지로 옥신각신했다. 브루스 케이블과 노엘 보닛을 제외한 초대 대상자들은 모두가 마음에 서로 앙금이 있는 사람들이었기에 참석자는 많을수록 좋았다. 기억에 남을 저녁이 될 것이 분명했다.

머서가 그들의 집을 간신히 빠져나왔을 무렵에는 주위가 벌써 어두워져 있었다. 두 사람은 더 있다가 저녁도 먹고 가라는 말까지 했다. 하지만 리가 냉장고에 먹다 남은 것 말고는 아무것도 없다는 식으로 얘기를 흘리자, 머서는 눈치껏 돌아가야 할 시점이라는 걸 깨달았다. 와인을 석 잔이나 마신 까닭에 운전은 할 수 없었다. 그녀는 관광객들에 섞여 메인 스트리트를 따라 걸었다. 아직 영업 중인 커피숍에 들어가 바에 앉아서 커피를 마시고 섬을 홍보하는 화려한 잡지를 뒤적거리며 1시간을 보냈다. 잡지는 부동산 업자들의 광고로 도배되어 있었다. 길 건너 서점은 그 시간까지 북적거렸다. 그녀는 서점 쪽으로 걸어가 멍하니 쇼윈도만 응시할 뿐 안으로 들어가지는 않았다. 조용한 항구로 걸어간 그녀는 벤치에 앉아 물 위에서 부드럽게 흔들리는 범선들을 바라보았다. 조금 전 들은 온갖 소문들로 아직까지 귀가 윙윙거리는 것 같았다. 마이라와 리가 술에 취해 담배 연기를 뿜어내며 파티 얘기에 열을 올리던 모습이 떠올라 자기도 모르게 웃음이 터졌다.

섬에 온 지 이제 겨우 두 번째 밤이었지만 그녀는 이곳에 익숙해진 것 같았다. 마이라, 리와 함께 술을 마신다면 누구라도 그리 될 터였다. 더운 날씨와 소금기 먹은 공기도 이곳에 쉽게 적응하는 걸 도와주는 듯싶었다. 게다가 그리워할 집이 없으니 향수병에 빠질 수도 없었다. 그녀는 여기서 정확히 무슨 일을 하는 건지 수백 번도 넘게 스스로에게 물었다. 그 질문은 아직도 그녀를 맴돌고 있었지만 서서히 사라져 가는 게 느껴졌다.

3.

만조 시각은 새벽 3시 21분이었다. 바닷물이 최대한 밀려들어 왔을 때 붉은바다거북은 해변으로 미끄러져 올라와 물거품 속에서 잠시 멈추어 주위를 둘러보았다. 거북은 길이 1미터 정도에 무게는 175킬로그램이었다. 바다에서 2년 넘게 이동하던 거북은 자신이 마지막으로 둥지를 틀었던 곳에서 50미터도 떨어지지 않은 곳으로 돌아오고 있었다. 거북은 천천히 기기 시작했다. 느리고 서툴고 부자연스러운 움직임이었다. 앞다리로 몸을 당겼다가 뒷다리의 더 센 힘으로 다시 밀어내며 힘겹게 앞으로 나아가던 거북은 이따금 멈추어 서서 마른 땅이 있는지, 위험이 있는지, 포식자가 있는지, 혹은 여느 때와 다른 움직임이 있는지 해변을 조심스럽게 살펴보았다. 아무것도 보이지 않자 거북은 모래 위에 확실한 표식을 남기면서 조금씩 앞으로 나아갔다. 뒤로 남긴 흔적을 동료들이 곧 발견할 터였다. 바다를 벗어나 30미터 정도 기어 모래 언덕 기슭에 도착한 거북은 적당한 장소를 찾아내 앞발로 부드러운 모래를 파헤치기 시작했다. 그러고는 움푹한 모양의 뒷다리를 삽처럼 사용해 10센티미터 깊이로 몸을 묻을 수 있는 구덩이를 팠다. 거북은 땅을 파는 중간중간 몸을 돌리면서 구덩이를 평평하게 다졌다. 물속에 사는 생명체인 거북에게는 지루한 작업이었기에 거북은 가끔씩 하던 일을 멈추고 휴식을 취했다. 땅파기를 마치자 거북은 눈물방울 같은 모양으로 알을 낳을 구멍을 더 깊게 파기 시작했다. 모든 작업을 끝낸 거북은 한참 더 쉰 다음 모래 언덕을 바라보면서 엉덩이로 천천히 알 구멍을 덮었다. 알 세 개가 한꺼번에 구멍 속으로 떨어졌다. 점액으로 뒤덮인 알은 무척 부드럽고 신축성이 있어서 땅에 떨어지면서도 깨지지 않았다. 더 많은 알이 한번에 두세 개씩 그 뒤를 따랐다. 알을 낳는 동안 거북은 움직이지 않았다. 마치 정신이 다른 곳에 팔린 것처럼 보였다. 그와 동시에 거북은 눈물을 흘리며 그동안 쌓였던 소금을 배출했다.

머서는 바다에서 이어진 흔적을 보고 미소를 지었다. 조심스럽게 거북이 움직인 흔적을 따라가던 그녀는 모래 언덕 근처에 있는 붉은바다거북을 발견했다. 거북이 알을 낳는 도중에 조금이라도 소리를 내거나 방해하면 알 낳기를 중단하고 알을 모래로 덮지도 않은 채 바다로 돌아간다는 걸 머서는 경험으로 알았다. 머서는 멈추어 서서 거북을 조심스럽게 바라보았다. 반달이 구름 속에서 고개를 내밀어 거북을 살펴보는 데 도움을 주었다.

무아지경이 따로 없었다. 알 낳기는 아무런 방해 없이 계속 이어졌다. 알을 100개 정도 낳은 거북은 오늘 밤 해야 할 일을 마쳤다는 듯 낳은 알들을 모래로 덮기 시작했다. 알을 낳은 구덩이를 다 덮은 거북은 앞다리로 모래를 모아 몸으로 덮었던 부분까지 채움으로써 둥지의 흔적을 지웠다.

거북이 움직이기 시작하자 머서는 알 낳기가 끝났고 알들은 안전하다는 걸 알았다. 그녀는 어미 거북이 움직이는 경로를 피해 다른 모래 언덕 기슭의 어두운 곳에 숨어 있었다. 그녀는 거북이 조심스럽게 둥지 위에 모래를 펴서 덮은 다음 혹시라도 있을지 모르는 포식자를 속이기 위해 모래를 사방으로 흐트러뜨리는 모습을 지켜보았다.

안전하게 알 낳기를 마치고 만족한 거북은 이제는 다시 볼 일 없는 알들을 뒤에 남긴 채 어기적거리며 다시 바다로 기어갔다. 거북은 수백 킬로미터 떨어진 서식지로 돌아가기 전까지 알을 낳으러 한두 번 더 뭍에 오를 것이었다. 그리고 1년이나 2년 혹은 3년에서 4년 후에 다시 같은 해변을 찾아 또 알을 낳을 것이었다.

5월에서 8월까지 한 달에 다섯 번, 할머니는 밤에 해변의 이쪽 구역을 걸으며 알을 낳으러 올라온 붉은바다거북의 흔적을 찾았다. 그럴 때마다 그 광경에 시선을 사로잡힌 손녀가 곁에 있었다.

존 그리샴

거북의 흔적을 발견하는 일은 늘 흥미진진했다. 실제로 알을 낳는 어미 거북을 찾아내면 형언할 수 없는 설렘을 느낄 수 있었다.

머서는 모래 언덕에 비스듬히 기대 누워 다음 순서를 기다렸다. 곧 '거북 지킴이'의 자원봉사자들이 나타나 그들의 임무를 수행할 것이었다. 할머니는 오랫동안 그 모임의 회장을 역임했다. 할머니는 거북의 둥지를 보호하기 위해 치열하게 싸웠고 보호 구역을 함부로 훼손한 휴가객들을 여러 차례 꾸짖기도 했다. 머서는 할머니가 경찰에 신고한 적도 최소 두 번은 있었던 걸로 기억했다. 법률은 할머니의 편이자 거북의 편이었고, 할머니는 법이 집행되기를 원했다.

그때의 강력하고 활력 넘치는 목소리는 더 이상 들을 수 없었다. 해변 역시 예전으로 돌아갈 수 없을 것이었다. 적어도 머서에게는 그랬다. 그녀는 수평선의 새우잡이 배 불빛을 바라보며 할머니와 할머니의 거북들에 관한 추억으로 웃음 지었다. 바람이 세졌다. 그녀는 온기를 유지하기 위해 팔짱을 꼈다.

모래의 온도에 따라 다르긴 하지만 보통은 60일쯤 지나면 새끼 거북들이 알에서 나왔다. 새끼들은 어미의 도움 없이 스스로 알을 깬 다음, 며칠 동안 합심해서 모래를 뚫고 세상 밖으로 나왔다. 시간이 알맞다면 대개는 밤이나 폭풍우가 쳐서 온도가 상대적으로 시원할 때 새끼들이 필사의 탈주를 펼쳤다. 한꺼번에 구멍에서 쏟아져 나온 새끼들은 정신을 차리고 방향을 잡은 다음 서둘러 바다로 들어가 헤엄쳐 달아났다. 그렇지만 지금까지 본 바로는 생존 가능성이 그다지 크지 않았다. 바다의 수많은 포식자가 흡사 지뢰

처럼 깔려 있어 새끼 거북은 1천 마리 가운데 한 마리만 어른이
될 수 있었다.

해안가에서 두 사람이 다가왔다. 그들은 거북이 남긴 흔적을 발
견하고는 그 흔적을 따라 천천히 둥지로 향했다. 어미가 떠났고 알
들이 묻혀 있다는 사실을 확인하자 그들은 주변을 플래시로 비추
며 조심스럽게 살폈다. 그러고는 모래 위에 동그라미를 그리더니
노란색 리본이 달린 작은 기둥을 꽂았다. 머서는 두 여자가 조용
히 나누는 대화에 귀를 기울였다. 그녀는 여전히 그들이 볼 수 없
는 곳에 안전하게 몸을 숨기고 있었다. 두 사람은 해가 뜨면 다시
돌아와 철사로 울타리를 치고 표지판을 세울 것이었다. 예전에 머
서가 할머니와 했던 것처럼 말이다. 두 사람은 떠나기 전에 조심스
럽게 모래를 발로 문질러 거북의 흔적을 지웠다.

두 사람이 사라지고 한참이 지났지만 머서는 동틀 때까지 기다
리기로 했다. 전에는 한 번도 해변에서 밤을 보낸 적이 없었다. 그
녀는 모래 속에 몸을 묻고 편안하게 모래 언덕을 베고 누운 다음
슬며시 잠에 빠져들었다.

4.

카미노 아일랜드의 문학계 사람들은 아무리 급박한 일정으로 저
녁 식사에 초대해도 거절하지 못할 정도로 마이라 벡위스를 두려
워하는 것이 분명해 보였다. 아무도 그녀를 기분 나쁘게 만들고 싶
어 하지 않았다. 머서가 생각하기에, 그 누구도 모임에서 빠지는

위험을 감수하고 싶어 하지 않는 것 같았다. 모여서 그 자리에 없는 사람을 욕할 게 틀림없었기 때문이다. 늦은 일요일 오후, 그들은 자기방어와 호기심으로 비커 하우스에 모여 술을 마시고 저녁을 먹으면서 임시로 이곳에 살게 된 새 멤버인 머서를 받아들였다. 그날은 메모리얼 데이가 속한 주말로 여름의 시작이었다. 이메일에 적힌 파티 시간은 오후 6시였지만 많은 작가에게 시간 따위는 의미가 없었다. 제시간에 온 사람은 아무도 없었다.

밥 코브가 가장 먼저 도착해 머서를 포치의 구석으로 몰아넣고 그녀가 하는 일에 관해 질문을 해 대기 시작했다. 그는 회색 머리를 길게 길렀고, 야외에서 많은 시간을 보내는 사람인 듯 피부가 까맣게 그을려 있었다. 꽃무늬 셔츠의 위쪽 단추를 풀어 헤쳐서 갈색 가슴이 그대로 드러나 보였는데, 회색 머리와 잘 어울렸다. 마이라에 따르면, 코브는 최근에 작품 하나를 마무리 지었으나 편집자가 원고를 마음에 들어 하지 않는다고 했다. 다만 그런 걸 어떻게 아는지는 말해 주지 않았다. 코브는 마이라가 만든 수제 맥주를 마시며 불편할 정도로 머서에게 바짝 다가서서 이야기를 했다.

다행히 '뱀파이어 걸'이라고 불리는 에이미 슬레이터가 와서 섬에 온 걸 환영한다면서 머서를 구해 주었다. 그녀는 아이가 셋인데 저녁 시간에 집에서 벗어날 수 있게 되어 너무 기쁘다고 말했다. 중간에 리 트레인이 끼어들었지만 말은 많이 하지 않았다. 마이라는 작은 텐트 크기의 치렁치렁한 진분홍 드레스를 입고 집 안을 쿵쿵거리며 돌아다니면서 출장 요리사들에게 큰 소리로 지시를 내리거나 술을 가져왔다. 그러면서도 아무렇게나 돌아다니는 개들은 가볍게 무시해 주었다.

다음으로 브루스와 노엘이 도착했고, 머서는 마침내 그녀의 작은 안식 휴가의 시발점인 남자와 마주할 수 있었다. 초대장에 분명히 '최대한 편한 복장'이라고 안내가 되어 있었음에도 그는 소프트 옐로 컬러의 시어서커 정장 차림에 나비넥타이를 매고 있었다. 역시나 문학계 사람들은 제멋대로였다. 코브는 럭비 반바지를 입고 있었다. 평범한 흰색 면 드레스를 입은 노엘은 아름다웠다. 통이 좁은 원피스는 그녀의 마른 몸에 완벽하게 어울렸다. 빌어먹을 프랑스인 같으니. 머서는 속으로 중얼거리며 샤블리를 들이켰다. 그러면서 어떻게든 이런저런 이야기를 이어 가기 위해 안간힘을 썼다.

어떤 작가들은 노련한 이야기꾼으로 끝없이 이야기를 풀어 내고 짤막한 농담이나 재치 넘치는 말을 쏟아 낸다. 또 어떤 작가들은 내성적이고 은둔형이라 혼자만의 세계에서 힘겹게 다른 사람들과 섞이고 어울리려고 고군분투한다. 머서는 그 두 유형의 중간쯤에 속했다. 그녀는 어린 시절을 외롭게 보낸 경험을 바탕으로 자신만의 세상에서 조용히 혼자 살아왔다. 때문에 그녀는 웃고 떠들고 농담을 즐기는 데에 노력이 필요했다.

앤디 애덤은 오자마자 보드카 온더록스를 더블로 부탁했다. 마이라가 그에게 술을 건네주면서 브루스를 향해 조심스러운 눈길을 보냈다. 그들은 앤디가 '금주 맹세'를 깼다는 걸 알고 있었고, 이는 여간 걱정거리가 아니었다. 그가 머서에게 자기소개를 하는데 왼쪽 눈 위에 난 작은 흉터가 보였다. 그와 동시에 그가 툭하면 술집에서 시비를 벌인다는 얘기가 머릿속에 떠올랐다. 그와 코브는 나이가 비슷했고 둘 다 이혼했고 둘 다 술을 지나치게 마시는 바닷가 놈팡이들이었지만, 운 좋게 책이 잘 팔려서 무질서한 삶을 즐기고 있었다. 두 사람은 금세 서로에게 이끌려 낚시를 주제로 떠들기 시작했다.

음울한 시인이자 좌절에 빠진 문학계 스타인 제이 아클루드는 7시가 막 지나 도착했다. 마이라 말로는 다른 때보다 일찍 온 것이라고 했다. 그는 와인 잔을 받아 들더니 브루스에게 인사를 건넸다. 하지만 머서에게는 자신을 소개하지 않았다. 초대한 사람들이 모두 도착하자 마이라는 조용히 해 달라고 말하고는 건배를 제안했다. "우리 새 친구 머서 만을 위해 건배합시다. 이 친구는 태양과 해변에서 영감을 얻어 마감 기한이 이미 3년이나 지나 버린 빌어먹을 소설을 마무리할 수 있기를 바라는 마음에 이곳에 잠시 머물게 됐다고 합니다. 건배!"

"겨우 3년?" 리가 말하자 모두가 웃음을 터뜨렸다.

"머서." 마이라가 머서를 가리키며 말했다.

머서가 웃으며 화답했다. "감사합니다. 여기 오게 돼 기쁩니다. 저는 여섯 살부터 매년 여름에 여기서 외할머니인 테사 맥그루더와 지냈습니다. 여러분 가운데 혹시 할머니를 아는 분이 계실지도 모르겠네요. 할머니와 함께 이 섬과 해변에서 보냈던 시간들이 지금까지 제 인생에서 가장 행복했던 시절이었습니다. 아주 오래전 일이지만요. 어쨌든 다시 돌아오게 돼 기쁩니다. 오늘 밤 여기 오게 된 것도 기쁘고요."

"환영합니다." 밥 코브가 술잔을 들어 올리며 말했다. 다른 사람들도 진심을 담아 "건배!"라고 외치고는 너 나 할 거 없이 웅성거리기 시작했다.

브루스가 머서에게 가까이 다가서더니 조용히 말했다. "테사를 압니다. 포터와 폭풍 속에서 돌아가셨죠."

"네. 11년 전에요." 머서가 말했다.

"내가 공연한 얘기를 꺼냈나 보군요." 브루스가 당황한 듯 말했다.

"아니요. 괜찮아요. 이미 오래전 일인걸요."

마이라가 끼어들었다. "아, 배고프다. 각자 마시던 걸 들고 테이블로 오세요. 저녁 먹읍시다."

모두 실내로 들어가 다이닝 룸으로 향했다. 테이블은 좁고 아홉 사람이 앉기에 터무니없이 작았지만 스무 명이 있었다고 해도 마이라는 어떻게든 끼어 앉도록 했을 터였다. 테이블 앞에 놓인 의자들은 모양이 제각각이었다. 하지만 한가운데에 짧은 초들과 풍성한 꽃이 놓여 있는 테이블만큼은 매우 아름다웠다. 그릇과 잔은 오래되어 보였지만 깔끔하게 서로 잘 어울렸다. 골동품처럼 보이는 은제 식기도 완벽하게 자리를 잡고 있었다. 하얀색 패브릭 냅킨도 막 다림질해 접어 둔 모양이었다. 마이라는 리와 격론을 거쳐 완성한 좌석 배정 결과표를 들고 큰 소리로 모두에게 앉을 곳을 알려 주었다. 머서는 브루스와 노엘 사이에 앉았고 나머지 사람들도 항의하거나 툴툴대면서 각자 자리를 찾아 앉았다. 음식을 준비한 도라가 와인을 따라 주었다. 사람들은 적어도 세 개의 그룹으로 갈려 대화를 이어 갔다. 공기가 따뜻했고 창문은 열려 있었다. 낡은 선풍기가 멀지 않은 천장에서 덜덜거리며 돌아갔다.

마이라가 말했다. "좋아. 규칙을 정하겠어요. 자기 책 이야기 안 되고, 정치 이야기 안 됩니다. 여기 공화당 지지자가 몇 명 있거든요."

"그럴 수가!" 앤디가 말했다. "누가 그런 사람을 초대했답니까?"

"내가요. 마음에 안 들면 당장 돌아가도 좋아요."

"대체 누가 공화당원인데요?" 앤디가 물었다.

"나요." 에이미가 자랑스럽게 손을 들며 말했다. 전에도 했던 얘기임이 분명했다.

"나도 공화당원인데." 코브가 말했다. "내가 교도소에 갔다 오고 FBI한테 시달리긴 했지만 난 여전히 충성스러운 공화당원이에요."

"하느님 맙소사." 앤디가 중얼거렸다.

"이거 봐요. 내가 뭐랬어요." 마이라가 말했다. "정치 이야기는 안 된다니까."

"미식축구는 어때요?" 코브가 물었다.

"미식축구도 안 돼요." 마이라가 웃으며 말했다. "브루스, 당신은 어떤 얘기를 하고 싶어요?"

"정치랑 미식축구요." 브루스의 대답에 모두가 웃음을 터뜨렸다.

"이번 주에는 서점에 무슨 행사가 있나요?"

"글쎄요, 수요일에 세리나 로치가 다시 옵니다. 여기 계신 분 모두 와서 봤으면 좋겠어요."

"오늘 아침 〈타임스〉에 엄청나게 나쁜 비평이 났던데." 에이미는 만족스러운 듯 말했다. "봤어요?"

"누가 〈타임스〉를 읽어요?" 코브가 물었다. "좌파 쓰레기 신문을."

"난 〈타임스〉에서 욕 좀 먹어 봤으면 소원이 없겠네. 아니, 아무 신문에서라도." 리가 말했다. "무슨 책인데 그래요?"

"그녀의 네 번째 소설이고요. 뉴욕시에 혼자 살면서 인간관계에 문제를 겪는 여자 얘기."

"굉장히 독창적이네." 앤디가 불쑥 말했다. "빨리 읽고 싶어서 견딜 수가 없잖아." 그는 두 번째 더블 보드카를 마시더니 도라에게 한잔 더 달라고 했다. 마이라는 브루스를 보며 얼굴을 찌푸렸다. 그는 마치 "어른인데 어쩔 수 없잖아요?"라고 말하듯 어깨를 으쓱했다.

"가스파초예요." 마이라가 수저를 들며 말했다. "드시죠."

얼마 지나지 않아 사람들이 동시에 떠들기 시작하면서 대화의 물꼬는 다시 여러 갈래로 나누어졌다. 코브와 앤디는 조용히 정치 이야기를 했다. 리와 제이는 테이블 끄트머리에서 누군가의 소설에 관해 이야기했다. 마이라와 에이미는 새로 생긴 레스토랑이 궁금한 모양이었다. 브루스는 부드러운 목소리로 머서에게 말했다. "괜히 테사의 죽음에 대한 얘길 꺼내서 미안합니다. 내가 너무 무례했습니다."

"전혀요. 그렇지 않아요." 머서가 말했다. "오래전 일이잖아요."

"나는 포터를 잘 압니다. 서점에도 자주 왔고 탐정 소설을 좋아했죠. 테사는 1년에 한 번 정도 들렀나, 책을 많이 사지는 않았고요. 아주 오래전에 손녀가 있었다는 사실이 희미하게 기억나는 것도 같네요."

"여기 얼마나 오래 계실 건가요?" 노엘이 물었다.

머서는 마이라에게 했던 모든 얘기가 벌써 브루스에게 전달된 것이 분명하다고 생각했다. "몇 달 정도요. 지금은 이직을 생각하는 중이에요. 아니, 하던 일에서 잘렸다고 해야겠군요. 지난 3년 동안 대학에서 강사로 일했는데, 이젠 다른 일을 했으면 해서요. 당신은 어떠세요? 하시는 일 얘기 좀 해 주세요."

"전 프랑스 골동품을 팔아요. 서점 옆에서 가게를 하고 있죠. 원래 뉴올리언스 출신인데 브루스를 만나 이리로 이사 왔어요. 허리케인 카트리나 직후에요."

부드럽고 명확하고 완벽한 말씨에서 뉴올리언스 출신이라는 흔적은 느껴지지 않았다. 솔직히 말투만으로는 어디 출신인지 전혀 알 수 없었다. 결혼반지는 없었고 대신 보석류를 휘황찬란하게 착용하고 있었다.

머서가 말했다. "그럼 2005년이군요. 저희 할머니가 사고를 당하고 한 달 후라 생생히 기억하고 있어요."

브루스가 물었다. "사고가 났을 때 여기 있었나요?"

"아니요. 2005년은 14년 만에 처음으로 이곳에서 여름을 보내지 않은 해였어요. 대학 등록금을 벌어야 해서 고향인 멤피스에서 일하고 있었거든요."

도라가 접시를 걸어 가고 와인을 더 따라 주었다. 앤디의 목소리가 점점 커지고 있었다.

"아이가 있나요?" 머서가 물었다.

브루스와 노엘은 웃으며 고개를 흔들었다. "우린 그럴 시간이 없었어요." 노엘이 말했다. "저는 물건을 사고파느라 여행을 자주 해요. 주로 프랑스죠. 그리고 브루스는 쉬는 날 없이 일주일 내내 서점에 상주하고요."

"부인이랑 여행 안 가세요?" 머서가 브루스에게 물었다.

"자주 가지는 않아요. 우린 프랑스에서 결혼했죠."

사실이 아니잖아. 브루스는 아무렇지도 않게 거짓말을 했다. 아주 오래전부터 해 온 거짓말. 머서는 와인을 한 모금 마시고 지금 자신이 미국에서 장물 희귀본 거래로 가장 성공한 사람 옆에 앉아 있다는 사실을 새삼 떠올렸다. 그들과 남부 프랑스, 그리고 그곳에서의 골동품 거래에 관한 이야기를 나누면서 머서는 노엘이 브루스의 사업에 관해 얼마나 알고 있을지 궁금했다. 만일 진짜로 브루스가 피츠제럴드 원고를 1백만 달러에 사들였다면 분명히 그녀도 알고 있을 터였다. 그렇지 않은가? 그는 세계 각처에서 사업을 벌이고 여기저기 다니며 돈을 숨기는 거물 기업가가 아니었다. 가게에서 종일 시간을 보내는 소도시의 서점 주인일 뿐이었다. 그렇게 많은 돈을 어떻게 부인에게 숨기겠는가? 노엘은 반드시 알고 있을 것이었다.

브루스는 《10월의 비》를 아주 마음에 들어 했고 갑자기 중단된 머서의 도서 홍보 투어에 관해 궁금해했다. 마이라가 옆에서 얘기를 듣더니 사람들에게 조용히 해 달라고 말하고는 머서에게 그 얘기를 들려 달라고 했다. 도라가 구운 전갱이를 내는 동안 대화의 주제가 도서 홍보 투어로 이어졌다. 이와 관련해 모두가 각자의 사연이 있었다. 리, 제이, 코브 역시 서점 안쪽에 앉아 책을 한 권도 팔지 못한 채 시간을 낭비한 적이 있다고 고백했다. 앤디는 첫 책을 냈을 때 손님이 별로 모이지 않았고, 술에 취해 책을 사지 않는다면서 서점 손님들을 모욕하는 바람에 결국 서점에서 쫓겨났다고 말했다. 그를 보면 그다지 놀랄 일도 아니었다. 심지어 책을 가장 많이 판 에이미마저 뱀파이어 소설을 쓰기 전에는 몇 번의 쓰디쓴 기억이 있었다.

저녁 식사를 하면서 앤디는 음료를 얼음물로 바꾸었다. 그러자 테이블에 모인 모두가 안심하는 것 같았다.

코브가 살짝 흥분한 얼굴로 교도소 시절의 얘기를 꺼냈다. 내용은 이랬다. 열여덟 살짜리 아이가 짐승 같은 감방 동기에게 성적 학대를 당했다. 세월이 흘러 두 사람 다 가석방으로 풀려났다. 아이는 교외에서 과거를 잊은 채 조용한 삶을 보내는 학대범을 찾아냈다. 그다음은 복수의 시간이었다.

길고 흥미로운 이야기였다. 코브가 이야기를 마쳤을 때 앤디가 말했다. "말도 안 되는 소리. 몽땅 꾸며 낸 얘기죠? 당신이 쓸 다음 번 소설 내용이네."

"아니. 맹세코 진짜 들은 겁니다."

"거짓말. 당신은 전에도 우리에게 이런 이야기를 해서 우리의 반응을 본 다음에 1년 있다가 소설로 썼잖아요."

"글쎄요, 소설로 쓸까 생각은 해 봤죠. 어떻게 생각해요? 상업성이 좀 있으려나?"

"난 마음에 들어요." 브루스가 말했다. "하지만 교도소 내 강간 장면은 순화하는 편이 좋겠어요. 지나쳐 보여요."

"마치 내 에이전트인 것처럼 말씀하시네요." 코브가 중얼거렸다. 그는 받아 적기 위해 셔츠 주머니에서 펜을 꺼냈다. "다른 건요? 머서, 어떻게 생각하세요?"

"저도 투표권이 있어요?"

"없을 이유가 있나요? 당신 의견도 여기 나머지 글쟁이들 의견과 똑같이 의미가 있죠."

"내가 줄거리를 먼저 써먹어야겠는데." 앤디가 말하자 좌중이 웃음을 터트렸다.

"글쎄요, 당신에게는 좀 괜찮은 줄거리가 필요하긴 하죠. 마감은 맞췄어요?"

"그럼요. 원고를 보냈는데 벌써 되돌아왔더군요. 구성에 문제가 있다면서."

"당신 지난번 책도 그랬지만 어쨌거나 출판사에서 책은 내줬잖아요."

"그쪽 입장에서는 영리하게 구는 거죠. 어차피 책을 빨리 내줄 수도 없으니까."

"자, 여러분." 마이라가 말했다. "여러분은 첫 번째 규칙을 어기고 있어요. 자기 작품에 관한 이야기는 금지예요."

"밤새 이런 식으로 흘러가는 겁니다." 브루스는 머서에게 속삭이면서도 나머지 사람들이 모두 들을 수 있도록 크게 말했다. 머서

역시 그 자리에 모인 사람들처럼 농담 주고받기를 좋아했다. 그녀는 작가들끼리 모여서 재미로 서로에게 열심히 물을 먹이는 걸 직접 본 적은 처음이었다.

와인으로 뺨이 벌게진 에이미가 말했다. "혹시 교도소에서 나온 아이가 뱀파이어라면요?" 테이블을 둘러싼 사람들이 더 크게 웃었다.

코브가 재빨리 대답했다. "이런, 그 생각은 미처 못했네. 교도소에 갇힌 뱀파이어에 관한 시리즈를 시작해 볼 수도 있겠어요. 마음에 들어요. 어떻게, 공동 작업 한번 해 볼래요?"

에이미가 말했다. "내 에이전트에게 말해서 당신 에이전트에게 연락하라고 할게요. 어떻게 정리되는지 보자고요."

리가 완벽한 타이밍에 말했다. "이러면서 왜 책이 안 팔리는지 궁금해하다니." 웃음이 잦아들자 코브가 말했다. "또 순수 문학파에 당했군."

사람들이 식사에 집중하는 몇 분 동안 침묵이 흘렀다. 코브가 낄낄대기 시작하더니 말했다. "구성상 문제라니. 그게 무슨 뜻이죠?"

"줄거리가 후졌다는 뜻이죠. 실제로도 그렇고. 솔직히 나도 좋다고 느껴 본 적이 전혀 없어요."

"언제든 직접 출판할 수 있잖아요. 브루스가 서점 안쪽에 있는 접이식 테이블에 다른 책들과 함께 진열해 줄 텐데."

브루스가 대답했다. "제발 참아 주세요. 자비 출판 테이블에 자리가 없어요."

마이라는 머서에게 질문을 던지며 화제를 돌렸다. "머서, 여기

온 지 며칠 됐잖아요. 글쓰기가 어떻게 돼 가는지 물어봐도 돼요?"

"그건 나쁜 질문이네요." 머서가 웃으며 대답했다.

"책을 마무리하려는 거예요? 아니면 새로 쓰기 시작하려는 건가요?"

"저도 잘 모르겠어요." 머서가 말했다. "지금 쓰고 있는 걸 버릴 수도 있어요. 그리고 새로운 책을 쓰기 시작하는 거죠. 아직 결정하지 못했어요."

"혹시라도 어떤 종류든 조언이 필요하다면 제대로 찾아온 거예요. 글쓰기나 출판, 연애나 인간관계, 음식, 와인, 여행, 정치 등 하늘 아래 그 무엇이든 상관없어요. 테이블을 둘러봐요. 모두 전문가라고요."

"그런 것 같군요."

5.

자정이었다. 머서는 모래 언덕으로 통하는 산책로 끝의 계단에 맨발로 모래를 밟은 채 앉아 있었다. 파도가 밀려왔다. 잔잔한 바다에서 밀려오는 파도의 부드러운 소리부터 폭풍 속에서 부서지는 큰 파도까지 바닷소리는 언제 들어도 지겹지 않았다. 오늘 밤은 바람이 없고 파도가 낮았다. 멀리 해변에서 남쪽을 향해 걷는 외로운 그림자가 보였다.

그녀는 여전히 저녁 파티의 즐거움을 느끼며 최대한 많은 걸 기억해 두려고 애쓰는 중이었다. 생각할수록 놀라운 파티였다. 불안

감, 이기심, 시기심으로 가득 찬 작가들이 실내를 가득 메웠고 와인이 넘쳐흐르는데도 단 한 번의 다툼은커녕 한마디 거친 말조차 오가지 않았다. 인기 작가인 에이미, 코브, 앤디는 비평가들의 호평을 고대했고 문학적 성향이 강한 리, 제이, 머서는 책이 좀 더 팔리길 원했다. 마이라는 어느 쪽이든 전혀 신경 쓰지 않았다. 브루스와 노엘은 중간에서 만족해하며 모두를 격려했다.

브루스가 어떤 사람인지는 확신할 수 없었다. 첫인상은 아주 좋았다. 잘생긴 외모나 느긋한 태도로 보아 누구든 그를 좋아하지 않을 수 없을 듯했다. 적어도 첫 만남에는 그럴 것 같았다. 그는 말을 많이 했지만 지나치지 않았고, 마이라가 중심이 되어 분위기를 주도하는 데 만족스러워했다. 어쨌거나 마이라가 준비한 파티였고 그녀는 제대로 주인 노릇을 했다. 브루스는 사람들과 최대한 편하게 어울렸고, 그들의 이야기, 농담, 지저분한 언사며 모욕까지 모든 걸 즐겼다. 머서는 그가 모인 사람들이 더욱 성공할 수 있도록 뭐든 해 줄 것 같다는 인상을 받았다. 그리고 작가들은 그런 그에게 존경에 가까운 마음을 가지고 있는 것처럼 보였다.

그는 머서가 쓴 두 권의 책이 매우 좋았다고 했다. 특히 장편 소설이 마음에 들었다고 했다. 책들에 관해서는 그와 충분히 이야기를 나누었으므로 그가 진짜로 그녀의 책을 읽었는지 의심할 여지는 전혀 없었다. 브루스는 그녀가 책을 내고 베이 북스에 와서 사인회를 계획했을 때 이미 책을 읽었다고 했다. 7년 전 일임에도 여전히 생생하게 기억하는 모양이었다. 어쩌면 저녁 파티에 오기 전에 훑어본 것일 수도 있지만, 어쨌든 머서는 깊은 인상을 받았다.

그는 서점에 들러 그가 소장하고 있는 그녀의 책 두 권에 사인을 해 달라고 부탁했다. 그는 그녀가 쓴 단편집도 읽었다고 했다. 무엇보다 중요한 건, 그가 그녀가 쓴 다른 책을 더 보고 싶어 한다는 사실이었다. 장편이든 단편이든 상관없다고 했다.

한때 촉망받던 작가로 끝이 보이지 않는 슬럼프에 빠져서 이대로 소설가로서의 경력이 끝장나 버리는 것은 아닌지 두려움에 빠져 옴짝달싹하지 못하고 있는 머서에게 브루스 같은 전문가 독자가 작품에 관해 좋은 이야기를 들려주고 더 많은 작품을 보고 싶다고 말해 주는 건 매우 안심되는 일이었다. 지난 몇 년 동안 그런 식으로 격려해 준 사람은 그녀의 에이전트와 담당 편집자밖에 없었다.

그는 분명히 매력이 넘치는 사람이었지만 그녀가 뭔가 기대하게끔 할 만한 말이나 행동은 보이지 않았다. 아마도 그의 사랑스러운 아내가 바로 옆자리에 앉아 있었기 때문인 듯했다. 브루스에 관한 소문이 사실이라고 가정하고 여자를 유혹하는 그의 능력을 평가하자면, 그는 짧은 시간에 결론을 내는 방식 외에 긴 작업이 필요한 상황에도 탁월한 능력이 있어 보였다.

저녁을 먹는 동안 머서는 테이블 너머 코브, 에이미, 그리고 마이라를 바라보면서 혹시 그들이 브루스의 어두운 면에 대해 조금이라도 알고 있는지 궁금했다. 앞에서는 미국에서 가장 멋진 서점을 운영하면서 뒤에서는 남몰래 장물을 거래하고 있는 모습 말이다. 서점은 성공적으로 운영되었고 그에게 많은 돈을 벌게 해 주었다. 그는 멋진 삶을 살았고 아름다운 파트너이자 아내가 있었고 평판도 훌륭했고 예쁜 도시에 유서 깊은 저택을 소유하고 있었다. 그런 사람이 도난당한 원고를 거래하면서 감옥에 갈 위험을 감수한다고?

그는 보안 회사의 전문가들이 자신의 뒤를 캐고 있다는 사실을 조금이라도 알고 있을까? 그 사람들의 배후에 FBI가 있다는 것도? 몇 달 안에 교도소에 갇히고 오랫동안 나오지 못하게 되리라는 걸 눈치채고 있을까?

아니, 그럴 리는 없어 보였다.

그가 머서를 의심할까? 이 또한 가능성이 없어 보였다. 그렇다면 이제부터 어떻게 움직여야 할지가 문제였다. 일레인은 뒷일을 크게 생각하지 말라고 여러 번 말했다. 그가 먼저 접근하도록 만들어 자연스럽게 그의 삶으로 침투할 수 있도록 기다리라고도 했다.

딱히 복잡한 건 없었다.

6.

월요일은 메모리얼 데이였다. 머서는 늦잠을 자는 바람에 일출을 놓쳤다. 그녀는 커피를 들고 해변으로 나갔다. 휴일이라서 평소보다 사람이 많았지만 막 붐비지는 않았다. 한참을 걷다가 오두막으로 돌아와 커피를 조금 더 따르고는 바다가 보이는 테이블에 간단한 아침을 차려 앉았다. 노트북을 열어 텅 빈 화면을 맥없이 응시하던 그녀가 겨우 타이핑을 시작했다. "제1장."

작가들은 일반적으로 두 가지 부류로 나눌 수 있다. 조심스럽게 이야기 구조를 짜면서 글쓰기를 시작하기도 전에 결말을 정하는 사람들과, 일단 캐릭터를 창조하고 나면 주인공이 알아서 흥미로운 일을 벌일 거라는 이론을 가진 사람들. 그녀가 바로 조금 전 날려 버린, 지금까지 쓰던 소설은 두 번째 부류와 가까웠다. 그 소설은 지난 5년 동안 그녀를 고문에 가깝게 괴롭혀 왔다. 5년이 지났는데도 흥미로운 일은 전혀 벌어지지 않았고 그녀는 등장인물들에 진절머리가 났다. 그녀는 첫 번째 장의 대략적인 줄거리를 적어 두고 두 번째 장으로 넘어갔다.

머서는 정오가 될 때까지 첫 다섯 장(章)의 간단한 줄거리를 쥐어짜 내느라 진이 다 빠져 버렸다.

7.

메인 스트리트를 메운 차량들이 느릿느릿 움직였고, 보도는 연휴를 맞아 섬을 찾아온 관광객들로 북적거렸다. 머서는 골목길에 차를 세우고 서점으로 걸어갔다. 그녀는 브루스의 눈에 띄지 않게 위층 카페로 올라가 샌드위치를 먹으며 〈타임스〉를 훑어보고 있었다. 브루스가 커피를 내가기 위해 그녀의 옆을 지나가다 그녀를 발견하고 깜짝 놀란 모양이었다.

"책에 사인해 줄 시간 있어요?" 그가 물었다.

"그러려고 온걸요." 그녀는 그를 따라 아래층으로 내려가 초판본 전시실로 들어갔다. 안으로 들어간 그는 문을 닫았다. 두 개의 커다란 창문이 1층으로 열려 있어서 고객들은 멀지 않은 곳에서 책장에 꽂힌 책들을 살펴볼 수 있었다. 방 한가운데에는 오래된 테이블이 있고 그 위에 각종 문서와 파일이 올려져 있었다.

"여기를 사무실로 쓰세요?" 그녀가 물었다.

"여러 사무 공간 중 하나죠. 바쁘지 않으면 여기서 느긋하게 쉬고 업무도 보고."

"바쁘지 않을 때요?"

"서점이요. 오늘은 엄청 바쁜 날이에요. 내일이면 텅 비겠지만."

카탈로그를 들추자 하드 커버로 된 《10월의 비》 두 권이 모습을 드러냈다. 그는 펜을 건네주고 책을 들어 올렸다.

머서가 말했다. "진짜 오랜만에 책에 사인해 봐요." 브루스는 첫 번째 책의 제목이 있는 페이지를 펼쳤고 그녀가 이름을 썼다. 그다음 두 번째 책에도 사인을 했다. 그는 한 권은 테이블 위에 두고 또 한 권은 책장의 빈자리에 꽂았다. 초판본들이 작가의 성에 따라 알파벳 순으로 정리되어 꽂혀 있었다.

"여긴 뭐예요?" 그녀는 한쪽 손으로 책이 가득한 벽을 가리키며 물었다.

"이곳에서 사인회를 한 작가들의 초판본 책이에요. 우린 1년에 약 100회의 사인회를 하는데, 20년이 지나면 멋진 컬렉션이 될 겁니다. 기록을 확인해 봤더니 당신이 여기로 홍보 투어를 오기로 했을 때 내가 당신 책을 120권 주문했더군요."

"120권이나요? 왜 그렇게 많이?"

"내가 운영하는 초판본 클럽이 있어요. 고객들 가운데 단골 100여 명이 친필 서명을 받은 책을 사는 거죠. 꽤 매력적인 전략이에요. 만일 내가 100권의 판매를 보장할 수 있으면 출판사와 작가들은 웬만하면 우리 서점을 홍보 투어에 포함시키려고 하거든요."

"그럼 그 단골 회원들이 모든 사인회에 온다는 말씀이세요?"

"나야 그러길 원하죠. 대개는 절반 정도가 참석하는데, 그 정도만 해도 인원이 제법 많아 보여요. 30퍼센트 정도는 다른 지역 거주자들이라 우편으로 참여해요."

"제가 사인회를 취소했을 때 어떻게 하셨나요?"

"책을 반품했죠."

"죄송하게 됐네요."

"일하다 보면 그럴 수 있죠."

머서는 벽을 따라 걸으며 줄지어 꽂힌 책들을 살펴보았다. 그녀가 아는 책도 있었다. 전부 한 권씩 꽂혀 있었다. 다른 책은 어디 있는 거지? 브루스는 그녀의 책 한 권을 책장에 꽂고 다른 한 권은 테이블 위에 그대로 두었다. 나머지 책은 어디에 보관할까?

"혹시 고가의 책들도 있나요?" 그녀가 물었다.

"아니요. 그래도 나름 눈에 띄는 수집품들이고 나한텐 의미가 크죠. 난 모든 책에 애착이 크니까. 하지만 책 자체의 가치는 별로 없어요."

"왜요?"

"초판본은 수량이 너무 많거든요. 당신 책도 1쇄를 5천 부 찍었잖아요. 아주 많은 건 아니지만 책이 가치가 있으려면 일단 희귀해야 돼요. 운이 좋으면 예외지만." 그는 높은 곳으로 손을 뻗더니 책을 한 권 뽑아 그녀에게 건넸다.

"J. P. 월트홀의 《필라델피아에서 취하다》 기억해요?"

"그럼요."

"1999년에 전미 올해의 책에 선정되고 퓰리처상을 받았죠."

"대학 다닐 때 읽었어요."

"신간이 나오기 전에 사전 검토용 원고를 받아서 읽었는데 아주 마음에 들었어요. 대박 가능성이 있어 보여서 몇 박스 주문을 넣었는데, 그 뒤에 홍보 투어를 하지 않기로 했다는 결정이 난 겁니다. 출판사 자금이 부족한 데에다 예측도 제대로 못했는지 초판을 6천 부 찍은 거예요. 첫 소설치고는 그리 나쁘지 않은 수량이지만 충분한 것도 아니니까. 그런데 인쇄 중에 인쇄 노조가 파업을 벌였어요. 거의 1,200권을 인쇄한 뒤에 윤전기가 멈춰 버렸어요. 난 운이 좋았는지 주문한 책을 다 받을 수 있었어요. 처음 나온 비평이 어마어마하게 좋았어요. 2쇄는 다른 인쇄소에서 찍었는데 2만 부를 찍었어요. 3쇄는 그 두 배. 그렇게 계속 부수가 늘었죠. 결국 나중에는 하드 커버만 백만 부가 팔렸어요."

머서는 책의 판권 페이지를 펼쳤다. '초판본'이라는 글자가 보였다.

"그럼 이건 가치가 얼마나 되죠?" 그녀가 물었다.

"두 권을 각각 5천 달러에 팔았어요. 지금은 8천을 받죠. 아직도 스물다섯 권 정도 남았는데 지하실에 묻어 뒀습니다."

머서는 그의 말을 꼼꼼하게 기억해 두되, 대꾸는 하지 않았다. 책을 브루스에게 돌려주고 책으로 덮인 다른 쪽 벽으로 걸어갔다. 브루스가 말했다. "이것도 수집한 책들이지만 작가들이 여기 직접 와서 사인한 것들은 아닙니다."

그녀는 존 어빙의 《사이더 하우스》를 뽑아 들고 말했다. "이 책은 시장에 아주 많은 것 같은데요."

"존 어빙이잖아요. 《가아프가 본 세상》 이후 7년 만에 나온 책이니 초판을 엄청 찍었겠죠. 몇 백 달러 할 겁니다. 《가아프가 본 세상》은 한 권 있는데, 판매용은 아닙니다."

그녀는 책을 원래 자리에 꽂고 재빨리 그 옆을 훑어보았다. 《가아프가 본 세상》은 보이지 않았다. 그 책 역시 '지하에 묻어 둔' 것 같다고 생각했지만 대놓고 물어보지는 않았다. 그녀는 그가 가진 가장 진귀한 책들에 관해 묻고 싶었으나 일단은 관심을 보이지 않기로 했다.

"어제 저녁 파티는 즐거우셨나요?" 브루스가 물었다.

머서는 웃음을 띠며 책장에서 몸을 돌렸다. "아, 그럼요. 전 그렇게 많은 작가분들과 저녁을 먹어 본 적이 없어요. 작가들은 대부분 혼자서 지내는 편이잖아요?"

"그렇죠. 당신에게 예의를 지키느라 다들 얌전하게 굴었어요. 진짜로. 늘 그렇게 점잖은 분위기는 아닙니다."

"그래요? 왜죠?"

"종족의 특성이죠. 연약한 자아에 술과 약간의 정치가 섞인다면 대개는 더 소란스러워지죠."

"다음이 기대되네요. 다음 파티는 언제죠?"

"시도 때도 없는 친구들이라서요. 노엘이 2주 이내에 저녁 파티를 열겠다고 하던데. 어제 파티에서 당신과 아주 좋은 시간을 보냈나 봐요."

"저도 너무 즐거웠어요. 아내분이 멋시던데요."

"노엘은 재밌는 사람이에요. 본업도 잘하고. 꼭 한번 그 사람 가게에 들러서 구경해 보세요."

"그럴게요. 비싼 물건을 살 능력은 없지만."

브루스가 웃으며 말했다. "그렇다면 조심해야 할 겁니다. 노엘은 자기가 파는 물건에 자부심이 아주 커요."

"전 내일 사인회 전에 세리나 로치를 만나서 커피를 마시기로 했어요. 만나 본 적 있으세요?"

"그럼요. 이전에도 두 번이나 왔었으니까. 과도하게 진지한 면이 없잖아 있지만 아주 좋은 분이시죠. 홍보 투어 때 남자 친구와 홍보 담당자를 대동하고 오세요."

"아, 수행원처럼요?"

"그런 셈이죠. 그렇다고 막 특이한 케이스는 아니고요. 그녀는 마약과 씨름해 왔어요. 딱 봐도 연약한 사람이잖아요. 이곳저곳 멀리 돌아 다녀야 하는 홍보 투어는 작가들에게 불안감을 주기 쉽죠. 그래서 보호막이 필요하고요."

"혼자서는 한 발자국도 못 나간다, 뭐 그런 뜻인가요?"

브루스는 미소를 짓고는 루머라 함부로 입을 떼기가 망설여진다는 듯 대답했다. "당신에게 해 줄 이야기가 아주 많아요. 슬픈 것도 있고 웃긴 것도 있고. 다양하게. 그런 얘기는 나중에 혹시 또 길게 저녁 먹을 일이 있으면 해 줄게요."

"같이 오는 남자 친구가 늘 같은 사람이에요? 제가 자꾸 이런 질문을 하는 이유는요. 제가 읽은 그녀의 최근 작품에 나오는 주인공이 마약뿐 아니라 많은 남자들 때문에 엄청 고생하거든요. 작가가 비슷한 문제에 대해 아주 잘 아는 것 같더라고요."

"모르겠어요. 하지만 두 번 다 같은 남자 친구와 왔어요."

"요즘 비평가들한테 단단히 당하고 있던데 마음이 안 좋아요."

"그러니까요. 잘 받아치지도 못하고 있고요. 그녀의 홍보 담당자가 오늘 아침 전화로 절대 저녁 식사를 함께하자고 얘기하지 말아 달라고 부탁했어요. 그녀가 술을 입에 못 대게 하려고 그러나 봐요."

"홍보 투어는 이제 막 시작한 건가요?"

"우리가 세 번째 서점이에요. 우리 서점에서 재앙이 벌어질 수도 있죠. 어쩌면 그녀는 당신처럼 사인회를 죄다 취소해 버릴지도 모릅니다."

"강력히 추천하는 바예요."

점원 한 명이 창문으로 고개를 내밀더니 말했다. "방해해서 죄송한데요. 스콧 터로 씨가 전화 주셨어요."

"전화를 받아야겠네요." 브루스가 말했다.

"내일 봬요." 머서는 그에게 인사를 하고는 문으로 향했다.

"사인 고마워요."

"책만 사 주신다면 책마다 전부 사인해 드릴게요."

　　　　　　　　　　　　　　　　　　　　　　　　　　　　　　존 그리샴

8.

사흘 뒤 머서는 해가 질 때까지 기다렸다가 해변으로 걸어 나갔다. 그녀는 샌들을 벗어 작은 숄더백에 넣었다. 그녀는 물가를 따라 남쪽으로 걸었다. 파도는 잔잔했고 넓은 해변에는 개를 데리고 나온 몇 커플을 제외하고는 사람이 별로 없었다. 20분 뒤 그녀는 줄지어 높이 솟은 콘도를 지나 바로 옆의 리츠칼튼 호텔로 향했다. 모래밭에서 산책로에 올라선 그녀는 발을 씻은 다음 샌들을 신고 텅 빈 수영장 주변을 걸어 실내로 들어갔다. 호텔의 우아한 바에 들어서니 일레인이 테이블에 앉아 기다리고 있었다.

할머니는 리츠칼튼 호텔의 바를 아주 좋아했다. 매해 여름 두세 번씩, 할머니와 머서는 좋은 옷을 차려입고 차를 타고 리츠칼튼 호텔에 갔다. 호텔 레스토랑에 도착하면 술부터 마시고 그다음에 저녁을 먹었다. 할머니는 늘 마티니로 시작했다. 머서는 열다섯 살 전까지는 다이어트 콜라를 마셨지만, 열다섯 살이 되고부터는 여름 방학 때 쓰려고 만든 가짜 신분증으로 할머니와 함께 마티니를 마셨다.

우연히도 일레인은 두 사람이 예전에 가장 좋아했던 자리에 앉아 있었다. 머서가 자리에 앉으려는데 할머니와의 추억이 강렬하게 떠올랐다. 변한 건 아무것도 없었다. 피아노 앞에 앉은 남자의 노래가 부드러운 배경음처럼 깔렸다.

"오늘 오후에 여기 도착했는데요. 문득 당신이 고급 레스토랑에서 저녁을 먹고 싶어 할 것 같았어요."

"실은 여기 많이 와 봤어요." 머서가 주위를 둘러보며 말했다. 옛

카미노 아일랜드

날과 똑같이 소금기를 머금은 공기와 실내를 장식한 나무 냄새가 느껴졌다. "할머니가 여기를 아주 좋아하셨거든요. 형편이 좋지는 않았지만 가끔은 무리해서 이곳에 왔죠."

"테사의 형편이 넉넉지 않았던 모양이죠?"

"네. 사는 데 지장은 없었지만 아주 소박한 생활이었죠. 우리 다른 얘기해요."

일레인이 말했다. "지난 일주일은 아주 좋았던 것 같네요."

머서는 밤마다 조사와 관련이 있을 수도 있는 일들을 요약해 일레인에게 보내고 있었다. "여기 처음 왔을 때보다 뭘 더 알아냈는지 통 모르겠어요. 일단 적과 접촉은 했지만."

"그리고?"

"널리 알려진 대로 그 사람은 매력적이었어요. 마음에 들었고요. 값나가는 물건들을 지하실에 둔다는 말은 했지만 수장고라는 언급은 하지 않더군요. 지하에 꽤 많은 게 숨겨져 있다는 인상을 받았어요. 그의 부인이 함께 있어서 그런지 저한테 남자로서 관심을 보이는 행동은 하지 않았어요. 일반적으로 작가들에게 보이는 호감 말고는요."

"마이라와 리가 열어 준 저녁 파티에 관해 들려줘요."

머서가 웃으며 말했다. "카메라로 몰래 찍어 뒀으면 좋았을걸 싶네요."

5장
중간상

1.

올드 보스턴 서점은 시내 쪽 래더 블록스 지역의 웨스트 스트리트에 있는 연립 주택에서 60년 이상 영업을 이어 왔다. 유명한 골동품 거래상인 로이드 스테인이 처음 서점을 차렸고, 1990년에 그가 사망하자 아들인 오스카가 서점을 이어받았다. 오스카는 서점에서 성장했고 책 판매업을 사랑했지만 사업 전망이 밝지 않아 걱정하고 있었다. 인터넷이 발달하고 출판계의 상황이 전반적으로 악화되면서 갈수록 제대로 된 수익을 창출해 내기 힘들어졌다. 그의 아버지는 중고 도서를 판매하면서 희귀본 거래를 통해 가끔씩 큰돈을 바라는 정도에 만족했으나, 오스카는 아버지처럼 참을성이 없었다. 쉰여덟 살이 되자 그는 조용히 사업에서 빠져나갈 궁리를 하기 시작했다.

어느 목요일 오후 4시, 데니가 사흘 연속으로 서점을 찾아가 아무렇지도 않게 진열대와 잔뜩 쌓인 중고책들을 훑어보기 시작했다. 수십 년 넘게 서점에서 일해 온 나이 많은 여직원이 카운터에서 나와 위층으로 올라가자, 데니는 오래된 《위대한 개츠비》 소프트 커버를 한 권 뽑아 계산대로 가져갔다. 오스카가 웃으며 물었다. "원하던 걸 찾으셨나요?"

"이거면 됩니다." 데니가 대답했다.

오스카는 책을 건네받아 안쪽 표지를 펼쳐 보고는 말했다. "4달러 30센트입니다."

데니는 카운터에 5달러 지폐를 내려놓으며 말했다. "사실 제가 원본을 찾고 있는데요."

오스카가 지폐를 집더니 물었다. "'개츠비'의 초판본 말씀이세요?"

"아니요. 작가 친필 원고 말입니다."

오스카가 웃었다. 이런 멍청이가 있나. "그건 제가 도와 드릴 수 없을 것 같네요, 손님."

"아니요. 하실 수 있을 것 같은데."

오스카는 얼어붙은 채 상대방의 눈을 바라보았다. 차갑고 냉랭한 눈빛이었다. 냉혹하고 계산적이면서 다 알고 있다는 눈빛. 오스카는 마른침을 꿀꺽 삼키고 물었다. "누구시죠?"

"그건 절대 알려 줄 수 없지."

오스카는 시선을 돌려 금전 등록기에 지폐를 넣었다. 자신도 모르게 손이 떨렸다. 그는 거스름돈을 꺼내 카운터에 올려놓았다. "여기 70센트입니다." 그가 간신히 입을 열었다. "어제도 오시지 않았나요?"

"전날에도 왔고."

오스카는 주위를 둘러보았다. 두 사람 말고는 아무도 없었다. 그는 높은 곳에 달려 카운터를 비추는 작은 감시 카메라를 흘깃 쳐다보았다. 데니가 나직이 말했다. "카메라는 걱정하지 마. 어젯밤에 고장 내 놨으니까. 그리고 당신 사무실에 달린 카메라도 작동하지 않아."

오스카는 어깨를 떨구며 깊은 한숨을 내쉬었다. 여러 달 동안 두려움 속에 살면서 잠도 못 자고 모퉁이를 돌 때마다 신경을 곤두세웠었다. 마침내 두려워하던 순간이 온 것이었다. 그는 낮고 떨리는 목소리로 물었다. "경찰이세요?"

"아니. 요즘 난 당신처럼 경찰을 피해 다니는 중이야."

"뭘 원하시죠?"

"원고. 전부 다섯 개."

"무슨 말씀이신지 모르겠군요."

"그게 최선인가? 난 좀 더 리얼한 반응을 기대했는데."

"꺼져." 오스카는 최대한 거칠게 대하려 애쓰면서 말했다.

"갈 거야. 6시에 서점 영업 종료하면 다시 오겠어. 문 닫고 당신 사무실에서 얘기나 좀 하자고. 엉뚱한 짓 하지 마. 달아날 곳도, 도와줄 사람도 없으니까. 우리가 다 지켜보고 있어."

데니는 동전과 책을 집어 들고 서점을 나갔다.

2.

1시간 뒤 론 자지크라는 변호사가 뉴저지주 트렌턴의 연방 정부 건물 엘리베이터에 올라타고는 1층 버튼을 눌렀다. 문이 막 닫히려는 순간 누군가 문틈으로 미끄러지듯 들어와 3층을 눌렀다. 문이 닫히고 둘만 남자 그 사람이 말했다. "당신이 판사가 지정해 준 제리 스틴가든의 변호사죠?"

자지크는 거만하게 웃으며 말했다. "그러는 당신은 누군데요?"

눈앞이 번쩍하더니 남자가 자지크의 얼굴을 후려쳤고 안경이 날아갔다. 남자는 자지크의 멱살을 단단히 쥐고 그의 머리를 엘리베이터 뒤편으로 밀어붙였다. "건방 떨지 마. 네 의뢰인한테 가서 전해. FBI에 한마디만 하면 사람들이 다칠 거라고. 우린 그놈 어미가 어디 사는지 알고 당신 어미가 어디 사는지도 아니까."

눈덩이가 부풀어 오른 자지크가 서류 가방을 떨어뜨렸다. 자지크가 필사적으로 남자의 팔을 붙들었지만 그럴수록 멱살을 움켜쥔 그의 손만 더욱 조여 왔다. 자지크는 예순이 다 된 나이에다 몸뚱어리도 볼품없었다. 상대는 적어도 스무 살은 더 젊어 보였고, 그 순간만큼은 믿을 수 없을 정도로 강인해 보였다. 남자가 으르렁거렸다. "제대로 들었어? 알아들었냐고?"

엘리베이터가 3층에 멈추고 문이 열리자 남자는 손을 놓더니 자지크를 한쪽 구석으로 몰아붙였다. 자지크는 무릎을 꿇고 주저앉았다. 남자는 아무 일 없었던 듯 그를 엘리베이터에 두고 내렸다. 엘리베이터를 타려고 기다리는 사람은 없었다. 자지크는 재빨리 일어서서 안경을 주워 들고 서류 가방을 챙긴 다음 어떻게 할 것인지 고민했다. 턱에 통증이 느껴지고 귓속이 울리는 상태에서 처음 든 생각은 경찰에 폭행을 당했다고 신고하는 거였다. 로비에 내리면 연방 보안관들이 있을 테니 어쩌면 가해자가 나타날 때까지 기다렸다가 잡을 수 있을지도 몰랐다. 하지만 1층으로 내려가는 동안 과민 반응하지 않는 편이 최선일 수도 있다는 생각이 문득 들었다. 1층에 도착했을 때 그는 다시 숨을 쉬기 시작했다. 화장실에 가서 얼굴에 물을 끼얹었고 거울 속 자신을 바라보았다. 얼굴 오른쪽이 벌게졌지만 많이 부풀어 오르지는 않았다.

얼굴에 전해진 육체적 감각은 매우 충격적이고 고통스러웠다. 입속에서 뜨끈한 것이 느껴져 뱉어 보니 피가 섞인 침이 나왔다.

제리 스틴가든과 마지막으로 얘기해 본 게 한 달도 더 전이었다. 그들은 논의할 거리가 없었다. 그도 그럴 것이 면담은 늘 짧게 끝났다. 제리가 말이 아꼈기 때문이다. 사실 방금 전 얼굴을 때리고 위협을 가한 낯선 남자로서는 크게 걱정할 일이 없는 상황이었다.

3.

6시가 되기 몇 분 전쯤 서점에 다시 나타난 데니는 긴장한 얼굴로 카운터에서 자신을 기다리는 오스카를 발견했다. 점원은 보이지 않았고 손님도 없었다. 데니는 아무 말없이 '영업 중'이라고 쓰인 팻말을 '영업 종료' 쪽으로 뒤집은 다음 문을 잠그고 조명을 껐다. 두 사람은 계단을 따라 작고 어수선한 사무실로 올라갔다. 오스카는 다른 사람이 카운터에서 일하고 있을 때 이곳에서 시간을 보내는 걸 좋아했다. 그가 책상 안쪽에 있는 의자에 먼저 앉더니 잡지에 점령당하지 않은 유일한 의자를 향해 손짓했다.

데니는 의자에 앉아 입을 열었다. "자, 시간 낭비 그만하지, 오스카. 당신이 그 원고를 50만 달러에 샀다는 사실을 다 알고 왔어. 당신이 바하마에 있는 계좌로 돈도 보냈잖아. 돈은 바하마에서 파나마에 있는 계좌로 꽂혔고 내가 그걸 받았지. 물론 중간상이 먹을 부분은 빼고."

"그러니까 당신이 물건을 빼낸 사람?" 오스카가 차분하게 말했다. 몇 알의 약 기운 덕분인지 불안감이 조금이나마 가라앉은 상태였다.

"그렇게 말하지는 않았는데."

"당신이 녹음기를 찬 경찰이 아니라는 걸 내가 어떻게 알 수 있지?" 오스카가 물었다.

"그럼 내 몸을 뒤져 보든가. 얼른. 당신 논리대로라면 경찰이 원고 가격을 어떻게 알지? 돈이 어딜 거쳐서 움직였는지 경찰이 어떻게 알겠냐고?"

"FBI는 뭐든 추적할 수 있다고 들었어."

"내가 아는 걸 놈들이 알았다면 그냥 당신을 체포하면 됐겠지, 오스카. 당신은 체포되지 않을 테니까 진정해. 나도 그렇고. 이봐, 오스카, 나나 당신이나 경찰에 잡히면 안 돼. 우리 둘 다 중죄를 저질렀고 잡히면 감방에서 오랫동안 썩을 게 분명하잖아. 하지만 그런 일은 벌어지지 않을 거라고."

오스카는 상대를 믿고 싶어졌다. 그러면서 슬쩍 안심이 되었다.

하지만 머릿속에 떠오르는 의문은 어쩔 수 없었다. 그는 깊게 숨을 몰아쉬고 말했다. "나한테 없어."

"그럼 어디 있는데?"

"애초에 그걸 왜 팔았지?"

데니는 낡은 의자에 편안한 모습으로 다리를 꼬고 앉아 있었다. "속았어. 원고를 빼낸 다음 날 FBI가 내 동료 둘을 체포했어. 난 물건을 숨기고 해외로 떠야 했지. 자그마치 한 달을 기다리고 또 한 달을 더 기다렸어. 상황이 안정되고 나서 샌프란시스코에 있는 거래상을 만나러 갔어. 그 친구 말이 러시아 사람 하나가 백만 달러를 내고 원고를 살 거라더군. 거짓말이었어. 그자가 우릴 FBI에 찔렀어. 만나기로 약속을 잡고 내가 그 증거로 원고 하나를 가져가기로 했는데 FBI가 기다리고 있었어."

"여기서 이러고 있는 거 보니 운 좋게 잡히진 않았나 봐?"

"약속 장소에 가기 전에 그자의 전화를 도청했거든. 우린 솜씨가 아주 좋아, 오스카. 참을성 많은 전문가들이라고. 아슬아슬했지만 다시 해외로 빠져나갔고, 덕분에 상황이 좀 진정될 수 있었어. FBI가 나에 관해 많은 걸 알고 있다는 것도 잘 알지. 그래서 애초에 국내에 들어올 생각은 하지도 않았어."

"그럼 내 전화도 도청하나?"

데니가 고개를 끄덕이고 웃었다. "유선 전화만. 휴대폰은 도청 못해."

"날 어떻게 찾았지?"

"조지타운에서 당신의 오래된 친구 조엘 리비코프와 접촉했지.

우리의 중간상 친구 말이야. 난 그자를 믿지 않았어. 이쪽 일을 하
는 사람은 아무도 믿을 수 없으니까. 그땐 어떻게든 원고를 수중에
서 털어 버리고 싶었어."

"당신이랑 나는 절대 만나면 안 돼."

"원래는 그러려고 했잖아. 당신은 돈을 부치고 나는 물건을 넘겨
주고 다시 사라지는 거였어. 그런데 내가 돌아왔다 이거야."

오스카는 손가락을 차례로 꺾으며 평정심을 유지하려 애썼다.
"그럼 리비코프는? 그 친구는 지금 어디 있나?"

"끝났어. 무시무시한 최후를 맞았다고, 오스카. 아주 끔찍했지.
하지만 죽기 전에 내가 원하는 걸 불었어. 당신 이름."

"다시 말하지만 원고는 없어."

"그래? 어떻게 했는데?"

"팔았어. 최대한 빨리 넘겨 버렸어."

"지금은 어디 있는데, 오스카? 난 반드시 원고를 찾아낼 거야. 피
의 여정이 이미 시작됐다는 것만 명심해."

"어디 있는지 몰라. 정말이야."

"그럼 누가 갖고 있지?"

"이봐, 나도 생각할 시간을 좀 줘. 참을성 좋다며. 그럼 나한테 시
간을 좀 달라고."

"좋아. 24시간 뒤에 다시 오지. 도망가는 멍청한 짓은 절대 하지
마. 숨을 곳도 없거니와 잘못하다가 다치는 수가 있어. 우린 프로
야, 오스카. 그리고 당신은 우리가 어떤지 전혀 모르잖아."

"도망 안 가."

"24시간 뒤에 다시 올 테니 그자의 이름을 내놔. 이름만 넘겨주면 당신은 돈도 지키고 지금처럼 살 수 있어. 절대로 다른 데다 안 불어. 약속하지."

데니는 벌떡 일어서더니 사무실을 떠났다. 오스카는 멍하니 문을 바라보며 계단을 내려가는 발걸음 소리에 귀를 기울였다. 서점 출입문이 열리면서 문에 달린 작은 종이 딸랑거리는 소리가 나는가 싶더니 다시 조용해졌다.

4.

데니는 두 블록 떨어진 곳의 한 호텔 바에서 피자를 먹고 있었다. 그때 휴대 전화가 진동했다. 9시가 다 된 시간이었고, 예정보다 늦게 연락이 왔다. "말해." 그는 주변을 둘러보며 말했다. 바에는 손님이 별로 없었다.

루커가 말했다. "임무 완료. 자지크를 엘리베이터에서 붙잡아서 한 방 먹여 줬어. 아주 통쾌하더군. 메시지는 제대로 전달했고, 다 잘 끝났어. 페트로첼리는 늦게까지 일해서 좀 쉽지 않았지만. 1시간 전쯤 놈을 사무실 밖 주차장에서 잡았어. 잔뜩 겁을 줬지. 완전 겁쟁이던데. 처음에는 마크 드리스콜의 변호사가 아니라고 하더니 금세 포기하더라고. 손을 댈 필요조차 없었어."

"누구 본 사람은 없고?"

"없어. 양쪽 다 깔끔하게 해결했어."

"잘했군. 지금 어디야?"

"운전 중. 5시간 후면 도착해."

"서둘러. 내일도 재미 좀 볼 거니까."

5.

6시 5분 전, 루커가 서점에 들어와 책을 찾는 척했다. 다른 손님은 없었다. 오스카는 긴장한 채 카운터 안쪽에서 바쁘게 움직였지만, 들어온 남자에게 눈이 고정되어 있었다. 6시가 되자 그가 말했다. "죄송합니다, 손님. 문을 닫아야 해서요." 순간 데니가 들어오더니 문을 닫고 '영업 중' 팻말을 뒤집어 걸었다. 그는 오스카를 보면서 손으로는 루커를 가리키며 말했다. "내 일행이야."

"혹시 다른 사람 있나?" 데니가 물었다.

"아니. 전부 갔어."

"좋아. 그럼 여기서 바로 얘기하지." 데니는 오스카에게 다가서며 말했다. 루커가 옆에 와 섰다. 두 사람 모두 팔만 뻗으면 닿을 거리에 있었다. 두 사람은 오스카를 노려보고 서서 꼼짝하지 않았다. 데니가 말했다. "좋아, 오스카. 생각할 시간을 좀 줬잖아. 대답은?"

"먼저 내 정체를 숨겨 주겠다고 약속해 줘."

"난 아무것도 약속할 필요가 없어." 데니가 으르렁거렸다. "어쨌든 내가 아무도 모를 거라고 말했잖아. 당신과의 관계를 드러내는 게 나한테 무슨 이득이 있겠어? 난 오직 원고만이 필요할 뿐이야, 오스카. 누구한테 팔았는지 말하기만 하면 날 다시 볼 일은 절대 없을 거야. 하지만 만약 거짓말을 한다면 난 반드시 돌아올 거야."

존 그리샴

오스카도 알고 있었다. 그 끔찍한 순간에 그가 원한 건 딱 하나였다. 바로 눈앞의 남자를 안전하게 치워 버리는 일이었다. 그가 눈을 감으며 말했다. "브루스 케이블이라는 업자에게 팔았어. 플로리다의 카미노 아일랜드에서 서점을 운영하고 있어."

데니가 웃으며 말했다. "얼마에 팔았지?"

"백만 달러."

"잘했군, 오스카. 바로 넘긴 것치고는 괜찮았어."

"이제 좀 떠나 주겠나?"

데니와 루커는 꼼짝도 하지 않은 채 오스카를 노려보았다. 10초라는 긴 시간이 흐르는 동안 오스카는 자신은 이제 죽은 목숨이라고 생각했다. 억지로 심호흡을 했다. 심장이 미친 듯이 뛰었다.

그때 두 남자가 별다른 말없이 서점을 떠났다.

6장
픽션

1.

노엘의 프로방스에 입장하는 일은 마치 한껏 멋을 부린 인테리어용 도서의 한가운데로 걸어 들어가는 것과 같았다. 들어가자마자 나오는 공간에 소박한 유럽 시골 감성이 물씬 나는 가구, 장식장, 옷장, 찬장, 팔걸이의자가 아주 오래되어 보이는 석재 타일 바닥에 편안하게 놓여 있었다. 협탁에는 낡은 주전자, 냄비, 바구니가 잔뜩 쌓여 있었다. 복숭아색으로 칠한 석회 벽은 촛대, 흐릿한 거울, 이름 모를 귀족과 그의 가족들의 사진 액자로 꾸며져 있었다. 초에서 짙은 아로마 향이 뿜어져 나왔다. 나무와 석고로 이루어진 천장에는 커다란 샹들리에가 달려 있었다. 보이지 않는 스피커에서는 오페라 선율이 흘러나왔다. 옆방으로 자리를 옮긴 머서는 길고 좁은 만찬용 와인 시음 테이블 세트를 구경했다. 테이블에 노란색과 올리브그린 색의 소박한 프로방스 식기가 놓여 있었다. 밖이 내다보이는 창문 근처 벽에 작가 책상이 하나 보였다. 수작업으로 칠한 아름다운 물건으로 그녀 역시 탐내지 않을 수 없었다. 일레인의 말에 따르면, 책상 가격은 3천 달러로 그들의 목적과 완벽하게 맞아떨어졌다.

머서는 노엘이 쓴 책 네 권을 자세히 읽은 덕분에 모든 가구와 비품을 쉽사리 알아볼 수 있었다. 그녀가 작가 책상을 살펴보는데 어디선가 나타난 노엘이 말했다. "어머, 안녕하세요. 이렇게 보니 너무 반갑네요." 그녀는 양쪽 뺨에 살짝 입을 맞추며 프랑스식으로 비주 인사를 건넸다.

"여기 정말 굉장한데요." 머서가 반쯤 넋이 나간 얼굴로 말했다.

"프로방스에 온 걸 환영해요. 무슨 일로 오셨어요?"

"아, 그냥요. 그냥 둘러보려고요. 그나저나 이 책상 정말 마음에 드네요." 머서는 작가 책상을 쓰다듬으며 말했다. 노엘이 쓴 책에 적어도 세 번은 등장했던 품목이었다.

"아비뇽 근처 보니유라는 마을의 시장에서 찾았어요. 이거 꼭 사셔야 해요. 당신 일이랑 완벽하게 어울려요."

"이걸 사려면 책부터 좀 팔아야겠어요."

"따라와요. 내가 안내할게요." 노엘은 머서의 손을 잡고 구경을 시켜 주었다. 방마다 그녀가 쓴 책에서 본 물건들이 가득 차 있었다. 두 사람은 하얀색 돌이 깔리고 연철 난간이 달린 우아한 계단을 따라 2층으로 향했다. 그곳에서 노엘은 자신이 보유 중인 품위 넘치는 물건들을 보여 주었다. 장식장, 침대, 옷장, 탁자에는 각각의 사연이 담겨 있었다. 노엘은 그녀가 수집한 물건에 관해 다소 과하다 싶을 만큼 애정을 품고 있었고, 동시에 그 어떤 것과도 헤어지고 싶지 않은 듯했다. 머서는 2층 물건들에는 가격표가 없다는 사실을 눈치챘다.

노엘은 가게 아래층 안쪽에 작은 사무실을 두고 있었다. 출입문 옆에는 뚜껑이 달린 작은 와인 시음 테이블이 하나 놓여 있었다. 노엘의 설명이 이어지는 동안, 머서는 모든 프랑스 테이블이 와인 시음용으로 사용되는 건지 궁금해졌다. "차 한잔 들어요." 노엘이 말했다. 그러고는 테이블 앞 의자를 가리켰다. 머서가 의자에 앉았고 두 사람은 대화를 시작했다. 노엘은 대리석 싱크대 옆에 놓인 작은 스토브 위에서 물을 끓였다.

"아까 그 작가 책상, 정말 멋지던데요." 머서가 말했다. "가격은 겁나서 물어볼 엄두가 안 나지만요."

노엘이 웃으며 말했다. "당신한테는 특별한 가격에 해 줄게요. 다른 사람이었으면 3천 달러는 받았겠지만 당신이니까 반값에 줄게요."

"그래도 만만치 않은데요. 생각 좀 해 봐야겠어요."

"지금은 어디서 글 써요?"

"주방에 작은 조식 테이블이 있어요. 바다가 내다보이는 좋은 자리지만 일은 잘 안 돼요. 책상이 문제인 건지 바다가 문제인 건지, 아무튼 쓸 말이 잘 떠오르질 않아요."

"책은 무슨 내용인데요?"

"실은 저도 잘 모르겠어요. 새로운 걸로 써 보려고 하는데 잘 안 될 것 같아요."

"전 막《10월의 비》를 다 읽었어요. 정말 멋진 책이에요."

"친절한 말씀 감사해요." 머서는 진심으로 감동을 받았다. 이곳에 온 이래로 벌써 세 사람이 그녀의 첫 번째 소설에 대해 아주 높은 평가를 내려 주었다. 그녀가 지난 5년 동안 받았던 것보다 더 많은 격려의 말들이었다.

노엘은 테이블에 도자기로 된 다기 세트를 올린 다음 각 세트와 매칭되는 컵에 솜씨 좋게 끓는 물을 부었다. 두 사람 다 우유는 넣지 않고 각설탕 한 개씩만 넣었다. 노엘이 차를 저으며 물었다. "보통 작업 중인 책에 관해서 언급하세요? 작가라면 대개 자신이 쓴 책이나 쓰고 싶은 내용에 관해 지나칠 정도로 입을 여는데, 반대로 어떤 작가들은 여러 가지 이유로 함구하기에 궁금해서 물어보는 거예요."

"전 후자 쪽이에요. 특히 지금 쓰고 있는 건 더욱더 그래요. 처음에 쓴 소설은 아주 옛날에 쓴 것처럼 낡고 오래된 거 같아요. 지나치게 어린 나이에 책을 낸다는 건 여러 면에서 저주나 다름없어요. 기대치는 높고, 압박도 크고, 문학계에서는 엄청난 차기작이 나오길 기다리죠. 그러다 몇 년이 지나도 다음 책 소식이 없으면 촉망받던 스타는 서서히 잊히죠.《10월의 비》를 내고 나서 제 첫 번째 에이전트가 서둘러 두 번째 소설을 내라고 충고했었어요. 비평가들이 첫 작품을 좋아했으니까 두 번째 작품은 뭐가 됐든 분명히 싫어할 거라면서 얼른 2학년 증후군을 뒤집어쓰고 끝내 버리래요. 좋은 말이지만, 문제는 두 번째로 낼 소설이 없었다는 거였어요.

여전히 탐색 중이기도 하고.”

“뭘요?”

“이야깃거리요.”

“작가들 대부분은 주인공이 먼저라고 하죠. 일단 인물들을 무대에 올리면 그들이 어떻게든 줄거리를 만들어 간다고. 당신은 안 그래요?”

“아직은 안 그래요.”

“《10월의 비》는 어떻게 생각해 낸 거예요?”

“대학 다닐 때 짧은 글을 읽었어요. 실종됐다가 결국 돌아오지 못한 한 아이와 그 사건을 겪은 가족의 이야기였어요. 말로 표현할 수 없을 정도로 슬픈 그 이야기가 머릿속에서 떠나질 않았어요. 그러면서도 한편으론 아름답기도 했어요. 도저히 잊을 수 없어서 그 얘기를 가져와 각색을 해 봤어요. 소설화하는 데 1년도 걸리지 않았어요. 지금은 믿어지지 않지만 어쨌든 그때는 그렇게 빠르게 해냈네요. 그때는 매일 아침이 기다려졌었어요. 하루의 첫 커피를 마시면서 다음 페이지를 쓰곤 했거든요. 지금은 그게 안 돼요.”

“분명히 또 될 거예요. 여긴 아무것도 안 하고 글만 쓸 수 있는 최적의 장소니까요.”

“두고 봐야죠. 노엘, 솔직히 말해 전 팔리는 책을 써야 돼요. 학교에서 가르치는 일도 싫고 다른 직업을 구하기도 싫거든요. 심지어 다른 필명으로 미스터리나 팔릴 것 같은 다른 장르를 마구잡이로 써내고 싶다는 생각도 했어요.”

“그건 잘못된 생각이 아니에요. 팔리는 책을 쓴 다음에 뭐든 원하는 걸 쓰면 되잖아요."

"그런 계획이 천천히 형태를 갖춰 가고는 있긴 한데요."

"브루스랑 얘기해 볼 생각은 없나요?"

"아니요. 왜요?"

"그이는 사업을 잘 알고 다각도에서 예술을 보죠. 책이란 책은 모조리 읽는 데다가 수백 명의 작가며 에이전트, 편집자와 알고 지내요. 그 사람들이 가끔 그이를 찾아와서 의견을 듣고 가요. 조언은 말할 것도 없고. 다만 그이는 직접 요청을 받지 않으면 절대 참견하지 않아요. 그이가 당신을 좋아하고 당신 작품을 높이 평가하니까 아마 도움이 될 만한 얘기를 해 줄 거예요."

머서는 괜찮은 생각일 수도 있다고 대답하듯 어깨를 으쓱해 보였다. 출입문이 열리는 소리가 나자 노엘이 말했다. "미안해요. 손님이 오셨는지 잠깐만 볼게요." 그녀가 테이블에서 일어나 사라졌다. 차를 마시던 머서는 잠깐 동안 자신이 사기꾼처럼 느껴졌다. 그녀는 가구를 사러 온 것도, 글쓰기에 관해 수다를 떨거나 친구가 없어서 외롭고 괴로워하는 작가인 척하려고 온 것도 아니었다. 그녀는 일레인에게 넘길 만한 작은 정보라도 없는지 염탐하러 온 거였다. 일레인은 언젠가 그 정보를 노엘과 브루스에게 불리하게 이용할 터였다. 메스꺼움이 물결처럼 밀려오면서 배 속 깊이 날카로운 통증이 느껴졌다. 그녀는 감정이 지나가기를 기다렸다가 다리에 힘을 주며 자리에서 일어섰다. 가게 출입문 쪽으로 가니 노엘이 옷장을 심각하게 뜯어보는 고객 옆에 서 있었다.

"전 이만 가 봐야겠어요." 머서가 말했다.

"그래요." 노엘이 속삭이듯 말했다. "조만간 브루스랑 내가 저녁 초대 한번 할게요."

"좋죠. 전 여름 내내 한가하니까요."

"연락할게요."

2.

같은 날 오후 늦게 노엘이 작은 도자기 항아리들을 정리하고 있는데 잘 차려입은 40대 커플이 가게에 들어섰다. 거리를 걷다가 불쑥 들어와 구경만 한참 하고 가격을 듣고 나면 서둘러 빈손으로 떠나는 평범한 관광객들과 달리, 돈이 아주 많은 사람들이라는 걸 한눈에 알아볼 수 있었다.

그들은 휴스턴에서 온 루크와 캐럴 매시라는 부부로 리츠칼튼에서 며칠간 투숙할 예정이고 이 섬은 처음이라며 자신들을 소개했다. 그들은 가게에 관해 들어 본 적이 있고 인터넷 홈페이지도 보았으며 상판이 타일로 된 100년 된 식탁에 첫눈에 반했다고 말했다. 가게에서 가장 비싼 물건이었다. 루크가 줄자를 달라고 해서 노엘이 건네주었다. 두 사람은 식탁의 가로세로 길이와 높이를 재더니 게스트 하우스 식당에 완벽하게 어울리겠다며 조용히 의견을 주고받았다. 루크가 소매를 걷어 올렸고, 캐럴이 사진을 찍어도 되는지 물었다. 노엘은 물론 괜찮다고 대답했다. 그들은 옷장 두 개와 커다란 장식장의 크기를 재면서 나무의 재질과 마감, 제품의 역사에 관해 상당히 수준 높은 질문을 던졌다. 그들은 휴스턴에 새로 집을 짓고 있었는데, 그곳이 1년 전 휴가를 보냈던 프랑스 보클뤼즈의 루시용 근처 프로방스풍 농장 같은 느낌이 들기를 원했다. 가게에 오래 머물수록 두 사람은 노엘이 추천하는 모든 물건에 흠뻑 빠져드는 것 같았다. 노엘은 두 사람을 더 비싼 가구가 있는 위층으로 데려갔고 두 사람의 관심 또한 높아졌다. 그들이 가게에 온 지 1시간이 지나 오후 5시가 다 되자 노엘은 샴페인을 한 병 따서 잔 세 개에 따랐다. 루크가 가죽 의자의 치수를 재고 캐럴이 사진을 찍는 동안, 노엘은 잠시 양해를 구하고 아래층으로 내려와 가게 내부를 확인했다. 어슬렁거리던 손님 두 명이 떠나자 노엘은 가게 문을 걸어 잠그고 텍사스에서 온 부자 손님들이 있는 위층으로 올라갔다.

　세 사람은 오래된 계산대를 가운데 두고 모여 본격적인 이야기를 나누었다. 루크는 배송과 보관에 관한 질문을 했다. 새집은 적어도 6개월은 더 있어야 완공될 예정이라 부부는 집을 채울 가구와 비품을 보관해 두기 위해 창고를 빌려 쓰고 있었다. 노엘이 미국 어디든 배송이 가능하니 전혀 문제 될 거 없다고 말해 주자마자 캐럴은 기다렸다는 듯 사고 싶은 품목을 적어 내려갔다. 그 가운데에는 작가 책상도 포함되어 있었다. 노엘은 작가 책상은 다른 사람 이름으로 예약이 되어 있어 안 된다고 하면서 다음에 프로방스에 가면 어렵지 않게 같은 걸로 하나 더 구할 수 있을 거라고 말해 주었다. 세 사람은 아래층에 있는 사무실로 내려왔다. 그곳에서 샴페인을 더 마시며 주문서를 작성하기 시작했다. 총 주문 금액이 16만 달러나 되었음에도 부부는 전혀 당황해하지 않았다. 게다가

에누리를 요구할 법한데도 매시 부부는 흥정에 아무 관심이 없어 보였다. 루크는 용돈이라도 주듯 블랙 카드를 내밀었고 캐럴이 청구서에 서명했다.

매시 부부는 가게를 나서면서 오래된 친구 같은 가까운 사이에서나 나눌 법한 포옹을 건네며 내일 또 올지도 모르겠다고 말했다. 두 사람이 떠나고 나서 노엘은 한꺼번에 이렇게 많은 물건을 팔아 본 적이 있는지 기억을 더듬어 보았다. 처음이었다.

다음 날 아침 10시 5분, 루크와 캐럴은 밝은 웃음을 띠고 에너지 넘치는 모습으로 경쾌하게 다시 가게를 찾아왔다. 두 사람은 전날 밤늦게까지 사진을 들여다보면서 머릿속으로 아직 다 짓지도 않은 집에서 가구를 이리저리 옮겨 보았고 가구를 더 사야겠다는 결론을 내렸다고 했다. 집을 짓는 건축가가 이메일로 보내온 1층과 2층의 설계도를 바탕으로 노엘에게서 산 가구를 어디에 배치할 것인지 미리 그려 보았단다. 노엘은 그들이 짓는 집의 면적이 1,760 제곱미터나 된다는 사실을 자연스럽게 알게 되었다. 오전 내내 그들은 가게 2층에서 침대, 테이블, 의자, 수납장의 크기를 줄자로 쟀다. 그러면서 가게에 있는 거의 모든 물건을 구입하기로 결정했다. 두 번째 날의 주문 금액은 30만 달러가 넘었다. 이번에도 루크는 망설임 없이 블랙 카드를 꺼내 들었다.

노엘은 점심 식사를 위해 가게를 닫고 두 사람을 모퉁이 너머의 맛집에 데려갔다. 식사를 하는 동안 노엘의 변호사가 그들이 내밀었던 신용 카드에 이상이 없는지 확인했다. 매시 부부는 신용 카드의 사용 한도가 존재하지 않는 사람들이었다. 이들의 배경에 관한 뒷조사도 해 보았지만 딱히 나오는 게 없었다. 사실 그게 무슨 대수인가? 신용 카드에 문제만 없다면 돈이야 어디서 나온 것이든 신경 쓸 필요가 없었다.

식사를 마치고 캐럴이 노엘에게 물었다. "다른 물건은 언제 들어올까요?"

노엘은 웃으며 말했다. "글쎄요, 곧 들어오지 않을까 싶어요. 8월 초에 프랑스로 여행을 갈 예정이었는데, 물건이 없어서 일정을 앞당겨야 할 것 같네요."

캐럴이 루크를 바라보았다. 그는 망설이는 듯하다가 입을 열었다. "혹시 저희가 프랑스에 가면 거기서 같이 쇼핑을 할 수 있는지 궁금해서요."

캐럴이 덧붙였다. "저희는 프로방스를 아주 좋아해요. 사장님 같은 분과 함께라면 아주 신나게 골동품을 찾아내서 살 수 있을 것 같은데요."

루크가 말했다. "저희는 아이도 없고 여행을 좋아해요. 특히 프랑스를 아주 좋아하죠. 그리고 골동품도 아주 좋아하고요. 사실 저희는 실내 장식을 도와줄 새로운 디자이너도 찾고 있어요."

노엘이 말했다. "글쎄요, 저야 이쪽 업계 사람들을 많이 알고 있긴 하지만. 언제 프랑스에 가고 싶으신데요?"

매시 부부는 서로의 바쁜 일정을 기억해 내려 애쓰듯 마주 보았다. 루크가 말했다. "2주 후에는 사업차 런던에 가야 합니다. 그 이후에나 프로방스에서 만날 수 있겠네요."

"너무 이른가요?" 캐럴이 물었다.

노엘은 잠시 고민한 뒤 말했다. "가능할 거 같아요. 저는 한 해에도 여러 번 프랑스에 가기 때문에 아예 아비뇽에 아파트를 하나 얻어 두고 있어요."

"멋지네요." 캐럴이 몹시 흥분하며 말했다. "멋진 여행이 되겠어요. 우리가 프로방스에서 손수 찾아낸 물건으로 가득 찬 집을 꾸며 볼 수 있겠군요."

루크가 와인 잔을 들어 올리며 말했다. "프랑스 남부에서의 골동품 사냥을 위하여."

3.

이틀 뒤 첫 번째 트럭이 와서 노엘의 가게에 있던 가구 대부분을 실어 갔다. 트럭은 카미노 아일랜드를 떠나 넓은 공간이 기다리고 있는 휴스턴의 한 창고로 향했다. 루크와 캐럴 부부는 그곳에 약 100제곱미터의 공간을 빌려 두고 있었다. 단, 창고 사용료 청구서의 종착지는 일레인 셸비의 책상이었다.

몇 달이 지나 작전이 완전히 종료되면 손해를 보든 이익을 보든 이 아름다운 골동품 가구들은 서서히 다시 시장에 나올 것이었다.

4.

저녁이 되자 머서는 해변으로 나갔다. 그녀는 물가를 따라 남쪽으로 천천히 걸었다. 도중에 같은 방향으로 네 집 건너 사는 넬슨 부

존 그리샴

부를 만나서 잠깐 수다를 떨었다. 그들이 키우는 잡종견이 그녀의 발목을 핥았다. 그 70대 부부는 아직도 서로의 손을 잡고 해변을 걸었다. 부부가 머서에게 어찌나 친절한지 도를 넘은 참견처럼 느껴질 정도였다. 그들은 머서가 현재 가지는 짧은 안식의 이유에 대해서도 진작에 캐내서 다 알고 있었다. "행복한 글쓰기 하세요." 넬슨 씨가 헤어지면서 말했다. 몇 분 뒤 머서는 북쪽으로 여덟 번째 떨어진 집에 사는 앨더먼 부인을 만났다. 그녀는 똑같이 생긴 푸들 두 마리와 산책 중이었다. 앨더먼 부인은 사람들과 어울리고 싶어서 늘 안달이 나 있었다. 머서는 그녀처럼 안달이 날 만큼 다른 사람들과 어울리고 싶은 마음은 아니었지만, 할 수 있는 한 이웃들과 좋은 관계를 유지하며 잘 지내려고 노력했다.

부두에 가까워지자 그녀는 물가를 벗어나 판자가 깔린 산책로 쪽으로 향했다. 일레인이 이곳에서 그녀를 다시 만나고 싶어 했기 때문이다. 그녀는 작전을 진행하는 동안 세를 낸 집 앞 작은 파티오에서 머서를 기다리고 있었다. 머서는 전에도 그곳을 한차례 방문한 적이 있었다. 그때는 집에 일레인만 있었다. 어떤 사람이 머서와 같이 감시 활동에 참여하는 건지, 아니면 누가 머서의 뒤를 밟기라도 하는 건지 그녀는 그 무엇도 알지 못하는 상황이었다. 일레인은 이런 문제에 관한 질문을 받으면 항상 두루뭉술하게 답했다.

두 사람은 함께 주방으로 들어섰다. 일레인이 물었다. "마실 것 좀 줄까요?"

"물이면 돼요."

"저녁은 먹었어요?"

"아니요."

"피자나 초밥, 중국 음식 정도는 시킬 수 있어요. 뭐로 할래요?"

"배가 별로 안 고파요."

"저도 배는 안 고파요. 여기 앉죠." 일레인은 주방과 안쪽 방 사이에 놓인 작은 조식 테이블을 가리키며 말했다. 그녀는 냉장고를 열어 물을 두 병 꺼냈다. 머서는 앉아서 실내를 둘러보았다. "여기서 묵어요?" 그녀가 물었다.

"네. 이틀 밤 동안요." 일레인이 머서의 맞은편에 앉았다.

"혼자서요?"

"네. 오늘 기준으로 이 섬에 나 말고는 아무도 없어요. 우리는 상황에 따라 오가고 있어요."

머서는 '우리'라는 게 어떤 의미인지 물어볼까 싶었지만 그냥 넘어가기로 했다.

일레인이 말했다. "그러니까 노엘의 가게를 방문했다, 이거죠?" 머서가 고개를 끄덕였다. 그녀는 매일 밤 보내는 이메일 보고서를 의도적으로 모호하게 작성했다.

"말해 봐요. 가게 내부가 어땠어요?"

머서는 일레인에게 매장 내부가 어땠는지 위층과 아래층으로 나누어 최대한 상세하게 설명했다. 일레인은 조심스럽게 들을 뿐 따로 기록은 하지 않았다. 이미 가게에 관해 많이 알고 있는 게 틀림없었다.

"지하실이 있던가요?" 일레인이 물었다.

"네. 지나가는 말로 언급하더라고요. 작업 공방이 지하에 있다고
요. 근데 딱히 보여 주고 싶어 하진 않았어요."

"노엘은 작가 책상은 팔지 않았어요. 우리 쪽 사람이 사겠다고
하니까 판매용이 아니라고 했다더군요. 책상은 조만간 당신이 사
게 될 거예요. 노엘한테 그 책상의 칠을 새로 하고 싶다고 말해 봐
요. 혹시 노엘이 지하 공방에서 칠 작업을 한다면, 새로 칠할 색을
미리 보고 싶다고 하면 돼요. 우린 지하실을 확인해야 해요. 서점
과 이어져 있으니까요."

"책상을 사려던 사람들은 누구예요?"

"말했잖아요. 우리 쪽 사람이라고. 우린 한편이에요, 머서. 당신
은 혼자가 아니에요."

"왜 이런 이야기가 곱게 들리지 않을까요?"

"당신을 감시하진 않아요. 여러 번 말했지만 우리는 왔다 갔다
하면서 작업에 임해요."

"알겠어요. 노엘의 지하실에 들어갔다고 쳐요. 그다음에는요?"

"그냥 봐요. 살펴보는 거예요. 잘 봐 두는 거죠. 운 좋으면 거기서
서점으로 통하는 출입구를 발견할 수도 있고요."

"그건 불가능할 거 같은데."

"저도 같은 생각이에요. 하지만 알아낼 수 있는 건 최대한 알아
내야 해요. 벽이 콘크리트인지 벽돌인지 나무인지 등등. 실제로 들
어가 볼 수도 있으니까. 밤 시간이 더 나을지도 모르고. 가게 내 감
시 카메라의 상태는 어떻던가요?"

"카메라는 두 대였어요. 하나는 출입문을 비추고 있고, 다른 건

안에 위치한 작은 주방 쪽에 있었어요. 더 있을 수도 있지만 제가 찾아낸 건 거기까지예요. 2층에는 없었어요. 이미 알고 있을 것 같지만."

"맞아요. 하지만 이쪽 업계에서는 모든 걸 삼중으로 확인하죠. 우리는 끊임없이 정보를 수집해요. 출입문 잠금장치는 어떻죠?"

"열쇠로 여는 구식 자물쇠예요. 요즘 쓰는 신형이 아니라요."

"뒷문이 있던가요?"

"아니요. 하지만 안쪽 끝까지 가 보진 못했어요. 안쪽에 공간이 더 있는 것 같았는데."

"동쪽으로는 서점이 붙어 있죠. 서쪽은 부동산 사무실이 있고. 혹시 어느 쪽으로든 연결된 문이 있던가요?"

"못 봤어요."

"잘했어요. 당신이 여기 온 지 벌써 3주가 지났어요, 머서. 당신은 의심을 사지 않고 이곳에 잘 녹아들면서 훌륭하게 일을 해내고 있어요. 필요한 사람들과 접선했고, 봐야 하는 것도 다 봤고. 우린 당신의 결과물에 아주 만족하고 있어요. 다만 다른 상황이 더 필요해요."

"이미 작전을 세워 두셨겠죠."

"네." 일레인은 소파로 걸어가더니 책 세 권을 가져와 테이블 중앙에 놓았다. "이야기를 하나 꾸몄어요. 당신 할머니는 1985년 멤피스를 떠나 여기로 이주했어요. 우리가 알기로 그분은 유산을 세 자녀에게 똑같이 나누어 주었어요. 다만 당신의 대학 등록금을 위한 현금 2만 달러는 별도로 남겨 두셨죠. 할머니에게는 손주가 여섯 명 더 있어요. 당신 언니 코니, 캘리포니아로 간 홀스테드 외삼촌네 자녀들, 그리고 제인의 외동딸 세라가 있죠. 특별히 지정된 유산을 받은 사람은 당신이 유일해요."

"할머니가 진정으로 사랑한 사람은 저뿐이었으니까요."

"내 말이. 새로운 상황은 이런 식으로 흘러갈 거예요. 할머니가 돌아가신 뒤 당신과 코니는 할머니가 남긴 개인적인 물건을 챙겼어요. 작은 것들이라 유서에는 언급되지 않았고, 그래서 두 사람은 그냥 나누어 갖기로 했어요. 옷 몇 벌, 오래된 사진 몇 장, 비싸지 않은 그림 몇 점도 포함될 수 있겠죠. 상세한 내용은 원하는 대로 바꿔도 돼요. 이 과정에서 당신은 책 상자를 하나 소유하게 됐는데, 대부분 할머니가 오랜 세월 당신을 위해 구입한 아동 도서였어요. 그런데 상자 바닥에 이 세 권의 책이 있었어요. 모두 멤피스의 공공 도서관에서 대출한 초판본이었죠. 1985년에 할머니가 직접 빌린 것들이에요. 당신 할머니가 여기로 이사 올 때 알고 그랬건 실수로 그랬건 아무튼 책을 반납하지 않고 가져온 거예요. 30년이 지난 뒤 그 책들이 당신 손에 들어온 거죠."

"비싼 것들인가요?"

"그렇기도 하고 아니기도 해요. 맨 위 책을 봐요."

머서는 책을 집었다. 제임스 리 버크의 《죄수》였다. 보존 상태가 완벽했다. 표지 커버도 원래 그대로였고 두꺼운 비닐로 싸여 있었다. 머서는 책을 펼쳐서 서지 정보를 확인했다. '초판'이라는 글자가 보였다.

일레인이 말했다. "혹시 아는지 모르겠는데, 이건 버크의 단편집이에요. 1985년에 많은 주목을 받았어요. 비평가들 평이 아주 좋았고 잘 팔렸죠."

"얼마예요?"

"우린 이 책을 지난주에 5천 달러에 샀어요. 초판본의 수가 적어서 많이 남아 있지 않아요. 표지 커버 뒤쪽에 보면 바코드가 붙어 있는데, 멤피스 도서관이 1985년에 사용하던 바코드예요. 이 책이 지금까지 시장에 등장하지 않았던 이유도 이 때문인 거죠. 물론 바코드는 우리가 만들어 붙인 거예요. 케이블이라면 이쪽 업계에서 바코드 스티커를 깔끔하게 제거할 수 있는 사람을 찾아낼 거예요. 그에게는 어렵지 않은 일이니까."

"5천 달러라고요." 머서는 골드바라도 들고 있는 것마냥 황당한 얼굴로 중얼거렸다.

"네. 시장에서 평판이 좋은 거래상에게서 샀어요. 이 책 이야기를 케이블에게 해요. 단, 이야기만 들려주고 책은 보여 주지 말아요. 적어도 처음에는요. 당신은 이 책을 어떻게 해야 할지 모르는 상태예요. 할머니가 갖고 있던 책인 건 분명하지만 할머니에게 법적 권리가 없었죠. 유산과 별도로 이제는 당신 소유가 됐으나 당신 역시 이 책에 대한 법적 권리가 없죠. 그렇지만 이 책이 아무리 멤피스 도서관의 소유라 하더라도 30년이나 지났잖아요. 누가 신경이나 쓰겠어요? 게다가 당신은 재정 상태가 좋지 않고."

"할머니를 도둑으로 모는 거예요?"

"꾸며 낸 이야기예요, 머서."

"돌아가신 할머니의 명예를 해치고 싶지는 않네요."

"'돌아가신 분'이라는 게 중요하죠. 할머니는 11년 전에 돌아가셨고 그분은 아무것도 훔치지 않았어요. 당신의 가짜 이야기를 들을 사람은 오직 케이블뿐이에요."

머서는 천천히 두 번째 책을 들어 올렸다. 1985년에 랜덤하우스에서 출판한 코맥 매카시의 《핏빛 자오선》 초판본이었다. 표지 커버가 반짝거렸다. "이건 얼마나 하죠?" 그녀가 물었다.

"2주 전에 4천 달러 줬어요."

머서는 책을 내려놓고 세 번째 책을 집었다. 마찬가지로 1985년에 사이먼 앤드 슈스터에서 출판한 래리 맥머트리의 《머나먼 대서부》였다. 손때가 꽤 묻어 있었지만 표지 커버만큼은 제 모습을 유지하고 있었다.

"이 책은 조금 달라요." 일레인이 말했다. "사이먼 앤드 슈스터는 이 책이 잘 팔릴 걸로 예상해서 초판을 4만 부가량 찍었다고 해요. 때문에 이 초판본을 가진 수집가가 아주 많고, 당연히 책의 가치도 떨어지겠죠. 우린 500달러에 이 책을 산 다음 책값보다 두 배 더 비싼 새 커버를 입혔어요."

"표지 커버가 가짜라는 건가요?" 머서가 물었다.

"네. 이쪽 업계에서는 비일비재해요. 적어도 사기꾼들은 많이들 그렇게 해요. 완벽하게 위조한 표지 커버는 책의 가치를 어마어마하게 올려 주거든요. 우리가 뛰어난 위조 기술자를 찾아냈어요."

머서는 다시 한번 '우리'라는 단어에 방점을 찍었다. 머서는 생각보다 거대한 작전의 규모에 놀랐다. 그녀는 책을 내려놓고 물을 들이켰다.

"계획대로라면 제가 케이블한테 이 책들을 파는 거죠? 근데 위조된 물건을 파는 게 좀 내키지 않는데요."

"계획대로라면 당신은 이 책들을 이용해서 케이블에게 접근하는 거예요. 단순히 책에 관해 슬쩍 말만 흘리는 거죠. 책들을 어떻게 해야 할지 당신이 어떻게 알겠어요. 게다가 당신은 책의 실소유자가 아니니 판매 행위가 도덕적으로 잘못됐을 수도 있고요. 일단 그에게 한두 권 보여 주고 반응을 살피자고요. 어쩌면 그 사람이 당신에게 지하실이든 수장고든 어딘가 숨겨 둔 수집품을 보여 줄 수도 있어요. 대화가 어떤 방향으로 흘러갈지는 아무도 몰라요. 머서, 우리가 필요한 건 당신이 그의 세상 속으로 침투하는 거예요. 그가《죄수》나《핏빛 자오선》을 사겠다고 덤벼들 수도 있고, 그의 수집품 목록에 같은 책들이 이미 있을 수도 있고요. 우리가 그 사람을 제대로 속이기만 하면 그는 이 책들이 엄밀히 말해 적법하지 않은 걸 알면서도 사고 싶어 할 거라고요. 그가 당신과 이야기할 때 얼마나 정직한지 시험해 봐요. 우린 책값을 알잖아요. 그가 값을 후려쳐서 책을 사려고 할까요? 모르는 일이죠. 하지만 돈은 중요하지 않아요. 여기서 중요한 건 뒤가 구린 그의 사업에 우리도 그 일부가 되는 거예요."

"썩 내키지는 않네요."

"아무에게도 해가 되지 않아요, 머서. 전부 꾸며 낸 얘기잖아요. 우리는 법의 테두리 안에서 이 책들을 구매했어요. 만일 케이블이 이 책들을 사 가면 우린 우리 돈을 돌려받게 돼요. 그러고 나서 그가 책을 되팔면 그는 자기 돈을 돌려받게 되겠죠. 이 계획은 잘못된 것도 비도덕적인 것도 아니에요."

"좋아요. 하지만 상대가 절 믿게 할 수 있을지 잘 모르겠어요."

"할 수 있어요, 머서. 당신은 이미 꾸며 낸 이야기 속에서 살고 있어요. 좀 더 추가만 하면 돼요."

"요새는 이야기가 잘 안 만들어지더라고요."

"그건 유감이네요."

머서는 어깨를 으쓱해 보이고 물을 한 모금 마셨다. 멍하니 책들을 바라보는데 벌어질 수 있을 만한 온갖 상황이 머릿속을 스쳐 지나갔다. 한참 만에 그녀가 물었다. "잘못될 가능성은 없나요?"

"혹시 케이블이 멤피스 도서관에 연락해서 알아볼 수도 있죠. 하지만 시스템이 복잡해서 뭘 알아내긴 힘들 거예요. 30년이란 세월이 흘렀잖아요. 모든 게 변했다고요. 도서관에는 단순히 반납을 하지 않아서 사라지는 책이 1년에만 천 권이에요. 그리고 일반적인 도서관들은 잃어버린 책을 일일이 찾아다니지도 않아요. 알다시피 당신 할머니는 책을 아주 많이 빌렸잖아요."

"네. 할머니랑 매주 도서관에 갔으니."

"아귀가 딱 들어맞잖아요. 케이블은 거짓말인지 절대 알아낼 수 없을 거예요."

머서는 《머나먼 대서부》를 들고 물었다. "혹시 이 책 표지 커버가 가짜라는 걸 그 사람이 눈치채면요?"

"우리도 그 생각을 안 해 본 건 아니라서 그 책을 사용할지 아직 확신이 서지 않아요. 지난주에 경력이 많은 거래상 두 명에게 책을 보여 줬는데, 두 사람 모두 책을 살펴보고도 위조 여부를 알아차리지 못했어요. 하지만 당신 말이 맞아요. 불필요한 위험을 감수할 이유는 없죠. 일단 다른 책 두 권으로 시작하되 그가 좀 기다리게 해요. 당신은 어떻게 하는 것이 옳고 공정한지 고민하면서 시간을 끄는 거예요. 당신이 도덕적 딜레마에 빠졌을 때 그 사람이 어떤 식으로 조언하는지 보자고요."

머서는 캔버스 백에 책을 넣고 해변으로 돌아왔다. 바다는 잔잔하고 파도는 낮게 일었다. 보름달이 모래밭을 비추었다. 걷는데 누군가의 목소리가 조금씩 크게 들리기 시작했다. 왼쪽으로 보이는 모래 언덕 앞에 젊은 연인이 비치 타월을 깔고 앉아 신나게 장난을 치고 있었다. 속삭이는 밀어 사이사이로 한숨과 에로틱한 즐거움의 신음이 간간이 섞여 들렸다. 그녀는 하마터면 그 자리에 멈추어 서서 그들의 행위가 마지막 능선을 넘어 모든 걸 쏟아 낼 때까지 지켜볼 뻔했다. 간신히 마음을 다잡고 느릿느릿 움직이면서 가능한 한 많은 소리를 귀에 담았다.

그녀는 부러움에 불타올랐다. 내가 얼마나 오래 안 했지?

5.

두 번째 소설은 3장까지 고작 5천 단어에 불과했다. 설상가상으로 그다음부터는 갑자기 진도마저 나가지 않았다. 머서는 이미 주인공들에게 지쳤고 줄거리도 지겨워졌다. 절망에 빠지고 풀이 죽은 머서는 스스로에게, 그리고 전체 과정에 화가 났다. 그녀는 점점 개수가 늘어나는 수영복 가운데 노출이 가장 심한 비키니를 입고

존 그리삼

해변으로 나갔다. 오전 10시밖에 되지 않은 시간이었지만, 한낮의 태양을 피하는 그녀 나름의 방법이었다. 정오부터 5시 정도까지는 물속이든 아니든 밖에 나가 있기에 너무 더웠다. 피부는 충분히 태웠고 이제는 지나치게 햇빛에 노출되는 게 아닌지 걱정스러울 정도였다. 무엇보다 10시는 그녀와 비슷한 또래인 듯한 남자가 러닝을 하러 오는 시간이기도 했다. 그는 맨발로 물가를 뛰었다. 그가 달릴 때마다 크고 마른 몸이 땀으로 번들거리며 빛나곤 했다. 배에 군살이 전혀 없고 팔과 종아리 근육이 완벽한 걸 보면 분명히 운동을 하는 사람인 것 같았다. 남자는 물 흐르듯 편안하게 달렸다. 머서 생각에, 남자는 그녀가 눈에 보이면 속도를 살짝 늦추는 듯싶었다. 지난주만 해도 두 사람은 최소 두 번은 눈이 마주쳤었다. 머서는 이쯤이면 첫인사를 건네도 되겠다는 판단을 내렸다.

그녀는 파라솔과 접이식 의자를 세팅하고 몸에 선크림을 바르면서 남쪽에서 보이는 모든 움직임을 예의 주시했다. 남자는 늘 남쪽의 리츠칼튼 호텔과 고급 콘도가 있는 방향에서 왔다. 그녀는 비치 타월을 깔고는 그 위에 몸을 쭉 뻗고 누웠다. 그런 다음 선글라스와 밀짚모자를 쓰고 남자를 기다렸다. 여느 평일과 마찬가지로 해변에는 아무도 보이지 않았다. 그녀의 계획은 이랬다. 멀리서 남자가 나타나면 아무렇지 않은 척 바다로 걸어가면서 그와 엇갈리듯 만난다. 정이 넘치는 이곳 해변에서 모두가 그러하듯 무심하게 "좋은 아침이네요."라고 안부를 건넨다. 그녀는 모래밭을 짚은 팔꿈치에 몸을 기대고 남자를 기다리면서 스스로를 흔해 빠진 실패 작가로 치부하지 않으려 애썼다. 조금 전 지워 버린 5천 단어의 글은 그녀가 지금까지 쓴 글을 통틀어 가장 최악이었다.

남자는 적어도 열흘 전부터 이곳에 나타났었다. 호텔 투숙 기간 치고는 꽤 긴 편이었다. 어쩌면 한 달 동안 콘도를 빌려 머무는 것일 수도 있었다.

이제 그녀는 무슨 이야기를 써야 할지 아무 생각도 나지 않았다.

남자는 늘 혼자였지만 결혼반지를 꼈는지 확인해 볼 수 있을 정도로 가까이서 그를 본 적은 없었다.

5년 동안 설득력 없는 인물, 투박한 문장, 마음에 들지 않는 끔찍한 아이디어에 시달린 머서는 다시 소설을 써낼 수 없을 것 같다는 생각을 하고 있었다.

휴대 전화가 울렸다. 수화기 너머에서 브루스가 운을 띄웠다. "천재 작가의 작업을 방해하는 게 아니었으면 좋겠군요."

그녀가 말했다. "전혀요." 사실 전 올누드나 다름없이 해변에 누워서 잘 알지도 못하는 남자를 유혹하고 있어요, 하고 생각하면서 그녀는 덧붙였다. "잠깐 쉬고 있어요."

"좋은데요. 저기, 오늘 오후에 사인회가 있는데 사람이 너무 없을까 봐 걱정돼서요. 이번에 그저 그런 첫 소설을 낸 안 유명한 남자 작가예요."

'그 사람 어떻게 생겼어요? 나이는 얼마나 먹었죠? 게이는 아닌가요?'와 같은 질문들을 뒤로한 채 그녀가 대꾸했다. "이렇게 책을 파시는군요. 작가들을 불러 모아서 위기를 탈출하는 식으로 말이에요."

"들켰네요. 참, 노엘이 우리 집에서 있을 저녁 파티의 막바지 준비를 하고 있어요. 오늘 사인회의 주인공을 위해서 여는 파티예요. 우리 부부랑 당신, 그 작가, 그리고 마이라와 리만 모일 거예요. 어때요? 재밌을 거 같지 않아요?"

"잠깐 일정 좀 확인해 볼게요. 아, 네. 괜찮네요. 시간은요?"

"6시요. 그다음에 저녁 식사를 할 거예요."

"편하게 입고 가도 돼요?"

"농담해요? 여긴 해변이에요. 아무거나 입어도 돼요. 맨발로 와도 상관없어요."

11시가 되자 해가 모래를 달구었고 산들바람은 다른 곳으로 옮겨 갔다. 조깅을 하기에는 누가 보아도 너무 더운 날씨였다.

6.

작가의 이름은 랜들 잘린스키였다. 인터넷으로 잠깐 검색해 보았으나 딱히 건질 만한 게 없었다. 짤막한 그의 경력은 의도적인 게 아닌가 싶을 정도로 모호했는데, 그건 그가 '어두운 스파이 세계'에서 일했고 그런 과거가 그에게 온갖 테러리즘과 사이버 범죄에 관한 흔치 않은 통찰력을 선사했다는 인상을 주기 위해서였다. 그의 소설은 미국, 러시아, 중국 사이에 벌어지는 미래 시점의 대결을 그린 것이었다. 두 개의 문단으로 된 줄거리는 터무니없이 과장되어 있었고 지루하기 짝이 없었다. 마구 보정한 티가 나는 사진 속 작가는 40대 초반의 백인 남성이었다. 부인이나 가족에 관한 내용은 언급되어 있지 않았다. 그는 미시간에 거주하며 그곳에서 새 소설을 집필 중이라고 했다.

그의 사인회는 머서가 베이 북스에서 참석하는 세 번째 사인회가 될 터였다. 앞선 두 번의 사인회는 7년 전에 그녀가 취소했던 도서 홍보 투어의 고통스러운 기억을 되살려 냈고, 그녀는 웬만하면 사인회를 피하거나 최소한 피하는 노력이라도 해 보기로 맹세했다. 그러나 사인회 불참까지는 힘들 수도 있었다. 사인회는 그녀가 서점에 들락거리는 데 아주 좋은 핑계가 되었기에 그녀는 사인회에 참석해야 할 필요가 있었고 일레인 역시 사인회 참석을 강력히 주문했다. 게다가 브루스에게 너무 바빠서 홍보 투어 중인 작가들을 도울 수 없다고 말하는 건 불가능에 가까웠다. 특히 그가 개인적으로 연락해 초대할 때는 더욱 그랬다.

마이라가 옳았다. 서점에는 충성스러운 고객이 많았고, 브루스 케이블은 청중을 동원하는 수완이 좋았다. 머서가 도착했을 때 서점에는 충실한 지지자 40여 명이 위층 카페 주변에서 서성거리고 있었다. 행사를 위해 테이블과 책장을 한쪽으로 밀어 넓은 공간을 만든 모양이었다. 그곳에 작은 연단이 설치되어 있고 주위에 의자들이 되는 대로 놓여 있었다.

6시가 되자 사람들은 의자에 자리를 잡고 앉아 수다를 떨기 시작했다. 대부분 플라스틱 컵에 담긴 싸구려 와인을 마시고 있었다. 그곳의 모두가 느긋하고 행복한 시간을 보내는 것 같았다. 마이라와 리는 연단 바로 앞에 있는 맨 앞줄 자리를 차지했다. 그들은 가장 좋은 자리가 그들을 위한 예약석인 것처럼 굴었다. 마이라는 웃으면서 한꺼번에 세 사람과 이야기하고 있었다. 리는 조용히 그녀 옆에 앉아 적절한 타이밍에 낄낄거리기만 했다. 머서는 그 옆에서 마치 그곳에 속하지 않는 사람인 양 책장에 몸을 기대고 섰다. 모인 사람들은 머리가 세고 은퇴한 이들이었다. 그녀는 그곳에서 가장 젊은 축에 속했다. 책을 사랑하는 사람들이 단체로 모여 신진 작가와 함께 즐겼다. 분위기는 따뜻하고 아늑했다.

머서는 부러운 마음을 부인할 수 없었다. 그녀도 빌어먹을 책을 끝냈다면 홍보 투어를 다니면서 팬들과 만날 수 있었다. 그녀는 너무 짧게 끝나 버린 자신의 도서 홍보 투어를 떠올렸다. 베이북스 같은 서점들, 그리고 브루스 케이블처럼 팬들을 유지하기 위해 열심히 노력하는 보기 드문 서점 주인들에게 새삼 고마운 마음이 들었다.

케이블이 연단에 올라서서 환영 인사를 하고는 극찬과 후한 점수를 담아 랜디 잘린스키를 소개했다. 그가 '정보업계'에서 일한 경력은 그에게 곳곳에 숨은, 보이지 않는 위험에 대한 보기 드문 통찰력을 주었다고 했다. 이후로도 이런 식의 소개가 이어졌다.

잘린스키는 작가라기보다는 스파이처럼 생겼다. 보통 작가들은 바랜 청바지에 구겨진 재킷을 입지만 그는 어두운 색 고급 정장에 하얀 셔츠를 입되 넥타이는 매지 않은 모습이었다. 햇볕에 탄 잘생긴 얼굴에 수염 자국은 전혀 보이지 않았다. 그리고 결혼반지도 끼지 않았다. 그는 즉석에서 미래의 사이버 전쟁이라든가, 미국이 러시아나 중국 같은 적국보다 훨씬 뒤처져 있다든가, 하는 무시무시한 이야기를 장장 30분 동안이나 들려주었다. 머서는 저녁식사를 하면서도 같은 이야기를 듣게 되지는 않을지 벌써부터 걱정되었다.

그는 혼자 홍보 투어를 다니는 것 같았고, 머서의 눈에 꽤 괜찮은 사람처럼 보였다. 하지만 아쉽게도 하룻밤만 이곳에서 머물다 떠난다고 했다. 그녀는 브루스가 젊은 여성 작가에게 수작을 걸듯 노엘도 남자 작가에게 똑같은 짓을 한다는 걸 머리에 떠올렸다. 그들이 사는 저택의 타워에 있는 작가의 방은 이른바 하룻밤 놀다 가는 곳이라고 했다. 하지만 머서가 그들 부부를 직접 만나고 보니 그런 소문을 있는 그대로 믿기가 어려웠다.

잘린스키가 말을 마치자 모인 사람들이 박수를 보냈다. 그러고는 책이 쌓인 테이블 앞에 줄을 서기 시작했다. 머서는 책을 사지 않을 수 있었으면, 하고 바랐다. 물론 읽고 싶은 생각도 없었다. 그렇지만 달리 방법이 없었다. 그녀는 절망한 채 테이블에 앉아 누구라도 책을 한 권 사 주길 기다리던 기억을 떠올렸다. 게다가 그녀는 앞으로 3시간을 더 이 작가와 보내야 하는 처지였다. 의무감을 느낀 그녀는 참을성 있게 줄을 서서 앞으로 움직였다. 마이라가 그녀를 보더니 말을 걸어 왔다. 마이라와 머서는 잘린스키에게 자신들을 소개한 다음 그가 책에 사인하는 모습을 지켜보았다.

계단을 내려오면서 마이라가 혼잣말치고는 지나치게 큰 목소리로 중얼거렸다. "30달러 버렸네. 한 글자도 읽지 않을 건데."

머서가 깔깔대며 대꾸했다. "저도요. 그래도 최소한 서점 사장님은 기쁘게 해 드렸잖아요."

출입구 앞 카운터에서 브루스가 두 사람에게 속삭였다. "노엘은 집에 있어요. 먼저 가 있는 게 어때요?"

머서, 마이라, 리는 서점을 나와 네 블록을 걸어 마치뱅크스 저택으로 향했다. "벌써 그 집에 가 본 거예요?" 마이라가 물었다.

"아니요. 책으로만 봤어요."

"아하, 직접 보면 더 끝내줄 거예요. 노엘 같은 완벽한 파티 주최자는 없거든."

7.

두 사람의 집은 노엘의 가게와 많이 닮아 있었다. 집은 소박한 유럽 시골 감성의 가구로 가득 차 있고 인테리어도 고급스러웠다. 노엘은 간단히 아래층을 구경시켜 준 다음 오븐의 상태를 확인하기 위해 서둘러 주방으로 돌아갔다. 마이라, 리, 머서는 음료를 들고 뒤쪽 베란다로 나가, 덜덜 떨면서 돌아가는 선풍기 바로 아래의 시원한 자리를 찾았다. 밤공기가 끈적거렸다. 노엘이 저녁 식사는 실내에서 먹을 거라고 미리 알려 주었다.

브루스가 홀로 집으로 돌아오면서 저녁 식사는 예상과 다르게 흘러갔다. 브루스 말로는 잘린스키가 편두통이 심하고 발작까지 일어났다고 했다. 랜디는 사과의 말을 전하며 호텔 방에 가서 좀 누워야겠다고 했단다. 브루스가 음료를 따른 잔을 들고 합류하자마자 마이라가 말했다. "30달러 환불받아야겠는데요." 그녀의 말은 농담인지 아닌지 명확하지 않았다. "총으로 위협한다고 해도 읽지 않을 책이거든요."

"말 조심해요." 브루스가 말했다. "만일 우리 서점이 환불을 받아

줬더라면 당신은 지금 내게 큰 빚을 지고 있었을 테니까."

"산 책은 환불이 안 되나 봐요?" 머서가 물었다.

"네."

마이라가 말했다. "이런, 어쩔 수 없이 책을 사게 하려면 제발 좀 괜찮은 작가를 서점에 데려와요."

브루스가 웃으며 머서를 바라보았다. "우린 이런 식의 대화를 1년에 최소 세 번은 해요. 쓰레기 같은 작품의 여왕이신 마이라가 대부분의 상업 작가들을 못마땅하게 여기셔서요."

"그건 아니죠." 마이라가 맞받아쳤다. "난 그저 스파이나 군대와 관련한 엉터리 얘기가 싫은 거예요. 난 그 책에 손도 대지 않을 거고 그런 책이 내 집을 채우는 걸 원하지 않아요. 20달러만 받을 테니 서점에서 다시 사 주세요."

"이런, 마이라." 리가 말했다. "당신은 집에 어수선하게 책이 많은 게 좋다고 입버릇처럼 얘기했잖아."

노엘이 와인 잔을 들고 베란다로 나와 합류했다. 그녀는 잘린스키의 상태를 걱정하면서 혹시 의사 친구를 보내 주어야 하는 건 아닌지 물었다. 브루스는 괜찮다면서 잘린스키는 강인한 남자라 스스로를 돌볼 수 있다고 했다. "그냥 내 생각인데, 그 친구 대단히 따분한 사람 같더군."

"책 내용은 어때요?" 머서가 물었다.

"대충 건너뛰며 읽었어요. 기술적인 내용이 너무 많아요. 꼭 작가가 기술, 장비, 다크 웹에 관해 얼마나 아는지 자랑하려는 것 같았어요. 포기하려고 몇 번 손에서 놓기도 했고요."

"그렇다면 더욱더 읽지 말아야겠군." 마이라가 웃으며 말했다. "솔직히 난 그 사람과의 저녁 자리도 전혀 기대 안 했어요."

리가 몸을 기울이더니 머서를 바라보았다. "알겠죠? 왜 여기 사람들하고 사이가 나빠지면 안 되는지."

노엘이 말했다. "자, 저녁이 다 됐어요. 식사합시다."

베란다와 주방 사이의 넓은 안쪽 공간에 노엘이 장식한 저녁 식탁이 차려져 있었다. 어두운 색 원목의 원형 테이블이 유독 현대적으로 보였다. 테이블을 제외한 나머지는 전부 오래된 것들이었다. 나무를 깎아 다리를 만든 의자, 고급 프랑스제 커틀러리, 대형 도기 그릇 역시 그녀의 가게에 있는 물건들처럼 그녀가 쓴 책 속에서 그대로 튀어나온 것 같았다. 어찌나 예쁜지 음식을 담는 게 황송할 정도였다.

모두가 자리를 잡고 잔을 채우자 머서가 말했다. "노엘, 아무래도 제가 그 작가 책상을 사야 할 것 같아요."

"아, 그 물건은 당신 거예요. 이미 판매 완료라고 적어 뒀어요. 사람들이 어찌나 그 책상을 탐을 내던지."

"돈을 구하려면 시간이 좀 걸리겠지만, 어쨌든 반드시 사야겠어요."

"그럼 지금 궁지에 몰린 글이 좀 풀릴 것 같아요?" 마이라가 물었다. "프랑스에서 온 골동품 책상에서 일하면?"

"제 글이 궁지에 몰렸다고 누가 그래요?" 머서가 물었다.

"아무리 궁리해도 쓸 이야기가 없다면서. 그걸 궁지에 몰렸다고 하지 않으면 뭐라고 해요?"

"'가뭄'이라고 하면 어때요?"

"브루스? 당신이 전문가잖아요."

브루스는 커다란 샐러드 접시를 들고 리가 샐러드를 덜어 내는 걸 돕고 있었다. 그가 말했다. "'궁지'가 어감이 세긴 하죠. 개인적으론 '가뭄'이라는 말이 더 나은 것 같아요. 하지만 내가 뭐라고요? 여러분이야말로 글로 먹고사는 사람들인데."

마이라는 별 이유도 없이 웃더니 불쑥 말했다. "리, 우리가 한 달에 책 세 권씩 썼던 때 기억나? 인세 잘 안 주던 더러운 출판사 사장놈 말이야. 우리 에이전트가 그 출판사에 책을 세 권 더 써 줘야 해서 다른 집으로 이사할 수 없다고 했잖아. 그래서 당신이랑 내가 최악의 줄거리 세 개를 쥐어짜 내고 웃기지도 않는 것들을 하루에 10시간씩 30일 내내 타자기를 두드려서 써냈지."

"근데 기가 막힌 줄거리 하나는 숨겨 두고 있었잖아." 리가 샐러드 접시를 넘기며 말했다.

마이라가 말했다. "맞아. 그랬지. 살짝 심각한 내용의 최고로 끝내주는 줄거리를 하나 갖고 있었거든요. 물론 그 멍청한 출판사에 그걸 던져 줄 생각은 추호도 없었어요. 우린 그자의 치사한 계약에서 벗어나야만 좀 더 좋은 집으로 옮길 수 있었어요. 우리의 엄청난 아이디어를 제대로 풀어내려면 멋진 집이 필요했어요. 실제로 그 집에서 끝내주는 작품을 쓰긴 했어요. 그런데 말이죠. 2년 뒤에 끔찍한 책 세 권은 여전히 미친 듯이 팔렸고 위대한 소설은 망해 버렸어요. 도무지 이해가 안 된다니까."

머서가 말했다. "저, 근데 책상 말이에요. 칠을 새로 하고 싶은

데."

"어떤 색으로 할지 한번 보죠." 노엘이 말했다. "지금 집에 완벽히 어울리게 해야죠."

"머서가 사는 집 가 봤어요?" 마이라가 짐짓 놀라는 척하며 물었다. "우린 아직 못 봤는데. 언제 집 좀 구경할 수 있어요?"

"조만간요." 머서가 말했다. "저녁 식사에 초대할게요."

"좋은 소식 전해 드려, 노엘." 브루스가 말했다.

"무슨 좋은 소식?"

"숨길 거 없잖아. 아니, 며칠 전 텍사스에서 온 갑부 부부가 노엘네 가게 물건을 싹쓸이했어요. 가게가 텅 비다시피 했다니까."

"책을 사 모으는 사람들이 아닌 게 아쉽네요." 리가 말했다.

"내가 작가 책상은 잘 감춰 뒀어요." 노엘이 머서에게 말했다.

"아무튼 노엘이 한 달 동안 가게를 닫고 급히 프랑스에 가서 새 가구를 찾아다니게 생겼어요."

노엘이 덧붙였다. "아주 좋은 분들이더라고요. 아는 것도 많고. 그분들과 프로방스에서 만나서 쇼핑을 더 하기로 했어요."

"와, 재밌겠네요." 머서가 말했다.

"나랑 같이 갈래요?" 노엘이 말했다.

"괜찮네." 마이라가 말했다. "그래야 쓰던 소설이 완전히 망하지."

"이런, 마이라." 리가 말했다.

"프로방스에 가 봤어요?" 노엘이 물었다.

"아니요. 하지만 늘 보고 싶던 곳이라서요. 얼마나 체류할 예정이에요?"

　노엘은 일정은 중요하지 않다는 듯 어깨를 으쓱했다. "한 달쯤 되겠죠." 그녀가 브루스에게 눈길을 주었고 두 사람 사이에 뭔가 오가는 게 보였다. 머서를 여행에 초대하는 일은 사전에 논의가 되지 않은 모양이었다.

　머서가 눈치껏 먼저 입을 열었다. "아니에요. 역시나 돈을 아껴서 작가 책상을 사는 게 낫겠어요."

　"잘 생각했어요." 마이라가 말했다. "여기 남아서 글을 쓰는 편이 나아요. 내 조언 따위 필요 없겠지만."

　"그건 그래." 리가 부드럽게 말했다.

　새우 리소토가 담긴 커다란 서빙용 볼과 빵 바구니가 테이블 위를 오갔다. 마이라가 몇 입 먹지도 않고 문젯거리를 찾아내기 시작했다. "이렇게 말해도 될지 모르겠지만 난 우리가 할 일을 해야 한다고 생각해요." 그녀는 입에 가득 든 음식을 씹으면서 말했다. "매우 이례적이고 나도 해 본 적은 없지만, 오히려 그렇기 때문에 당위성이 생기는 거예요. 말하자면 미지의 영역을 탐험하는 거죠. 우린 지금 당장 이 식탁에서 문학적 개입이란 걸 해야만 해요. 머서, 당신은 여기 온 지 한 달이나 됐지만 팔릴 만한 글을 한 단어도 쓰지 못했어요. 그리고 솔직히 말하면 당신이 소설의 진도가 안 나간다면서 투덜대고 넋두리하는 데 살짝 지쳤어요. 우리는 당신에게 쓸 만한 이야깃거리가 없다는 걸 잘 알고 있고, 당신이 지난 10년 동안 책을 전혀 못 내고……."

　"5년이에요."

"어쨌든. 당신에게 도움이 필요하다는 건 명백한 사실이라는 말을 하는 거예요. 그래서 내가 제안을 하나 하려고요. 우리가 당신의 새로운 친구 된 자격으로 당신이 이야깃거리를 찾아낼 수 있도록 개입하고 돕자는 거죠. 여기 앉아 있는 재능 부자들 좀 둘러봐요. 장담하건대 우리가 당신을 제대로 된 방향으로 이끌어 줄 수 있을 거예요."

머서가 말했다. "글쎄요, 최악의 상황이긴 해요."

"내 말이요." 마이라가 말했다. "그러니까 우리가 돕겠다는 거죠." 그녀는 맥주를 병나발로 마셨다. "자, 이 개입의 목적상 우리는 한계를 정해 둬야 해요. 가장 중요한 건 당신이 문학 소설을 쓸 것인지 정하는 거예요. 그러니까 당신이 도저히 포기할 수 없는 동시에, 브루스조차 도저히 팔 수 없는 유의 책을 쓸 건지 정하는 거죠. 아니면 뭔가 좀 더 인기를 끌 수 있는 쪽으로 써 보고 싶다? 내가 당신 소설을 읽어 봤는데 안 팔렸다는 사실이 눈곱만큼도 놀랍지 않더라고요. 미안해요. 하지만 이건 개입의 일환이니까 잔인하다 싶을 만큼 직설적일 수밖에 없어요. 이해하죠? 모두 직설적으로 말하자는 부분에 이의 없죠?"

"좋아요." 머서가 웃으며 말했다. 나머지 사람들도 고개를 끄덕였다. 다들 일단 재미는 있으니 들어나 보자는 태도였다.

마이라는 포크로 상추를 찍어서 입에 넣고는 계속했다. "당신은 아름다운 여성 작가잖아요. 근데 당신이 쓴 문장들을 읽으면 갑자기 멈칫하게 돼요. 이견이 있을 수 있지만 좋은 문장이라면 보통은 그렇지 않겠죠. 그래도 당신은 필력이 좋으니까 뭐든 써낼 수 있다고 생각해요. 그러니까 어느 쪽을 선택할래요? 문학 소설? 아니면 인기를 좇는 소설?"

"두 가지 모두는 안 되나요?" 브루스는 오가는 얘기를 진심으로 즐기면서 물었다.

"그건 극소수 작가들이나 가능한 얘기죠." 마이라가 대답했다. "대부분의 작가는 불가능해요." 그녀는 머서를 보더니 말했다. "이건 우리가 지난 10여 년 동안 논쟁을 거듭해 온 이야기예요. 나와 리가 처음 만난 날부터 말이죠. 어쨌든 당신이 비평가들에게 강한 인상을 주면서도 돈을 잔뜩 벌 수 있는 문학 소설은 쓸 수 없다고 가정하자고요. 그건 그렇고, 이런 얘기를 하는 건 당신이 부러워서가 아니에요. 난 이제 글을 쓰지 않고 커리어도 오래전에 끊겼으니까요. 리도 요새 뭐 하는지 잘 모르겠지만 책이 전혀 나오지 않고 있다는 사실 하나는 확실하답니다."

"이런, 마이라."

"그러니 리의 경력도 끝났다고 공언할 수 있으며, 고로 신경 쓰지 않아도 돼요. 우린 늙었고 돈이 많으니까 경쟁할 필요조차 없어요. 당신은 젊고 재능이 있으니 무엇을 쓸 것인지만 알아내면 핑크빛 미래를 손에 넣을 수 있어요. 우리가 개입하는 것도 이 때문이고. 우린 그저 당신을 돕기 위해 여기 모였어요. 참, 리소토 너무 맛있어요, 노엘."

"제가 무슨 말이라도 해야 하는 건가요?" 머서가 물었다.

"아니요. 이건 그냥 개입이에요. 당신은 거기 앉아서 우리가 당신을 두드려 패는 걸 듣기만 하면 돼요. 브루스, 당신이 먼저 해요.

머서가 어떤 얘기를 써야 할까요?"

"나라면 뭘 읽는지 질문하는 걸로 시작하겠습니다."

"랜디 잘린스키가 쓴 거면 뭐든 좋아요." 머서의 대답에 웃음이 터졌다.

"불쌍한 친구는 편두통으로 앓아누웠는데, 우리는 저녁 식사 자리에서 그런 사람의 뒷담화를 하고 있군요." 마이라가 말했다.

"신이여, 용서하소서." 리가 조용히 중얼거렸다.

브루스가 물었다. "최근 읽은 소설 세 권만 말해 봐요."

머서는 와인을 한 모금 마시고 잠시 생각했다. "크리스틴 해나의 《나이팅게일》이 아주 좋았어요. 아마 판매도 잘됐을걸요."

브루스가 동의했다. "네. 그랬죠. 소프트 커버로 다시 나왔고 여전히 잘 팔려요."

마이라가 말했다. "나도 그 소설 괜찮더라고요. 하지만 당신은 홀로코스트를 주제로 책을 써서 먹고살 수 없어요. 게다가 당신이 홀로코스트에 관해 뭘 알겠어요?"

"저도 같은 얘기를 써 보고 싶다는 의미로 언급한 건 아니에요. 그 작가는 주제가 다른 스무 개의 작품을 썼어요."

"문학 소설이라는 수준에 맞는지는 모르겠군요." 마이라가 말했다.

"문학 소설을 읽으면 알아볼 수는 있고?" 리가 씩 웃으며 물었다.

"방금 그 발언 되게 비열했던 거 알지, 리?"

"알고말고."

브루스가 다시 질문을 하며 중심을 잡았다. "아무튼, 나머지 두 소설은요?"

"앤 타일러의 《파란 실타래》라고, 제가 가장 좋아하는 소설이고요. 또 하나는 루이스 어드리크의 《라로즈》요."

"작가가 전부 여자네." 브루스가 말했다.

"네. 전 남자들이 쓴 책은 웬만하면 안 읽어요."

"흥미롭군요. 그리고 똑똑해요. 왜냐하면 모든 소설의 70퍼센트는 여자들이 사거든요."

"그리고 세 작품 모두 잘 팔리는 것들이죠?" 노엘이 물었다.

"아, 그럼." 브루스가 말했다. "아주 훌륭한 책이고 판매도 잘됐지."

"빙고." 머서가 말했다. "그렇게 하면 되겠군요."

브루스가 마이라를 보더니 말했다. "자, 해냈네요. 개입은 성공적이었어요."

"이렇게 빨리 끝낼 수야 없지. 살인 미스터리 소설은 어때요?" 마이라가 말했다.

"별로예요." 머서가 대답했다. "제 능력상 그런 쪽은 불가능해요. 단서를 떨어뜨리고 나중에 다시 회수할 수 있을 정도로 머리가 잘 돌아가지 않거든요."

"서스펜스? 스릴러?"

"별로요. 복잡하게 줄거리를 짜낼 수가 없어요."

"스파이 소설? 첩보물?"

"그러기엔 제 스타일이 너무 여성스럽지 않나 싶어요."

"호러?"

"농담해요? 어두워지면 전 제 그림자도 무서운데요."

"로맨스?"

"잘 모르는 주제라."

"포르노?"

"전 아직 처녀랍니다."

브루스가 덧붙였다. "포르노는 이제 안 팔려요. 인터넷에서 얼마든지 공짜로 얻을 수 있으니까."

마이라는 과장된 모습으로 한숨을 내쉬더니 말했다. "옛날이 좋았어. 20년 전이었다면 리랑 내가 아주 끝내주는 걸 썼을 텐데. SF? 판타지?"

"그런 쪽은 손대 본 적이 없어요."

"서부극?"

"말을 무서워하는데요."

"정치 음모는요?"

"정치인도 무서워요."

"이런, 이 정도면 됐어요. 내가 보기에 당신은 엉망이 돼 버린 가문에 관한 역사 소설을 쓸 수밖에 없는 사람이에요. 이제 쓰기만 하면 돼요. 뭐라도 진전이 있기를 기대할게요."

"내일 아침부터 당장 시작해 볼게요." 머서가 말했다. "그리고 고마워요."

"별말씀을요." 마이라가 말했다. "그리고 우리가 개입을 주제로 대화를 나누고 있으니 하는 말인데요. 앤디 애덤 본 사람 있어요? 내가 이 질문을 하는 이유는 말이죠. 며칠 전 식품점에서 그 친구의 전 애인을 만났거든요. 근데 그 친구가 요즘 앤디 애덤의 상태가 안 좋은 것 같다고 하더라고요."

"그냥 정신이 맑지 않다고 해 둡시다." 브루스가 말했다.

"우리가 도울 일은 없나요?"

"딱히 떠오르는 게 없어요. 앤디는 지금도 술에 취했을 테고, 정신을 차리겠다고 스스로 마음먹기 전까지는 쭉 그럴 거예요. 그 친구 출판사가 최근에 집필한 원고를 거절할 가능성이 있는데, 그렇게 되면 문제가 더욱 커지겠죠. 많이 우려스러운 상황이긴 해요."

머서는 브루스의 와인 잔을 주시하고 있었다. 일레인은 브루스가 과음을 한다고 여러 차례 언급했다. 하지만 머서는 아직 그런 장면을 포착하지 못했다. 마이라와 리의 집에서 저녁 파티를 했을 때도, 또 오늘 밤도 브루스는 와인을 홀짝홀짝 천천히 마시면서 완벽하게 스스로를 통제하고 있었다.

앤디 얘기를 마무리한 마이라는 다른 작가 친구들의 근황을 요약해서 들려주었다. 밥 코브는 아루바섬 근처를 배로 여행 중이다. 제이 아클루드는 캐나다에 있는 친구네 오두막에서 혼자만의 시간을 즐기는 중이다. 에이미 슬레이터는 아이들과 바쁜 나날을 보내는 중이다. 애 하나가 어린이 야구 놀이인 티볼에 빠져 있단다. 브루스는 눈에 띄게 말수가 줄었다. 그는 조심스럽게 주변 사람들 소문을 귀에 담기만 할 뿐 이렇다 할 대꾸는 전혀 하지 않았다.

노엘은 플로리다의 열기를 피해 한 달 동안 떠나 있을 수 있다는 게 즐거운 듯했다. 프로방스도 더운 건 매한가지이나 습도가 낮다고 했다. 저녁 식사가 끝나자 그녀는 머서에게 꼭 한 달이 아니

존 그리삼

라 일주일 정도만이라도 프로방스에 같이 가지 않겠느냐고 재차 물었다. 머서는 고맙지만 소설 작업에 집중해야 할 것 같다고 말했다. 게다가 형편이 넉넉지 않아 작가 책상을 사려면 돈을 모아야 한다고도 했다.

"그건 당신 거라니까요." 노엘이 말했다. "다른 사람한테 절대 안 팔 거예요."

9시경 마이라와 리가 걸어서 집으로 돌아갔다. 머서는 브루스와 노엘을 도와 뒷정리를 했고, 10시 전에 작별 인사를 할 수 있었다. 그녀가 떠날 때 브루스는 서재에서 커피를 마시며 책에 코를 박고 있었다.

8.

이틀 뒤 머서는 시내에 나가 그늘진 안마당이 있는 작은 카페에서 점심을 먹었다. 그러고 나서 메인 스트리트를 걷다가 노엘의 가게가 문이 닫혀 있는 걸 발견했다. 문에 손으로 쓴 안내문이 걸려 있었다. 가게 주인이 골동품 매입을 위해 프랑스에 갔다는 내용이었다. 작가 책상만이 가게 전면 쇼윈도에 잘 보이게 놓여 있을 뿐 매장은 텅 비어 있었다. 그녀는 바로 옆에 있는 서점으로 가서 브루스에게 인사를 건네고 위층 카페로 올라갔다. 커피를 한 잔 주문해 들고 3번가 위쪽으로 트여 있는 발코니로 나갔다. 예상했던 대로 브루스가 금세 올라와 다가왔다.

"무슨 일로 시내에 나왔어요?" 그가 물었다.

"심심해서요. 타자기 앞에 앉았는데 여전히 뭐가 안 나오네요."

"당신이 고민하던 문제를 마이라가 해결한 줄 알았는데요?"

"그렇게 쉬운 일이라면 얼마나 좋을까요. 근데 잠깐 얘기 좀 할 수 있으세요?"

브루스는 웃으며 그러자고 말했다. 그는 주위를 둘러보았다. 가까운 테이블에 한 커플이 앉아 있어서 심각한 이야기를 나누기에 부적절하다는 생각이 들었다. "아래층으로 가시죠." 그가 말했다. 그녀는 그를 따라 '초판본 전시실'로 갔다. 두 사람이 안으로 들어간 뒤 브루스가 문을 닫았다. "심각한 얘기일 테니까요." 그가 따뜻한 웃음을 지으며 말했다.

"실은 좀 조심스러운 얘기인데요." 그녀가 말했다. 그녀는 브루스에게 할머니가 남긴 오래된 책들, 할머니가 멤피스 공공 도서관에서 1985년에 '빌렸던' 책들에 관해 털어놓았다. 그녀는 그 이야기를 열 번도 넘게 입으로 연습했었다. 덕분에 지금 그녀의 모습은 진짜로 어찌할 바를 모르는 사람처럼 보였다. 브루스가 이야기를 즐겁게 듣더니 책에 흥미를 보였다. 그녀는 그의 반응을 예상했기에 딱히 놀라지 않았다. 그는 멤피스 도서관에 연락할 필요는 없다는 의견을 주었다. 물론 책들을 돌려주면 좋겠지만 도서관 측에서는 이미 수십 년 전에 그 책들을 분실 처리했을 거라는 게 그가 말한 이유였다. 그러면서 도서관은 그 책들이 가진 진정한 가치를 이해하지 못할 거라는 말도 했다. "그들은 책을 서가에 아무렇게나 꽂아 뒀다가 다음 대출자가 훔쳐 가게 내버려 둘지도 몰라요." 그가 말했다. "진짜예요. 책에게 좋은 일은 하나도 없다니까. 그런 책들은 반드시 보호받아야 해요."

"그렇지만 제 책이 아니라서 팔 수 있는 것도 아니잖아요. 제 말이 맞죠?"

그는 웃더니 그런 건 별로 중요하지 않은 사소한 일이라는 듯 어깨를 으쓱했다. "옛말에도 있죠? 가진 놈이 주인이라고. 당신은 책을 10년 넘게 갖고 있었어요. 나라면 그냥 내 거라고 말할 겁니다."

"잘 모르겠어요. 왠지 옳은 일이 아니라는 생각이 들어서요."

"책 상태가 좋아요?"

"그런 것 같아요. 저야 전문가가 아니니. 아무튼 적어도 전 조심히 다뤘어요. 사실은 거의 손도 안 댔어요."

"내가 좀 봐도 돼요?"

"글쎄요, 우선은 그냥 여쭤본 거라서요. 책을 보여 드리면 왠지 책을 파는 데 한 걸음 더 가까워지는 게 아닌가 싶네요."

"그래도 내가 한번 볼 수 있게 해 줘요."

"음, 혹시 수집한 책들 가운데 제가 말한 책도 있나요?"

"네. 난 제임스 리 버크와 코맥의 모든 책을 갖고 있어요."

머서는 브루스가 말한 책을 찾는 듯 책장을 훑어보았다. "여긴 없네요." 그가 말했다. "아래층 희귀본 보관소에 있어요. 소금기 먹은 공기와 습기는 책에 아주 안 좋아요. 그래서 귀한 책들은 온도를 조절할 수 있는 수장고에 두죠. 거기 한번 볼래요?"

"나중에 기회가 되면요." 머서는 간신히 아무렇지 않은 듯 응수했다. 실은 아주 멋지게 무관심한 척했다. "제가 말씀드린 책 두 권의 가격이 어느 정도 되는지 대충이라도 아세요?"

"그럼요." 그는 기다렸다는 듯 재빨리 대답했다. 그는 데스크톱 컴퓨터가 있는 쪽으로 가더니 키보드를 몇 번 두드리고 화면을 열심히 들여다보았다. "내가 1998년에 《죄수》 초판을 2,500달러에 샀네요. 아마도 지금은 그 가격의 두 배는 됐겠죠. 물론 책 상태에 달렸지만, 실제로 책을 보기 전까지는 알 수가 없으니, 뭐. 또 다른 초판은 2003년에 3,500달러를 주고 샀어요." 그는 계속해서 자료를 찾았다. 머서는 화면을 볼 수 없었지만 꽤 긴 내용의 파일인 것 같았다. "《핏빛 자오선》도 갖고 있어요. 10년 전쯤 샌프란시스코에서 거래상을 하는 친구로부터 샀어요. 정확히 9년 전이네요. 가격은, 어디 보자, 2천 달러였지만 표지에 살짝 흠집이 있고 색이 바랬어요. 아주 좋은 상태는 아니네요."

그냥 위조 표지를 사지 그래, 하고 머서가 생각했다. 이제는 그녀도 이쪽 업계가 돌아가는 상황을 어느 정도 파악할 수 있었다. 그녀는 기분 좋게 놀란 척했다. "진짜요? 그렇게나 비싸요?"

"날 믿어요, 머서. 이건 내가 가장 좋아하는 사업 분야니까. 난 새 책을 파는 것보다 희귀본 거래로 더 많은 돈을 벌어요. 자랑처럼 들린다면 미안하지만, 아무튼 난 이쪽 일이 좋아요. 그 책들을 팔 마음이 있으면 말해요. 내가 도와줄게요."

"저, 근데 표지 커버에 도서관에서 붙인 바코드 스티커가 붙어 있더라고요. 혹시 이거 때문에 가격이 깎일까요?"

"크게 상관은 없어요. 떼어 내면 돼요. 그런 일을 하는 사람을 내가 좀 알아요."

그리고 위조 전문가도 다 알겠지. "어떻게 보여 드리면 돼요?"

그녀가 물었다.

"가방에 넣어서 가져와요." 브루스는 말을 멈추고 고개를 돌려 그녀를 바라보았다. "아니면 내가 오두막으로 갈게요. 당신이 어떻게 지내는지 보고 싶기도 하고. 내가 이래 봬도 수년 동안 그 오두막 앞을 차로 왔다 갔다 했던 사람이라고요. 볼 때마다 이 해변에서 가장 예쁜 집이라고 생각했어요."

"책을 들고 돌아다니는 게 내키지 않았는데 잘됐네요."

9.

오후가 길게 느껴지기 시작했다. 머서는 결국 일레인에게 전화를 걸어서 일이 어떻게 돌아가고 있는지 보고해야겠다는 유혹을 이기지 못했다. 그들의 계획은 예상보다 빠르게 진척되었다. 브루스는 책들을 향해 달려들 준비가 되어 있었다. 더구나 그가 직접 오두막으로 오기로 한 건 너무나 잘된 일이라 진짜인지 의심스러울 정도였다. 적어도 일레인에게는 그랬다.

"노엘은 어디 있어요?" 일레인이 물었다.

"프랑스에 갔을 거예요. 가게는 그녀가 프랑스로 쇼핑을 다녀오는 동안 일시적으로 닫아 둔 것 같아요."

"완벽하네요." 일레인이 말했다. 그녀는 전날 노엘이 잭슨빌에서 애틀랜타로 갔고, 그곳에서 저녁 6시 10분발 에어프랑스의 직항기를 타고 파리로 날아갔다는 사실을 이미 알고 있었다. 노엘은 7시 20분에 오를리 공항에 도착해서 10시 40분에 아비뇽으로 가는 비행기로 갈아탔다. 현지에 있는 일레인네 회사 측 사람이 아비뇽의 구시가지 쪽 알제 거리에 위치한 노엘의 아파트까지 그녀를 미행했다.

6시를 살짝 넘겨 브루스가 오두막에 도착했다. 같은 시각, 노엘은 라신가에 위치한 라 폭셰트라는 작지만 유명한 레스토랑에서 잘생긴 프랑스 신사와 늦은 저녁 식사를 하고 있었다.

브루스가 오두막에 도착했을 때 머서는 앞쪽 창문에 드리운 블라인드 사이로 밖을 내다보고 있었다. 포르셰 컨버터블이 눈에 들어왔다. 마치 뱅크스 저택에 서 있던 차였다. 그는 카키색 반바지와 골프 셔츠로 옷을 갈아입고 왔다. 마흔세 살의 나이에도 그의 구릿빛 몸은 날씬하고 탄탄했다. 평상시의 운동 루틴 같은 지루한 이야기를 그에게서 직접 들은 건 아니나 누가 보아도 꾸준히 관리한 몸이었다. 두 번의 긴 저녁 식사를 통해 알게 된 건, 그가 소식을 하고 과음을 하지 않는다는 사실이었다. 노엘도 마찬가지였다. 그들은 좋은 음식을 가려서 적게 먹었다.

그는 샴페인 한 병을 들고 왔다. 시간 낭비를 하는 부류가 아니라는 증거였다. 아내인지 파트너인지 모를 사람은 전날 출장을 떠났고, 그는 벌써부터 가장 최근에 만난 공략 대상에게 접근하고 있었다. 물론 그녀 혼자만의 생각일 수도 있었다.

머서는 현관문을 열어 그를 맞이하고 집을 구경시켜 주었다. 그녀가 소설을 쓰는 장소인 조식 테이블에 책 두 권이 놓여 있었다. "샴페인이네요." 그녀가 말했다.

"집들이 선물이에요. 나중에 마셔도 되고."

존 그리샴

"일단 냉장고에 넣어 놓을게요."

브루스가 테이블에 앉더니 홀린 듯 책을 들여다보았다. "봐도 될까요?"

"그럼요. 그냥 오래된 도서관 책이잖아요?" 그녀가 웃으며 말했다.

"그건 아니죠." 그는 《죄수》를 조심스럽게 들더니 희귀한 보석 다루듯 어루만졌다. 그러고는 책을 펼치지 않은 상태로 앞뒤 표지와 책등을 자세히 살폈다. "초판본 표지 커버네요. 깨끗하고 바래지도 않았고 흠이나 오염도 전혀 없어요." 그는 천천히 속표지 페이지를 펼쳤다. "1985년 1월에 LSU(루이지애나 대학교 - 옮긴이) 출판부에서 출간한 초판본이군요." 그는 몇 페이지를 더 펼쳐 보고는 책을 덮었다. "상태가 아주 훌륭하네요. 놀랐어요. 책은 읽어 봤어요?"

"아니요. 하지만 버크의 미스터리 작품은 몇 개 읽었죠."

"여자 작가를 선호한다면서요."

"그렇다고 여자들 작품만 읽지는 않아요. 이 작가를 아세요?"

"아, 그럼요. 서점에도 두 번 왔죠. 훌륭한 분입니다."

"이 책의 초판본을 두 권 갖고 있다고 하셨죠?"

"네. 하지만 계속 찾고 있어요."

"만약에 책을 사면 어떻게 하실 거예요?"

"팔려고요?"

"어쩌면요. 지금까지는 이 책들의 가치를 전혀 몰랐으니까요."

"나라면 5천 달러에 사서 두 배 가격에 팔 겁니다. 나는 도서 수

집에 진심인 고객들을 많이 알아요. 이 책이라면 소장하고 싶어 할 사람이 두세 명은 있을 것 같아요. 다만 몇 주 정도는 가격 때문에 옥신각신할 수 있어요. 내가 가격을 좀 내릴 수도 있고 저쪽에서 가격을 올릴 수도 있겠지만, 7천 달러 밑으로는 절대 팔지 않을 거예요. 그 정도 가격을 못 받아 낼 것 같으면 지하실에 5년 동안 묵혀 두면 돼요. 초판본은 투자 가치가 높아요. 더는 찍어 낼 수 없으니까요."

"5천 달러." 머서는 충격을 받은 듯 되풀이했다.

"그것도 즉시 입금."

"가격을 좀 올려 받을 수 있을까요?"

"그럼요. 그렇지만 6천 이상은 안 돼요."

"책의 출처에 관한 비밀 유지도 되는 거죠? 사람들이 할머니와 저를 역추적해 올 수는 없는지 물어보는 거예요."

브루스가 질문을 듣더니 웃었다. "물론이죠. 이쪽은 내가 잘 알아요, 머서. 난 이런 거래를 20년 동안 해 왔어요. 수십 년 전에 사라진 책에 대해 의심을 품을 사람이 몇이나 되겠어요? 내 고객들은 책을 은밀하게 소장할 거예요. 결과적으로 모두가 행복해질 겁니다."

"기록도 안 남나요?"

"어디에 기록이 남죠? 어느 누가 전국의 모든 초판본을 기록해 둘 수 있겠어요? 책은 흔적이 남지 않아요, 머서. 많은 책이 보석처럼 거래돼요. 이 말인즉슨 물건의 소재지가 잘 파악되지 않는다는 거예요. 무슨 말인지 알겠죠?"

"아니요. 전혀 모르겠어요."

"유언장에 적히지 않는다고요."

"아, 그렇군요. 도난당한 물건이 팔린 적은 없나요?"

"가끔 있죠. 난 출처가 지나치게 불분명한 책은 거래하지 않아요. 하지만 책만 보고 도난품이라고 알아내는 건 불가능하죠.《죄수》의 경우만 해도 그래요. 이 책은 초판 부수가 소량이었어요. 시간이 흐르면서 많은 초판본이 사라졌어요. 이런 상황에서 남은 책들 가운데 상태가 좋은 것들의 가치가 올라가기 시작했어요. 하지만 여전히 시장에는 초판본이 많이 남아 있고, 전부 똑같이 생겼어요. 적어도 처음 인쇄했을 때는 똑같은 모양이었죠. 많은 책이 수집가 사이를 오갔어요. 도난당한 것도 일부 있을 테고."

"자꾸 캐묻는 것 같긴 하지만, 소장하고 있는 초판본 중에서 제일 비싼 게 뭐예요?"

브루스는 웃더니 잠시 말이 없었다. "캐묻는 거야 괜찮지만 조심해야 돼요. 몇 년 전에 보존 상태가 훌륭한《호밀밭의 파수꾼》한 권을 5만 달러에 샀어요. 원래 샐린저는 자신의 작품에 사인을 하지 않는 작가인데, 그 책은 샐린저가 편집자를 위해 특별히 사인을 해 준 거였어요. 편집자 쪽 집안에서 손이 타지 않게 그 책을 오랫동안 보관해 왔고요. 완벽한 상태였죠."

"그걸 어떻게 찾아냈어요? 죄송해요. 너무 흥미진진해서."

"예전부터 그런 책이 있다는 소문이 돌았어요. 아마도 편집자의 가족이 큰돈이 될 걸 알고 슬그머니 퍼뜨린 게 아닌가 싶어요. 편집자의 조카를 한 명 알아내 클리블랜드로 날아가서 그 친구를 따라다녔어요. 그리고 나한테 책을 팔 때까지 그 사람을 괴롭혔어요. 책은 한 번도 시장에 나온 적이 없었어요. 내가 소장 중이라는 사실을 아는 이도 없고요."

"그럼 그 책은 어떻게 하실 거예요?"

"어떻게 하지 않아요. 그냥 소장하는 거지."

"그걸 다른 사람이 봤나요?"

"노엘하고 친구 두어 명. 다른 책들도 그렇고 당신에게 보여 줄 수 있다면 정말 좋을 텐데."

"저도 보고 싶네요. 암튼 다시 하던 얘기로 돌아가죠. 코맥의 책은 어떤가요?"

브루스는 웃으며 《핏빛 자오선》을 집어 들었다. "코맥의 책을 읽어 봤어요?"

"시도는 해 봤어요. 근데 너무 폭력적이에요."

"당신 할머니 같은 분이 코맥 매카시의 팬이었다는 게 좀 이상하긴 해요."

"할머니는 늘 책을 읽었어요. 단, 도서관에서 빌린 책만 보셨죠."

브루스가 표지 커버를 살펴보더니 말했다. "책등 쪽에 두 군데 흠집이 있고 세월 탓인지 살짝 색이 바랬어요. 뭐 어쨌든 전체적인 표지 커버 상태는 좋아요." 그는 면지를 확인하고, 반표제지 및 판권 페이지를 펼쳐 꼼꼼하게 읽었다. 그가 내용을 정독하듯 천천히 책장을 넘기면서 부드럽게 말했다. "이 책 마음에 드네요. 매카시의 다섯 번째 책이자 첫 번째 서부 소설이에요."

"저는 50페이지 정도 읽다가 말았어요." 그녀가 말했다. "폭력적인 장면이 노골적이고 끔찍해서요."

"그렇죠." 브루스는 여전히 책장을 넘기면서 말했다. 마치 폭력적인 장면에 흠뻑 빠진 것 같았다. 그가 조심스럽게 책을 덮고는 말했다. "이쪽 업계 말을 빌리자면 최상품에 가까운 물건이에요. 내가 소장하고 있는 책의 상태보다 훨씬 좋아요."

"그건 얼마나 주고 사셨는데요?"

"2천 달러. 9년 전이었죠. 이 책이라면 내가 4천에 살게요. 소장용으로. 4천 이상은 안 돼요."

"그럼 이 책 두 권에 만 달러란 말이잖아요. 그냥 책인데 그렇게나 비싸다니 통 이해가 안 되네요."

"이쪽은 내가 잘 알아요, 머서. 만 달러면 당신에게도 나에게도 괜찮은 금액이에요. 팔래요?"

"모르겠어요. 생각해 봐야겠어요."

"좋아요. 부담 느끼지 말아요. 하지만 당신이 결심할 때까지 이 책들을 내 수장고에 두게 해 줘요. 말했지만 소금기 섞인 공기는 책에 해로우니까."

"그럼요. 가져가세요. 이틀 정도 생각해 보고 결정할게요."

"천천히 결정해요. 서두를 것 없어요. 자, 샴페인이나 한잔할까요?"

"네. 좋아요. 벌써 7시가 다 됐네요."

"좋은 생각이 있어요." 브루스가 일어서더니 책들을 집으며 말했다. "해변에서 샴페인 한잔하고 산책을 합시다. 이쪽 일을 하다 보면 해변에서 시간을 보낼 틈이 없어요. 난 바다를 좋아하지만 먹고 사느라 제대로 된 바다 구경을 못해 봤어요."

"아, 그래요. 그럼." 그녀는 살짝 망설이며 말했다. 결혼했다고 주장하는 남자와 파도를 보며 산책하는 것처럼 낭만적인 게 또 있을까. 머서는 주방에서 작은 종이 상자를 가져와 브루스에게 건넸다. 그가 책을 상자에 담았고, 그녀는 냉장고에서 샴페인을 꺼냈다.

10.

리츠칼튼 호텔까지 걸어갔다가 오는 데 1시간이 걸렸다. 그들이 오두막으로 돌아왔을 때는 모래 언덕 위로 땅거미가 내리고 있었다. 술잔이 바짝 말라 있었다. 머서는 바로 잔을 채웠다. 브루스가 테라스의 고리버들 흔들의자에 털썩 앉았고, 그녀도 근처에 따라 앉았다.

두 사람은 그의 가족에 관해 이야기를 나누었다. 그의 아버지가 갑자기 죽은 일. 유산으로 서점을 산 일. 30년 가까이 보지 못한 어머니. 데면데면한 여동생. 연락을 끊고 지내는 삼촌과 사촌들. 오래전에 세상을 떠난 조부모까지. 머서도 비슷한 자기 얘기를 들려주었고, 어머니가 정신병이 있어서 시설에서 지내고 있다는 비극적인 가족사까지 털어놓았다. 여태껏 누구에게도 하지 않은 이야기였다. 브루스는 말하기 편하고 믿을 수 있는 사람이었다. 둘 다 비정상적인 가족의 파괴로 상처를 입었기에 서로를 이해할 수 있었고, 편하게 의견을 주고받으며 이야기할 수 있었다. 더 많은 이야기를 털어놓을수록 두 사람은 더 많이 웃을 수 있었다.

두 번째 술잔을 절반쯤 비웠을 때 브루스가 말했다. "난 마이라와 의견이 달라요. 당신은 가족에 관한 글을 쓰면 안 돼요. 이미 한번 썼잖아요. 그것도 아주 멋지게. 하지만 한 번이면 족해요."

"걱정하지 말아요. 마이라는 제가 절대로 조언을 구하지 않을 사람일 테니까."

"마이라가 좀 이상한 사람이긴 하죠. 그래도 좋아하는 거 아니었어요?"

"아니요. 아직은 아니에요. 점점 좋아지고는 있어요. 마이라가 진짜로 돈이 많은가요?"

"누가 알겠어요? 뭐, 마이라와 리가 상당히 여유로워 보이긴 하죠. 두 사람이 쓴 책만 해도 100여 권은 되니까. 그건 그렇고, 리는 본인 주장보다 로맨스 소설 집필에 훨씬 많이 관여했을 거예요. 그들이 쓴 책 일부는 여전히 잘 팔려요."

"좋겠네요."

"돈이 없을 때는 글이 잘 안 써져요, 머서. 난 알아요. 내가 알고 지내는 작가들 가운데 인세만으로 먹고살 수 있을 정도로 책이 잘 팔리는 사람은 극소수예요."

"네. 그래서 보통은 가르치는 일을 겸해요. 대학 같은 데는 월급이 꼬박꼬박 나오니까. 저도 강사 일을 두 번 정도 해 봤어요. 아마 다시 하게 되지 않을까 싶어요. 안 그러면 집을 처분해야 할 거예요."

"당신이 그 선택만은 안 했으면 싶네요."

"무슨 다른 아이디어라도 있으세요?"

"사실 끝내주는 아이디어가 있어요. 술을 마저 따라 주면 아주 긴 얘기를 들려주죠." 머서는 냉장고에서 샴페인을 꺼내 와 전부 따라 냈다. 브루스는 샴페인을 길게 한 모금 마시더니 쩝 소리를 내고는 말했다. "이 술은 아침 식사에 곁들여도 좋을 것 같네요."

"저도 그렇게 생각하지만, 커피가 훨씬 싸죠."

"그러니까 옛날에 노엘과 동거하기 전에 사귀던 여자 친구가 있었어요. 탈리아라고, 착하고 멋지고 유능했지만 머릿속은 좀 엉망인 친구였어요. 우린 2년 동안 가끔씩 데이트를 하며 지냈어요. 실은 만나지 않은 기간이 더 길었어요. 왜냐하면 그녀는 서서히 현실을 제대로 인지하지 못하게 됐거든요. 난 그녀를 도울 방법이 없었고 상태가 나빠지는 그녀를 지켜보는 건 고통스러웠죠. 하지만 그녀는 글을 잘 썼고, 엄청난 가능성이 있는 소설을 집필 중이었어요. 찰스 디킨스와 그의 애인인 젊은 여배우 엘렌 터넌과의 관계를 완전히 꾸며 내서 쓴 소설이었어요. 디킨스와 캐서린은 결혼한 지 20년된 커플이었어요. 캐서린은 빅토리아 시대의 분위기를 지닌 엄격한 성격의 소유자였어요. 그녀는 열 명의 아이를 낳았고 매우 매력적이었음에도 결혼 생활은 악명 높을 정도로 불행했습니다. 디킨스가 마흔다섯 살이 되고, 영국에서 가장 유명한 사람이 됐을 무렵 엘렌을 만났어요. 그녀는 열여덟 살이었고 여배우가 되려고 고군분투했죠. 두 사람은 광적으로 사랑에 빠졌어요. 디킨스는 아내와 아이들을 버렸지만, 그 시대에 이혼이란 있을 수 없었어요. 그와 엘렌이 실제로 함께 살았는지 알려진 바는 없어요. 심지어 그녀가 출산하다 아이를 잃었다는 아주 그럴듯한 소문까지 있었어요. 일이 어떻게 돌아간 것인지 모르지만 그들은 둘의 관계를 아주 잘 숨기고 덮었어요. 하지만 탈리아의 소설 속에서 그들의 불륜 관계가 엘렌의 목소리로 아주 자세한 부분까지 밝혀져요. 소설은 탈리아가 윌리엄 포크너와 메타 카펜터 사이의 유명한 불륜 이야기를 언급하면서 뒤엉키기 시작하죠. 포크너는 할리우드에서 싼값에 시나리오를 쓰면서 메타를 만나게 돼요. 두 사람은 어떻게든 사랑에 빠질 운명이었어요. 두 사람 얘기 역시 허구인데 아주 잘 짜여 있었어요. 그런데 탈리아는 소설을 더 복잡하게 꼬려고 한 유명 작가와 그의 여자 친구에 관한 불륜을 하나 더 등장시켜요. 바로 어니스트 헤밍웨이가 젤다 피츠제럴드와 파리에 있을 때 아주 잠깐 연애를 했다는, 확인된 바도 없고 사실이 아닐 수도 있는 이야기가 나와요. 당신도 알겠지만 진실은 가끔 좋은 이야기를 망치기도 하죠. 그래서 탈리아는 자신만의 진실을 창조해 어니스트와 젤다가 스콧 피츠제럴드의 눈을 피해 사귀었다는 매력적인 이야기를 써냈어요. 그녀의 소설 속에서 세 개의 놀랍고도 문학적인 불륜 이야기가 교차하며 이어지게 된 거예요. 문제는 한 책에 담기에 양이 너무 방대하다는 거였어요.”

“전 여자 친구가 당신이 원고를 읽어 보게 허락해 주던가요?”

“대부분은 읽었죠. 그녀는 계속 줄거리를 바꿨고, 어떤 부분은 전체를 다시 쓰기도 했어요. 쓰면 쓸수록 내용이 혼란스러워졌어요. 그녀는 조언을 원했어요. 그런데 조언을 해 주면 늘 조언과 반대로 했어요. 그녀는 그 소설에 사로잡혀서 2년 내내 쓰기만 했어요. 원고가 천 페이지를 넘어가자 난 읽기를 그만뒀어요. 그때부터 우린 자주 싸웠어요."

"소설은 어떻게 됐어요?"

"탈리아 말로는 원고를 불태웠대요. 어느 날엔가 정신이 나간 상태에서 연락이 왔더라고요. 원고를 아예 없애 버렸다면서 절필을 선언하더군요. 이틀 뒤 그녀는 당시 거주지였던 서배너에서 약물 과다로 죽었어요."

"끔찍하군요."

"스물일곱 살이었어요. 그녀는 내가 지금까지 보지 못했던 재능을 갖고 있었죠. 장례식이 끝나고 한 달 정도 지났을 때 그녀의 어머니에게 편지를 보내 혹시 탈리아가 뭐라도 남겨 두진 않았는지 조심스럽게 물어봤어요. 답장은 없었어요. 당연히 소설에 관한 말도 들을 수 없었죠. 분명히 불태우고 스스로 목숨을 끊었을 거예요."

"정말 끔찍하네요."

"비극이 따로 없죠."

"사본도 없었어요?"

"전혀. 그녀는 이 섬으로 직접 원고를 가져와 며칠 동안 지내면서 내가 원고를 읽는 동안 다른 작업에 몰두하곤 했어요. 그녀는 누군가 자신의 걸작을 훔칠 거라는 망상에 빠져서 늘 원고를 가까이 두고 지켰어요. 불쌍한 사람. 여러 가지 망상으로 괴로워했죠. 결국 먹던 약을 끊고 환청까지 듣기 시작했어요. 내가 해 줄 수 있는 건 없었어요. 솔직히 말해 그때쯤에는 나도 그녀를 피했으니까."

두 사람은 잠시 비극적 이야기에 관해 깊이 생각하면서 천천히 술을 마셨다. 해는 사라졌고 테라스는 어두워져 있었다. 두 사람 모두 저녁 식사 얘기는 꺼내지 않았다. 머서는 식사는 하지 않기로 마음먹은 상태였다. 첫날치고 둘이 너무 많은 시간을 보낸 터였다.

그녀가 말했다. "정말 대단한 이야기네요."

"어떤 거요? 디킨스, 포크너, 젤다의 얘기요? 아니면 탈리아? 아주 많은 게 있었잖아요."

"그럼 그 이야기를 제게 주시는 건가요?"

브루스가 웃으며 어깨를 으쓱했다. "써도 되고 안 써도 괜찮아요."

"그런데 디킨스와 포크너 얘기는 진짜죠?"

"네. 하지만 누가 뭐래도 최고는 헤밍웨이와 젤다죠. 1920년대의 파리, '잃어버린 세대', 다채로운 배경과 역사. 두 사람은 분명히 서로 알았을 거예요. 스콧 피츠제럴드와 헤밍웨이는 가까운 술친구였고 미국인들끼리 모여서 파티를 열곤 했으니까. 헤밍웨이는 정착하지 못했고—그는 네 번의 결혼을 했어요—성격이 특이했죠. 제대로 써낼 수만 있다면 마이라도 인정하지 않을 수 없는 아주 음란한 이야기가 될 수도 있어요."

"그랬으면 정말 좋겠네요."

"열정적으로 달려들지 않는 것 같은데요."

"역사 소설은 잘 모르겠어서요. 그러고 보니 그건 역사인가요, 아니면 허구인가요? 왠지 역사 소설은 실존했던 사람들을 마음대로 조작해서 거짓말을 하는 것처럼 느껴져요. 그들이 실제로 하지 않은 행동을 하도록 만드니까요. 물론 죽은 사람들이지만 그렇다

고 해서 후대의 작가들이 그들의 삶을 마음대로 꾸며 내도 되는 걸
까요? 심지어 그들의 사생활을?"

"그런 일은 부지기수인 데다 잘 팔리는데요."

"그렇겠죠. 하지만 저와 맞는지 의문이에요."

"그 사람들 책 읽어요? 포크너, 헤밍웨이, 피츠제럴드?"

"읽어야 할 때만요. 오래전에 죽은 백인 남성들 책은 되도록 피
하려고 하는 편이죠."

"나도. 난 직접 만난 사람들의 글을 선호해요." 그는 남은 술을 비
우고 잔을 둘 사이에 놓인 테이블에 내려놓았다. 그가 말했다. "이
만 가야겠네요. 산책 즐거웠어요."

"저도 샴페인 고마웠어요." 그녀가 말했다. "배웅해 드릴게요."

"문은 나도 찾을 수 있어요." 그는 그녀의 뒤를 따라 걷다가 그녀
의 머리에 부드럽게 키스했다. "또 봐요."

"안녕히 가세요."

11.

다음 날 아침 8시, 머서는 조식 테이블에 앉아 노트북을 외면한 채
멍하니 바다를 보면서 자신도 표현할 수 없는 무언가에 대한 공상
에 잠겨 있었다. 그러다 갑자기 울린 휴대 전화 소리에 깜짝 놀라
번쩍 정신이 들었다. 6시간이 빠른 프랑스에서 노엘이 걸어 온 전
화였다. 그녀는 머서에게 "봉주르!" 하고 인사를 건네고는, 창의력
을 끌어내는 시간을 방해해 미안하지만 하루가 가기 전에 확인할

일이 있다고 말했다. 그녀는 제이크라는 남자가 다음 날 그녀의 가게를 방문할 예정이며 머서더러 그를 만나라고 했다. 제이크는 그녀가 좋아하는 복원 및 칠 전문가로서 주기적으로 가게에 들른다고 했다. 그러면서 그가 지하 작업실에서 장식장을 수리할 테니 작가 책상을 새로 칠하기 전에 그와 상의해 보라고 했다. 가게는 잠겨 있지만 제이크가 열쇠를 가지고 있다는 얘기도 해 주었다. 머서의 감사 인사가 이어진 후, 두 사람은 프랑스에서 있었던 일을 두고 몇 분간 수다를 떨었다.

작별 인사를 하자마자 머서는 워싱턴에 있는 일레인 셸비에게 전화를 걸었다. 머서가 전날 밤 있었던 일과 대화를 아주 자세히 길게 적어서 이메일로 보내 두었기에 일레인은 돌아가는 상황을 잘 알고 있었다. 머서는 뜻하지 않게 같은 날에 양쪽 가게의 지하실을 모두 볼 수 있을 것 같았다.

그녀는 정오에 브루스에게 전화해 그가 책 두 권을 두고 했던 제안을 받아들이겠다고 말했다. 그녀는 다음 날 제이크를 만나러 시내에 나갈 예정인데 서점에 들러서 돈을 받아도 되겠느냐고 물었다. 그리고 그녀는《호밀밭의 파수꾼》초판본을 정말 보고 싶다는 말도 했다.

"완벽해요." 브루스가 말했다. "같이 점심 어때요?"

"당연히 좋죠."

12.

일레인과 그녀가 이끄는 팀이 너무 늦게 도착하는 바람에 당일에는 만날 수 없었다. 이튿날 아침 9시, 머서는 해변을 걷다가 그들이 머무는 콘도로 이어지는 산책로에 멈추어 섰다. 일레인이 커피잔을 들고 계단에 앉아서 두 발로 모래를 이리저리 휘젓고 있었다. 그녀는 언제나처럼 힘차게 악수를 하고는 말했다. "잘했어요."

"두고 봐야죠." 머서가 응수했다.

그들은 콘도로 걸어갔다. 그곳에서 그레이엄과 릭이라는 두 남자가 기다리고 있었다. 그들은 주방 테이블 위에 자신들의 커피와 다양한 물건이 든 상자를 올려놓은 채 앉아 있었다. 상자 속에는 머서가 배우게 될 이쪽 업계의 장난감들이 있었다. 마이크, 도청장치, 송신기, 카메라. 특히 카메라는 너무 작아서 촬영이 되기는 하는지 의심스러울 정도였다. 그들은 온갖 장비를 꺼내면서 각각의 장단점과 성능에 관해 설명했다.

일레인은 몸에다 카메라를 부착하는 일에 대해 머서의 의견을 묻지 않았다. 그냥 시키는 대로 해야 하는 건가 보다, 싶은 생각이 들자 머서는 순간적으로 짜증이 났다. 그레이엄과 릭의 이런저런 설명을 듣는데 속이 배배 꼬이는 느낌이 들었다. 결국 그녀는 불쑥 내뱉었다. "이거 합법이에요? 상대방 동의 없이 촬영하는 거 말이에요."

"불법은 아니에요." 일레인은 자신감 넘치는 미소로 대답했다. 웃기는 소리였다. "공개된 장소에서 다른 사람의 사진을 찍는 건 이제 불법이 아니에요. 상대방의 허락이 필요 없고 상대방에게 알릴 필요도 없어요."

두 남자 가운데 나이가 더 많은 릭이 말했다. "상대방에게 알리지 않고 통화 내용을 녹음할 수는 없지만, 카메라로 감시하는 걸 금지하는 법은 아직 정부가 통과시키지 않았습니다."

"언제 어디서든 사적인 거주지만 제외하면요." 그레이엄이 덧붙였다. "건물, 보도, 주차장을 비추는 감시 카메라를 생각해 보세요. 그것들이 촬영한다고 허락을 구하지는 않잖아요."

누가 뭐래도 책임자이며 두 남자보다 직급이 높아 보이는 일레인이 말했다. "이 스카프랑 스카프 링이 괜찮은데. 한번 해 봐요." 스카프는 이런저런 꽃무늬가 섞인 것으로 비싸 보였다. 머서는 스카프를 삼각형으로 접어 목에 둘렀다. 릭이 그녀에게 스카프 링을 내밀었다. 금색 걸쇠 모양으로 작은 페이크 주얼리가 달린 물건이었다. 그녀는 스카프 링 안으로 스카프를 밀어 넣었다. 릭이 작은 드라이버를 들고 부담스러울 만큼 가까이 다가와서 아무렇지도 않게 스카프 링을 점검하고 드라이버로 톡톡 두드렸다.

"여기에 카메라를 달면 안 보일 겁니다." 그가 말했다.

"카메라가 얼마만 한데요?" 머서가 물었다.

그레이엄이 건포도보다 작은, 너무 작아서 우스워 보이는 장치를 들어 보였다. "그게 카메라라고요?" 머서가 물었다.

"심지어 고해상도입니다. 보여 드리죠. 스카프 링 좀 줘 보실래요?" 머서는 스카프 링을 빼서 릭에게 건넸다. 그레이엄과 그가 외과 수술용 돋보기를 쓰더니 각자 작업에 열중했다.

일레인이 물었다. "어디서 점심을 먹을지 알아요?"

"아니요. 아직 얘기하지 않았어요. 11시에 노엘의 가게에서 제이크를 만나고, 바로 옆에 있는 서점으로 가서 브루스를 만날 거예요. 그 뒤에 점심을 먹겠지만 어디서 먹을지는 몰라요. 근데 저런 물건을 제가 어떻게 써요?"

"당신은 아무것도 안 해도 돼요. 그냥 평소대로 해요. 카메라는 원격으로 릭과 그레이엄이 작동시킬 거니까. 두 사람은 서점 근처의 밴에 있을 거예요. 카메라가 너무 작아서 오디오는 안 들리니까 무슨 얘기를 나누든 걱정은 안 해도 돼요. 양쪽 가게의 지하에 뭐가 있을지 모르니 가능한 한 많이 훑어보는 게 목표예요. 출입문, 창문, 못 보던 감시 카메라 같은 걸 찾기 위해서요."

릭이 덧붙였다. "지하로 내려가는 출입문에 보안 감지기가 있는지 보세요. 우리는 밖으로 통하는 출입문은 없다고 거의 확신하고 있어요. 양쪽 지하 공간은 말 그대로 완벽하게 지하에 있는 것 같아요. 아마 외부에서는 아래로 내려가는 계단조차 안 보일 겁니다."

일레인이 말했다. "이건 처음으로 직접 보는 상황이고 이후에도 또 볼 순 없을 거예요. 모든 단서가 중요하지만, 그중에서도 우리가 찾는 건 원고이니 완성품인 책보다는 쌓여 있는 종이들이 더 중요하겠죠."

"원고가 어떻게 생긴 건지는 저도 알아요."

"그럼요. 혹시나 해서 말해 본 거예요. 서랍이나 캐비닛, 원고가 들어갈 수 있는 곳이면 어디든 둘러봐요."

"만에 하나 브루스가 카메라를 발견하면요?" 머서가 살짝 불안해져서 물었다.

두 남자가 혀를 찼다. 그럴 리가 없다는 뜻이리라. "못 봐요. 볼 수가 없어요." 일레인이 말했다.

릭이 스카프 링을 돌려주었다. 머서는 스카프를 그것에 다시 끼워 넣었다. "작동 중." 그레이엄이 노트북의 키보드를 두드리며 말했다.

릭이 말했다. "일어서서 천천히 돌아 주시겠어요?"

"그러죠." 머서가 한 바퀴 도는 동안 일레인과 두 남자가 예리한 눈으로 노트북 화면을 노려보았다. "끝내주는군." 일레인이 중얼거렸다. "한번 봐요, 머서."

테이블 옆에 서서 현관문을 보고 있던 머서는 고개를 숙여 노트북 화면을 들여다보고는 생각보다 선명한 장면에 깜짝 놀랐다. 소파, 텔레비전, 암체어, 심지어 그녀 앞에 깔린 싸구려 카펫까지 생생하게 보였다. "이렇게 작은 카메라의 성능이 이 정도라니 믿어지지 않네요." 그녀가 말했다.

"식은 죽 먹기예요, 머서." 일레인이 말했다.

"근데 스카프가 제 옷이랑 너무 안 어울릴 거 같아요."

"뭘 입을 건데요?" 일레인이 가방으로 손을 뻗으며 물었다. 그녀가 대여섯 장의 스카프를 꺼냈다.

머서가 대답했다. "그냥 살짝 짧은 빨간색 선드레스요. 막 화려한 건 아니고."

13.

제이크가 현관문을 열어 주고는 머서가 들어서자 다시 잠갔다. 그는 자신을 소개하고 나서 노엘과 오랫동안 알고 지낸 사이라고 했다. 그는 거칠고 굳은살투성이인 손에 하얀 수염이 난 장인으로, 평생 망치며 여러 연장에 의지해 살아온 근면한 일꾼의 형상을 하고 있었다. 그는 무뚝뚝하게 작가 책상은 이미 지하실에 내려져 있다고 알려 주었다. 그녀는 그의 뒤에 멀찍이 서서 그를 따라 천천히 계단을 내려갔다. 머릿속으로는 눈앞의 모든 것이 카메라에 찍히고 분석된다는 사실을 잊지 않으려 애썼다. 난간을 잡고 계단 열 개를 내려가자 어수선해 보이는 길쭉한 방이 나왔다. 아마도 가게의 길이만큼 계속 이어지는 것 같았다. 그녀도 알다시피 가게는 폭약 13미터에 깊이가 50미터였고 옆 가게인 서점도 크기가 동일했다. 천장은 낮은 편으로 2미터50센티미터가 되지 않는 것 같았고, 바닥은 마감을 따로 하지 않은 콘크리트였다. 분해되고 부서지고 마감이 덜 되고 서로 어울리지 않는 온갖 가구와 비품이 벽을 따라 아무렇게나 놓여 있었다. 머서는 태연하게 주위를 둘러보며 천천히 모든 방향으로 몸을 돌렸다. "말하자면 여기는 노엘이 좋은 물건을 따로 숨겨 두는 곳이군요." 그녀가 말했지만 제이크에게 자신의 말을 받아 줄 만한 유머 감각을 기대하진 않았다. 지하실 조명은 밝았다. 안쪽에는 방 같은 공간이 하나 보였다. 중요한 건 그방과 옆 가게 지하실 사이의 벽돌 벽에 출입문이 하나 있다는 점이었다. 일레인 셸비와 그녀가 데려온 일행은 케이블이 옆 가게 지하실에 자신의 보물을 숨겨 두고 있으리라 확신했다. 오래된 벽돌 벽은 여러 번 덧칠해서 짙은 회색으로 보였고, 출입문은 그보다 훨씬 새것 같았다. 금속 출입문은 육안으로도 아주 단단해 보였고, 위쪽 구석에는 보안 감지기 두 개가 달려 있었다.

일레인의 팀은 양쪽 가게가 폭과 깊이는 물론 높이와 구조까지 동일하다는 점을 알고 있었다. 사실 두 가게는 100년 전에 지어진 같은 건물의 일부분으로, 1940년에 서점이 문을 열면서 두 개로 분리된 것이었다.

도로 건너편에 정차된 밴에 앉은 채 노트북을 들여다보던 릭과 그레이엄은 두 지하실을 연결하는 문을 보며 환호했다. 콘도의 소파에 앉은 일레인도 같은 반응을 보이고 있었다. 잘한다, 머서!

작가 책상은 방 한가운데에 놓여 있었다. 아래쪽에 신문지를 깔아 두었지만 바닥에는 오랜 세월에 걸쳐 떨어진 페인트 자국이 수두룩했다. 머서는 책상이 단순히 작전에 필요한 수단에 불과한 것이 아니라 소중한 뭐라도 되는 양 조심스럽게 살펴보았다. 제이크가 다양한 색이 표시된 종이를 꺼냈다. 두 사람은 몇 가지 색을 두고 의견을 나누었다. 머서는 마음에 드는 색을 쉽게 고르지 못했다. 결국 부드러운 색감의 파스텔 블루를 골랐고, 제이크는 오래되어 낡아 보이는 효과가 나도록 얇게 칠하겠다고 설명해 주었다. 그녀가 고른 색 페인트는 제이크의 트럭에 실려 있지 않았다. 제이크는 페인트를 찾는 데 며칠 걸릴 거라고 했다.

잘됐군. 그녀는 작업이 어느 정도 진척되었는지 확인하기 위해 언제든 이 지하실에 내려올 수 있게 되었다. 어쩌면 다음번에는 릭과 그레이엄의 무기고에 든 장비 중에서 카메라가 달린 귀걸이를 차고 들어올지도 모를 일이었다.

그녀가 지하에도 화장실이 있느냐고 물었다. 제이크는 고개를 끄덕이며 안쪽을 가리켰다. 그녀는 최대한 느긋하게 화장실을 찾아내고 사용한 다음, 어슬렁거리며 제이크가 책상의 윗면을 갈아내고 있는 현장으로 다시 돌아왔다. 제이크가 허리를 굽혀 열심히 일하는 사이, 그녀는 금속 출입문 바로 앞에 서서 최고의 화면을 만들어 냈다. 그러나 어딘가에 숨겨진 채 그녀를 비추는 카메라가 있을지도 모르는 것 아닌가? 그녀는 자신의 상황 판단력과 성장하는 모습에 스스로 놀라 뒤로 물러섰다. 어쩌면 그녀는 꽤 괜찮은 스파이가 될 수도 있을 것 같았다.

그녀는 현관문 앞에서 제이크와 헤어진 다음, 모퉁이를 돌면 나오는 작은 쿠바 음식점에 들어가서 아이스티를 주문하고 테이블에 자리를 잡았다. 곧바로 릭이 식당에 들어와 음료수를 주문했다. 그가 머서의 옆자리에 앉더니 웃으며 속삭였다. "완벽하게 해냈어요."

"타고난 거 같죠?" 그녀가 대꾸했다. 배 속이 꼬이는 것 같던 느낌도 어느새 사라지고 없었다. "카메라가 아직도 작동 중인가요?"

"아니요. 껐어요. 당신이 서점에 들어가면 다시 켤 겁니다. 평소와 다른 행동은 아무것도 하지 마세요. 카메라는 완벽하게 작동하고 있어요. 당신은 아주 많은 자료 화면을 만들어 내고 있어요. 우린 양쪽 지하실을 연결하는 문이 있다는 사실에 엄청나게 놀랐어요. 이제 그 출입문 반대편으로 들어가서 최대한 가까이 접근해 보세요."

존 그리샴

"그거야 쉽죠. 아마 서점에서 걸어서 점심을 먹으러 갈 거예요. 계속 카메라를 켜 둘 건가요?"

"아니요."

"테이블을 사이에 두고 케이블과 적어도 1시간은 앉아 있을 거예요. 그 사람이 뭐라도 눈치채는 건 걱정 안 되세요?"

"지하로 내려가서 촬영을 마친 뒤에 1층 화장실부터 가세요. 거기서 스카프와 스카프 링을 벗어 핸드백에 넣어요. 혹시 그 사람이 물어보면 너무 덥다고 하시고요."

"좋은 핑계네요. 그 사람 얼굴에 카메라를 들이밀고 있다는 걸 알면서 점심을 즐기는 건 쉽지 않겠어요."

"아무래도 그렇죠. 어쨌든 지금 나가시면 전 바로 뒤따라 나가겠습니다."

11시 50분, 머서가 서점에 들어섰다. 브루스는 출입문 근처 판매대에 놓인 잡지들을 정리하고 있었다. 오늘 그는 부드러운 물빛에 줄무늬가 있는 시어서커 정장을 입었다. 지금까지 머서는 적어도 여섯 가지의 다른 색 양복을 보았는데, 그것 말고도 더 많은 옷이 있는 것 같았다. 나비넥타이에는 밝은 노란색 페이즐리 무늬가 있었다. 오늘도 어김없이 갈색 벅스킨 구두에 맨발이었다. 어떤 일이 있어도 양말은 절대 신는 법이 없었다. 그는 웃으며 그녀의 뺨에 가볍게 키스했고, 그녀에게 예쁘다는 칭찬을 하는 것도 잊지 않았다. 그녀는 그를 따라 '초판본 전시실'로 향했다. 그가 책상 위에 있던 봉투를 집어 들었다. "당신 할머니가 30년 전에 대출했던 책 두 권 값 만 달러예요. 할머니는 어떻게 생각하실까요?"

"이러시겠죠. '수익 중에서 내 몫은 어디 있어?'"

브루스가 웃으며 말했다. "수익은 우리 거죠. 고객 두 명이 《죄수》를 사고 싶다고 하기에 두 사람의 경쟁 심리를 슬쩍 부추겨서 통화 몇 번으로 가격을 2,500달러 올렸어요."

"그렇게 쉽게요?"

"늘 그렇지는 않아요. 운이 좀 좋았어요. 이래서 내가 이쪽 일을 좋아한다니까."

"질문 있어요. 상태가 좋은 《호밀밭의 파수꾼》이 있다고 했잖아요. 만일 그걸 판다면 얼마나 받으시겠어요?"

"그러니까 당신도 이쪽 사업이 마음에 드는군요?"

"전혀요. 이런 일을 할 머리도 없는걸요. 단순한 호기심이에요."

"작년에 8만 달러 제안을 거절했어요. 그 책은 팔 물건도 아닐뿐더러, 혹여 무슨 이유로든 억지로 시장에 내놔야 한다면 10만 달러부터 시작하겠어요."

"괜찮네요."

"그걸 보고 싶다고 했었잖아요."

머서는 별 관심 없는 것처럼 어깨를 으쓱하며 아무렇지 않게 말했다. "그랬죠. 너무 바쁘지 않으시면." 브루스는 책을 자랑하고 싶은 게 분명했다.

"당신이 왔는데 바쁠 리가 있나요. 따라와요." 두 사람은 계단을 지나 아동 도서 구역을 통과한 후 서점 가장 안쪽으로 들어갔다. 잠긴 문 안쪽에 지하로 연결된 계단이 있었다. 문은 구석진 곳에서 누가 보아도 거의 사용하는 일이 없어 보이는 모습을 하고 있었다.

높고 구석진 곳에 달린 카메라 한 대가 문을 비추고 있었다. 보안 감지기 한 개가 문 위쪽에 부착되어 있었다. 브루스는 열쇠로 걸쇠를 풀더니 오래된 손잡이를 돌렸다. 손잡이 자체가 잠겨 있지는 않았다. 그가 문을 당겨 열고는 불을 켰다. "조심해요." 그가 아래로 내려가며 말했다. 머서는 그의 말대로 조심하면서 뒤쪽에서 잠시 망설였다. 그는 계단 아래로 내려가서는 또 다른 스위치를 켰다.

지하는 적어도 두 개 구역으로 나누어져 있는 것 같았다. 앞쪽의 더 넓은 구역에는 내려오는 계단이 있고, 노엘의 지하실과 연결되는 금속 출입문이 있으며, 수천 권의 버리는 책과 검토용 인쇄본, 사전 독자판 서적들이 가득 차 선반이 휜 책장들이 줄지어 서 있었다. "묘지라고 부르죠." 브루스는 엉망인 모습을 향해 팔을 휘저으며 말했다. "어느 가게에나 폐기물 보관소는 있으니까요." 두 사람은 지하실 안쪽으로 몇 걸음 걸어 들어가 블록 벽돌 벽 앞에 멈추어 섰다. 건물을 짓고 나서 한참 뒤에 따로 세운 벽이 틀림없었다. 벽은 실내 공간의 높이와 폭에 맞게 전체를 꽉 막고 있었다. 벽에는 또 다른 금속 출입문이 있고 옆에는 키패드가 설치되어 있었다. 브루스가 비밀번호를 누를 때 머서는 오래된 서까래에 매달린 카메라가 문을 비추는 걸 발견했다. 윙 소리에 이어 찰칵 소리가 났다. 두 사람은 문 안쪽으로 들어섰다. 브루스가 불을 켰다. 온도가 확연히 더 낮았다.

내부는 바깥세상과 완벽하게 분리된 것 같았다. 블록 벽돌 벽에는 책장들이 줄지어 서 있고 콘크리트 바닥은 매끄럽게 처리되어 있었다. 약간 낮은 천장은 섬유질 재료로 만들어진 것 같았지만,

머서가 가진 상식 내에서는 정확한 설명을 붙일 수 없었다. 대신 그녀는 모든 걸 전문가들이 볼 수 있도록 열심히 촬영에 임했다. 1시간도 채 지나지 않아 전문가들은 실내 폭이 12미터 정도에 깊이도 비슷하다는 추정을 내놓았다. 그 넓은 방 중앙에는 깔끔한 테이블이 하나 놓여 있었다. 천장 높이는 2.4미터이고 밀폐되어 있었다. 어디에도 공기가 통할 만한 구석이 없고 안전하며 불에 타지 않을 것 같았다.

브루스가 말했다. "책은 빛, 열, 습기 때문에 훼손되잖아요. 그러니 세 가지 다 잘 관리해 줘야 해요. 이 방은 습기가 없다시피 하고 온도는 13도로 유지돼요. 당연히 햇빛은 들어오지 않고요."

두꺼운 금속으로 만든 책장에 밖에서 책등이 보이도록 유리문이 달려 있었다. 책장 하나당 여섯 개의 선반이 있었다. 맨 아래 선반은 바닥에서 50센티미터 정도 떨어져 있고, 꼭대기 선반은 머서의 머리에서 한 뼘 정도 높아서 1.8미터 정도 되어 보인다고, 그녀는 생각했다. 릭과 그레이엄도 동의할 터였다.

"할머니의 초판본들은 어디에 두셨어요?" 그녀가 물었다.

그는 뒤쪽 벽으로 다가가 책장 옆에 있는 좁은 판에 열쇠를 꽂았다. 열쇠를 돌리자 철컥 소리가 나고 여섯 개의 선반 유리문이 한꺼번에 열렸다. 그는 위에서 두 번째 선반의 유리문을 열었다. "바로 여기 있죠." 그는 《죄수》와 《핏빛 자오선》을 꺼내며 말했다. "다들 새집에서 안전하게 잘 있습니다."

"아주 안전하네요." 그녀가 말했다. "정말 멋진 공간이에요, 브루스. 이곳에 책이 얼마나 있어요?"

"몇 백 권? 전부 내 건 아니에요." 그는 문 옆에 있는 벽을 가리키며 말했다. "저쪽은 고객과 친구들을 위해 대신 보관해 주는 것들이에요. 일부는 위탁 판매를 위해 여기 와 있어요. 고객 중에 이혼절차를 밟고 있는 사람이 있는데, 그 친구가 자기 책들을 여기 숨겨 뒀어요. 자칫하면 난 소환장을 받고 법원에 불려 나갈 수도 있어요. 근데 그런 일이 처음은 아니에요. 난 그저 고객을 보호하기위해 거짓말을 할 뿐이죠."

"저건 뭐예요?" 그녀는 구석의 높다랗고 덩치가 큰 캐비닛을 가리키며 물었다.

"금고예요. 진짜로 귀한 것들만 따로 두는 곳이죠." 그는 키패드에서 비밀번호를 눌렀다. 머서는 조심스럽게 고개를 다른 쪽으로 돌렸다. 두꺼운 문에서 철컥 소리가 났다. 브루스가 문을 활짝 열었다. 가장 위쪽 가운데에 선반이 세 개 있었다. 가짜 책의 책등으로 보이는 물건이 줄지어 꽂혀 있었고 일부에는 금빛 글씨로 제목이 적혀 있었다. 브루스가 가운데 선반에서 물건 하나를 조심스럽게 꺼내며 물었다. "조가비 케이스라고 들어 봤어요?"

"아니요."

"이렇게 조개껍데기처럼 생긴 보호용 상자를 말해요. 책을 넣어두려고 별도로 주문했어요. 책 크기가 제각각이니까 당연히 조가비 케이스의 형태도 다양하겠죠. 이리 와 봐요."

두 사람은 돌아서서 중앙에 있는 테이블로 자리를 옮겼다. 그는조가비 케이스를 테이블에 올려 연 다음 조심스럽게 책을 꺼냈다. 책의 표지 커버는 투명 비닐에 따로 싸여 있었다. "이게 바로《호밀밭의 파수꾼》 초판본이에요. 20년 전에 아버지가 남겨 두고 돌아가셨죠."

"그럼 초판본이 두 권이에요?"

"아니요. 네 권." 그가 앞쪽 면지를 펼치더니 살짝 색이 바랜 곳을 가리켰다. "이 부분의 색이 약간 다르고, 표지 커버에 한두 군데 흠집이 있어요. 그래도 최상급이나 다름없죠." 그는 책과 조가비 케이스를 그대로 테이블 위에 두고 금고로 돌아갔다. 그러는 사이 머서는 금고를 향해 몸을 돌려 릭과 그레이엄이 금고 전면을 한눈에 볼 수 있게 했다. 금고 아래쪽, 제일 귀중한 책들이 보관된 세 개의 선반 아래 네 개의 사각형 서랍이 보였는데, 지금은 모두 단단히 닫혀 있었다.

만일 브루스가 진짜로 원고를 가지고 있다면 왠지 그 속에 있을 것 같았다. 그냥 그녀만의 생각일 수도 있지만.

그는 다른 케이스를 테이블에 놓더니 말했다. "이건 책 네 권 가운데 가장 최근에 구한 거예요. 샐린저의 사인이 들어 있는 책." 그는 케이스를 열어 책을 꺼낸 다음 속표지가 보이도록 펼쳤다. "날짜와 사인을 받은 사람의 이름은 없고 그냥 사인만 있어요. 그때도 말했지만 아주 희귀한 거예요. 샐린저는 자기 책에 절대로 사인을 하지 않았다고 했잖아요. 잠깐 정신이 나갔었나 봐요. 안 그래요?"

"소문은 그랬죠." 머서가 대답했다. "정말 아름답네요."

"그렇죠." 그가 책을 어루만지며 말했다. "가끔 피곤한 하루를 보내고 나면 이리로 슬그머니 내려와서 혼자 이 안에서 책을 꺼내 보곤 해요. 1951년 J. D. 샐린저의 첫 소설인 이 책이 출판됐을 때,

내가 그 사람이었다면 어땠을까 상상해 보는 거예요. 그는 단편을 몇 권 냈고 〈뉴요커〉에 두 차례 기고도 했지만 그리 알려지진 않았어요. 리틀 브라운 출판사는 처음에 이 책을 만 부 찍었대요. 지금 이 책은 1년에 65가지 언어로 백만 부씩 팔려요. 샐린저는 나중에 벌어질 일을 예상하지 못했어요. 부자가 되고 유명해졌지만 세간의 관심을 힘들어했죠. 대부분의 학자들은 그런 이유로 샐린저가 정신적으로 무너지고 말았다고들 하죠."

"2년 전 학교에서 그 주제로 강의를 했었어요."

"그럼 이 책에 대해 잘 알겠군요."

"좋아하는 책은 아니에요. 다시 말하지만 전 여성 작가를 선호해요. 살아 있음 더 좋고."

"그렇다면 일단 여성 작가들의 희귀본을 보여 주는 게 더 좋겠네요. 작가의 생존 여부는 그다음 문제고, 그렇죠?"

"맞아요."

그는 다시 금고로 돌아갔다. 머서는 모든 과정을 카메라에 담았다. 작은 카메라로 전면을 깔끔하게 찍기 위해 옆으로 몸을 살짝 움직이는 과감함도 보였다. 그는 알맞은 책을 찾아내 테이블로 돌아왔다. "버지니아 울프의 《자기만의 방》은 어때요?" 그가 케이스를 열고 책을 꺼냈다. "1929년에 출판된 거예요. 초판본에 거의 최상급. 12년 전에 찾았어요."

"저 이 책 아주 좋아해요. 고등학교 때 읽었는데 이걸 읽고 작가가 돼야겠다고, 아니 한번 시도해 봐야겠다고 생각했었어요."

"이거 진짜 귀한 책이에요."

"저한테 팔면 만 달러 드리죠."

두 사람은 동시에 웃음을 터뜨렸다. 브루스가 말했다. "미안하지만 이건 판매용이 아니에요." 그는 책을 머서에게 건네주었다. 그녀는 조심스럽게 책을 펼치고는 말했다. "버지니아 울프는 정말 용감했어요. '소설을 쓰려면 여자는 돈과 자기만의 방을 갖고 있어야 한다'라는 구절은 정말 유명하잖아요."

"버지니아 울프는 상처 입은 영혼이었죠."

"그러니까요. 스스로 생을 마감했죠. 왜 작가들은 그토록 많은 고통을 겪는 걸까요, 브루스?" 그녀는 책을 덮어 그에게 돌려주었다. "파괴적인 행동도 많이 하고 심지어 자살까지 하잖아요."

"자살은 이해하지 못하지만, 술이랑 다른 나쁜 습관은 이해할 것 같아요. 우리의 친구이신 앤디가 오래전에 그걸 설명해 보려고 부단히도 노력했죠. 앤디 말로는 글을 쓰는 삶은 규율이 없기 때문이래요. 윗사람도 없고 감독하는 사람도 없고 출근 시간도 없고 딱히 정해진 근무 시간도 없고. 아침에도 글을 쓰고 밤에도 글을 쓰고. 원하면 아무 때나 술을 마실 수 있고. 앤디는 숙취 상태에서 글이 더 잘 써진다고 했지만 실제로 그럴진 잘 모르겠더라고요." 브루스가 책들을 케이스에 넣었다. 그러고는 케이스를 금고로 가져갔다.

그녀가 충동적으로 물었다. "서랍엔 뭐가 있어요?"

브루스는 한 치의 망설임도 없이 대답했다. "오래된 원고들이요. 하지만 별 가치는 없어요. 여기 책들이랑 비교하면 그렇죠. 전 존 D. 맥도널드를 가장 좋아하는데, 특히 그의 트래비스 맥기 시리즈가 좋아요. 몇 년 전 다른 수집가로부터 그의 원본 원고를 두 작품

살 수 있었어요." 그는 이렇게 말하면서 금고의 문을 닫았다. 서랍 속은 금단의 영역인 것이 분명했다.

"충분히 봤죠?" 그가 물었다.

"네. 이렇게 끝내주는 곳이 있다니, 제가 전혀 몰랐던 다른 세상이에요, 브루스."

"내가 여기 있는 책들을 자랑하는 일은 아주 드물어요. 희귀본 거래는 조용한 사업이에요. 내가 《호밀밭의 파수꾼》을 네 권 소장하고 있다는 사실은 아무도 몰라요. 앞으로도 난 쭉 이런 식으로 책을 지킬 거예요. 그러면 등록할 필요도 없고 감시하는 사람도 없을 테니까. 어차피 대부분의 거래가 어두운 곳에서 이뤄지기도 하고."

"비밀은 지킬게요. 오늘 일을 터놓고 얘기할 만한 사람도 없고요."

"오해는 말아요, 머서. 불법은 아니에요. 난 수익을 신고하고 세금을 내요. 내가 갑자기 죽어도 내 유산에 이 책들이 포함될 수 있다는 말이에요."

"전부요?" 그녀가 웃으면서 물었다.

그도 웃음으로 화답하며 말했다. "글쎄요, 대부분이라고 해야 하나."

"물론 그러시겠죠."

"자, 이제 업무 오찬을 할까요?"

"배고파 죽겠어요."

14.

릭, 그레이엄, 일레인은 포장해 온 피자와 음료수를 먹었다. 사실 지금은 식사나 하고 있을 타이밍이 아니었다. 세 사람은 콘도의 테이블에 앉아 머서가 촬영한 비디오에서 골라 낸 10여 장의 사진을 확인하고 있었다. 머서는 노엘의 가게에서 18분, 그리고 브루스의 가게에서 22분 분량을 촬영했다. 그들은 40분이나 되는 소중한 증거를 확보했고, 때문에 매우 흥분한 상태였다. 증거를 자세히 살펴보고 있는 건 그들만이 아니었다. 베데스다의 연구소에서도 같은 화면을 분석하고 있었다. 정확한 팩트들이 확인되었다. 케이블의 지하 수장고의 규모와 그곳에 있는 금고의 크기, 감시 카메라의 존재 여부, 보안 감지기까지. 금고 문에는 열쇠로 여는 잠금 장치가 달려 있었다. 금고의 무게는 400킬로그램이었고 11번 게이지, 그러니까 약 3.175밀리미터 두께의 철판으로 만들어졌다. 15년 전 오하이오주에 있는 한 공장에서 생산되어 인터넷상에서 판매되었고, 잭슨빌의 한 업자가 설치한 금고였다. 금고를 잠그면 납으로 만든 다섯 개의 걸쇠가 잠기면서 유압식으로 밀봉되었다. 금고는 1,550도의 온도를 2시간까지 견딜 수 있었다. 금고를 여는 건 문제가 아니지만, 감지기에 걸리지 않고 금고까지 접근하는 건 어려운 일이 분명했다.

그들은 오후 내내 테이블에 앉아서 시간을 보냈다. 길고 심각한 대화가 빈번하게 오갔으며, 베데스다에 있는 동료들과 스피커폰으로 여러 차례 통화도 했다. 결정권자는 일레인이었지만 동료들의 의견은 언제나 환영이었다. 똑똑한 사람들이 많은 의견을 제시

존 그리샴

했고 그녀는 열심히 귀를 기울였다. 특히 FBI와 관련한 내용에 가장 많은 시간을 할애했다. FBI에게 알리고 도움을 요청할 때인 건가? 가장 유력한 용의자를 FBI에게 넘겨줄 건가? 지금까지 브루스 케이블에 관해 알아낸 모든 것을 그들에게 말해 주어야 하는 건가? 일레인은 아직은 때가 아니라고 판단했다. 그녀가 그렇게 생각한 데에는 타당한 이유가 있었다. 케이블이 지하실에 원고를 숨겨 두고 있다고 연방 판사를 설득할 만한 결정적인 증거가 없었기 때문이다. 지금 당장 그들이 가진 건 보스턴의 정보원에게서 얻은 정보, 가게 지하실을 찍은 40분의 영상, 그리고 영상에서 추출한 사진 몇 장이 전부였다. 워싱턴에 있는 그들의 두 변호사의 의견에 따르면, 수색 영장을 받아 내기에는 증거가 턱없이 부족했다.

게다가 항상 그랬던 것처럼 FBI가 관여하기 시작하는 순간부터 자기들 마음대로 결정을 내리고 규칙을 바꾸어 버릴 것이었다. 현재 FBI는 브루스 케이블에 대해 아무것도 모르고, 일레인의 작은 두더지가 어떻게 안으로 파고 들어갔는지도 몰랐다. 일레인은 최대한 오랫동안 이 상태가 유지되기를 원했다.

릭이 농담 삼아 관심을 끌기 위해 불을 지르는 작전을 제안했다. 한밤중에 서점 1층에 작은 불을 지른 다음 경보가 울리고 보안 감시 장치가 꺼졌을 때 노엘의 가게 지하실을 통해 방으로 진입해서 금고를 부수고 물건을 빼내는 거였다. 감수해야 할 다수의 위험이 있는 아이디어였고, 무엇보다 몇 건의 범죄를 저질러야 한다는 점이 걸렸다. 혹여 서점 지하에 개츠비 원고가 없다면 그땐 어떻게 할 것인가? 개츠비와 다른 원고들이 이 섬이나 미국 내 다른 곳에 숨겨져 있다면? 화재로 불안해진 케이블이 원고를 세계 곳곳에 숨겨 버릴 수도 있고, 이미 그렇게 해 두었을 확률도 무시할 수 없었다.

일레인은 릭이 말을 꺼내자마자 그 계획에 퇴짜를 놓았다. 시간이 흐르고 있었지만, 그들에게는 아직 여유가 있었고 그들을 돕는 여자가 임무를 잘 수행해 내고 있었다. 앞으로 4주 이내에 그녀는 케이블의 사랑을 받아 내고 그의 측근 모임에 침투할 수 있을 것이었다. 일단 그녀는 케이블의 신뢰를 얻어 내는 데 성공했고, 그들에게 40분 분량의 소중한 화면과 수백 장의 사진을 가져다주었다. 그들은 중심을 향해 접근하는 중이라고 굳게 믿었다. 그들은 끊임없이 인내심을 발휘할 것이며, 다음에 어떤 일이 벌어지든 기다릴 각오가 되어 있었다.

한 가지 엄청난 질문에는 답이 나왔다. 그들은 소도시에 위치한 낡은 건물의 서점 주인이 왜 그렇게 보안에 목을 매는지 토론했다. 게다가 그 서점 주인은 그들이 주목하는 주요 용의자였기에 그의 행동은 더욱 의심스러울 수밖에 없었다. 그의 지하실에 있는 작은 요새는 그가 희귀본을 수집하다가 불법으로 손에 넣은 장물을 보호하기 위해 사용하는 게 아닐까? 그렇지 않을 수도 있고. 어쨌든 이제 그들은 지하실에 귀중한 물건이 많다는 걸 알게 되었다. 점심 식사 후 머서는 《호밀밭의 파수꾼》 네 권과 《자기만의 방》을 포함해 다른 책 50여 권이 금고 속 선반에 조가비 케이스라는 보호막에 든 채 진열되어 있다고 보고했다. 수장고 전체에 수백 권의 책이 있었다.

일레인은 이쪽 업계에서 20년 넘게 일했지만 케이블이 가진 책의 규모를 보고 놀라지 않을 수 없었다. 그녀는 저명한 희귀본 수집가들과 일해 보았고 그들을 잘 알았다. 그들의 사업은 수집품을 사고파는 것으로, 카탈로그와 웹사이트 같은 온갖 마케팅 수단을 동원해 사업 규모를 늘려 나갔다. 그들의 수집품 목록은 방대했고 광고도 수시로 이루어졌다. 그녀의 팀은 케이블처럼 작은 사업체를 운영하는 사람이 어떻게 피츠제럴드 원고에 1백만 달러를 투자할 수 있었는지 의아했었다. 이제 그 의문이 풀렸다. 그는 그럴 만한 수단을 가지고 있었던 것이다.

7장

바람둥이

1.

술이 포함되지 않은 저녁 식사 초대였다. 술이 빠진 이유는 앤디 애덤도 초대했기 때문이다. 브루스는 술 없이 저녁을 먹어야 한다는 주장을 굽히지 않았다. 도서 홍보 투어차 들른 샐리 아란카라는 작가가 몇 년 전 술을 끊었던 터라 식사 자리에 술이 없었으면, 하고 바라기도 했다.

브루스는 머서에게 전화를 걸어서 앤디가 또 해독을 위해 어디론가 숨으려고 하는데 그때까지는 어떻게든 맨정신을 유지하고 싶어 한다고 설명했다. 머서는 도움을 주고 싶었고 기꺼이 규칙을 받아들이기로 했다.

아란카는 사인회에 온 50여 명의 참석자 앞에서 자신의 작품을 주제로 토론을 벌이고, 가장 최근 작품의 일부를 낭송하면서 아낌

없는 매력을 발산했다. 그녀는 고향인 샌프란시스코의 여성 사립 탐정을 주인공으로 범죄 소설 시리즈를 내면서 나름대로 명성을 얻고 있었다. 머서는 오후 내내 책을 대충 훑어보았고, 샐리가 사람들에게 이야기하는 모습을 보면서 소설 속 주인공이 샐리를 닮았다고 생각했다. 40대 초반에 알코올 중독에서 벗어났고 아이 없이 이혼했고 눈치가 빠르고 재치가 넘치고 영리하고 강인하고 상당히 매력적이었다. 그녀는 1년에 한 권씩 책을 냈고 열성적으로 홍보 투어를 다녔으며 늘 베이 북스에 들렀는데, 대개 노엘이 어딘가 출장을 떠나 있을 때였다.

사인회가 끝나고 네 사람은 평이 좋은 작은 프렌치 레스토랑인 르 로쉐까지 걸어갔다. 브루스는 재빨리 탄산수를 두 병 주문하고 와인 메뉴판을 종업원에게 돌려주었다. 앤디는 다른 테이블을 기웃거리며 남의 와인이라도 뺏어 마실 것처럼 굴었지만, 결국 물잔에 레몬 한 조각을 넣고 스스로를 진정시켰다. 최근 그는 계약 문제로 출판사와 갈등을 겪고 있었다. 계약 조건은 지난번의 협상 내용에서 조금밖에 진전이 이루어지지 않은 상태였다. 뛰어난 유머 감각과 자기 비하를 통해 앤디는 자신이 어떻게 다수의 출판사들을 들쑤시고 다녔는지, 그들이 그에게 어떤 식으로 진저리를 쳤는지 설명했다. 애피타이저를 먹으면서 샐리는 자신이 초기에 책을 냈을 때 느낀 절망감에 대해 털어놓았다. 그녀의 첫 소설은 열 명도 넘는 에이전트에게 거절당하고 그보다 더 많은 출판사에서 딱지를 맞았다. 그럼에도 그녀는 글쓰기를 멈추지 않았다. 그리고 술도 마셨다. 남편이 바람을 피우는 바람에 첫 결혼이 깨졌고 그녀의 삶은 엉망이 되었다. 그녀가 쓴 두 번째, 세 번째 소설도 거절당했다. 고맙게도 몇몇 친구들이 개입해 그녀는 술을 끊을 의지를 찾아낼 수 있었다. 네 번째 소설부터 범죄를 주제로 다루면서 새로운 주인공을 창조해 냈고, 갑자기 에이전트들에게서 연락이 오기 시작했다. 심지어 영화사에도 판권이 팔렸다. 그녀에게 탄탄대로가 열린 것이었다. 이후 여덟 권의 소설을 더 낸 지금 그녀가 쓴 시리즈 소설은 단단히 자리를 잡고 인기몰이 중이었다.

그녀는 일말의 교만함도 없이 자신의 이야기를 들려주었다. 머서는 한 줄기 부러움을 느끼지 않을 수 없었다. 샐리는 전업 작가였다. 싸구려 일자리와 부모에게서 빌린 돈은 다 지난 일이 되었고, 현재는 1년에 한 권씩 책을 내고 있단다. 말은 쉽지. 지금까지 머서가 만난 모든 작가는 비정할 정도로 질투심을 느끼게 하는 구석이 있었다. 작가라는 종족의 특징이었다.

메인 요리를 먹으면서 대화의 주제가 갑자기 술로 넘어갔다. 앤디는 자신에게 음주 문제가 있음을 인정했다. 샐리는 동정을 표하면서도 냉정하게 조언했다. 그녀는 7년 동안 금주에 성공하고 있었고 그런 변화가 인생을 구했다고 했다. 그녀의 말이 자극이 되었는지 앤디는 그녀가 솔직하게 조언해 준 데에 감사를 표했다. 머서는 자신이 알코올 중독자 모임에 나와 있는 게 아닌가, 하는 생각이 잠시 들었다.

브루스는 샐리를 아주 좋아하는 것 같았다. 게다가 저녁 식사가 길어질수록 머서에 대한 브루스의 관심이 줄어들고 있었다. 바보 같은 생각하지 마. 브루스와 샐리는 오래전부터 알고 지낸 사이잖아. 그러나 한번 그런 생각이 떠오르자 떨쳐 낼 수가 없었다. 브루스는 애정 어린 손길로 샐리의 어깨를 토닥거리며 은근한 스킨십을 했다.

디저트는 생략했고 브루스가 저녁을 샀다. 메인 스트리트를 따라 걷던 브루스가 야간 근무 직원을 살피러 서점에 들러야 한다고 했다. 샐리도 그를 따라갔다. 작별 인사가 오갔고, 샐리는 머서에게 이메일을 보낼 테니 연락하자고 말했다. 앤디가 돌아서는 머서를 불러 세웠다. "한잔할 시간 있어요?"

그녀는 발길을 멈추고 그를 마주 보고 섰다. "아니요, 앤디. 별로 좋은 생각이 아닌 것 같네요. 저녁 식사 때 그렇게 얘기를 하시고는."

"술 말고 커피."

겨우 9시가 지난 시간이라 머서는 오두막에 돌아가도 딱히 할 일이 없었다. 어쩌면 커피를 같이 마셔 주는 게 앤디에게 도움이 될 수도 있었다. 그들은 도로를 가로질러 텅 빈 커피숍으로 들어갔다. 바리스타가 30분 후에 영업이 종료된다고 했다. 그들은 무카페인 커피를 두 잔 주문해 들고는 바깥쪽 테이블에 앉았다. 도로 맞은편에는 서점이 있었다. 몇 분이 지나고 브루스와 샐리가 서점을 나서더니 마치뱅크스 저택 방향의 거리로 사라졌다.

"샐리는 오늘 밤 브루스 집에서 잘 거예요." 앤디가 말했다. "많은 작가가 그래요."

머서는 일전에 들었던 말들을 떠올리며 물었다. "노엘도 같이 어울리는 건가요?"

"그건 아니죠. 브루스가 좋아하는 사람들이 있어요. 또 노엘이 좋아하는 사람들이 있고. 타워 꼭대기에 작가의 방이라고 둥근 모양 방이 있어요. 그 방만큼은 많은 걸 목격했겠죠."

"무슨 말인지 잘 모르겠어요." 머서는 말은 그렇게 했지만 속으로는 모든 걸 완벽하게 이해하고 있었다.

"브루스와 노엘은 개방적인 결혼 생활을 하고 있어요, 머서. 상대방이 다른 사람과 자도 아무렇지 않아 한다고요. 아니, 오히려 서로에게 격려하는 걸 수도 있지. 둘은 사랑하지만 서로에게 얽매이지는 않아요."

"거참, 별난 부부네요."

"그들의 생각은 달라요. 둘 다 행복해 보이더라고."

마침내 일레인이 들려준 소문의 일부가 확인되었다.

앤디가 말했다. "노엘이 프랑스에서 많은 시간을 보내는 이유는 거기에 오래 사귄 남자 친구가 있기 때문이에요. 그 친구도 유부남일걸요."

"이런, 당연히 그렇겠죠. 당연히 유부남이겠죠."

"결혼한 적 없죠?"

"네."

"글쎄요, 난 두 번이나 해 봤지만 결혼을 추천할 수 있을지 모르겠어요. 만나는 사람은 있어요?"

"아니요. 마지막 남자 친구랑 1년 전에 헤어졌어요."

"여기서 흥미를 느꼈던 사람은요?"

"있죠. 당신, 브루스, 노엘, 마이라, 리, 밥 코브. 이 동네에는 재밌는 사람 천지인걸요."

"그 가운데 데이트하고 싶은 사람은 있었어요?"

앤디는 그녀보다 적어도 열다섯 살은 많고 술에 빠져 살고 툭 하면 술집에서 싸움을 벌이는 사람으로 그걸 증명하는 흉터도 가지고 있었다. 흥미로운 구석이라고는 눈 씻고 찾으려고 해도 찾을 수 없는, 막말로 짐승 같은 인간이었다. "지금 저한테 데이트 신청하는 거예요, 앤디?"

"아니, 뭐, 언제 저녁이라도 같이할까 생각은 했는데."

"곧 어디 간다고 하지 않았어요? 마이라가 뭐라고 했더라? 금주 캠프였던가?"

"사흘 뒤에요. 그때까지 술을 안 마시려고 아주 용쓰는 중이에요. 쉽지 않네요. 사실 이놈의 미지근한 무카페인 커피를 마시면서 이건 더블 보드카 온더록스다, 하고 자기 최면을 걸고 있어요. 심지어 술맛이 느껴지는 것도 같아요. 이대로는 집에 들어가고 싶지 않아서 시간을 죽이는 거예요. 집에 술은 한 방울도 없어요. 집가는 길에 술집이 두 군데나 있고 아직 영업 중이에요. 도중에 차를 세우지 않으려고 정말이지 발버둥을 쳐야 할 거예요." 그의 목소리가 잦아들었다.

"마음이 안 좋네요, 앤디."

"그럴 거 없어요. 그냥 절대 나처럼 되지 말아요. 끔찍하니까."

"제가 뭐라도 도움이 될 수 있다면 좋겠네요."

"해 줄 수 있는 게 있어요. 날 위해 기도해 줘요. 이렇게 약한 모습 보이는 건 끔찍하게 싫지만요." 무카페인 커피와 불편한 대화로부터 달아나기라도 하듯 그가 갑자기 일어서더니 걷기 시작했다. 머서는 무슨 말이라도 하고 싶었지만 당장 떠오르는 게 없었다. 그녀는 앤디가 모퉁이를 돌아 사라질 때까지 지켜보았다.

그녀는 컵들을 카운터로 가져갔다. 거리는 조용했다. 서점, 퍼지 숍, 카페만 문이 열려 있었다. 그녀는 차를 3번가에 세워 두었지만 이유 없이 그곳을 지나쳐 버렸다. 한 블록을 더 걸어가고 나서도 계속 걸어서 마치뱅크스 저택 앞까지 왔다. 타워 높은 곳 작가의 방에 불이 켜져 있었다. 그녀는 걸음을 늦추었다. 그때 신호라도 받은 것처럼 불이 꺼졌다.

그녀는 호기심이 일었다는 건 인정했다. 하지만 질투를 살짝 느꼈다는 것 또한 인정할 수 있을까?

2.

오두막에서의 5주가 지나고, 며칠간 집을 비워야 할 때가 왔다. 코니 언니와 형부, 그리고 두 명의 10대 여자 조카들이 연례 행사로 2주간의 해변 휴가를 보내러 이곳 오두막에 오기 때문이었다. 코니가 예의상, 거의 의무적으로 휴가를 함께하자고 초대했지만 어림없었다. 조카들은 아무것도 하지 않은 채 각자의 휴대 전화만 온종일 들여다보고 있을 것이고, 형부는 내내 프로즌 요거트 가게 얘기만 할 게 뻔했다. 형부는 자신의 성공에 대해 겸손하게 굴긴 했지만 멈춤 없이 일만 했다. 머서는 형부가 매일 새벽 5시에 일어나 커피를 마시고 이메일을 잔뜩 보내고 배송을 점검하느라 바닷물에 발끝 하나 적시지 않을 확률이 크다는 걸 잘 알고 있었다. 코니는 남편이 2주라는 휴가 기간 전체를 함께 보낸 적이 단 한 번도 없다며 농담처럼 말했다. 회사에 꼭 어떤 문제가 생겼고 그러면 그는 서둘러 내슈빌로 돌아가 회사를 구해 내야만 했다.

물론 머서의 글 쓰는 속도가 지금보다 더 느려지긴 힘들겠지만, 그런 상황에서 글을 제대로 쓸 수 없다는 것 또한 사실이었다.

머서는 자신보다 아홉 살 많은 코니와 가깝게 지낸 적이 없었다. 어머니가 떠나고 아버지가 지나치게 본인에게만 몰두하면서 사실상 두 딸은 알아서 커야 했다. 코니는 열여덟 살이 되던 해에 도망치듯 SMU 대학에 갔다. 이후로는 집과 관련된 모든 것에 발길을 끊었다. 그녀는 딱 한 번 여름 방학을 할머니, 머서와 해변에서 보낸 적이 있었다. 그때 그녀는 남자에게 미쳐 있었던 데에다 해변에서 산책하며 거북을 관찰하고 밤낮으로 책만 읽는 생활이 너무 지겨웠다. 그러던 중 대마초를 피우다 할머니에게 들키고는 그길로 돌아가 버렸다.

요즘 두 사람은 일주일에 한 번 이메일을 주고받고 한 달에 한 번 전화로 수다를 떨었다. 말하자면 정중하고 낙관적인 관계를 유지하는 것이었다. 머서는 내슈빌 근처에 갈 일이 있으면 가끔 언니네 집에 들렀는데, 언니네가 사는 곳은 갈 때마다 달라졌다. 그들은 이사가 잦았고, 늘 더 큰 집에 더 좋은 동네로 옮겨 갔다. 그들은 막연한 꿈을 좇고 있었다. 머서는 언니네 가족이 마침내 그 꿈을 찾아냈을 때 과연 어디에 있게 될지 궁금했다. 그들은 돈을 더 벌수록 더 많이 썼다. 형편이 넉넉지 않은 머서는 그들의 소비 규모에 매번 놀라곤 했다.

두 사람 사이에 한 번도 해 보지 못한 이야기가 있었다. 말을 꺼내 보았자 해결은 나지 않고 기분만 상할 것이기에 하지 않았던 이야기였다. 코니는 운 좋게 사립 대학교 교육을 4년이나 받으면서도 학자금 대출을 한 푼도 받지 않았다. 아버지인 허버트가 한창 자동차 사업을 할 때였기 때문이다. 하지만 머서가 대학에 입학하던 시점에 아버지가 무일푼으로 파산에 이르고 말았다. 머서는 오랜 세월 동안 언니의 행운에 분한 마음을 품어 왔다. 코니는 머서를 도와줄 생각이 눈곱만큼도 없어 보였다. 이제 학자금 대출이 기적적으로 사라졌으니 머서는 지나간 원한 따위 잊기로 마음먹었다. 다만 당장 몇 달 뒤의 머서의 거처가 불투명한 상황에서, 코니의 집은 갈수록 호화로워지기만 하니 모든 걸 쉽게 지울 수 있을지는 의문이었다.

사실 머서는 언니와 휴가를 보내고 싶지 않았다. 그들은 서로 다른 세상에 살았고 점점 더 멀어지고 있었다. 이유야 어찌되었든 간에 머서가 언니의 초대를 거절함으로써 결과적으로는 두 사람 다 안심할 수 있게 되었다. 머서는 며칠 동안 카미노 아일랜드를 떠나 여기저기 다니면서 친구를 만날 예정이라고 둘러댔다. 일레인은 오두막에서 북쪽으로 3킬로미터 정도 떨어진 해변에 있는 민박집에 방을 하나 얻어 두었다. 머서는 아무 데도 가지 않을 것이었다. 케이블이 접근해 와야 할 타이밍에 그녀가 이곳을 떠나서는 안 되었다.

7월 4일 독립 기념일이 낀 주말의 금요일, 머서는 오두막을 정리하고 캔버스 백 두 개에 옷가지, 세면도구, 책 몇 권을 담았다. 불을 끄고 집을 나서면서 할머니를 생각했다. 그리고 지난 5주 동안 얼마나 멀리까지 왔는지도 생각했다. 그녀는 오두막을 찾지 않은 채 11년의 시간을 흘려보냈기에 엄청난 두려움을 품고 돌아왔다. 다행히 할머니의 끔찍한 죽음은 한쪽으로 제쳐 둔 채 소중한 기억들만 떠올릴 수 있었다. 그녀는 그럴 만한 이유로 집을 떠나지만, 2주 뒤에 다시 돌아와 오두막을 독차지할 것이었다. 얼마나 오래 머물지는 누구도 확신할 수 없었다. 그건 케이블에게 달렸을 터였다.

그녀는 페르난도 스트리트를 따라 5분 동안 달려 등대집이라는 이름의 민박집으로 갔다. 안마당 한가운데에 높다란 가짜 등대가 서 있었다. 그녀도 어릴 때 본 적이 있던 곳이라 기억하고 있었다. 민박집은 케이프 코드의 섬들처럼 복잡하게 뻗은 건물로, 객실이 스무 개나 되고 무한 리필이 되는 조식 뷔페도 운영하고 있었다. 휴일이 시작되어 많은 사람들이 섬을 찾아왔다. 민박집 문에 붙은 '빈방 없음'이라는 팻말이 사람들을 내몰았다.

주머니에 약간의 돈도 있겠다, 그녀는 자신만의 방에서 차분하게 자리를 잡고 이야기를 써 내려갈 수 있을 것 같았다.

3.

토요일 늦은 아침, 메인 스트리트는 주말마다 열리는 농산물 직거래 장터를 방문한 사람들에 휴가철을 맞아 몰려든 관광객들이 겹쳐 무척이나 북적거렸다. 사람들이 피자나 아이스크림, 또는 점심

먹을 테이블을 찾고 있는 가운데, 데니는 이번 주만 벌써 세 번째 베이 북스로 출근 도장을 찍고 미스터리 소설 구역에서 책을 훑어보고 있었다. 군복 무늬 모자, 카고 반바지, 낡은 티셔츠에 슬리퍼를 신은 그는 형편없는 옷차림의 다른 손님들과 마찬가지로 눈에 띄지 않았고 그 누구의 관심도 끌지 않았다. 그와 루커는 일주일 전 이곳에 도착해 관심 있는 곳들을 살펴보면서 케이블을 감시했다. 말만 감시이지 케이블이 꿈에도 의심하지 않을 수준으로 지켜보기만 했다. 케이블은 서점에 없으면 시내에서 점심을 먹고 있거나 볼일을 보고 있거나 멋진 집에서 대개는 혼자 시간을 보냈다. 그럼에도 그들이 조심하지 않을 수 없었던 까닭은 케이블이 보안을 무척이나 중요하게 여겼기 때문이다. 당장 가게와 집만 해도 보이는 데마다 카메라와 감지기가 수두룩했다. 그러니 어디에 또 뭐가 있을지 알 수 없는 노릇이었다. 발을 헛디디기라도 하는 날이면 재앙이 닥칠 터였다.

처음에 두 사람은 인내심을 발휘해야 한다며 기다리고 지켜보기만 했다. 그러나 그들의 인내심이 점차 사라지고 있었다. 조엘 리비코프를 고문하고 보스턴의 오스카 스테인을 협박해 정보를 얻어 낸 일은 지금의 상황과 비교하면 아주 쉬운 것이었다. 전에는 먹혔던 폭력이 이번에는 잘 통하지 않을 수도 있었다. 그때 그들이 필요했던 건 이름 몇 개뿐이었지만, 지금 그들은 물건을 되찾아야 했다. 케이블이나 그의 아내, 또는 그가 아끼는 사람을 섣불리 공격했다간 자칫 역효과를 내고 모든 걸 망쳐 버릴 수 있었다.

존 그리샴

4.

7월 5일 화요일, 관광객들이 사라지고 해변이 다시 횅해졌다. 섬은 천천히 깨어나 이글거리는 태양 아래 길었던 휴일 주말의 숙취를 떨쳐 내려 애쓰고 있었다. 머서가 좁은 소파에서 《헤밍웨이와 파리의 아내》라는 책을 읽고 있는데 이메일 알림이 왔다. 브루스가 보낸 것이었다. "시내에 나오면 서점에 들러요."

그녀가 대답했다. "좋아요. 무슨 일 있나요?"

"일이야 늘 있죠. 당신에게 줄 게 있어요. 작은 선물."

"심심했는데. 1시간 후쯤 갈게요."

서점에는 손님이 없었다. 카운터의 직원은 졸음이 가득한 얼굴로 말없이 고개만 끄덕했다. 그녀는 위층으로 올라가 커피를 주문하고 신문을 집었다. 잠시 후 계단을 올라오는 발소리가 들렸다. 브루스였다. 오늘은 노란색 줄무늬가 들어간 시어서커 정장에 녹색과 파란색이 섞인 작은 나비넥타이를 매고 있었다. 언제나처럼 말쑥했다. 그도 커피를 받아 들었다. 두 사람은 3번가 위쪽으로 트여 있는 발코니로 나갔다. 그곳에는 아무도 없었다. 그들은 실링팬 아래 그늘진 테이블에 자리를 잡고 앉아 커피를 마셨다. 브루스가 선물을 내밀었다. 서점에서 사용하는 파란색과 하얀색이 섞인 종이로 감싼 것은 책인 듯했다. 머서는 포장을 뜯고 선물을 확인했다. 에이미 탄의 《조이 럭 클럽》이었다.

"초판본이고 작가 사인도 있어요." 그가 말했다. "현대 작가 중에서 당신이 가장 좋아하는 작가 중 한 명이라고 하기에 좀 찾아봤죠."

머서는 잠시 할 말을 잃었다. 감히 상상조차 할 수 없고 물어볼 엄두도 못 낼 값비싼 초판본이 분명했다. "무슨 말을 해야 할지 모르겠어요, 브루스."

"이럴 땐 그냥 '고마워요'라고 하면 돼요."

"그걸로는 부족한 것 같아요. 제가 이걸 어떻게 받아요."

"너무 늦었어요. 벌써 사 버렸고, 벌써 당신에게 줘 버렸는데요. 그냥 섬에 온 환영 선물이라고 칩시다."

"그렇다면 고맙다고 말해야겠네요."

"별말씀을. 이 책 초판본이 3만 부였기 때문에 그렇게 희귀한 건 아니에요. 나중에는 하드 커버로만 50만 권이나 팔렸어요."

"작가가 이 서점에도 왔었나요?"

"아니요. 이 작가는 홍보 투어를 많이 안 해요."

"이렇게 굉장한 걸. 브루스, 이렇게까지 하지 않아도 되는데요."

"벌써 해 버렸잖아요. 이제 당신도 수집을 시작한 겁니다."

머서는 웃으면서 책을 테이블에 내려놓았다. "제가 초판본을 수집하게 되리라고는 상상도 못했어요. 제게는 너무 비싼 것들이니까요."

"글쎄요, 나 역시 수집가가 되리라고는 꿈도 못 꿨어요. 어쩌다 보니 이렇게 된 거죠." 그가 시계를 보더니 물었다. "지금 바빠요?"

"전 마감 날짜도 없는 무늬만 작가인걸요."

"좋아요. 이 얘기는 오랫동안 하지 않았지만 내가 수집을 시작하게 된 계기를 말해 줄게요." 그가 커피를 한 모금 마셨다. 그러고 나서 의자에 등을 기대고는 다리를 꼬고 앉아서 돌아가신 아

버지의 희귀본들을 우연히 찾아내 몇 권을 슬쩍 빼돌린 이야기를
들려주었다.

5.

커피 타임은 점심 데이트로 이어졌다. 두 사람은 항구에 있는 한
레스토랑의 시원한 실내에 자리를 잡고 앉았다. 브루스가 와인을
한 병 주문했다. 그는 사업상 점심을 먹을 때마다 늘 와인을 주
문했다. 오늘은 샤블리였다. 머서도 좋다고 했다. 음식은 샐러드
만 주문했다. 그는 노엘에 관해 이야기했다. 그녀가 이틀에 한 번
씩 연락을 하고 있으며, 골동품 찾는 일은 순조롭게 진행되고 있
다고 했다.

　머서는 노엘의 프랑스 남자 친구는 어떻게 지내는지 물어보고
싶었다. 그들 부부가 서로 바람을 피우는 걸 인정하며 산다는 사
실이 도저히 믿기지 않았다. 프랑스에서는 그리 이상한 일이 아닐
수도 있지만, 미국인 머서는 실제로 개방적인 결혼 생활을 하는 부
부를 본 적이 없었다. 물론 그녀 주변에도 바람을 피우는 사람들이
있었지만 상대방에게 들키는 날엔 뼈도 못 추릴 터였다. 한편으로
그녀는 상대방이 멋대로 놀아나도록 허락해 줄 정도로 서로를 사
랑할 수 있는 두 사람의 아량이 존경스럽기까지 했다. 그러나 다른
한편으로는 미국 남부 출신 특유의 고상한 성격이 튀어나와 그들
의 추잡함을 단죄하고 싶기도 했다.

　"물어볼 게 있어요." 그녀가 주제를 바꾸며 말했다. "탈리아의 책

에서요. 특히 젤다 피츠제럴드와 헤밍웨이 사이의 이야기에서 글이 어떻게 시작됐나요? 그녀는 시작 장면을 어떤 식으로 썼죠?"

브루스가 환하게 웃으면서 냅킨으로 입가를 훔쳤다. "이런, 드디어 진도가 나가는 모양이군요. 그 얘기를 진지하게 생각하고 있어요?"

"어쩌면요. 피츠제럴드 부부와 헤밍웨이 부부에 관한 책을 두 권 읽었어요. 몇 권 더 주문해 뒀고."

"주문이요?"

"네. 아마존에서. 아, 미안해요. 근데 그쪽이 훨씬 싼 거 아시죠?"

"그렇다면서요. 우리 서점에서 주문하면 30퍼센트 깎아 줄게요."

"사실 전자책으로 보는 걸 좋아해서요."

"젊은 세대들이란." 그가 웃더니 와인을 한 모금 마시고 말했다. "생각 좀 해 보죠. 아주 오래전, 그러니까 12년, 아니, 13년 전이었을 거예요. 탈리아가 원고를 하도 여러 번 고쳐서 가끔 헷갈려요."

"지금까지 제가 읽은 책들에 따르면 젤다는 헤밍웨이를 증오했어요. 헤밍웨이를 상대방을 괴롭히는 짐승 취급했고, 자기 남편에게 나쁜 영향을 준다고 생각했죠."

"실제로도 그랬을지 몰라요. 탈리아의 소설 속에서 세 사람이 프랑스 남부에 있을 때의 한 장면이 생각나네요. 헤밍웨이의 아내 해들리는 일이 있어서 미국으로 돌아갔고 어니스트와 스콧은 술판을 진탕 벌여요. 실제로 헤밍웨이는 스콧더러 술이 약하다면서 여러 번 불만을 제기했답니다. 와인 반병만 마셔도 뻗어 버렸으니까요. 헤밍웨이는 워낙 술고래여서 술로는 지는 법이 없었어요. 스콧은 스무 살에 이미 알코올 중독자가 돼 있었고 술을 손에서 놓는 법이 없었어요. 아침, 점심, 밤 가리지 않고 늘 술 마실 준비가 돼 있었죠. 아무튼 젤다와 헤밍웨이가 서로 추파를 보내다가 점심 식사 후 스콧이 해먹에서 곯아떨어지자 마침내 기회를 잡아요. 그들은 남편이 코를 골며 자는 데서 겨우 10미터 떨어진 곳에서 일을 저질러요. 뭐, 이런 식인데, 아무튼 다시 말하지만 애초에 지어 낸 이야기니 당신이 원하는 대로 써요. 어니스트가 술을 더 마셔 대고 스콧이 그걸 따라잡으려 애쓰면서 두 사람의 관계는 점점 더 열렬해지죠. 스콧이 정신을 잃으면 친구 어니스트와 그의 아내 젤다는 서둘러 가까운 침대로 가서 재빨리 즐기는 겁니다. 젤다는 어니스트에게 푹 빠져 있어요. 어니스트는 표면적으로는 그녀에게 미쳐 있는 것처럼 보였지만 이미 여러 여자를 섭렵한 바람둥이였어요. 세 사람이 파리로 돌아오고 해들리도 미국에서 돌아왔지만 젤다는 밀회를 계속 이어 가길 원해요. 하지만 어니스트는 그녀에게 싫증을 내요. 그는 그녀더러 미쳤다며 여러 차례 악담을 퍼붓습니다. 그가 그녀를 밀어내다가 종국에 완전히 차 버리자 그때부터 그녀는 그를 증오하게 됩니다. 누누이 강조하지만 이건 소설이에요."

"그런 내용이면 팔릴 것 같아요?"

브루스가 웃더니 말했다. "이런, 이런, 지난 한 달 사이에 돈만 밝히는 사람이 돼 버렸네. 당신, 여기 올 때는 문학적 야망으로 가득했는데, 이젠 돈 생각만 하고 있잖아요."

"전 강의실로 돌아가고 싶지 않아요, 브루스. 그나마 와 달라고

하는 대학도 없고요. 제겐 아무것도 없어요. 당신의 배려와 할머니의 좀도둑질로 생긴 만 달러를 빼면 빈털터리나 다름없어요. 책이 팔리지 않으면 글쓰기는 이쯤에서 그만둬야 할 판이에요."

"팔릴 거예요. 당신이 말한 《헤밍웨이와 파리의 아내》는 그 시절 해들리와 헤밍웨이에 관한 멋진 이야기를 담은 책이에요. 그리고 아주 잘 팔렸죠. 당신은 아름다운 작가예요, 머서. 당신도 해낼 수 있어요."

그녀가 웃으며 와인을 한 모금 마시고 말했다. "고마워요. 그냥 전 따뜻한 격려가 필요했어요."

"사람이면 누구나 다 그렇지 않나요?"

두 사람은 잠시 아무 말없이 먹기만 했다. 브루스가 술잔을 들어 와인을 들여다보았다. "샤블리 좋아해요?"

"맛있잖아요."

"난 와인을 사랑해요. 과할 정도로. 하지만 점심에 와인은 나쁜 습관이죠. 오후 일과에 영향을 주니까요."

"그래서 낮잠이란 게 있잖아요." 그녀가 그의 말에 장단을 맞추며 말했다.

"그러니까요. 서점 2층에 작은 숙소가 있어요. 커피 바 뒤쪽인데, 점심 먹고 낮잠 자기에 그만이죠."

"지금 절 초대하시는 건가요, 브루스?"

"그럴 수도 있죠."

"여자를 유혹할 때 쓰는 말이에요? '이봐, 자기, 나랑 같이 낮잠 잘래?'"

존 그리샴

"전에는 먹혔는데."

"글쎄요, 지금은 잘 안 먹히는 것 같네요." 그녀는 주위를 둘러본 뒤 냅킨으로 입가를 닦았다. "전 유부남이랑은 안 자요, 브루스. 사실 두 번 그래 봤는데, 두 번 다 기분이 썩 좋진 않더라고요. 유부남들은 내가 신경 쓰고 싶지 않은 짐을 갖고 있거든요. 게다가 노엘과 저는 아는 사이고, 전 노엘이 좋아요."

"노엘은 하나도 신경 쓰지 않아요. 내가 보장하죠."

"믿기 어려운데요."

그가 낄낄 소리 내어 웃었다. 마치 머서가 스스로 무슨 말을 하는지 모르고 있기에 그가 기꺼이 그녀를 계몽시켜 줄 의향이 있다는 듯. 그는 주위를 둘러보며 아무도 두 사람의 대화를 들을 수 없다는 것을 확인하더니 몸을 앞으로 숙이고 목소리를 낮추었다. "노엘은 지금 프랑스 아비뇽에 있어요. 거기에 그녀의 아파트가 있는데, 아주 오래전부터 갖고 있던 거예요. 바로 한 블록 아래에 그녀의 친구인 장뤼크 소유의 훨씬 큰 아파트가 있어요. 장뤼크는 돈 많고 나이도 많은 여자와 결혼했죠. 장뤼크와 노엘이 가깝게 지낸 지 적어도 10년은 됐고요. 사실 그녀는 나보다 그를 더 먼저 만났어요. 그들도 같이 낮잠도 자고 저녁도 먹고 데이트도 하고, 심지어 그의 늙은 부인이 괜찮다고 하면 같이 여행도 해요."

"그러니까 그 남자 부인이 허락한 관계라는 건가요?"

"네. 프랑스인이잖아요. 매사를 조용히, 신중하게, 그리고 아주 교양 있게 흘려보내는 거죠."

"당신도 괜찮아요? 정말이지 믿을 수가 없네요."

"그럼요. 난 전혀 신경 쓰지 않아요. 세상일이 다 그래요. 머서, 난 아주 오래전에 내가 일부일처제에 맞지 않는 사람이라는 걸 깨달았어요. 어떤 인간이 진정으로 일부일처제를 원하는지 알 수 없지만, 그걸로 논쟁하지는 않겠어요. 대학에 입학했을 때 세상엔 아름다운 여자들이 많고 난 딱 한 사람만 사랑하며 행복할 수 없다는 걸 깨달았어요. 꾸준한 관계를 맺어 보려고 노력도 해 봤어요. 대여섯 명의 여자 친구를 겪어 봤지만 어떻게 해도 내 생각을 바꿀 수가 없었어요. 나이와 무관하게 아름다운 여자들을 도저히 그냥 지나칠 수 없었거든요. 그러다 운 좋게 노엘을 만났죠. 그녀 역시 남자들을 향해 같은 마음을 갖고 있었어요. 결혼했지만 남자 친구를 따로 뒀고, 주치의와도 잠자리를 갖다가 이혼한 지 오래됐다고 하더군요."

"그래서 두 분이 거래라도 했단 건가요?"

"정식으로 악수하며 계약한 건 아니지만, 결혼을 마음먹었을 때쯤 우리에겐 어떤 규칙이 있다는 걸 서로가 알았어요. 문은 활짝 열려 있고, 조심만 하면 됐죠."

머서는 고개를 흔들며 그를 외면했다. "미안해요. 지금까지 단 한 번도 그런 식으로 사는 부부를 본 적이 없어서."

"우리가 그렇게까지 특이한 건지 잘 모르겠네요."

"아, 아주 특이한 건 분명해요. 그렇게 살고 있는 당사자라 평범하게 생각하는 거예요. 예전에 남자 친구가 바람 피우는 걸 잡아낸 적이 있는데 그걸 극복하기까지 자그마치 1년이 걸렸어요. 전 아직도 그 자식이 미운걸요."

"내 짐작이 옳았군. 당신은 너무 심각해. 가끔 잠깐 즐기는 게 어때요?"

"잠깐 즐겨요? 당신 아내는 프랑스인 남자 친구랑 적어도 10년을 같이 자는 사이예요. 그걸 잠깐 즐긴다고 해요?"

"맞아요. 그렇게 말할 수는 없겠네요. 하지만 노엘은 그를 사랑하지 않아요. 그건 그냥 우정에 불과해요."

"그렇구나. 그럼 전에 샐리 아란카가 이곳에 왔을 때는 잠깐 즐긴 거예요? 아니면 우정인가요?"

"둘 다 아니죠. 아무렴 어때요? 샐리는 1년에 한 번씩 이곳에 오고, 우린 잠깐 재미 좀 봐요. 그걸 당신이 뭐라고 부르든 간에 말이죠."

"만일 노엘이 여기 있었다면요?"

"노엘은 신경 쓰지 않아요, 머서. 있잖아요, 지금 당장 노엘에게 전화를 걸어서 우리가 함께 점심을 먹고 있고 낮잠 자는 일에 관해 얘기하고 있는데 어떻게 생각하느냐고 한번 물어봐요. 그럼 노엘이 웃으면서 이렇게 말할 거예요. '이봐요, 내가 집을 비운 지 2주나 됐는데 왜 이렇게 오래 걸렸어요?'라고요. 지금 전화 걸어 볼래요?"

"됐어요."

브루스가 웃으며 말했다. "당신은 지나치게 완고해요."

머서는 자신이 완고하다고 생각해 본 적이 한 번도 없었다. 오히려 그녀는 스스로를 느긋하고 웬만하면 모든 걸 받아들일 수 있는 사람이라고 생각했다. 그러나 지금 그녀는 내숭 떠는 여자가 된 것 같았고 그게 너무 싫었다. "아니요. 그렇지 않아요."

"그럼 같이 자요."

"미안해요. 전 그렇게 가볍게 생각할 수가 없어요."

"좋아요. 강요는 아니에요. 그냥 잠깐 낮잠 자자는 것뿐이었어
요."

두 사람은 낄낄대며 웃었지만, 긴장감은 뚜렷했다. 그리고 그들
은 그 대화가 여기서 끝나지 않을 것임을 알고 있었다.

6.

그들이 오두막에서 연결된 산책로 끄트머리 쪽의 해변에서 만났
을 때는 사위가 어두워져 있었다. 파도는 낮았고 넓은 해변은 비어
있었다. 환한 보름달이 바다 위에서 반짝거렸다. 일레인은 맨발이
었고 머서도 샌들을 벗어 던졌다. 두 사람은 바다를 따라 걸었다.
얼핏 보면 오래된 친구 둘이 수다를 떠는 것 같았다.

머서는 지시받은 대로 매일 밤 모든 걸 이메일로 자세히 보고했
다. 그녀가 무슨 책을 읽고 있고 어떤 걸 글로 쓰려 하는지까지. 덕
분에 일레인은 거의 모든 걸 알고 있었다. 다만 머서는 케이블이
그녀를 침대로 끌어들이려고 했던 일은 언급하지 않았다. 나중에
돌아가는 상황을 보고 말할 심산이었다.

"섬에는 언제 왔어요?" 머서가 물었다.

"오늘 오후에요. 지난 이틀 동안 사무실에서 팀원들과 전문가
들이 모였어요. 기술자, 작전 전문가, 심지어 내 상사인 회사 사장

님까지."

"당신도 상사가 있어요?"

"아, 그럼요. 이번 작전을 지휘하는 사람은 나지만, 마지막 결정은 내 상사가 내릴 거예요."

"그 마지막 결정을 내리는 게 언제죠?"

"지금은 확실히 말할 수 없어요. 이제 6주째죠? 솔직히 다음 단계가 뭐가 될지 잘 모르겠어요. 지금까지 너무 잘해 줬어요, 머서. 당신이 5주간 해낸 일은 가히 놀라울 정도였어요. 우리 모두 아주 만족하고 있어요. 사진과 동영상도 확보했고 당신이 케이블과 친한 사이가 된 거까진 좋아요. 다만 다음 작전을 두고 우리 사이에 논쟁이 좀 있어요. 자신 있지만 그저 가야 할 길이 좀 멀달까."

"해낼 수 있을 거예요."

"난 당신의 자신감이 마음에 들어요."

"고마워요." 머서는 입바른 칭찬에 심드렁하게 대꾸했다. "질문 있어요. 젤다와 헤밍웨이에 관한 소설을 쓴다는 식의 접근을 유지하는 것이 현명한지 잘 모르겠어서요. 만일 케이블이 피츠제럴드 원고를 갖고 있다면 너무 속 보이는 짓이 아닌가요? 우리가 제대로 가고 있는 건가요?"

"근데 소설은 그 사람 생각이었잖아요."

"어쩌면 그 사람이 미끼로 던져 두고 절 테스트하는 걸 수도 있죠."

"그가 당신을 의심한다고 할 만한 이유가 있어요?"

"그런 건 아닌데요. 브루스와 시간을 보내 보니 이제야 그 사람을 좀 알 것 같아서요. 그는 매우 명석하고 눈치가 빠르고 카리스마가 있지만, 쉽게 대화를 나눌 수 있는 정직한 사람이기도 해요. 사업을 할 때는 상대를 현혹하는 면이 있는지 모르겠지만, 친구들을 대할 때는 정반대거든요. 잔인할 정도로 솔직하고 어리석은 짓을 용서하지 않지만 상냥함을 타고났어요. 전 그 사람이 마음에 들어요, 일레인. 그리고 그도 절 좋아하고 더 가까워지고 싶어 해요. 만일 그가 수상하게 군다면 느낌으로 알 수 있을 것 같아요."

"그 사람이랑 더 가까워질 생각인가요?"

"두고 봐야죠."

"말했죠. 그 사람이 결혼했다는 건 거짓말이에요."

"알아요. 근데 그는 노엘을 아내로 소개하고 있어요. 물론 당신이 말한 대로 두 사람이 일반적인 부부 관계는 아닌 것 같아요."

"난 우리가 아는 모든 걸 당신에게 말했어요. 프랑스든 미국이든 두 사람이 혼인 신고를 했다는 기록은 전혀 찾을 수 없었어요. 혹시 다른 나라에서 결혼했을 수도 있지만, 그렇다고 해도 여전히 그들이 하는 얘기와는 다르죠."

"그 사람과 제가 얼마나 가까워질지 모르겠어요. 더구나 남녀 사이는 계획한 대로 움직일 수도 없고요. 요점은, 전 그 사람을 잘 알고 있고 그가 조금이라도 절 의심하면 알아챌 수 있다는 거예요."

"그렇다면 소설도 그대로 밀고 나가요. 그러다 보면 피츠제럴드에 관해 말할 기회도 잡게 될 거예요. 소설 앞부분만 써서 그에게 읽어 봐 달라고 해도 좋고. 그렇게 할 수 있겠어요?"

7.

브루스는 지난번처럼 자연스럽게 수작을 걸어 왔고 이번에는 그의 시도가 통했다. 그는 목요일 오후, 머서에게 전화를 걸어 리플리 프레스의 전설적인 인물인 모트 개스퍼가 아내와 함께 이곳에 온다는 소식을 전했다. 개스퍼는 거의 매년 여름 이 섬에 들러 브루스와 노엘의 집에 머물다 가곤 했다. 넷은 금요일 늦은 시간에 단출한 저녁 식사를 하기로 했다. 한 주를 마무리하기에 제격인 행사였다.

며칠을 민박집에서 지내다 때아닌 밀실 공포증에 시달리던 머서는 어떻게든 밖에 나가야만 했다. 그녀는 오두막으로 돌아가고 싶은 생각이 간절했고, 코니네 식구가 집에 돌아갈 날만을 손꼽아 기다렸다. 글 쓸 때를 제외하면 온종일 해변을 걸었다. 물론 오두막에서 멀리 떨어진 곳에서 벗어나지 않도록 조심했고, 혹시라도 그녀를 알아볼 만한 사람이 주변에 있는지 날카로운 눈으로 살폈다.

모트 개스퍼를 만나 두면 무너져 가는 그녀의 경력에 언젠가 도움이 될지도 몰랐다. 그는 30년 전 리플리 프레스를 헐값에 사들여 매너리즘에 빠져 있던 작은 회사를 거대한 출판사이자 독립된 사업체로 키워 냈다. 뿐만 아니라 재능을 포착하는 뛰어난 눈으로 다양한 문학적 열망과 책을 팔 수 있는 능력을 지닌 작가를 발굴하고 홍보했다. 출판 황금기를 되살려 낸 모트는 3시간씩 이어지는 점심 식사와 어퍼 웨스트 사이드에 있는 그의 아파트에서 늦은 밤에 벌어지는 출간 파티라는 전통을 고수했다. 그는 의심할 여지

없이 출판계에서 가장 화려한 인물이었고, 70대에 가까운 나이에도 결코 기력이 약해지지 않았다.

금요일 오후, 머서는 2시간 동안 인터넷에서 모트에 관한 잡지 기사들을 읽었다. 어느 하나 지루한 내용이 없었다. 2년 전 모트가 알려지지 않은 스타 작가의 데뷔 소설에 선인세를 200만 달러나 주었다는 기사가 있었다. 그 소설은 1만 부밖에 팔리지 않았지만 그는 후회하지 않았고 그걸 '싸게 샀다'고 표현했다. 또 다른 기사에는 그가 최근 머서와 비슷한 나이의 여자와 결혼했다는 내용이 포함되어 있었다. 그녀의 이름은 피비였고 리플리 프레스에서 편집자로 일하고 있었다.

금요일 저녁 8시, 피비가 마치뱅크스 저택 현관문 앞에서 머서를 맞이했다. 그리고 즐겁게 인사를 교환한 뒤 '남자들'은 이미 술을 마시고 있다고 경고했다. 머서는 주방을 통해 안으로 들어가면서 믹서기가 윙 하고 돌아가는 소리를 들었다. 브루스가 뒤쪽 포치에서 레몬 다이키리를 제조 중이었다. 그는 정장 대신 반바지에 골프 셔츠를 입고 있었다. 그는 머서의 양쪽 뺨에 가볍게 입을 맞추고 그녀를 모트에게 소개했다. 모트는 격렬한 포옹과 전염성 강한 웃음으로 그녀에게 인사를 건넸다. 그는 맨발이었고 긴 셔츠 자락이 무릎까지 내려와 있었다. 브루스는 그녀와 나머지 사람들에게 다이키리를 한 잔씩 건넸다. 그들은 책과 잡지가 잔뜩 쌓인 작은 테이블 주위의 고리버들 의자에 앉았다.

이런 상황에서라면 누구나 모트가 이야기를 주도해 나가기를 기대할 터였다. 머서는 아무래도 좋았다. 머서는 세 번째 모금만에 입안이 짜릿해지는 걸 느끼며 브루스가 다이키리를 만들 때 럼주를 얼마나 넣은 건지 궁금해졌다. 모트는 대선을 두고 극도의 분노를 표출하며 미국의 정치 상황을 걱정했다. 머서는 정치에 관심이 없었으나, 브루스와 피비는 그렇지 않은 듯 모트가 말을 이어 갈 수 있도록 적당히 대꾸해 주었다.

"담배 좀 피워도 되지?" 모트는 특별히 누구에게 하는 질문이 아닌 말을 내뱉고는 테이블에 놓인 가죽 케이스에 손을 뻗었다. 그와 브루스가 검은색 시가에 불을 붙였다. 금세 푸른 안개가 머리 위로 피어올랐다. 브루스가 다시 술병에 든 술을 한 잔씩 따라 주었다. 모처럼 모트의 독무대가 멈춘 사이를 노리고 피비가 간신히 한마디했다. "머서, 브루스 말이 여기서 소설을 쓰고 있다면서요?"

사실 머서는 그 얘기가 한 번은 나올 거라 생각했었다. 그녀가 웃으며 말했다. "브루스가 후하게 쳐 주는 거죠. 지금은 작업을 한다기보다는 꿈만 꾸는 단계예요."

모트가 담배 연기를 확 뿜어내고는 말했다. "《10월의 비》는 멋진 데뷔작이었소. 아주 인상적이었지. 어디서 나왔더라? 기억이 안 나는군."

머서는 괜찮다는 듯 웃어 보이며 말했다. "어쨌든 리플리 프레스는 거절했어요."

"그러니까. 바보 같았어. 하지만 출판 쪽이 다 그렇지. 어떤 책은 제대로 예측하고 어떤 책은 예측에 실패하고, 그게 다 사업이야."

"뉴컴에서 냈어요. 리플리하고는 잘 안 맞았죠."

그는 마음에 들지 않는다는 듯 혀를 차더니 말했다. "웃긴 놈들이야. 그쪽하고는 끝났죠?"

"네. 현재 계약은 바이킹이랑 돼 있어요. 아직 계약이 유효한진 모르겠네요. 마지막에 편집자와 통화했을 때 마감이 3년 지났다고 했거든요."

모트는 우렁찬 소리로 웃으며 말했다. "겨우 3년! 운이 좋군. 난 지난주에 8년이나 마감을 미루고 있는 더그 타넨바움에게 소리를 질렀는데. 작가들이란!"

피비가 끼어들었다. "어떤 작품을 쓰는지 말해 줄 수 있나요?"

머서는 웃으며 고개를 저었다. "말씀드릴 게 없어요."

"에이전트는 누구요?" 모트가 물었다.

"길다 새비치요."

"내가 좋아하는 친구네. 지난달에 그 여자랑 점심을 먹었지."

칭찬이 나오다니 다행이네요. 머서는 이 말을 입 밖에 낼 뻔했다. 몸에 술이 들어가서 그런 것 같았다. "식사 중에 제 이름이 나오진 않았겠죠?"

"기억이 나지 않소. 점심을 아주 오래 먹었거든." 모트는 다시 소리치듯 말하더니 꿀꺽꿀꺽 술을 들이켰다. 피비는 노엘에 관해 물었고, 노엘과 관련한 얘기가 몇 분 정도 오갔다. 머서는 주방에서 아무 움직임이 없다는 걸 알아차렸다. 음식이 준비되어 있는 것 같지도 않았다. 모트가 잠시 화장실에 다녀온다며 일어섰고, 브루스는 다시 믹서기를 돌려 다이키리를 더 만들었다. 여자들은 여름과 휴가 같은 걸 주제로 이야기를 나누었다. 피비와 모트는 다음 날 이곳을 떠나 키스 제도로 한 달 동안 휴가를 떠날 예정이라고 했다. 7월에는 출판업이 바쁘지 않고 8월에는 완전히 휴면에 들어가는 데다 사실 모트가 사장이라서 그들은 장장 6주 동안 도시에서 떠나 있을 수 있었다.

모트는 돌아오자마자 새 술잔을 들고 자리에 앉아 시가에 불을 붙였다. 순간 현관 초인종이 울렸고 브루스가 사라졌다. 그는 커다란 배달 음식 상자를 들고 돌아와 테이블에 내려놓았다. "이 섬 최고의 생선 타코를 소개하죠. 오늘 아침에 잡은 농어를 구운 겁니다."

"배달 타코를 먹자고?" 모트가 어이없어하는 얼굴로 말했다. "믿을 수가 없군. 난 자네를 뉴욕의 최고급 레스토랑에 데려갔는데 자네는 이런 걸 대접하다니." 그는 말은 그렇게 했지만 무섭게 달려들어 타코를 먹어 치웠다.

브루스가 말했다. "지난번에 우리가 시내에서 점심 먹을 때 당신이 날 길모퉁이에 있는 무시무시한 식당에 데려갔잖아요. 그때 먹은 샌드위치 때문에 토할 뻔했어요. 밥값도 내가 냈는데."

"자네는 그냥 책 파는 사람이잖아, 브루스." 모트가 한 입에 타코 절반을 베어 물며 말했다. "비싼 밥을 먹을 자격이 있는 건 작가들뿐이야. 머서, 나중에 뉴욕에 오면 우리 별 세 개짜리 식당에 갑시다."

"약속하신 거예요." 그녀는 그럴 일이 없다는 걸 알면서도 응수했다. 술 마시는 속도로 보아하니 그는 내일 아침이면 아무것도 기억하지 못할 것 같았다. 브루스 역시 느긋한 상태였고 지금까지 그녀가 보았던 그 어느 때보다 공격적으로 술을 마셨다. 생각에 빠져 와인을 홀짝거리며 마시거나, 신중하게 잔을 채우고 와인의 생산 연도와 생산자에 관한 얘기를 나누며 스스로를 완벽하게 통제하던 모습은 사라지고 없었다. 브루스는 마음이 편한지 긴 한 주를 보낸 금요일 밤에 공범을 만나 원 없이 나쁜 짓을 하고 있었다.

머서는 차가운 술을 홀짝거리며 술을 얼마나 마신 건지 기억하려 애썼다. 브루스가 잔이 비는 족족 술을 채웠기 때문에 어느 정도나 마셨는지 확인하기 쉽지 않았다. 취기가 올라오기 시작했으므로 술 마시는 속도를 늦출 필요가 있었다. 그녀는 타코를 하나 먹고 물병이 있는지, 하다못해 그냥 와인이라도 있는지 주위를 둘러보았지만 포치에는 나와 있는 것이 없었다. 새로 만들어 둔 다이키리만이 테이블 위에서 그들을 기다리고 있었다.

브루스가 모두의 잔을 채우더니 그가 가장 좋아하는 여름 술인 다이키리에 관해 이야기를 시작했다. 1948년 A. E. 허츠너라는 미국 작가가 1940년대 후반과 1950년 초반 쿠바에서 살고 있던 어니스트 헤밍웨이를 찾아 쿠바로 향했다. 두 사람은 금세 친구가 되었고, 1966년 헤밍웨이가 죽고 나서 몇 년 지나지 않았을 때 허츠너는 유명한 책《파파 헤밍웨이》를 썼다.

예상한 대로 모트는 "난 허츠너를 만나 봤어. 아직 살아 있을걸. 나이가 백 살은 됐을 테지만." 하며 끼어들었다.

브루스가 응수했다. "일단 당신은 모든 사람을 만나 본 걸로 하죠, 모트."

어쨌거나 이야기를 계속하자면, 처음에 허츠너가 일종의 인터뷰를 위해 방문했을 때 헤밍웨이는 내키지 않아 했다. 그러나 허츠너가 성가시게 부탁을 했고 그들은 결국 헤밍웨이가 사는 집에서 가까운 한 술집에서 만나기로 했다. 전화로 헤밍웨이는 그 술집이 다이키리로 유명하다고 말해 주었다. 헤밍웨이는 약속 시간에 늦었고, 그래서 허츠너는 기다리는 동안 다이키리를 주문했다. 술은 맛있으면서 강했다. 술이 세지 않았던 허츠너는 천천히 다이키리를 마시고 있었다. 1시간이 흘렀다. 술집이 덥고 꿉꿉해서 그는 술을 한 잔 더 시켰다. 두 번째 술잔이 절반쯤 비었을 때 그는 사물이 둘로 보인다는 사실을 깨달았다. 마침내 헤밍웨이가 도착했다. 헤밍웨이는 그 술집에서 오랜 시간을 보내는 게 틀림없었다. 그도 그럴 것이 그는 술집에서 유명인 대접을 받았다. 두 사람은 악수를 주고받은 다음 테이블에 앉았다. 헤밍웨이는 다이키리를 주문했다. 허츠너가 새로 받은 술잔을 만지작거리기만 하는 동안, 헤밍웨이는 자신의 술잔을 단숨에 비웠다. 그러고는 한 잔을 더 비웠다. 석 잔째 마시던 헤밍웨이는 새 술친구가 술을 마시지 않는다는 걸 알게 되었다. 그는 상대방의 남자다움에 도전장을 던지며, 위대한 어니스트 헤밍웨이와 어울리고 싶다면 남자답게 술 마시는 법을 배워야 할 거라고 말했다. 허츠너는 야심 차게 술을 꿀꺽 삼켰지만 금세 술집 전체가 빙빙 돌기 시작했다. 나중에 허츠너는 고개도 제대로 가누지 못하는 지경에 이르렀다. 그와의 대화에 흥미를 잃은 헤밍웨이는 새로 주문한 다이키리를 마시며 동네 사람들과 도미노 게임을 했다. 그러다 어느 순간—허츠너는 시간 개념을 완전히 상실했다—헤밍웨이가 일어서더니 저녁을 먹을 시간이라고 말했다. 허츠너는 그를 따라갈 생각이었다. 술집을 나서면서 허츠너가 물었다. "우리가 다이키리를 몇 잔이나 마셨죠?"

바텐더가 잠시 생각하더니 영어로 말했다. "당신은 넉 잔, 파파는 일곱 잔."

"다이키리를 일곱 잔이나 마셨어요?" 허츠너는 믿을 수 없다는 듯 물었다.

헤밍웨이는 웃었고 동네 사람들도 웃음을 터뜨렸다. "일곱 잔은 아무것도 아니야, 친구. 여기 기록은 열여섯 잔일세. 물론 내가 세운 기록이고, 난 걸어서 집에 갔지."

머서는 자신이야말로 열여섯 잔째 술을 마신 것 같은 기분이 들었다.

모트가 말했다. "내가 랜덤하우스에서 사환으로 일할 때《파파 헤밍웨이》를 읽은 기억이 나는군." 그는 타코가 잔뜩 든 입에 시가를 물고 다시 불을 붙였다. "그 책 초판본 갖고 있나, 브루스?"

"두 권 있죠. 하나는 아주 상태가 좋고 하나는 별로예요. 요새는 그 책이 많이 안 보이더군요."

"최근에 흥미로운 물건 좀 사들인 것 있어요?" 피비가 물었다.

프린스턴에서 훔친 피츠제럴드 원고 말고요. 머서는 속으로 생각했다. 물론 이런 말실수를 할 정도로 취할 때까지는 술을 마시지 않을 것이었다. 눈꺼풀이 점점 무거워졌다.

"별로 없어요." 브루스가 말했다. "최근에《죄수》를 한 권 구했죠."

브루스에게 뒤질세라 모트가 장황한 이야기―뉴욕 출판계 역사에서 술자리 비화를 그보다 더 많이 겪었거나 믿을 만한 사람들로부터 전해 들은 사람은 아마도 없을 것이다―로 끼어들었다. 새

존 그리샴

벽 2시에 그의 아파트에서 술에 취한 사람들끼리 싸운 얘기였다. 노먼 메일러가 술이 떨어지자 조지 플림턴에게 빈 술병을 던져 댔단다. 믿기지 않을 정도로 재미있었다. 모트는 정말이지 아주 노련한 입담꾼이었다.

머서는 어느새 꾸벅꾸벅 졸고 있는 자신을 발견했다. 믹서기가 또다시 윙 하는 소리를 마지막으로 서서히 의식이 멀어졌다.

8.

머서는 둥근 방에 있는 낯선 침대에서 눈을 떴다. 처음 몇 초 동안은 몸을 움직이기 힘들었다. 작은 움직임에도 머릿속이 쿵쿵 울리는 느낌이 날카로워졌기 때문이다. 눈알이 타오르는 것 같아 눈을 감았다. 입과 목구멍도 타오르는 것 같았다. 부드럽게 울렁거리는 배 속은 상황이 악화될 수 있다고 경고했다. 그래. 숙취야. 전에도 겪어 본 적 있고 살아남았어. 오늘 하루가 길겠지만, 뭐 별거 없잖아? 아무도 술을 억지로 먹이지 않았는데. 다 내 잘못이지. 대학 때 들었던 옛말도 있잖아. "멍청이로 살려면 몸이라도 튼튼해야지."

그녀는 구름처럼 깊고 부드러운 깃털 매트리스에서 고급 침구에 둘러싸여 있었다. 굳이 묻지 않아도 노엘이 꾸민 침대임을 알 수 있었다. 머서는 최근에 벌어들인 현금을 예쁜 속옷에 투자했었다. 이 끔찍한 순간에도 그걸 입고 있어 다행이라는 생각부터 했다. 브루스가 좋은 인상을 받았기를 바라는 마음이었다. 그녀는 다시 눈을 뜨고는 깜박거리며 간신히 초점을 맞추었다. 그녀가 입고 온 반바지와 블라우스가 근처 의자 위에 깔끔하게 개인 상태로 놓여 있었다. 옷을 마구잡이로 찢어 가며 침대로 끌고 온 게 아니라 최대한 신사답게 옷을 벗겼다는 걸 증명하는 그만의 방식이었다. 그녀는 다시 눈을 감고 이불 속으로 깊이 파고들었다.

전날 밤 믹서기 돌아가는 소리가 멀어지는 듯하다가 이후로는 기억이 없었다. 다른 사람들이 얼마 동안 이야기를 주고받고 술을 마시고 서로 눈짓을 해 가며 그녀를 향해 웃었는지, 그러는 사이 포치에 있는 의자에서 얼마나 잠이 들었었는지 짐작조차 할 수 없었다. 불안한 걸음걸이나마 약간의 도움만 받고 내 발로 걸을 순 있었을까? 아니면 브루스가 그녀를 둘러업고 3층 타워까지 데려왔을까? 그녀는 대학생 때마냥 아예 필름이 끊겼던 것인지, 아니면 단순히 잠에 빠져 다른 사람이 침대로 데려다준 것인지 알 수 없었다.

또다시 속이 울렁거렸다. 설마 그녀가 토하는 바람에 포치에서 벌인 작은 파티를 망쳤고, 말로 다 할 수 없는 난장판을 만들어 브루스나 다른 사람들이 아예 모른 척하는 상황은 아니었겠지? 그런 끔찍한 장면을 상상하는 것만으로도 다시금 욕지기가 올라오는 것 같았다. 다시 한번 반바지와 블라우스를 쳐다보았다. 더러운 게 묻은 것 같지는 않았고 난리를 피웠던 것 같지도 않았다.

그때 한 가지 위안이 되는 게 있었다. 모트는 마흔 살이나 나이가 더 많았고 지옥 같은 현장을 겪으며 경력을 쌓았다. 그는 술을 마실 대로 마셔 본 사람이고 그가 만난 작가들의 경험을 모두 합한 것보다 더 많은 숙취를 겪어 보았다. 그러니 그런 그를 불편하게 할 만한 광경은 만들기 쉽지 않을 것이었다. 오히려 그가 즐거워했을지도 몰랐다. 피비는 신경 쓸 필요도 없었다. 머서가 그녀를 다시 볼 일은 없을 터였다. 게다가 모트와 같이 사니 그녀도 웬만한 건 이미 다 목격해 보았을 것이다. 브루스야 말할 것도 없었다.

조심스럽게 문을 두드리는 소리가 나더니 브루스가 방으로 들어왔다. 하얀색 목욕 가운을 입은 그는 커다란 물병과 작은 잔 두 개를 들고 있었다. "좋은 아침." 그가 조용히 말하고는 침대 끝에 걸터앉았다.

"좋은 아침이에요." 그녀가 말했다. "목이 엄청 타네요."

"나도." 그가 대답하더니 물잔에 물을 따랐다. 두 사람은 물을 마셨다. 그는 물을 더 따랐다.

"컨디션 좀 어때요?" 그가 물었다.

"아주 좋지는 않아요. 당신은요?"

"긴 밤이었어요."

"제가 어떻게 여기까지 왔죠?"

"포치에서 잠들어서 내가 침대까지 데려왔어요. 피비가 여기까지 같이 와 줬어요. 그리고 나서 난 모트와 시가를 피우면서 술을 마셨어요."

"헤밍웨이의 기록을 깼나요?"

"아니요. 느낌상 거의 비슷했던 것 같긴 해요."

"알려 주세요, 브루스. 혹시 제가 바보 같은 짓이라도 했나요?"

"전혀. 그냥 잠들었어요. 당연히 운전은 못하니 여기 침대에 눕힌 거예요."

"고마워요. 기억이 전혀 안 나요."

"기억할 것도 말 것도 없어요. 다들 엄청나게 취했으니까."

그녀가 물을 다 마시자 브루스가 다시 물잔을 채워 주었다. 그녀는 자신의 반바지와 블라우스를 향해 고갯짓을 하며 물었다. "옷은 누가 벗겼어요?"

"내가요. 아주 좋은 선물이었죠."

"몰래 몸이라도 더듬은 거 아니에요?"

"아니요. 마음은 굴뚝같았지만."

"신사다우시군요."

"내가 좀 그렇죠. 자, 욕실에 다리가 달린 멋진 이동식 욕조가 있어요. 여유롭게 뜨거운 물에 몸 좀 담그면서 계속 물을 마시는 게 어때요? 그동안 내가 아침을 준비할게요. 난 달걀이랑 베이컨을 좀 먹어야 할 것 같고, 내가 보기에 당신도 뭘 좀 먹어야 할 것 같은데. 내 집이다, 생각해요. 모트와 피비는 이제 막 일어났어요. 곧 떠날 거예요. 저 사람들 가면 내가 침대에서 아침을 먹게 해 줄게요. 어때요?"

그녀가 웃으며 말했다. "좋은 계획이네요. 고마워요."

그가 밖으로 나가면서 문을 닫았다. 그녀에게는 두 가지 선택권이 있었다. 첫 번째는 옷을 입고 아래층으로 내려가 모트와 피비와 마주치지 않으면서 브루스에게 돌아가겠다고 말하고 달아나는 것이었다. 하지만 서둘러 움직이는 건 좋은 생각이 아니었다. 그녀는 정신을 차릴 시간, 속이 가라앉을 것인지 확인할 시간, 긴장을 풀고 눈 좀 붙일 시간이 필요했다. 제대로 운전을 할 수 있을지 자신도 없었다. 게다가 민박집의 작은 방으로 돌아가는 것도 구미가 당기지 않았고, 당장은 느긋하게 뜨거운 물에 몸이나 담그고 싶다는 마음뿐이었다.

두 번째 선택은 브루스의 계획에 따르는 것이었다. 그러면 결국 그는 침대 속에 그녀와 함께 눕게 될 터였다. 머서는 그런 상황을 피할 수 없는 지경에 이르렀다고 생각했다.

그녀는 물을 한 잔 더 따르고 침대 밖으로 나왔다. 기지개를 켜고 깊게 숨을 들이마시니 상태가 한결 나아졌다. 적어도 속이 뒤집힐 것 같지는 않았다. 그녀는 욕실로 들어가 물을 틀어 놓았다. 거품 입욕제도 준비되어 있었다. 세면대 위의 디지털시계에 8시 20분이란 숫자가 찍혀 있었다. 몸이 좋지 않았음에도 10시간 가까이를 내리 잤다.

브루스는 자연스럽게 그녀가 목욕을 잘 하고 있는지 확인하러 왔다. 그는 여전히 가운 차림이었다. 욕실로 걸어 들어와 탄산수 한 병을 욕조 옆에 내려놓으며 그가 물었다. "지금은 컨디션이 좀 어때요?"

"훨씬 나아졌어요." 그녀가 대답했다. 벗은 몸이 거품에 가려지긴 했지만 완전히 안 보일 순 없었다. 그는 마음에 드는 듯 한참을 쳐다보더니 미소를 지으며 물었다. "뭐 필요한 것 없어요?"

"없어요. 괜찮아요."

"난 주방 일로 바빠요. 천천히 즐겨요." 그는 이렇게 말하고는 밖으로 사라졌다.

9.

그녀는 1시간가량을 욕조에 있다가 나와서 몸을 말렸다. 문에 걸려 있던 목욕 가운을 걸쳐 보니 몸에 꼭 맞았다. 서랍에는 새 칫솔이 잔뜩 들어 있었다. 칫솔 하나를 뜯어 이를 닦았다. 한결 기분이 나아졌다. 그녀는 속옷을 집어 들고 반바지와 블라우스 옆에 놓인 가방을 열었다. 아이패드를 꺼내고는 베개를 잘 정리해서 놓고 다시 침대로 올라가 구름 속에 누웠다.

그녀가 아이패드로 책을 읽는데 문에서 소리가 났다. 브루스가 베드 트레이를 들고 들어와 그녀 옆에 내려놓았다. "베이컨, 스크램블드에그, 잼 바른 머핀, 진한 커피, 그리고 추가로 미모사 칵테일을 만들었어요."

"이 상태에서 술을 더 마셔도 될지 모르겠는데요." 그녀가 말했다. 음식은 모양과 냄새만으로도 이미 맛있을 것 같았다.

"해장술이라 생각해요. 속을 좀 달래 줄 거예요." 그는 잠시 사라졌다가 자기가 먹을 음식을 올린 베드 트레이를 들고 돌아왔다. 그는 그녀 곁에 앉아 베드 트레이를 나란히 놓았다. 똑같은 목욕 가운을 입은 그가 술잔을 들고 말했다. "건배." 두 사람은 술을 한 모금 마시고 식사를 시작했다.

"그러니까 여기가 그 유명한 작가의 방이군요." 그녀가 말했다.

"당신도 알아요?"

"노래 가사처럼 수많은 불쌍한 여자들의 흔적이 있는 곳."

"전부 원해서 온 사람들이었어요."

"그러니까 그 말들이 다 사실이었군요. 당신은 여자들을 데려오고 노엘은 남자들을 데려온다던데요?"

"그래요. 누구에게 들었어요?"

"작가들이 비밀 지키는 거 봤어요?"

브루스가 웃으며 베이컨 한 조각을 입에 넣었다. 미모사를 두 모금째 마시자 어젯밤에 마신 럼과 새로 마신 샴페인이 섞이며 또다시 귀가 윙윙거렸다. 다행스럽게도 뜨거운 물에 몸을 담그고 난 뒤라 속이 가라앉아서 음식을 맛있게 먹을 수 있었다. 그녀는 길게 휜 벽을 따라 바닥부터 천장까지 자리를 차지한 책장을 향해 고갯짓을 해 보이며 물었다. "저것들은 다 뭐예요? 전부 초판본인가요?"

"섞여 있어요. 비싼 건 전혀 아니고. 자질구레한 것들이죠."

"아름다운 방이에요. 누가 봐도 노엘이 장식한 것 같네요."

"노엘의 존재는 잠깐 잊어버립시다. 그녀는 장뤼크와 늦은 점심을 먹고 있을걸요."

"그런 생각을 해도 전혀 신경 쓰이지 않는 건가요?"

"전혀. 자, 머서, 우리 하던 얘기나 마저 해요."

두 사람은 잠시 아무 말없이 먹기만 했다. 둘 다 커피를 등한시했지만, 술은 그렇게 하지 않았다. 그가 이불 속에서 그녀의 허벅지를 부드럽게 쓰다듬기 시작했다.

그녀가 말했다. "숙취 상태에서 섹스해 본 게 마지막으로 언제였는지 기억나지 않아요."

"오, 난 늘 하는 거예요. 사실은 숙취에 제일 좋죠."

"당신이야 잘 알 수밖에 없겠죠."

그가 몸을 움직여 침대에서 나가더니 베드 트레이를 바닥에 내려놓았다. "마저 다 마셔요." 그의 말에 그녀는 술잔을 비웠다. 그는 그녀 몫의 베드 트레이도 옆으로 치웠다. 그러고는 가운을 벗어 침대 끄트머리로 던지고 그녀가 가운을 벗는 걸 도와주었다. 완전히 알몸이 된 둘은 이불 속으로 깊이 파고들었다.

10.

토요일 늦은 아침, 일레인 셸비가 집 서재에서 업무를 보는데 그레이엄이 카미노 아일랜드에서 연락을 취해 왔다. "터치다운입니다." 그가 말했다. "우리의 주인공께서 저택에서 밤을 보낸 것 같습니다."

"계속해 봐." 그녀가 말했다.

"머서가 어젯밤 8시경 길 건너에 세워 둔 차가 아직 그대로 있습니다. 다른 커플은 저택을 떠났습니다. 그들의 이름은 아직 파악이 안 됐습니다. 머서와 케이블은 집 안에 있습니다. 여긴 비가 많이 오고 있습니다. 모닝 섹스하기 딱 좋은 날씨입니다. 잘하고 있어요."

"때가 됐군. 계속 보고하고."

"네."

"월요일에 나도 내려가지."

머서와 케이블을 지켜보는 이들이 또 있었다. 데니와 루커였다. 그들은 머서의 차에 붙은 노스캐롤라이나주 번호판을 조사해서 신원을 파악했다. 그리하여 머서의 이름, 최근 취업 기록, 현재 등대집 민박에 머물고 있다는 것, 출판 경력, 해변 오두막의 일부 소유권을 가지고 있다는 것까지 알아냈다. 그들은 노엘 보닛이 출장 중이며 그녀가 운영하는 가게가 문을 닫았다는 사실도 확인했다. 그들은 최대한 많은 정보를 캐냈다. 다만 그다음에 어떻게 해야 할지 갈피를 잡지 못하고 있었다.

11.

폭풍이 밀려왔다. 침대 속에 머물러야 할 또 하나의 이유가 생겼다. 몇 달 만에 하는 섹스라 그런가 머서에게는 아무리 해도 충분하지 않았다. 경험 많은 전문가인 브루스가 주도적으로 움직였고 매번 힘이 넘쳤기에 그녀는 그저 놀라울 따름이었다. 1시간 뒤—아니, 2시간이었을까?—그들은 마침내 서로에게서 떨어져 잠이 들었다. 그녀가 눈을 떴을 때 그는 옆에 없었다. 그녀는 가운을 걸치고 아래층으로 내려갔다. 주방에서 찾아낸 그는 늘 입는 시어서커 양복에 벅스킨 구두를 신고 있었다. 예의 그 생생한 눈빛으로 치열하게 책을 판매하는 하루를 보낼 준비가 다 된 듯했다. 두 사람은 키스를 했다. 그의 두 손이 그녀의 가운 속으로 파고들었다. 그가 그녀의 엉덩이를 움켜쥐었다.

"당신은 몸매가 예술이야." 그가 말했다.

"그런 날 두고 가는 거예요?"

두 사람은 다시 진하게 키스하며 서로의 몸을 더듬었다. 그가 몸을 살짝 떼어 내며 말했다. "서점에 나가 봐야 해. 장사하는 사람들이 다 그렇지, 뭐."

"언제 올 건데요?"

"금방. 점심 사 올게. 같이 포치에서 먹지."

"난 가 봐야 돼요." 그녀가 영혼 없이 말했다.

"어딜? 민박집에? 그러지 말고 여기 있어, 머서. 얼른 올게. 밖엔 비가 엄청나게 오고 바람도 세게 불고 있어. 토네이도 경보가 내려진 것 같아. 밖에 나가면 아주 위험해. 같이 오후 내내 침대 속에서 책이나 보자."

"당신은 진짜 책밖에 모르네요."

"그냥 가운만 입고 있어. 갔다 올게."

두 사람은 다시 키스를 하고 서로를 더듬었다. 그는 간신히 몸을 떼어 내고는 그녀의 양쪽 뺨에 살짝 입을 맞추고 집을 나섰다. 머서는 커피를 한 잔 따라서 뒤쪽 포치로 나갔다. 조용히 흔들리는 그네에 앉아 내리는 비를 바라보았다. 어찌 보면 그녀는 몸을 판 거나 다름없었다. 돈을 받고 육체로 그를 기만한 나쁜 여자일 뿐 그를 진심으로 좋아하는 건 아니었다. 브루스 케이블의 입장도 크게 다르지 않을 것 같았다. 그는 가망 없는 바람둥이로 상대방의 의도가 어떻든지 간에 개의치 않고 몸을 섞을 수 있는 부류의 남자였다. 이번 상대가 그녀일 뿐이었고, 다음 주에는 다른 여자가 그녀의 자리를 대신할 터였다. 그는 부부 사이의 정조나 신뢰 따위는 전혀 신경 쓰지 않았다. 그러니 머서도 마음 쓸 필요가 없었다. 그는 어떤 약속도 요구하지 않았고 아무것도 바라지 않았고 대가

존 그리샴

도 주지 않았다. 그에게 섹스는 그저 육체적 즐거움에 지나지 않았고 그녀 역시 지금 당장은 마찬가지였다.

그녀는 혹시라도 느껴질지 모르는 죄책감을 털어 버리고 그의 침대 속에서 보낼 격렬한 주말을 생각하며 슬며시 웃었다.

오래 지나지 않아 그가 돌아왔다. 두 사람은 점심으로 샐러드와 와인을 먹고 다시 타워로 돌아가 사랑을 나누었다. 잠시 쉬는 동안 브루스는 샤르도네 한 병과 두꺼운 소설책 한 권을 가져왔다. 그들은 뒤쪽 포치에 있는 고리버들 흔들의자에 앉아 빗소리를 들으며 책을 읽기로 했다. 그는 가져온 소설책을 읽었고, 그녀는 아이패드를 보았다.

"그런 걸로 책을 제대로 즐길 수 있나?" 그가 물었다.

"그럼요. 글자야 어차피 똑같으니까. 이걸로 한 번도 안 읽어 봤어요?"

"오래전에 아마존에서 본인들이 만든 거라고 하나 보내왔었지. 난 집중이 잘 안 되더라고. 내가 편견이 있는 건지도 모르지."

"말도 안 돼. 왜요?"

"뭐 읽어?"

"《누구를 위하여 좋은 울리나》요. 헤밍웨이랑 피츠제럴드의 작품을 하나씩 번갈아 가면서 전부 읽어 보려고요. 어제는 《라스트 타이쿤》을 봤어요."

"그래서?"

"아주 인상 깊었어요. 그걸 썼을 때 그가 어디 있었는지를 생각하면. 할리우드에서 어떻게든 돈을 벌어 보려고 육체적으로나 정신적으로 망가져 있을 때잖아요. 너무 어리기도 했고. 또 다른 비극이죠."

"그 작품이 마지막이고 마무리를 하지 못했지?"

"그렇대요. 말 그대로 재능 낭비였죠."

"이건 소설 집필을 위한 숙제인가?"

"그럴 수도 있어요. 아직 잘 모르겠어요. 당신은 뭐 읽어요?"

"《내가 가장 좋아하는 쓰나미》. 어떤 작가의 첫 소설인데 실력이 별로네."

"제목 한번 끔찍하네요."

"그러게. 게다가 뒤로 가도 나아지지 않아. 이제 50페이지 읽었고 600페이지나 남았어. 겨우 진도를 빼는 중이야. 데뷔 소설은 300페이지 이하로 제한해야 한다고 출판계에서 정해 놔야 할 것 같지 않아?"

"어쩌면요. 내 첫 소설은 280페이지밖에 안 됐는데."

"당신 작품은 완벽했지."

"고마워요. 그래서 그 책 다 읽을 거예요?"

"잘 모르겠어. 난 어떤 책이든 100페이지까지는 읽거든. 그리고 그때까지 작가가 내 관심을 사로잡지 못하면 그냥 포기해. 별로인 책을 읽느라 시간을 낭비하기에는 읽고 싶은 좋은 책이 너무 많아."

"나도요. 하지만 내 한계는 50페이지예요. 난 진짜 좋아하지도 않는 책을 알 수 없는 이유로 어떻게든 끝내기로 결심하고 다 읽으려 발버둥 치는 사람들을 이해할 수 없어요. 실은 할머니가 그랬거든요. 할머니는 첫 번째 장을 읽고 책을 던져 뒀다가 끙끙 앓는 소리를 내면서 결국은 400페이지를 더 읽고 씁쓸한 마무리를 짓곤 했어요. 나로선 전혀 이해되지 않았죠."

"나도 같은 생각이야." 그가 와인을 한 모금 마시더니 뒷마당 건너편을 지그시 바라보다가 소설책을 들었다. 그녀는 그가 한 페이지를 넘길 때까지 기다렸다가 물었다. "혹시 다른 규칙은 또 없어요?"

그가 웃으며 책을 내려놓았다. "오, 머서, 물론 규칙 목록이 있어. '케이블의 열 가지 소설 쓰기 규칙'이라고 부르는데, 4천 권이 넘는 책을 읽은 전문가가 구성한 똑똑한 소설 쓰기 안내 책자야."

"다른 사람에게 알려 주기도 하나요?"

"알려 줄 때도 있지. 내가 이메일로 보내 줄게. 하지만 진짜로 당신은 그런 것 볼 필요 없어."

"필요할 수도 있어요. 지금 난 뭐라도 있어야 한다고요. 힌트 한두 개만 줘요."

"좋아. 일단 난 프롤로그를 아주 싫어해. 홍보 투어 중이고 다음 주에 여기 찾아올 작가가 쓴 책을 최근에 읽었어. 그는 책을 쓸 때마다 전형적인 프롤로그를 배치해. 킬러가 여자를 뒤쫓거나 시체가 등장하거나, 하는 것처럼 뭔가 극적인 내용이지. 그런 다음 독자들을 그냥 방치해. 첫 번째 장은 프롤로그와 아무 상관없는 내용이 나와. 두 번째 장도 첫 장이나 프롤로그와 관련 없는 얘기야. 그러다 50페이지쯤 가서 프롤로그와 연결되는 액션으로 독자들에게 충격을 줘. 하지만 그때쯤 프롤로그 따위는 잊은 지 오래라서 말이지."

"마음에 들어요. 다른 것도 알려 줘요."

"신인들이 잘 하는 실수는 첫 번째 장에서 스무 명의 등장인물을 소개하는 거야. 등장인물은 다섯 명 정도면 충분해. 그러면 독자들이 헷갈리지도 않아. 그리고 동의어 사전을 뒤져서 쓸 거면 세 음절 이하의 단어를 골라. 난 어휘력이 좋다고 자부해. 근데 작가가 그런 나조차도 본 적이 없는 어려운 단어로 잘난 체를 하면 화가 난단 말이야. 다음으로 제발, 제발 좀 대화할 때는 따옴표 좀 사용해. 안 그러면 너무 혼란스러우니까. 다섯 번째 규칙. 대부분의 작가들은 말이 너무 많아. 그러니까 덜어 내도 되는 게 있는지 어떻게든 찾아내야 해. 쓸데없는 대사나 불필요한 장면 같은 것 말이야. 계속 말해 줘?"

"제발 더 해 줘요. 받아 적어야겠다."

"아니, 안 그래도 된다니까. 당신은 조언이 필요 없는 사람이야. 머서, 당신은 아름다운 작가야. 당신은 그냥 얘깃거리만 있으면 돼."

"고마워요, 브루스. 난 그런 격려가 필요했어요."

"진심으로 진지하게 말하는 거야. 당신한테 잘 보이려고 이런 말을 하는 것도 아니고. 그럴 필요가 없는 게, 우린 이미 둘만의 주말 섹스 파티 중이잖아."

"우리 섹스 파티 중이었어요? 그냥 잠깐 즐기는 건 줄 알았는데."

두 사람은 웃음을 터뜨리며 와인을 마셨다. 비가 그치자 짙은 안개가 밀려들었다. 그녀가 물었다. "직접 책을 써 본 적은 없어요?"

그는 어깨를 으쓱하고는 시선을 돌렸다. "시도는 해 봤어. 여러 번. 하지만 단 한 번도 마무리를 못했어. 나랑 안 맞나 봐. 그래서 내가 작가들을 존경하는 거야. 물론 훌륭한 작가들에 한해서. 작가들이라면 모두 환영이고, 어떤 책이든 홍보하는 게 좋아. 하지만 시장에는 쓰레기 같은 책도 많아. 앤디 애덤 같은 천재들이 나쁜 습관 때문에 시간을 낭비하는 것도 안타깝고."

"앤디한테서는 무슨 소식 온 것 없어요?"

"아직 없어. 잠수 탔나 봐. 어딘가 처박혀 있다가 일주일쯤 지나면 먼저 연락하겠지. 재활 센터에 간 게 이번이 세 번째인가 네 번째인데, 이번에도 실패할 확률이 높아. 마음 깊은 곳에 금주에 대한 거부 반응이 있는 사람이라."

"너무 슬프네요."

"당신 졸려 보여."

"와인 때문일 거예요."

"낮잠 자자."

쉽지는 않았지만 두 사람은 한 해먹에 함께 올라가 옴짝달싹할 수 없는 모양으로 누웠다. 부드럽게 흔들리는 해먹 속에서 둘은 점점 조용해졌다. "오늘 밤 무슨 계획 있어요?" 그녀가 물었다.

"그냥 지금까지 하던 거 하려고 했는데."

"그건 그런데, 집에만 있기는 좀 지겨워서."

"음, 저녁은 먹어야겠지."

"하지만 당신은 유부남이잖아요, 브루스. 그리고 난 주말 동안 즐기는 상대고. 다른 사람 눈에 띄기라도 하면 어떻게 해요?"

"난 괜찮아, 머서. 그리고 노엘도 신경 안 써. 당신은 왜 신경 쓰는데?"

"몰라요. 토요일 밤에 유부남이랑 근사한 곳에서 저녁을 먹는 게 왠지 좀 이상해요."

"누가 근사한 데 간대? 강가에 있는 허름한 식당인데 음식 하나는 끝내줘. 그리고 책을 사는 사람은 식사를 하러 그런 데로 오진 않을 거라고 장담하지."

그녀는 그에게 키스하고 그의 가슴에 머리를 얹었다.

12.

일요일은 토요일과 거의 같은 방식으로 시작했다. 다만 숙취는 없었다. 브루스는 침대에서 아침을 먹을 수 있도록 팬케이크와 소시지를 준비했고, 그들은 〈뉴욕 타임스〉를 훑어보며 2시간을 보냈다. 정오가 다가오자 머서는 휴식이 필요했다. 그녀가 헤어질 채비를 하는데 브루스가 말했다. "있잖아, 오후 손님이 많을 텐데 서점에 일손이 부족해. 일하러 가 봐야겠어."

"좋은 생각이에요. 이제 나도 소설 쓰기의 규칙을 알았으니 몇 가지 좀 적어 둬야겠어요."

"언제든 도와줄 테니 말만 해." 그가 웃으며 말하고는 그녀의 뺨에 입을 맞추었다. 두 사람은 베드 트레이를 주방으로 가져가 식기세척기에 그릇을 넣었다. 브루스는 2층에 있는 자신의 침실로 사라졌고, 머서는 타워로 올라가 재빨리 옷을 입고 작별 인사를 따로 하지 않은 채 집에서 나왔다.

주말 동안 뭔가 이룬 게 있는 것 같았지만 그게 무엇인지 확실하지 않았다. 침실에서의 일들은 분명히 즐거웠고, 그녀는 전보다 브루스에 대해 더 많은 걸 알게 되었다. 다만 그녀는 섹스를 위해 또는 그가 말하는 소설을 쓰려고 그곳에 간 게 아니었다. 그녀는 증거를 수집하거나 범죄를 해결하는 데 일조하기 위해 아주 많은 돈을 받은 상태였다. 그런 측면에서 보자면 사실상 얻어 낸 것이 별로 없었다.

민박집으로 돌아온 그녀는 비키니로 갈아입었다. 거울 속에 비친 모습은 그가 감탄할 만했다. 그녀는 그가 그녀의 몸을 두고 들려준 온갖 미사여구를 떠올렸다. 날씬하고 예쁘게 태운 몸을 유용하게 써먹었다는 사실이 새삼 뿌듯했다. 그녀는 흰색 면 셔츠를 걸치고 샌들을 손에 들고 해변 쪽으로 긴 산책을 나갔다.

13.

일요일 저녁 7시, 브루스가 전화를 걸어 왔다. 그는 그녀가 너무 보고 싶고 그녀 없이 밤을 보내는 건 상상조차 할 수 없다며 서점이 문을 닫을 때쯤 서점에 들러 달라고 했다. 그러면서 서점에서 같이 한잔하자고 말했다.

당연히 가야지. 선택의 여지가 없었다. 그녀는 끔찍할 정도로 작은 방의 벽이 그녀를 향해 달려드는 것처럼 느껴져 글이라고는 100단어도 채 쓰지 못했다.

그녀는 9시를 몇 분 앞둔 시각에 서점에 들어섰다. 브루스는 마지막 손님의 계산을 돕고 있었고 다른 직원은 없는 것 같았다. 마지막 손님이 떠나자 그가 재빨리 문을 잠그고 불을 껐다. "따라와." 그는 그녀를 데리고 위층의 카페로 올라가 지나가는 곳마다 있는 조명을 껐다. 그는 그녀가 단 한 번도 본 적 없는 출입문을 열었다. 그들은 2층의 아파트에 들어섰다.

"나만의 공간이지." 그가 불을 켜면서 말했다. "서점을 인수하고 10년 동안 여기서 살았어. 그때는 2층 전체를 숙소로 사용했어. 그러다 카페를 차렸지. 앉아." 그는 한쪽 벽 전체를 따라 놓인 커다란 가죽 소파를 손으로 가리켰다. 소파 위에 베개와 누비이불이 덮여 있었다. 소파의 맞은편에는 대형 스마트 TV가 낮은 테이블 위에 놓여 있었다. TV 주위에 어김없이 책이 잔뜩 꽂힌 책장이 놓여 있었다.

"샴페인 한잔할까?" 그가 간이 주방으로 가서 냉장고 문을 열었다.

"좋죠."

그는 샴페인을 한 병 꺼내 재빨리 마개를 열고 잔 두 개에 따르더니 말했다. "위하여!"

그러고는 술잔을 부딪치고 원샷으로 잔을 비웠다. "진짜 마시고 싶었어." 그가 손등으로 입을 닦으며 말했다.

"그래 보이네요. 괜찮아요?"

"힘든 하루였어. 직원 하나가 아프다고 연락이 와서 내가 1층을 맡아야 했거든. 바쁠 때 대체 인력 찾기가 쉽지 않아서." 그가 조금

　　　　　　　　　　　　　　　　　　　　　존 그리샴

남은 술을 마시고는 다시 술잔을 채웠다. 그러고 나서 재킷을 벗고 나비넥타이를 풀고 셔츠 자락을 휙 빼내고 구두를 벗어 던졌다. 둘은 쓰러지듯 소파에 털썩 앉았다.

"당신은 오늘 뭐 했어?" 그가 다시 술을 들이켜며 물었다.

"똑같죠, 뭐. 해변에서 좀 걷고 햇볕 좀 쐬고 글도 쓰고, 다시 해변에 갔다가 들어와서 글 좀 한번 써 볼까 했는데 그냥 자 버렸어요."

"아, 글 쓰는 삶은 부럽기 그지없군."

"프롤로그를 날려 버리고 대화에 따옴표를 넣고 어려운 단어도 걸러 냈어요. 내용을 걷어 내려고 했는데 아직 그럴 만한 분량은 안 되더라고요."

브루스는 웃으며 술을 한 모금 더 마셨다. "당신 무지하게 사랑스러워. 그거 알아?"

"당신은 대단한 사기꾼이고요, 브루스. 어제 아침에 날 그렇게 유혹해서는……."

"사실은 아침에도 낮에도 밤에도 유혹했지."

"그리고 또 시작이고요. 당신은 늘 이렇게 여자들에게 인기가 좋아요?"

"아, 그럼. 늘 그렇지. 내가 말했잖아. 난 여자들에게 치명적인 약점이 있다고. 예쁜 여자를 보면 오직 한 가지 생각뿐이야. 대학 때부터 그랬어. 대학에서 갑자기 수천 명의 귀여운 여학생들에게 둘러싸이면서 완전히 미쳐 버리고 말았지."

"정상이 아닌 것 같은데. 상담 좀 받아 보지 그랬어요?"

"뭐? 어느 누가 그런 상담을 해? 나한텐 일종의 게임 같은 거야. 그리고 당신은 내가 이 게임의 탁월한 실력자라는 걸 인정했잖아."

그녀는 고개를 끄덕이고 세 번째 모금을 마셨다. 그의 술잔은 어느새 비어 있었다. 그가 다시 술을 따랐다. "천천히 마셔요." 그녀가 말했지만 그는 듣지 않았다. 그가 소파로 돌아왔을 때 그녀가 물었다. "사랑을 해 본 적 있어요?"

"난 노엘을 사랑해. 그녀도 날 사랑하지. 우린 둘 다 매우 행복해."

"하지만 사랑은 믿음과 서약, 그리고 삶의 모든 면을 함께 나누는 거 아닌가요?"

"오, 우린 좋은 시간을 함께 나누고 있어. 진심으로."

"이분 진짜 답이 없으시네."

"순진한 소리 하지 마, 머서. 당신과 나 사이엔 사랑은 없어. 섹스만이 존재하지. 순수한 육체적 즐거움 말이야. 당신은 유부남이랑 어떤 관계를 맺기를 기대하지 않잖아. 나 역시 이런 관계를 꾸준히 유지하지 않아. 언제든 당신이 원하면 같이 잘 거야. 또 당장 우리의 만남을 그만둘 수도 있고. 우린 아무 조건 없는 친구가 되는 거라고."

"친구요? 나 같은 친구가 대체 몇 명이나 있는 거예요?"

"엄밀히 말하면 전혀 없지. 그냥 사이좋은 지인 몇 명이 있을 뿐이야. 당신이 이런 식으로 날 분석하려는 걸 알았더라면 오늘 당신한테 연락하지 않았을 거야."

"그럼 아깐 어떤 생각으로 연락했는데요?"

"당신이 날 그리워할 것 같아서."

두 사람은 결국 웃음을 터뜨렸다. 갑자기 브루스가 술잔을 내려놓더니 그녀의 술잔도 받아서 자신의 술잔 옆에 놓은 다음 그녀의 손을 잡으며 말했다. "이리 와 봐. 당신한테 보여 줄 게 있어."

"뭔데요?"

"깜짝 놀랄걸. 가자. 지하에 있어."

그는 맨발로 그녀를 데리고 아파트를 빠져나왔다. 카페를 지나 1층으로 내려온 그들은 지하실 출입문으로 향했다. 그가 잠긴 출입문을 열더니 조명 스위치를 툭 눌렀다. 그들은 나무 계단을 따라 지하로 내려갔다. 그가 또 다른 조명 스위치를 누르고 수장고 문을 여는 비밀번호를 눌렀다.

"뭔가 끝내주는 건가 봐요." 그녀가 속삭였다.

"응. 보고도 믿기 힘들걸." 그는 수장고로 들어가는 두꺼운 금속 출입문을 잡아당겨 열고 안으로 들어서서 또 조명을 켰다. 그리고 금고로 걸어가더니 또 비밀번호를 누르고 잠시 기다렸다. 다섯 개의 유압식 걸쇠가 풀렸다. 철컥 소리가 크게 들리더니 금고문이 열렸다. 그가 조심스럽게 문을 당겨 활짝 열었다. 머서는 가능한 한 모든 걸 자세히 관찰했다. 일레인과 그녀의 팀을 위해 일련의 과정을 빠짐없이 보고해야 했기 때문이다. 수장고 내부와 금고 속 모습은 지난번에 그녀가 본 것과 다를 게 없어 보였다. 브루스는 아래쪽 서랍 네 개 가운데 하나를 당겨 열었다. 그 속에 똑같은 모습의 나무 상자가 두 개 들어 있었다. 상자의 크기는 가로세로 각각 35센티미터 정도이며 삼나무로 만든 것 같았다. 그가 상자를 하나 꺼내더니 수장고 중앙에 있는 작은 테이블로 가져왔다. 그는 마치 진귀한 보물을 보여 주기라도 하듯 그녀를 향해 자랑스럽게 웃어 보였다.

브루스는 세 개의 작은 경첩이 붙어 있는 상자 뚜껑을 부드럽게 열었다. 상자 안에는 판자로 만든 것처럼 보이는 회색 상자가 들어 있었다. 그는 조심스럽게 상자를 꺼내 테이블에 내려놓았다. "이건 고문서 보관용 상자라는 거야. 산과 목질소가 없는 재질로 만들어서 도서관하고 진지한 수집가들이 주로 사용해. 프린스턴에서 만든 거야." 그가 상자를 열더니 자랑스럽게 말했다. "자, 《라스트 타이쿤》의 친필 원고 원본을 소개합니다."

머서는 믿을 수 없다는 표정으로 입을 떡 벌린 채 가까이 다가섰다. 그녀는 너무 놀라 할 말을 잃었다.

상자 안에는 편지지 크기의 바랜 종이 뭉치가 들어 있었다. 두께는 10센티미터 정도였고 누가 보아도 아주 오래된 구시대의 유물처럼 보였다. 제목이 쓰여 있는 페이지는 보이지 않았다. 피츠제럴드는 나중에 다시 정리하겠다는 생각으로 무조건 첫 번째 장을 쓰기 시작한 것처럼 보였다. 그의 글씨체는 지저분하고 읽기 어려웠다. 그는 도입부에서부터 여백에 뭔가를 추가로 적어 놓았다. 브루스는 원고의 구석에 손을 대더니 이야기를 이어 나갔다. "1940년에 피츠제럴드가 갑자기 사망했을 때 이 소설은 전혀 마무리가 돼 있지 않았어. 다행히 전체적인 윤곽을 미리 작업해 뒀고 상당히 많은 양의 메모와 요약 글도 남겨 놨지. 그에게는 에드먼드 윌슨이라는 편집자이자 비평가인 친한 친구가 있었어. 윌슨이 이야

존 그리샴

기를 대충 끼워 맞춰서 1년 뒤에 책으로 낼 수 있었지. 많은 비평가가 이걸 피츠제럴드의 작품들 가운데 최고로 꼽는데, 당신이 말했던 대로 그의 건강 상태를 고려하면 놀라운 일이 아닐 수 없어."

"장난이죠?" 그녀는 간신히 말했다.

"무슨 장난?"

"이 원고요. 이 원고 도난당했다는 그 원고 아니에요?"

"아, 맞아. 하지만 내가 훔친 건 아니야."

"그건 그렇다 치고, 원고가 왜 여기 있는 거죠?"

"아주 긴 이야기고 그 얘길 주저리주저리 하면서 당신을 지루하게 할 마음은 없어. 어차피 나도 전체적인 사정은 잘 몰라. 지난가을 프린스턴의 파이어스톤 도서관에서 피츠제럴드의 작품 다섯 개가 도난당했어. 다섯 명의 절도범 중에서 둘이 FBI한테 바로 체포가 됐어. 때문에 잔뜩 졸아 버린 남은 도둑들이 훔친 물건을 처분하고 사라져 버린 거야. 원고들은 조용히 암시장으로 들어왔어. 그때부터 다섯 작품이 따로따로 팔린 거야. 나머지 네 개는 어디 있는지 모르지만 아마도 해외로 나가지 않았나 싶어."

"왜 이런 일에 연루된 거죠, 브루스?"

"말하자면 좀 복잡하지만, 딱히 연루된 건 아니야. 원고 한번 만져 볼래?"

"싫어요. 여기 있는 것도 싫어요. 불안하다고요."

"진정해. 그냥 친구를 위해서 원고를 숨겨 둔 것뿐이야."

"형편없는 친구인가 보네요."

"그렇긴 하지. 그래도 오랫동안 거래를 해 왔고 절대적으로 신뢰하는 친구야. 그 친구가 런던에 있는 수집가와 거래를 연결하는 중이야."

"그럼 당신은 무슨 이득이 있는데요?"

"별로 없어. 나중에 몇 푼 챙기는 정도?"

머서는 옆으로 비켜나 테이블의 다른 쪽으로 자리를 옮겼다. "겨우 돈 몇 푼 때문에 이렇게 심각한 위험을 감수한다고요? 당신은 중요한 장물을 숨겨 두고 있어요. 이건 중범죄고 오랫동안 감옥에 가야 할지도 몰라요."

"그건 잡혔을 때나 할 소리고."

"게다가 당신은 이제 나까지 그 계획에 가담하도록 만들고 있어요, 브루스. 난 이쯤에서 빠지는 게 좋겠어요."

"갑자기 왜 그래, 머서. 하, 진짜 너무 꽉 막혔다니까. 위험이 없으면 보상도 없는 거야. 당신은 그 어떤 일에도 가담하지 않았어. 아무도 모를 테니까. 당신이 이 원고를 봤다고 누가 증명할 수 있겠어?"

"몰라요. 또 누가 이 원고를 봤죠?"

"우리 둘만 본 거야."

"노엘도 모르고 있군요."

"물론 모르지. 노엘은 신경 쓰지도 않아. 노엘은 자기 사업을 하고 난 내 사업을 하는 거야."

"그럼 도둑맞은 책과 원고를 거래하는 것도 당신 사업의 일부라는 거예요?"

"가끔은 그렇지." 그는 고문서 보관용 상자를 닫아 다시 나무 상자에 넣었다. 그리고 나무 상자를 조심스럽게 서랍에 넣고 닫았다.

"나 갈래요." 그녀가 말했다.

"알았어. 알았다고. 당신이 이렇게까지 겁낼 줄은 몰랐어. 《라스트 타이쿤》을 읽었다고 하기에 감명받을 줄 알았지."

"감명받아요? 난 지금 완전히 압도당하고 어이없고 죽을 것처럼 두렵고 그 밖에 온갖 감정을 느낄 수는 있어도, 감명은 받지 않았어요, 브루스. 이건 미친 짓이에요."

그는 금고를 잠그고 수장고 출입문을 잠갔다. 그리고 계단을 올라가면서 조명을 껐다. 1층으로 올라온 머서는 곧장 서점 출입문으로 향했다. "어디 가?" 그가 물었다.

"여기서 나갈 거예요. 문 열어 주세요."

브루스가 그녀를 붙잡아 돌려세운 다음 그녀를 꽉 붙들고 말했다. "미안해. 됐지?"

그녀는 힘껏 몸을 뒤로 빼며 말했다. "가겠다고요. 더는 이 서점에 있고 싶지 않아요."

"왜 이래? 너무 과민 반응하는 거 아냐, 머서? 위층에서 샴페인마저 마시자고."

"아니요, 브루스. 난 그럴 기분이 아니에요. 세상에, 이 상황이 믿기지가 않네요."

"미안해."

"됐어요. 문이나 열어 줘요."

그는 열쇠를 찾아내 잠긴 출입문을 열었다. 그녀는 아무 말도 하지 않고 서둘러 서점 밖으로 나왔다. 그러고는 모퉁이를 돌아 길거리에 세워 둔 자신의 차로 향했다.

14.

가정과 추측을 바탕으로 세운, 희망이라고는 전혀 없는 계획이었는데 덜컥 성공하고 말았다. 간절히 필요했던 증거와 해답을 얻어 냈지만, 과연 머서가 이 정보를 일레인 측에 전달할 수 있을까? 그녀가 브루스를 10년간 감옥에서 썩게 하는 데 결정적인 역할을 할 다음 단계를 밟을 수 있을까? 그녀는 그의 몰락, 파멸, 굴욕에 대해 생각했다. 그리고 그가 현행범으로 체포되어 재판을 받고 교도소에 갇히면서 느낄 두려움을 떠올렸다. 아름답고 영향력도 큰 그의 서점은 어떻게 될까? 그의 집은? 친구들은? 귀중한 희귀본 컬렉션은? 재산은? 그녀의 배신은 어마어마한 결과를 불러올 테고 그 피해는 케이블 한 명에게만 미치지 않을 것이었다. 어찌 보면 그는 당사자로서 모든 고통을 당해도 쌌다. 하지만 서점 직원들이나 친구들, 심지어 노엘은 죄가 없었다.

자정이 다 된 시간이었지만 머서는 여전히 해변에서 슬을 뒤집어쓰고 발가락으로 모래밭을 파헤치며 바다에 비친 달빛을 바라보고 있었다. 그러면서 왜 일레인 셸비의 제안을 수락했는지 스스로에게 묻고 또 물었다. 그녀는 답을 알고 있었다. 하지만 지금 시점에서 돈은 이전만큼 중요하게 느껴지지 않았다. 그녀에게서 비롯된 파멸의 대가는 나중에 받을 돈보다 훨씬 어마어마했다. 사실 그녀는 브루스 케이블이 좋았다. 그의 아름다운 미소, 능숙한 태도, 잘생긴 얼굴, 독특한 옷차림, 재치와 지성, 작가를 숭배하는 마음, 잠자리 스킬, 다른 사람들에 대한 영향력, 그의 친구들, 그의 명성, 마성의 카리스마가 좋았다. 그녀는 그와 가까워질 수 있다는 것, 그와 친밀한 사람들 속에 들어간다는 것, 길게 줄을 선 그의 애인들 가운데 한 명이 된다는 것에 남몰래 흥분했었다. 브루스 덕분에 지난 6주가 최근 6년보다 더욱 흥미로웠었다.

당장 취할 수 있는 행동 중 한 가지는 그냥 입을 다물고 일이 알아서 돌아가도록 두는 것이었다. 일레인과 그녀의 팀, 어쩌면 FBI까지, 모두가 그들이 원하는 대로 행동하도록 말이다. 머서는 그저 더 많은 걸 알아내지 못해 좌절하는 척하면서 마지못해 움직이면 될 터였다. 그녀는 지하실 수장고까지 들어가 많은 증거를 확보했다. 심지어 그 남자와 잤고 어쩌면 또 그를 찾을지 몰랐다. 지금까지 그녀는 최선을 다했고 앞으로도 그럴 것이었다. 어쩌면 브루스가 타이쿤 원고를 광대한 암시장의 어둠 속에서 쥐도 새도 모르게 처분함으로써 FBI가 그의 수장고를 쳐들어갔을 무렵에는 흔적 하나 없이 깨끗할 수도 있었다. 혹은 그런 일이 벌어지기 전에 약속한 6개월이 지나 좋은 기억만을 간직한 채 섬을 떠날 수도 있었다. 그러다 다음 여름휴가를 위해 오두막을 다시 찾을지도 모를 일이었다. 아니면 멋진 신작과 함께 홍보 투어를 올 수도 있고, 또 그다음에도.

작전이 성공해야만 돈을 받을 수 있는 것도 아니었다. 결과와 상관없이 돈을 받을 수 있었다. 학자금 대출은 이미 청산한 지 오래였다. 받기로 한 돈의 절반은 이미 은행에 들어가 있었다. 그녀는 나머지 절반도 약속대로 손에 들어올 거라 확신했다.

그날 밤 그녀는 오랫동안 입을 다물자고, 나른한 여름날이 그냥 지나가도록 두자고, 공연히 배를 흔들지 말자고 스스로를 설득했다. 곧 찾아올 가을이면 그녀는 어딘가 다른 곳에 있을 터였다.

이 결정에 도덕적으로 옳고 그름이 있을 수 있을까? 그녀는 케이블의 세상으로 뚫고 들어가 원고들을 찾아내는 데 궁극적 목표를 둔 계획에 참여하기로 동의했었다. 그리고 그의 믿을 수 없는 실수 덕분에 마침내 그녀는 지금의 결과를 만들어 냈다. 머서를 중심에 둔 작전은 성공적이었다. 그녀에게 무슨 권리가 있다고 이제와서 계획의 적법성을 따질 수 있겠는가? 브루스는 원고를 훔쳐내고 이익을 위해 팔아 정당한 소유자가 가질 수 없게 한 음모에 의도적으로 참여했다. 브루스 케이블 입장에서는 도덕적으로 당당히 내세울 만한 건더기가 전혀 없었다. 그는 장물 서적을 거래하는 것으로 명성이 높았고 보란 듯이 그런 자신의 정체성을 그녀에게 입증했다. 그는 자신의 일에 따르는 위험을 잘 알았고 기꺼이그 위험을 감수하는 듯했다. 그가 공권력의 심판을 받는 건 시간문제였다. 이번 일 때문이든 미래에 저지를 범죄 때문이든.

그녀는 물가를 따라 걷기 시작했다. 차분한 파도가 모래밭 위로 조용히 물거품을 밀어 올렸다. 구름 한 점 없는 날씨라 수 킬로미터 떨어진 백사장까지 보였다. 10여 척의 새우잡이 배가 잔잔한 수평선 위에서 반짝거리고 있었다. 그녀는 알아차리지 못한 사이에 노스 부두까지 와 있었다. 그녀는 바다 쪽으로 튀어나온, 나무 판자가 깔린 긴 산책로 위에 서 있었다. 섬에 돌아온 이후 그녀는 줄곧 이 장소에 오는 걸 꺼렸다. 다름 아닌 사고로 돌아가신 할머니의 시신이 밀려온 곳이었기 때문이다. 그 할머니의 손녀가 지금 이곳에 와서 뭘 하고 있는 걸까?

그녀는 계단을 타고 올라갔다. 그런 다음 방파제 끝까지 걸어가 난간에 기대 수평선을 바라보았다. 할머니라면 어떻게 했을까? 애초에 할머니는 이런 곤경에 처하지도 않았으리라. 할머니는 스스로 위태로운 상황에 빠져드는 법이 없었다. 그녀는 절대 돈의 유혹에 빠지지 않았다. 할머니에게는 옳은 것과 그른 것이 존재할 뿐 회색 지대는 존재하지 않았다. 거짓말은 죄악이었다. 한 말은 한 말이고 약속은 약속이었다. 입장이 곤란하다고 해서 달라질 건 없었다.

머서는 내적 갈등으로 마음이 괴로웠다. 새벽으로 넘어가는 시간이 되어서야 그녀는 마침내 마음을 정했다. 입을 다물려면 돈을 돌려주고 작전에서 빠지는 수밖에 없었다. 그렇게 되더라도 그녀는 선량한 사람들의 정당한 비밀은 지켜 주어야 할 터였다. 하지만 지금 작전에서 빠진다면 할머니로부터 비웃음을 살 것 같기도 했다.

그녀는 새벽 3시쯤 자리에 누웠지만 잠을 이룰 수 없었다.

정확히 새벽 5시, 그녀는 결정을 내렸다.

15.

잠에서 깬 일레인은 남편이 옆에서 자는 동안 어둠 속에서 조용히 모닝 커피를 마셨다. 그녀는 카미노 아일랜드를 또 방문할 예정이었다. 도합 열 번째 내지는 열한 번째 출장이었다. 예전처럼 리건 국립 공항에서 비행기를 타고 릭이나 그레이엄이 기다리는 잭슨빌로 향할 것이었다. 그들은 해변에 있는 안가에서 만나 업무를 정리하기로 했다. 그들이 투입한 주인공이 목표물과 주말을 같이 보낸 일로 모두가 흥분 모드였다. 분명히 뭔가 알아냈을 터였다. 늦은 오후에 있을 회의를 위해 머서를 불러들여 정보를 캐내리라.

하지만 새벽 5시 1분, 모든 계획이 폐기되었다.

휴대폰이 진동하자 일레인은 발신자를 확인하고는 침대에서 빠져나와 주방으로 향했다. "당신이 전화하기에는 좀 이른 시간이네요."

머서가 말했다. "그 사람은 생각보다 똑똑하지 않았어요. 당신 말대로 그는 《라스트 타이쿤》 원고를 갖고 있어요. 지난밤에 저한테 그걸 보여 줬어요. 우리 예상대로 수장고에 있고요."

일레인은 상대방의 말을 머릿속에 되뇌이며 눈을 감았다. "확실해요?"

"네. 당신들이 제게 보여 준 복사본을 기준으로 100프로 확실해요."

일레인이 조식 테이블의 스툴에 앉아서 말했다. "자세히 얘기해 봐요."

16.

6시, 일레인은 FBI의 희귀 자산 회수팀 팀장인 라마 브래드쇼에게 전화를 걸어 그를 잠에서 깨웠다. 그날 그의 계획 역시 날아가 버렸다. 2시간 뒤 그들은 펜실베이니아 거리의 후버 빌딩에 있는 그의 사무실에서 만나 자세한 이야기를 나누었다. 일레인의 예상대로 브래드쇼와 그의 팀은 일레인과 그녀의 동료들이 비밀리에 작전을 펼쳐 브루스 케이블을 감시했다는 사실에 짜증을 냈다. 한달 전쯤 지나가는 말로 브루스 케이블이란 이름을 언급했을 뿐이었다. 케이블은 10여 명의 다른 용의자들과 함께 FBI의 수사 대상 목록에 올라와 있었지만, 그건 그가 유명인이라는 이유가 컸기 때문이다. 브래드쇼는 그에 대해 심각하게 생각하지 않았다. FBI는 민간인과의 공동 수사를 싫어했지만 영역 다툼은 비생산적이었다. 브래드쇼는 이번에도 일레인 셸비가 도둑맞은 물건을 찾아냈으니 어쩔 수 없이 알량한 자존심을 접어 두어야 했다. 그들 사이에 재빠르게 정전 협상이 이루어졌고 평화가 찾아왔다. 그들은 공동 작전을 세웠다.

17.

브루스 케이블은 서점 2층의 아파트에서 6시에 눈을 떴다. 커피를 마시고 1시간 동안 책을 읽다가 아래층 초판본 전시실에 있는 사무실로 내려갔다. 그는 컴퓨터를 켜고 서점의 도서 재고 목록을 확인했다. 서점 경영에 있어서 가장 불쾌한 부분은 어떤 책들이 팔리지 않을 것 같은지, 그래서 그 책들을 출판사로 반품을 보낼 것인지 결정하는 일이었다. 그의 관점에서 반품 도서는 일종의 실패였지만, 20년간 서점 운영을 하다 보니 어느새 이런 과정에 익숙해져 갔다. 그는 1시간가량 어두운 서점 내부를 돌아다니며 책장과 테이블 위에서 책을 빼내 안쪽 창고에 쌓아 두었다. 책 더미가 왠지 모르게 서글퍼 보였다.

8시 45분, 그는 으레 그렇듯 아파트로 돌아와 재빨리 샤워를 하고 일할 때 입는 시어서커 정장으로 갈아입었다. 그러고 나서 9시 정각에 불을 켜고 서점의 출입문을 열었다. 브루스는 가장 먼저 도착한 직원 둘에게 업무 지시를 내렸다. 30분 뒤 그는 지하실로 가서 노엘의 창고 구역으로 연결되는 금속 출입문을 열었다. 제이크는 벌써 와서 골동품 벤치 뒷면에 작은 못을 박고 있었다. 칠 작업이 끝난 머서의 작가 책상은 한쪽으로 치워 둔 모습이었다.

인사를 주고받은 뒤 브루스가 말했다. "우리의 친구인 머서 양께서 책상을 사지 않겠다고 합니다. 노엘이 책상을 포트 로더데일의 한 주소지로 보내라고 하네요. 다리를 분해하고 책상을 포장할 상자를 찾아봐 주세요."

"그러죠." 제이크가 말했다. "오늘요?"

"네. 급한 일이에요. 그것부터 처리해 주세요."

"알겠습니다."

존 그리샴

18.

11시 6분, 덜레스 국제 공항에서 전세기 한 대가 이륙했다. 비행기에 탄 사람은 일레인 셸비와 그녀의 부하 직원들, 그리고 라마 브래드쇼와 네 명의 FBI 특별 수사관이었다. 비행 중에 브래드쇼는 플로리다의 연방 검사와 대화를 나누었고, 일레인은 지역 도서관에 박혀 집필 작업에 몰두하려고 애쓰던 머서에게 전화를 걸었다. 그녀는 민박집에서는 도저히 창의력을 발휘할 수 없다는 사실을 절감하고 있었다. 일레인은 며칠 동안 머서가 서점에서 멀찌감치 떨어져 있는 것이 최선이라는 판단을 내렸다. 머서는 머서대로 서점 근처에 갈 일은 없을 거라며 일레인을 안심시켰다. 그녀는 그동안 브루스를 지나치게 자주 만났기에 휴식이 필요했다.

11시 20분, 아무 표시도 없는 화물 밴이 산타 로사의 메인 스트리트에 있는 서점 건너편에 자리를 잡았다. 차 안에는 FBI 잭슨빌 지부에서 온 현장 요원 세 명이 타고 있었다. 그들은 베이 북스의 출입문을 향해 비디오카메라를 설치했다. 다른 요원 둘은 3번가에 차를 세우고 주변을 감시했다. 그들의 임무는 서점에서 나가는 모든 물건을 빠짐없이 촬영하고 지켜보는 것이었다.

11시 40분, 반바지에 샌들 차림의 한 요원이 서점에 들어가 몇 분간 매장을 둘러보았다. 케이블은 자리에 없었다. 요원은 현금으로 《머나먼 대서부》의 오디오 북을 사서 서점을 나왔다. 첫 번째 밴에서 기술자 한 명이 오디오 북 케이스를 열고 여덟 개의 CD를 제거한 다음 안에 작은 비디오카메라와 배터리를 설치했다.

12시 15분, 케이블이 신원 미상의 사람과 서점을 나와 걸어서

점심을 먹으러 갔다. 5분 뒤 마찬가지로 반바지에 샌들 차림을 한 다른 여자 요원이 《머나먼 대서부》 오디오 북을 들고 서점에 들어섰다. 그녀는 위층에서 커피를 한 잔 시켜 잠시 시간을 보내는 척하다가 1층으로 돌아와서 소프트 커버로 된 책 두 권을 집어 들었다. 서점 직원이 안쪽으로 간 사이 요원은 재빨리 가져간 《머나먼 대서부》 케이스를 오디오 북 선반에 올려놓고 바로 옆에 있는 《마지막 영화 상영》을 꺼냈다. 요원은 종이 책 두 권과 오디오 북 한 권을 계산한 다음 직원에게 근처에 점심을 먹을 만한 데가 있는지 물었다. 첫 번째 밴의 요원들은 노트북 화면을 들여다보고 있었다. 이제 그들은 서점 내부에서 출입문을 통해 서점으로 들어오는 모든 사람의 정면을 완벽하게 볼 수 있었다. 그저 당분간은 《머나먼 대서부》의 내용을 귀로 듣고 싶어 하는 사람이 나타나지 않았으면 하는 마음뿐이었다.

12시 31분, 전세기가 산타 로사 시내에서 10분 거리에 있는 카미노 아일랜드의 작은 공항에 착륙했다. 릭과 그레이엄이 그곳에서 일레인과 그녀의 두 부하 직원을 맞이했다. 브래드쇼와 그의 일행은 두 대의 SUV를 나누어 탔다. 장기 투숙이 아닌 데에다 마침 월요일이라 쉽게 호텔방을 구할 수 있었다. 그들은 도보로 5분 안에 서점에 갈 수 있는 항구 근처의 한 호텔에 방을 여러 개 잡았다. 브래드쇼가 가장 큰 스위트룸을 차지하고 그곳에 지휘소를 차렸다. 테이블에 노트북들이 세팅되었고 카메라를 통해 들어오는 감시 화면이 쉬지 않고 움직였다.

간단한 점심 식사 후에 머서가 스위트룸에 도착했고, 정신없이 서로를 소개하는 시간을 가졌다. 머서는 몰려온 사람들의 수에 내심 놀랐다. 아무것도 의심하지 않고 있는 브루스 케이블 한 사람에게 이렇게 많은 인원이 투입되게 한 데에 마음이 불편해졌다.

일레인이 뒤에서 지켜보는 가운데 머서는 브래드쇼와 반노라는 이름의 특별 수사관에게 심문을 받았다. 그녀는 길었던 주말에 벌어진 내밀한 일들을 제외한 나머지 이야기를 들려주었다. 찰나의 로맨스가 아주 오래전의 향수 어린 장난처럼 느껴졌다. 브래드쇼는 일전에 프린스턴 대학에서 찍은 피츠제럴드 원고의 고해상도 사진 여러 장을 보여 주었다. 일레인도 같은 사진을 가지고 있었기 때문에 머서에게도 눈에 익은 사진들이었다. 네. 맞아요. 그녀는 자신이 간밤에 지하실 수장고에서 본 《라스트 타이쿤》 원고가 진본이라 믿었다.

물론 원고가 가짜일 확률도 있었다. 모든 가능성이 열려 있었다. 하지만 그녀만큼은 생각이 달랐다. 브루스가 아무 이유 없이 가짜 원고를 그렇게 조심스럽게 보관할 리 있겠는가?

브래드쇼가 의심하듯 같은 질문을 세 번째 반복했을 때 머서가 벌컥 화를 내며 물었다. "우리 한편 아니에요?"

반노가 부드럽게 대답해 분위기를 풀었다. "물론 한편이죠, 머서. 다만 일을 제대로 처리하고 싶어서 그러는 거뿐입니다."

"제가 제대로 봤다니까요."

1시간가량 실랑이가 오가고 나자 머서는 일레인 셸비가 브래드쇼나 반노보다 훨씬 똑똑하고 사근사근하다는 걸 깨달았다. 하지만 일레인은 그녀를 FBI에게 넘겼고, 결국 FBI가 마무리를 책임지는 듯했다. 잠시 쉬는 동안 브래드쇼는 잭슨빌 연방 검사보로부터 연락을 받았다. 긴장이 고조되었다. 치안 판사가 '증인'이 비디오를 통해 증언하는 것에 반대하며 '증인'이 직접 출석한 가운데 비밀 청문회를 열어야 한다고 고집을 부리는 모양이었다. 브래드쇼와 반노는 분통은 터지나 달리 뾰족한 수가 없었다.

2시 15분, 머서는 릭이 운전하고 그레이엄이 조수석에 앉은 차의 뒷좌석에 일레인과 함께 앉았다. 그들은 FBI 요원들이 탄 SUV를 따라 섬을 떠나 잭슨빌로 향했다. 카미노강을 건너는 다리 위에서 머서는 기분 나쁜 기색을 감추지 않고 말했다. "좀 알고 가죠. 무슨 일이 벌어지는 건가요?"

릭과 그레이엄은 앞만 볼 뿐 아무 말도 하지 않았다. 일레인이 헛기침을 하고는 대답했다. "연방 기관은 늘 이런 짓을 해요. 당신이 낸 세금을 이런 식으로 낭비하죠. 연방 요원인 브래드쇼는 이쪽 지역 지방 검사에게 화가 잔뜩 났어요. 그 친구도 연방 공무원이죠. 일단 수색 영장을 발부해 주는 연방 치안 판사에게 공통적으로 화가 난 건 분명해요. 그들은 당신이 섬을 떠나지 않고 비디오상으로 증언하는 데에 서로 양해가 된 걸로 생각했거든요. 브래드쇼는 늘 이런 식이라고 말했지만, 무슨 이유에서인지 이곳의 연방 치안 판사가 당신을 직접 만나고 싶어 해요. 그래서 우리는 지금 법원으로 가는 중이에요."

"법원이요? 제가 법정까지 출석해야 한다는 말은 없었잖아요."

"연방 법원 건물에 가는 거뿐이에요. 거기서 은밀하게 판사를 만날 거예요. 사무실 같은 데서요. 걱정하지 말아요."

"말은 쉽죠. 질문이 있어요. 만일 케이블이 체포되면 도난당한 원고를 가진 상태에서 현행범으로 체포되더라도 무죄를 주장할 수 있나요?"

일레인이 고개를 들어 앞을 보며 말했다. "그레이엄, 당신 변호사잖아요."

그레이엄은 헛소리라도 들은 양 콧방귀를 뀌었다. "법학으로 학위를 따기는 했지만 한번도 써먹어 본 적은 없습니다. 하지만 아니에요. 물론 피고는 유죄를 인정하도록 강요받을 수 없습니다. 범죄로 기소된 사람은 누구나 재판에서 유죄 여부를 따져 볼 수 있습니다. 단, 이번 사건에서는 그럴 일이 없을 겁니다."

"왜요?"

"만일 케이블이 원고를 하나라도 갖고 있다면, 나머지 원고에 관해 털어놓으라며 엄청난 압력을 받게 될 겁니다. 이번 사건의 경우 도둑이나 악당들을 처벌하는 것보다 다섯 개의 원고를 모두 회수하는 일이 훨씬 더 중요하니까요. 그들은 케이블에게 다 털어놓고 다른 범인들을 잡을 수 있도록 협조하라며 온갖 달콤한 제안을 할 겁니다. 그가 얼마나 알고 있는지 알 수 없지만, 자신을 보호하기 위해 신나게 불어 댈 게 뻔하죠."

"혹시라도 그가 재판에서 무죄를 주장하는 경우 제가 재판에 증인으로 불려 나가는 일은 피할 수 없겠죠?"

머서는 대답을 기다렸지만 세 사람은 침묵을 지켰다. 길고 불편한 침묵 끝에 머서가 말했다. "저기요, 일레인, 당신은 제가 법정에 나가야 한다는 말은 안 했잖아요. 제가 케이블에 맞서 증언해야 한다는 말도요. 전 그런 짓은 절대 안 해요."

일레인은 그녀를 진정시키려 애썼다. "그럴 일은 없을 거예요, 머서. 날 믿어요. 당신은 매우 잘해 주고 있고, 우리는 당신이 아주 자랑스러워요."

"아이 달래듯이 말하지 말아요." 머서는 의도한 것보다 매몰차게 쏘아붙였다. 오랫동안 아무도 입을 열지 않았다. 긴장감은 쉽사리 사그라들지 않았다. 그들은 95번 고속 도로를 타고 남쪽으로 달려 잭슨빌 외곽으로 들어섰다.

법원은 현대적인 고층 빌딩으로 건물 외관에 유리 장식이 되어 있었다. 그들은 관계자의 손짓에 따라 옆쪽에 난 입구로 들어가 작은 지정 주차장에 차를 세웠다. FBI 요원들은 머서를 보호하듯 그녀를 둘러쌌다. 엘리베이터가 그녀와 일행으로 가득 찼다. 잠시 후 그들은 플로리다 중부 지역 지방 검사실로 들어가 한 회의실로 안내를 받았다. 그곳에서 기다림이 시작되었다. 브래드쇼와 반노가 각자 휴대 전화를 꺼내 들었고 조용히 대화를 나누었다. 일레인은 베데스다에 연락해 얘기 중이었다. 릭과 그레이엄은 중요한 통화를 하고 있었다. 머서는 거대한 테이블에 혼자 앉아 있었고, 아무도 그녀에게 말을 걸지 않았다.

20분가량 지났을 때 어두운 색 정장을 입은—그곳 사람들은 모두 어두운 색 옷을 입었다—진지한 얼굴의 청년이 결의에 찬 태도로 들어왔다. 그는 자신이 무슨 무슨 분야를 담당하는 연방 검사 시보이며 이름은 제인웨이라고 했다. 그는 모인 사람들에게 치안 판사인 필비 판사가 중요한 청문회로 바빠서 시간이 좀 걸릴 수도 있다고 설명했다. 제인웨이는 괜찮다면 자신이 머서의 증언을 대신 듣고 싶다고 했다.

머서는 어깨를 으쓱했다. 그녀에게 딱히 선택권이 있어 보이지도 않았다.

제인웨이는 밖으로 나갔다가 어두운 색 정장을 입은 다른 두 사람과 다시 들어왔고 그들은 차례로 자기소개를 했다. 머서는 그들과 악수를 나누었다. 오랜 기다림으로 지쳐 있던 차에 진심으로 반갑기도 했다.

그들은 노란 노트를 꺼내고는 머서의 맞은편에 앉았다. 제인웨이가 질문을 시작했다. 사실상 그는 이번 사건에 관해 아는 게 전혀 없었다. 머서는 천천히 고통스럽게 빈칸을 채워 나갔다.

19.

4시 50분, 머서, 브래드쇼, 반노는 제인웨이를 따라 아서 필비 판사의 법정으로 갔다. 판사는 그들이 마치 무단 침입이라도 한 것처럼 인사를 받았다. 힘든 하루를 보냈는지 얼굴에 짜증이 가득했다. 머서는 테이블의 한쪽 끝에 있는 법원 속기사의 옆자리에 앉았다. 속기사가 그녀에게 오른손을 들고 진실만을 말할 것을 선서하라고 했다. 삼각대에 얹어 둔 비디오카메라 한 대가 증인석을 비추었다. 검은색 가운을 벗은 필비 판사가 반대편 끝에 왕좌 위의 왕처럼 앉아 있었다.

1시간 동안 제인웨이와 브래드쇼가 그녀에게 질문을 했다. 그녀

는 그날만 적어도 세 번째로 똑같은 이야기를 들려주었다. 브래드
쇼는 지하실의 수장고 내부와 금고를 찍은 커다란 사진을 보여 주
었다. 필비가 여러 번 끼어들어 직접 질문을 했고 머서의 증언 대
부분이 두 번 이상 반복되었다. 그럼에도 머서는 차분함을 잃지 않
았다. 말을 하다 보니 브루스 케이블이 여기 있는 사람들보다 훨씬
더 호감 가는 사람이라는 생각에 놀라기도 했다.

증언이 끝나자 그들은 이런저런 정리를 하는가 싶더니 그녀에
게 시간을 내주어 고맙다고 말했다. 별말씀을요. 전 돈 받고 여기
왔는걸요. 하마터면 그녀는 실언을 할 뻔했다. 돌아가도 좋다는 허
락을 받은 그녀는 일레인, 릭, 그레이엄과 서둘러 건물을 빠져나왔
다. 연방 정부 건물이 뒤편으로 멀리 사라지자 머서가 물었다. "다
음엔 어떻게 되는 거죠?"

일레인이 말했다. "저쪽에서 수색 영장을 준비하고 있어요. 당신
의 증언은 완벽했고 판사도 확신이 생겼어요."

"그럼 언제 저들이 서점을 덮치나요?"

"곧."

8장

전달

1.

데니는 섬에 온 지 열흘째였고 더는 참을 수가 없었다. 그와 루커는 케이블을 미행하고 그의 움직임과 단조로운 일정을 파악 중이었다. 그들은 머서도 미행해 그녀의 루틴을 살폈는데, 이 역시 어렵지 않았다.

보스턴의 오스카 스테인에게는 협박이 먹혔고, 어쩌면 그것이 그들이 가진 유일하게 그럴듯한 수단일 수도 있었다. 폭력의 위협과 직접 대면하도록 하는 일 말이다. 스테인의 말에 따르면, 케이블은 곧바로 경찰에 뛰어갈 수 없는 처지라고 했다. 만일 그가 원고들을 가지고 있다면 그와 타협하는 것도 나쁘지 않을 것 같았다. 원고를 가지고 있지 않더라도 최소한 원고의 행방은 알고 있는 게 거의 확실했다.

케이블은 대개 저녁 6시쯤 서점에서 나와 집으로 갔다. 월요일 오후 5시 50분, 데니는 서점에 들어가 책을 둘러보는 척했다. 운이 좋았던 케이블은 그 시간에 지하실에서 바쁘게 움직이고 있었고, 직원들은 그 사실을 다른 사람에게 알리지 말아야 한다는 걸 알고 있었다.

반면에 데니는 운이 없었다. 그는 여러 달 동안 변장을 한 채 가짜 신분증과 가짜 여권을 사용하면서 매끄럽게 공항, 세관, 여러 보안 검색대를 통과했다. 방이나 차를 빌릴 때도 가능한 한 현금을 사용하면서 자신을 무적까지는 아니더라도 제법 똑똑하다고 생각했다. 그러나 아무리 머리 좋은 사기꾼도 방심하면 꼬리가 밟히는 법이었다.

오랜 세월 FBI는 그들의 안면 인식 기술을 완벽하게 발전시켜 페이스 프린트라는 소프트웨어를 개발했다. 그 기술은 분석 대상의 눈, 코, 귀 사이 거리를 계산하는 알고리즘을 사용했고, 분석 대상을 특정 사건과 관련 있는 다량의 사진들과 몇 천분의 1초 만에 비교할 수 있었다. FBI가 도난당한 원고 사건을 조사하기 위해 만든 '개츠비 파일'에 쓸 만한 사진은 그리 많지 않았다. 그중에는 파이어스톤 도서관으로 들어가다 찍힌 절도범 세 사람의 사진 열 장이 포함되어 있었다. 사진 속 인물 가운데 제리 스틴가든과 마크 드리스콜은 이미 체포한 상태였다. 파일에는 그 외에도 미술품, 유물, 책 도난품 업계에서 일한다고 알려져 있거나 일하는 것으로 의심되는 사람들의 사진 수백 장이 보관되어 있었다.

데니가 서점에 들어섰을 때 《머나먼 대서부》 오디오 북 케이스

속에 숨겨 둔 카메라가 그의 얼굴을 포착했다. 카메라는 그날 정오 이후 서점을 방문한 모든 손님의 얼굴을 포착해 저장하고 있었다. 저장된 얼굴 이미지는 길 건너에 서 있던 밴의 뒷자리 노트북으로 전달되었다. 더 중요한 것은, 사진이 버니지아주 콴티코에 있는 FBI의 거대한 범죄 과학 연구소에도 동시에 전달되었다는 사실이었다. 사진 속 얼굴은 개츠비 파일의 사진과 일치했다. 요원들에게 경보가 울렸다. 데니는 서점에 들어선 지 단 몇 초 만에 세 번째 개츠비 도난범으로 확인되었다.

두 명은 이미 체포되었다. 네 번째 인물인 트레이는 포코노 산맥에 있는 한 연못 바닥에서 썩고 있는 중이라 발견된다거나 추가로 사건에 연루될 수 없었다. 다섯 번째인 아메드는 여전히 유럽 어딘가에 숨어 있었다.

15분 뒤 데니가 서점을 나와서 길모퉁이를 돌아 2011년식 혼다 어코드에 올라탔다. 두 번째 밴이 멀리서 그의 차를 따라가다 놓쳤지만, 이내 시 브리즈 모텔 주차장에 주차된 차량을 다시 찾아냈다. 등대집 민박에서 해변을 따라 약 100미터 떨어진 곳에 있는 숙소였다. 잠복근무가 시작되었다.

혼다 어코드는 잭슨빌에서 렌트한 것으로, 해당 렌터카 업체는 '고물 차 대여'를 광고하며 주로 현금 거래만 하는 곳이었다. 렌터카 서류의 차량 사용자 이름은 윌버 시플릿으로 되어 있었고, 업체 담당자는 FBI에게 자신이 받은 메인주 운전면허증이 가짜 같긴 했다고 시인했다. 시플릿이란 인물은 현금 1천 달러를 내고 2주간 차를 빌렸고 보험은 가입하지 않았다.

FBI는 수사의 진전 속도에 일종의 충격을 받았다. 믿을 수 없을 정도로 운이 따랐다. 잠적했던 절도범이 무슨 이유로 도난 사건이 발생한 지 8개월이나 지난 시점에 이 섬의 서점 주위를 어슬렁거리게 된 걸까? 그 역시 머서를 감시하는 건가? 그가 케이블과 어떤 관계가 있을까? 떠오르는 의문이 한두 가지가 아니었지만 일단 머서의 말이 옳다는 것을 강력하게 암시한다는 사실만은 확실했다. 분명 한 개 이상의 원고가 서점의 지하실에 있었다.

해 질 무렵 데니가 18호실 방에서 나왔고 바로 옆 방에서 루커도 나왔다. 그들은 100여 미터를 걸어 야외에서 술과 고기를 파는 맛집인 서프에 가서 샌드위치와 맥주로 끼니를 때웠다. 그들이 식당에 있는 동안 네 명의 FBI 수사관들이 시 브리즈 모텔의 사무실에 들어가 매니저에게 수색 영장을 내밀었다. 그들은 18호실의 침대 밑에서 운동 가방을 발견했다. 가방 속에는 9밀리미터 권총과 현금 6천 달러, 그리고 테네시주와 와이오밍주의 위조 운전면허증이 들어 있었다. 하지만 윌버의 진짜 정체에 관해서는 아무것도 밝혀낼 수 없었다. 수사관들은 옆방에서도 의미 있는 증거를 전혀 찾아내지 못했다.

모텔로 돌아온 데니와 루커는 현장에서 체포되어 각각 다른 차에 태워졌고, 조용히 FBI 잭슨빌 지부 사무실로 압송되었다. FBI는 체포 절차를 밟고 지문을 채취했다. 곧바로 데이터뱅크에서 신원 조회가 시작되었다. 오후 10시가 되어서야 지문의 주인이 밝혀졌다. 군 복무 기록에 남아 있던 지문을 통해 데니의 본명이 밝혀졌다. 데니스 앨런 더반. 서른세 살. 새크라멘토 출신. 루커는 전과 기록 조회를 통해 정체가 드러났다. 본명은 브라이언 베이어. 서른 아홉, 위스콘신주 그린베이 출신. 두 사람 다 협조를 거부하고 유 치장행을 택했다. 라마 브래드쇼는 그들의 체포 사실을 발표하지 않은 채 며칠간 묵혀 두기로 했다.

머서는 일레인, 릭, 그레이엄과 안가에 머물면서 카드놀이로 시 간을 죽이고 있었다. 그들도 범인을 체포했다는 이야기는 들었지 만 자세한 상황은 몰랐다. 브래드쇼가 11시에 전화를 걸어 와 일 레인과 대화를 나누었고 그동안 몰랐던 대부분의 사항을 알려 주 었다. 상황이 빠르게 돌아가는 것만은 확실해 보였다. 다만 아직 풀리지 않은 의문이 많았다. 내일은 중요한 날이었다. 머서를 두고 브래드쇼가 말했다. "여자분을 섬에서 빼내세요."

2.

화요일 내내 서점을 단단히 감시했음에도 특이할 만한 점이 전혀 없었다. 절도범들이 추가로 나타나지도 않았고 수상한 물건이 배 달되지도 않았다. UPS 트럭이 10시 50분에 책을 여섯 상자 배달 했을 뿐 아무것도 싣지 않고 돌아갔다. 케이블은 1층과 2층을 오 가며 고객을 돕거나 본인이 좋아하는 자리에서 책을 읽었다. 그러 고는 12시 15분에 점심을 먹으러 나갔다가 1시간 뒤에 돌아왔다.

5시, 라마 브래드쇼와 데리 반노는 서점으로 들어가 케이블에 게 얘기 좀 나눌 수 있느냐고 물었다. 브래드쇼가 조용히 말했다. "FBI에서 나왔습니다." 그들은 브루스를 따라 초판본 전시실로 들어갔다. 브루스가 문을 닫고 신분증을 보여 달라고 요청했다. 둘은 배지를 꺼내 보였다. 반노가 수색 영장을 건네며 말했다. "우리는 지하실을 수색하기 위해 왔습니다."

브루스는 그 자리에 선 채 물었다. "그러시죠. 근데 찾는 게 뭡니까?"

"프린스턴 도서관에서 보관 중이던 F. 스콧 피츠제럴드의 유품 중에서 도난당한 친필 원고 원본들을 찾고 있습니다." 브래드쇼가 말했다.

브루스가 웃으며 응수했다. "진심이세요?"

"진심으로 보이지 않습니까?"

"그래 보이긴 하네요. 먼저 이거부터 읽어 봐도 될까요?" 그가 수색 영장을 흔들어 보였다.

"그러세요. 참고로 지금 이 서점에 우리를 포함한 요원 다섯 명이 들어와 있습니다."

"네. 편하신 대로 하세요. 위층에서 커피를 드셔도 되고."

"네."

브루스가 책상에 앉아 수색 영장을 읽었다. 그는 무관심한 얼굴로 천천히 페이지를 넘겼다. 영장을 모두 읽고 난 그가 말했다. "그래요. 아주 간단한 일이네요." 그는 일어서서 스트레칭을 하듯 몸을 쭉 펴고 그다음에 어떻게 할지 머리를 굴렸다. "수색은 지하실 수장고만 해당되네요."

"그렇습니다." 브래드쇼가 말했다.

"지하에는 비싼 물건이 아주 많습니다. 그리고 여러분은 영장을 들고 진입하면 공간을 엉망으로 만드는 걸로 유명하시고요."

"TV를 지나치게 많이 보셨나 봅니다." 반노가 말했다. "우리는 전문가입니다. 당신이 협조만 잘해 주면 이 서점 안의 사람들은 우리가 왔다는 것조차 눈치채지 못할 겁니다."

"그럴 리가."

"가시죠."

브루스가 수색 영장을 손에 쥔 채 그들을 서점 안쪽으로 안내했다. 캐주얼한 복장을 한 세 명의 수사관이 이미 와서 기다리고 있었다. 브루스는 그들을 무시하고 지하실로 통하는 잠긴 출입문을 열었다. 그가 조명 스위치를 누르며 말했다. "발 조심하세요." 지하로 내려간 그는 추가로 조명을 더 켰고 수장고로 들어가는 출입문 앞에서 멈추어 비밀번호를 입력했다. 그가 수장고를 열고 다시 조명을 켰다. 다섯 명의 수사관들이 북적거리며 안으로 들어서자 손으로 벽을 가리키며 말했다. "저쪽은 모두 희귀 초판본들입니다. 별 관심 없으시겠지만." 수사관 한 명이 작은 비디오카메라를 꺼내 수장고 내부를 촬영하기 시작했다.

"금고를 여시죠." 브래드쇼의 주문에 브루스가 금고를 열었다. 금고 문이 열리자 그는 가장 위쪽 선반을 가리키며 말했다. "저기 있는 것도 다 매우 희귀한 물건들이죠. 혹시 보고 싶으신가요?"

"나중에 봐야 하면요." 브래드쇼가 말했다. "일단 여기 네 개의 선반부터 시작합시다." 그는 마치 이곳에 온 적이 있다는 듯 원하는 걸 정확히 짚어 냈다.

브루스는 첫 번째 서랍을 당겨 열었다. 안에는 머서가 증언한 대로 두 개의 삼나무 상자가 들어 있었다. 그는 하나를 꺼내 테이블에 올려놓고 뚜껑을 열었다. "이건 존 D. 맥도널드가 1966년에 낸 《황색보다 어두운》 원고 원본입니다. 10년 전에 샀고 구매를 증명할 수 있는 영수증도 있습니다."

브래드쇼와 반노는 원고를 내려다보았다. "혹시 원고에 손을 대도 됩니까?" 반노가 물었다. 두 사람 모두 이런 일에 전문가였다.

"얼마든지요."

타자기로 친 원고는 바랜 부분 하나 없이 상태가 훌륭했다. 페이지를 넘기던 그들은 금세 흥미를 잃었다. "다른 상자도 보여 주시죠." 브래드쇼가 물었다.

브루스는 두 번째 삼나무 상자를 꺼내 처음 꺼낸 상자 옆에 내려놓고 뚜껑을 열었다. "이건 맥도널드의 다른 원고인데요. 《외로운 은빛 비》라고, 1985년 작이죠. 이것도 영수증이 있습니다."

두 번째 원고 역시 깔끔하게 타자로 친 상태에 여백에는 메모가 쓰여 있었다. 브루스가 설명했다. "맥도널드는 전기 공급이 잘 안되는 선박에서 살았습니다. 그는 낡은 수동식 언더우드 타자기를 사용했고 지나칠 정도로 작업에 세심했습니다. 그의 원고는 믿을 수 없을 만큼 깔끔합니다."

수사관들은 아무 관심도 없으면서 의례적으로 원고를 몇 장 넘겨 보았다.

브루스가 농담하듯 가볍게 한마디 건넸다. "확실하지는 않지만, 피츠제럴드는 원고를 손으로 쓰지 않았나요?" 물론 대답은 돌아오지 않았다.

브래드쇼는 다시 금고로 돌아가 말했다. "두 번째 서랍을 봅시다."

브루스가 두 번째 서랍을 빼냈다. 두 요원은 긴장한 채 안을 보기 위해 서랍 앞으로 다가섰다. 서랍 속은 비어 있었다. 세 번째, 네 번째 서랍도 마찬가지였다. 브래드쇼는 충격을 받고 성난 표정으로 반노를 쳐다보았다. 반노는 텅 빈 서랍들을 도저히 믿을 수 없다는 듯 멍한 얼굴이었다.

브래드쇼가 살짝 휘청거리며 말했다. "금고 내용물을 모두 꺼내 주세요."

브루스가 말했다. "그러죠. 근데 외람된 얘기지만, 제가 보기에 누군가 당신들에게 거짓 정보를 넘긴 것 같습니다. 전 도난 물품 거래는 안 합니다. 아무리 피츠제럴드의 원고라 하더라도 도난된 거라면 근처에도 가지 않을 겁니다."

"금고를 비워 주세요." 브래드쇼가 브루스의 말을 무시한 채 다시 말했다.

브루스는 맥도널드의 원고 두 개를 위쪽 서랍에 넣은 다음 맨 위 선반으로 손을 뻗어 《호밀밭의 파수꾼》이 든 조가비 케이스를 꺼냈다. "보고 싶으신가요?"

"네." 브래드쇼가 대답했다.

브루스가 조심스럽게 케이스를 열고 책을 꺼냈다. 그는 수사관들과 카메라가 볼 수 있도록 책을 들어 보였다가 집어넣었다. "여기 있는 책 전부 다 보시겠습니까?"

"네."

"시간 낭비하시는 겁니다. 이것들은 시중에 나온 책이지 원고가 아니거든요."

"우리도 압니다."

"여기 보이는 조가비 케이스들은 안에 든 책들을 위해 맞춘 거라 원고를 넣기에는 너무 작습니다."

그의 말은 일견 타당하게 들렸지만 시간이 걸리더라도 철저한 수색이 이루어져야 했다. "다음." 브래드쇼가 말하며 금고 안 선반을 향해 고갯짓을 했다.

브루스는 체계적으로 책을 한번에 하나씩 꺼내 케이스를 열고 책을 보여 준 다음 보여 준 건 옆으로 치웠다. 그가 흔쾌히 책을 보여 주는 동안 브래드쇼와 반노는 고개를 좌우로 흔들어 가며 서로를 보고 눈을 굴렸다. 수사관들의 얼굴에 당황한 기색이 역력했다.

총 마흔여덟 권의 책이 테이블에 차곡차곡 쌓였다. 금고는 맨 위 서랍에 든 맥도널드의 원고 두 개를 빼고는 텅 비어 있었다. 브래드쇼는 금고에 가까이 다가섰다. 비밀 공간이라도 있나 보았지만 금고에는 그럴 만한 공간이 없었다. 그는 턱을 긁적이고는 숱이 많지 않은 머리를 쓸어넘겼다.

반노가 물었다. "이건 뭐죠?" 그는 벽에 붙어 있는 책장을 손으로 가리켰다.

브루스가 말했다. "희귀한 초판본들입니다. 아주 오래전에 출판된 것들이죠. 제가 지난 20년 동안 모은 겁니다. 다시 말하지만 전부 소설책이지 원고가 아닙니다. 저 책들도 보고 싶으신 모양이네요."

"아, 보면 좋죠." 반노가 말했다.

브루스는 열쇠를 꺼내 잠긴 책장의 유리문을 열었다. 수사관들이 흩어져 책장의 유리문을 모두 열고 줄줄이 꽂힌 책들을 살펴보았지만 두툼한 원고와 조금이라도 비슷한 건 보이지 않았다. 브루스는 그들을 조심스럽게 지켜보면서 그들이 책을 꺼내면 어떻게든 참견하려고 했다. 수사관들은 매우 세심했고 전문적이었다. 1시간쯤 지나 수장고 수색이 완료되었다. 수사관들은 끝내 아무것도 찾아내지 못했다. 지하실 수장고의 철저한 수색은 아무 소득 없이 끝나고 말았다. 수사관들이 줄지어 지하실을 나가자 브루스는 출입문을 당겨 닫기만 하고 잠그지는 않았다.

브래드쇼는 지하실 내부를 둘러보면서 오래된 책, 잡지, 교정용 및 사전 검토용 책자들이 꽂힌 책장을 발견했다. "좀 봐도 괜찮을까요?" 그는 마지막으로 뭐라도 찾아내 보고자 물었다.

브루스가 말했다. "글쎄요, 영장에는 수장고 내부만 수색 범위에 해당한다고 나와 있지만 아무려면 어떻습니까. 살펴보세요. 별거 없을 겁니다."

"그럼 동의하신 겁니다."

"그럼요. 안 될 것 있나요? 시간 낭비 좀 더 해 보죠."

수사관들이 30분가량 창고 여기저기를 뒤졌다. 마치 피할 수 없는 상황을 최대한 뒤로 미루기라도 하는 듯했다. 패배를 인정하고 싶지 않았지만 그들은 마침내 포기를 선언했다. 브루스는 그들을 따라 계단을 올라와 서점 출입문으로 향했다. 브래드쇼가 손을 내밀며 말했다. "불편을 드려 죄송합니다."

브루스가 악수를 하며 물었다. "그럼 다 끝난 건가요? 아니면 전 여전히 용의자인 건가요?"

브래드쇼는 주머니에서 명함을 꺼내 브루스에게 건넸다. "내일 전화해서 질문에 답을 드리겠습니다."

"좋습니다. 잘됐네요. 제가 변호사에게 전화드리라고 하겠습니다."

"그러시죠."

수사관들이 사라지자 브루스는 카운터 안에서 멍하니 상황을 지켜보던 두 명의 직원을 발견했다.

"마약반이야." 그가 말했다. "마약 제조 시설을 찾는다는군. 자, 다시 일하자고."

3.

'해적 살롱'은 섬에서 가장 오래된 술집으로, 서점에서 동쪽으로 세 블록 떨어진 곳에 있었다. 날이 어두워지자 브루스는 그곳에서 그의 변호사인 마이크 우드를 만나 술을 마셨다. 두 사람은 구석 자리에서 버번을 마셨다. 브루스가 수색 당시의 상황을 설명했다. 마이크는 브루스에게 도난당한 원고에 관해 뭐라도 아는 게 있느냐고 묻지 않을 정도로 경험이 풍부한 변호사였다.

브루스가 물었다. "내가 여전히 그들의 목표인지 좀 알아볼 수 있나?"

"그럴 수 있을 거야. 내가 내일 그 친구에게 전화를 걸어 보겠네.

대답은 보나 마나 '예스'일 거야."

"앞으로 6개월은 미행당하면서 살아야 할지 모르니 궁금해서 그래. 이봐, 마이크, 난 다음 주에 프랑스 남부에 가서 노엘과 시간을 보낼 거야. 이 친구들이 내가 어디에 있든 날 미행할지 모르니 알아 둘 필요가 있다고. 젠장, 그냥 대놓고 내가 어떤 비행기를 탈지 알려 주고, 집에 돌아오면 왔다고 전화해서 알려 줄 수도 있을 텐데. 난 감출 게 없는 사람이거든."

"내가 전달해 보겠네. 하지만 지금으로서는 그들이 자네의 일거수일투족을 지켜보고 전화 통화를 감청하고 이메일과 문자 메시지도 들여다본다고 생각해야지."

브루스는 믿을 수 없고 불만스럽다는 반응을 보였지만, 사실 그는 지난 두 달 동안 이미 FBI나 다른 누군가 그를 지켜보고 도청하고 있다는 가정을 하며 살아왔었다.

다음 날인 수요일, 마이크 우드가 라마 브래드쇼의 휴대 전화로 네 번이나 연락을 시도했지만 전화는 곧바로 음성 사서함으로 연결되었다. 그는 메시지를 남겼다. 답변은 오지 않았다. 목요일, 브래드쇼가 전화를 걸어 와 케이블을 주의 깊게 보고는 있지만 더는 수사 대상이 아니라는 점을 확인해 주었다.

마이크는 브래드쇼에게 그의 고객이 곧 미국을 떠날 예정임을 밝히고 그가 타고 떠날 비행 편과 아내와 며칠 머물 예정인 니스의 호텔 정보를 알려 주었다. 브래드쇼는 감사의 말을 전하면서, 현재 FBI는 케이블의 해외여행에 관심을 두고 있지 않다고 말했다.

4.

금요일, 조와 루커로도 알려진 데니 더반과 브라이언 베이어가 항공편으로 필라델피아로 호송되었다. 그런 다음 차를 타고 트렌턴으로 이동해 그곳에서 다시 기본적인 조사를 거쳐 각각 독방에 수감되었다. 데니는 취조실로 불려가 테이블에 앉아 커피 한 잔과 함께 기다리라는 말을 들었다. 마크 드리스콜과 그의 변호사인 길 페트로첼리는 특별 수사관 맥그리거의 안내를 받아 취조실 밖의 반투명경을 통해 지루한 얼굴로 혼자 앉아 있는 데니를 바라보았다.

"우리가 당신 친구를 잡았어." 맥그리거가 마크에게 말했다. "플로리다에서 체포했지."

"그래서요?" 페트로첼리가 말했다.

"그러니까 우린 이제 당신들 세 사람을 모두 잡았다고. 파이어스톤 도서관에 들어갔던 세 명 모두. 알겠어?"

드리스콜이 대답했다. "네."

그들은 복도를 지나 한 방 건너 다른 취조실로 들어갔다. 그들이 작은 테이블을 둘러싸고 앉자 맥그리거가 말했다. "우리는 누군지 모르지만 또 다른 공범들이 있잖아. 당신들 세 사람이 도서관 안에 있을 때 밖에서 양동 작전을 벌였던 친구. 그리고 대학의 보안 시스템과 전력 장치를 해킹한 사람. 그렇게 최소 다섯 사람, 혹은 그보다 많을 수 있는데, 그걸 말해 줄 사람은 당신뿐이야. 우리는 원고를 회수하기 직전이고 머지않아 새로 기소장을 작성해야 해. 우린 당신에게 최고의 거래를 제안하는 거야, 드리스콜 씨. 다 불면 그냥 풀어주겠어. 모든 걸 우리에게 털어놓으면 당신은 기소하지 않겠다고. 당신은 증인 보호 프로그램을 통해 어딘가 좋은 곳에서 새로운 신분이나 좋은 직장을 갖고 당신이 원하는 대로 살게 될 거야. 행여라도 재판이 열리면 다시 돌아와서 증언은 해야겠지만, 솔직히 까놓고 말해서 그럴 일이 있을까 싶긴 해."

마크는 교도소 생활이라면 지난 8개월 동안 할 만큼 했다. 데니는 위험한 자였지만 현재는 붙잡혀서 무력화된 상태고 그걸로 대부분의 압박감은 사라진 셈이었다. 보복의 위협은 크게 줄어들었다. 트레이는 거친 성격이 아닌 데다 어쨌거나 도망자 신세였다. 만일 마크가 트레이의 진짜 이름을 알려 주면 그는 금세 체포될 것이었다. 아메드는 나약한 컴퓨터광으로 자기 그림자조차 무서워할 위인이었다. 그런 그와 복수는 어울리지 않았다.

"시간을 좀 주시죠." 마크가 말했다.

"같이 얘기해 보겠습니다." 페트로첼리가 말했다.

"좋아. 오늘이 금요일이니까 주말 내로 결론을 내. 월요일 아침에 다시 오지. 그때가 지나면 거래는 무효야."

월요일, 마크는 제안을 받아들였다.

5.

7월 19일 화요일, 브루스 케이블은 잭슨빌에서 애틀랜타로 날아가 그곳에서 에어 프랑스의 파리 직항기에 올랐다. 파리에 도착한 그는 2시간 후 다시 니스로 날아갔다. 아침 8시, 그는 니스에 도착했다. 택시를 타고 노엘과 그가 처음 프랑스 여행을 갔을 때 발견한, 바닷가 끝의 세련된 부티크 호텔인 라 페루즈 호텔로 향했다. 노엘이 로비에 서서 기다리고 있었다. 하얀 미니 원피스를 입고 챙이 넓은 우아한 밀짚모자를 쓴 그녀는 누구보다 프랑스인처럼 보였다. 두 사람은 몇 년 만에 만난 연인처럼 서로를 격하게 끌어안고 키스 세례를 퍼부었다. 그러고는 손을 잡고 수영장 옆의 테라스에 가서 샴페인을 마시며 다시 격정적인 키스를 나누었다. 배가 고파진 브루스는 노엘과 함께 3층의 숙소로 올라가 룸서비스를 주문했다. 그들은 테라스에서 식사를 하고 햇빛에 흠뻑 젖었다. 아래쪽으로 해변이 길게 이어져 있고, 그 너머로 코트다쥐르 지역이 아침 햇빛에 반짝거리고 있었다. 브루스는 여러 달 동안 하루도 쉬지 못했기 때문에 이번에야말로 제대로 휴식을 취해 볼 생각이었다. 꽤 긴 낮잠을 자고 일어나 시차로 인한 피곤이 가시자 두 사람은 수영장으로 갔다.

그는 으레 그러하듯 장뤼크의 안부를 물었다. 노엘은 장뤼크가 잘 지낸다며 장뤼크도 브루스에게 인사를 전했다고 말해 주었다. 노엘이 머서 일에 대해 물었다. 브루스는 모든 이야기를 들려주었다. 그는 두 사람이 그녀를 다시 볼 일은 없을 것 같다고 했다.

그들은 오후 늦게 호텔을 떠나 5분가량을 걸어서 도시의 가장 큰 관광지이자 그 역사가 수백 년 전으로 거슬러 올라가는 삼각형의 구시가지로 향했다. 두 사람은 사람들에 섞여 차가 다니지 못할 정도로 좁은 골목길을 따라 있는 작은 가게와 분주한 시장에서 윈도쇼핑을 했다. 그러고는 노천카페에서 아이스크림을 먹고 커피를 마셨다. 구불구불한 골목길을 따라 돌아다니다 여러 번 헤매기도 했지만 이내 다시 길을 찾았다. 모퉁이만 돌면 언제나 바다가 보였다. 둘은 손을 잡고 걸었다. 한순간도 떨어지는 법 없이 꼭 붙어 다녔다.

6.

목요일, 브루스와 노엘은 늦잠을 자고 일어나 테라스에서 아침을 먹고 천천히 샤워를 마치고 옷을 차려입은 다음 다시 구시가지로 갔다. 그들은 꽃 시장을 돌아다니며 다양한 꽃의 종류에 감탄사를 연발했다. 노엘조차 처음 보는 꽃들이 많았다. 그들은 전날 갔던 데와 다른 카페에서 에스프레소를 마시면서 로세티 광장에 있는 바로크 양식의 성당 주위에 몰려든 관광객들을 구경했다. 정오가 가까워지자 그들은 구시가지의 끄트머리인, 그나마 도로가 조금 넓어 차량 몇 대가 서로 밀치며 돌아다니는 곳으로 향했다. 그들은 한 골동품점에 들어갔다. 노엘은 그곳 주인과 수다를 떨었다. 일꾼 한 명이 그들을 안쪽에 있는 작은 작업장으로 안내했다. 그곳에는 다양한 수리 단계에 있는 테이블과 장식장이 가득했다. 그 남자 일꾼은 한 운송용 나무 상자를 가리키며 이제 막 도착했다고 노엘에게 말했다. 그녀는 상자 한쪽 구석에 붙은 운송 꼬리표를 확인한 다음 일꾼에게 나무 상자를 열어 달라고 부탁했다. 그는 드라이버를 가져와 뚜껑을 고정한 5센티미터 길이의 나사들을 제거하기 시작했다. 10여 개의 나사를 천천히 체계적으로 빼냈다. 오랜 세월 그렇게 해 온 듯 능숙해 보였다. 브루스는 일꾼이 하는 모양을 가까운 곳에서 지켜보았다. 반면에 노엘은 다른 골동품 테이블에 더 관심이 많은 것 같았다. 마침내 일꾼이 작업을 마쳤고, 그는 브루스와 힘을 합쳐 상자의 뚜껑을 열어 옆에 내려놓았다.

노엘이 일꾼에게 뭔가 말하자 그는 어디론가 사라졌다. 브루스가 두꺼운 포장용 자재를 걷어 냈다. 두 사람 앞에 머서가 찜했던 작가 책상이 모습을 드러냈다. 책상에는 세 개의 서랍이 달려 있는 것처럼 보였다. 하지만 책상 안쪽에는 서랍 대신 비밀 공간이 자리 잡고 있었다. 브루스는 장도리로 조심스럽게 책상 윗면을 떼어 냈다. 안쪽 비밀 공간에 똑같은 모양의 삼나무 상자 다섯 개가 들어 있었다. 모두 크기를 정해 맞춘 것으로 카미노 아일랜드의 한 장식장 제조 기술자가 만든 거였다.

드디어 개츠비와 친구들이 모습을 드러냈다.

7.

회의는 오전 9시에 시작되었고 모든 면에서 길게 이어질 거라는 인상을 풍겼다. 긴 회의 탁자 위에는 여러 시간 작업을 해 온 듯 서류들이 잔뜩 흩어져 있었다. 탁자 한쪽 끝에 커다란 스크린이 설치되어 있고 그 옆에는 도넛이 담긴 큰 접시와 커피 주전자 두 개가 놓여 있었다. 맥그리거 요원과 세 명의 FBI 수사관이 탁자 한쪽에 앉아 있었다. 연방 검사보인 칼턴이 다른 쪽에 앉았고 그 옆에는 그를 보좌하는, 어두운 색 양복을 차려입은 무표정한 얼굴의 젊은 이들이 자리하고 있었다. 다른 쪽 끄트머리의 증인석에는 마크 드리스콜이 앉았고 왼쪽에는 그의 더할 나위 없이 충직한 변호사 페트로첼리가 앉아 있었다.

마크는 이미 자유로운 바깥세상에서의 달콤한 새 인생에 빠져 있었다. 그는 모든 걸 털어놓을 준비가 되어 있었다.

맥그리거가 가장 먼저 입을 열었다. "일단 원고 탈취 상황부터 얘기하죠. 도서관 내부에 세 명이 있었죠?"

"네. 저, 제리 스틴가든, 데니 더반이었습니다."

"또 누가 있습니까?"

"도서관 외부에는 팀 말다나도라고, 트레이라고 불리던 자가 있었습니다. 어디 출신인지는 모르겠지만 대부분의 시간을 도피 생활을 하며 살아온 것 같았습니다. 그의 어머니 이름은 아이리스 그린이고 인디애나주 먼시에 있는 백스터 로드에 살았습니다. 아마 그녀 역시 아들을 오랫동안 보지 못했을 겁니다. 트레이는 2년 전 오하이오주 연방 교도소에서 탈옥했습니다."

"그의 어머니의 거주지까지 알고 있는 특별한 이유가 있습니까?" 맥그리거가 물었다.

"그 역시 절도 계획의 일부분이었습니다. 우리는 체포됐을 때 입막음 차원에서 서로에 관한 쓸데없는 정보들을 암기했습니다. 배신하면 보복하겠다는 일종의 협박 같은 거였습니다. 배신당하지 않기 위해서 나름대로 머리를 쓴 것이었습니다."

"그럼 트레이를 마지막으로 본 건 언제입니까?"

"작년 11월 12일, 제리와 제가 오두막을 떠나 로체스터로 차를 몰고 떠나던 날입니다. 우리는 오두막에 데니와 그를 두고 떠났습니다. 지금은 그가 어디 있는지 모릅니다."

반대편 스크린에 트레이로 보이는 사람의 웃는 얼굴이 모두를 쳐다보고 있었다. "저 사람입니다." 마크가 말했다.

"그의 역할은 뭐였습니까?"

"시선 분산입니다. 그는 연막탄과 폭죽으로 소동을 일으켰습니다. 911에 전화를 걸어 총을 든 범인이 학생들을 쏘고 있다고 신고했습니다. 저도 도서관 내부에서 신고 전화를 두세 번 했습니다."

"좋습니다. 그 얘기는 나중에 다시 하기로 하겠습니다. 관련자가 또 있습니까?"

"총 다섯 명이었는데, 다섯 번째는 아메드 만수르라는 레바논계 미국인으로 버펄로에서 일했습니다. 그는 그날 밤 현장에 없었습니다. 그는 해커, 위조범, 컴퓨터 전문가입니다. 정보 당국에서 오래 일했는데 해고되고 나서 범죄자가 됐습니다. 쉰 살이라고 들었습니다. 이혼했고 버펄로의 워시번가 662번지에서 어떤 여자와 살았습니다. 제가 알기로 전과는 없습니다."

마크의 증언은 영상으로 녹화되고 녹음도 하고 있었지만 네 명의 FBI 요원과 연방 검사실에서 나온 침울한 표정의 젊은이 다섯 명 모두 중요한 내용이라도 되는 것처럼 그의 진술을 정신없이 받아 적고 있었다.

맥그리거가 말했다. "좋습니다. 범죄에 가담한 인원이 총 다섯명이었다면 여기 이 사람은 누구입니까?" 화면에 브라이언 베이어의 얼굴이 나타났다.

"본 적 없는 사람입니다."

페트로첼리가 말했다. "몇 주 전 주차장에서 절 구타한 자입니다. 제 의뢰인에게 입단속 잘하라고 경고했다는 바로 그 사람입니다."

맥그리거가 말했다. "우리는 플로리다에서 데니와 함께 저자도 체포했습니다. 전과자이자 폭력배로 이름은 브라이언 베이어지만 루커라고 불립니다."

"모르는 사람입니다." 마크가 말했다. "저 사람은 원고를 같이 훔친 사람이 아닙니다. 아마 데니가 원고를 찾아내기 위해 데려온 사람일 겁니다."

"저자에 관해서는 아직 밝혀진 게 별로 없습니다. 진술을 거부 중입니다." 맥그리거가 말했다.

"저 사람은 원고 절도와는 관련이 없습니다." 마크가 말했다.

"원고 절도를 같이한 사람들 얘기로 돌아가죠. 탈취 계획에 관해 말해 주십시오. 어떻게 시작된 겁니까?"

마크가 웃었다. 그는 긴장을 풀어 보려는 듯 커피를 길게 한 모금 마시고 이야기를 시작했다.

8.

가스통 샤펠은 파리 레프트 뱅크의 깊숙한 골목인 생 쉴피스 거리 6구 중심지에서 작고 깔끔한 서점을 운영했다. 그곳은 지난 28년 동안 거의 아무것도 바뀌지 않았다. 소규모의 서점들이 도심 곳곳에 흩어져 있었고 각자 전문 분야가 따로 있었다. 샤펠의 전문 분야는 19, 20세기의 소설이었다. 두 집 떨어진 곳에서 서점을 운영하는 그의 친구는 고대 지도 및 지도책 전문이었다. 모퉁이를 돌면 또 다른 서점에서 역사적 인물이 쓴 오래된 인쇄물과 편지를 다루고 있었다. 이런 서점들은 드나드는 사람이 별로 없다는 공통점이 있었다. 밖에서 들여다보는 사람은 많지만 정작 가게 안으로 들어오는 손님은 없었다. 그들이 상대하는 고객은 세계 각지의 진지한 수집가들이지 읽을 걸 찾는 관광객이 아니었다.

7월 25일 월요일, 샤펠은 오전 11시에 서점 문을 닫고, 그를 기다리던 택시에 올라탔다. 20분 뒤 택시는 8구 몽테뉴 거리에 있는 한 사무용 건물 앞에 멈추었다. 그가 차에서 내렸다. 샤펠은 건물로 들어서면서 뒤쪽 거리를 의심스러운 눈초리로 쳐다보았지만, 평소와 다르게 뭔가 있으리라는 생각은 하지 않았다. 그가 하려는 일은 불법적인 구석이 전혀 없었다. 적어도 프랑스 법률 내에서는 그랬다.

그는 미모의 접수 직원에게 용건을 전하고는 그녀가 위층과 통화를 마칠 때까지 기다렸다. 그는 로비를 어슬렁거리면서 벽마다 걸린 그림들을 감탄스럽게 바라보며 로펌이 품은 야망의 크기를 재고 있었다. 벽에는 두꺼운 청동 글씨가 '스컬리 앤드 퍼싱' 로펌이 세계 여러 대도시와 그 외 마흔네 군데 지역에 사무소를 두고 있다고 알렸다. 샤펠은 인터넷 홈페이지를 통해 이 로펌에 대한 일종의 사전 조사를 했었다. 이곳은 3천 명의 변호사가 일하는, 세계에서 가장 큰 로펌이라는 자부심을 숨기지 않았다.

방문 허가가 내려지자 접수 직원이 그를 3층으로 안내했다. 계단을 따라 올라간 그는 어렵지 않게 토머스 켄드릭의 사무실을 찾아냈다. 파트너 변호사인 켄드릭을 선택한 이유는 오직 하나, 그가 프린스턴을 졸업했기 때문이다. 그는 대학 졸업 후 두 개의 법학 학위를 받았는데, 처음에는 컬럼비아 대학이었고 다음은 소르본 대학이었다. 켄드릭 변호사는 마흔여덟 살로 원래는 미국 버몬트 출신이지만 지금은 이중 국적을 가지고 있었다. 그는 프랑스 여자와 결혼했고 소르본을 졸업한 후에는 한 번도 파리를 떠난 적이 없었다. 그는 주로 국제적이고 복잡한 소송을 맡았으므로, 유선상으로 약속을 잡을 때만 해도 영세한 서점 주인과 만나는 게 탐탁지 않았다. 그럼에도 샤펠은 고집스럽게 켄드릭에게 미팅을 요청했다.

두 사람은 프랑스어로 대화하면서 다소 뻣뻣하게 자기소개를 마쳤다. 켄드릭이 단도직입적으로 물었다. "무슨 일로 오셨나요?"

샤펠이 대답했다. "변호사님이 프린스턴 대학교와 가까운 사이고, 이사회에서도 일하신 적이 있다고 알고 있습니다. 아마도 총장인 칼라일 박사도 아시겠죠."

"네. 전 제 모교와 긴밀한 관계를 유지하고 있습니다. 왜 이런 얘기를 꺼내시는 거죠?"

"중요한 일이라서 그렇습니다. 제 친구의 지인이 피츠제럴드 원고를 가진 남자를 안다고 합니다. 이 남자는 원고들을 프린스턴에 돌려주고 싶어 합니다. 물론 그 대가도 요구하고 있습니다."

순간적으로 켄드릭의 얼굴에서 1시간에 1천 달러씩 받는 전문가의 표정이 사라졌다. 입이 살짝 벌어지고 눈이 커다래진 것이 복부라도 한 대 걸어차인 것 같았다.

샤펠이 계속했다. "전 그저 일개 중개인일 뿐입니다. 당신처럼. 우리는 당신의 도움이 필요합니다."

현재 켄드릭에게 가장 필요 없는 것이 바로 새로운 일거리였다. 더구나 돈도 되지 않는 데다 소중한 시간을 잡아먹는 일은 당연히 맡을 의사가 없었다. 하지만 이렇게 멋지고 독특한 거래에 참여해 달라는 요청에는 저항할 힘이 없었다. 만일 이 남자 말이 사실이 라면 켄드릭은 자신이 사랑해 마지않는 모교가 아주 귀하게 여기 던 보물을 되찾는 데 결정적인 역할을 할 수도 있었다. 그가 헛기 침과 함께 입을 열었다. "일단 원고들이 안전하고, 모두 한곳에 있 다는 건 확실하군요."

"그렇습니다."

켄드릭은 겉으로 사람 좋은 웃음을 지으며 재빨리 머리를 굴렸 다. "그렇다면 원고 전달은 어디에서 이루어질까요?"

"여기요. 파리. 조심스럽게 전달 계획을 짤 예정이고 반드시 지 시한 대로만 해야 합니다. 켄드릭 씨, 우리는 값을 매길 수 없는 귀 한 자산을 가진 범죄자를 상대하는 겁니다. 그는 체포되기를 원하 지 않습니다. 그리고 그는 매우 똑똑하고 계산적입니다. 조금이라 도 실수나 오해가 있거나 문제가 발생할 기미가 보인다면 원고는 영원히 사라져 버리고 말 겁니다. 프린스턴이 원고를 되찾을 기회 는 이번이 유일합니다. 아시겠지만 경찰에 신고하신다면 엄청난 실수를 하시는 겁니다."

켄드릭이 일어서서 고급 셔츠 자락을 맞춤 슬랙스 안으로 깊게

존 그리샴

밀어 넣었다. 그가 창문으로 걸어가 멍하니 밖을 내다보며 물었다. "가격은 어떻게 됩니까?"

"큰 금액이죠."

"물론 그렇겠죠. 그래도 제가 학교 측에 알려 줄 수는 있어야죠."

"원고 한 개당 4백만 달러입니다. 흥정은 불가능합니다."

수십억 달러에 달하는 금액이 오가는 소송에 이리저리 얽혀 있는 베테랑 변호사인 켄드릭으로서는 요구 금액이 그다지 놀랍지 않았다. 그러니 프린스턴 역시 요구 액수에 겁을 먹지는 않을 것이었다. 보통 사람들은 학교가 그렇게 큰돈을 손에 쥐고 있으리라는 상상을 하기 어렵겠지만, 사실 학교에는 250억 달러의 누적 기부금과 수천 명의 부자 졸업생이 있었다.

켄드릭이 창문 앞에서 벗어나며 말했다. "그렇다면 제가 여기저기에 전화를 좀 넣어 봐야겠군요. 우린 언제 다시 만납니까?"

샤펠이 일어서며 말했다. "내일이요. 다시 한번 주의를 부탁드립니다, 켄드릭 씨. 혹시라도 경찰이 이곳이나 미국에서 개입하면 재앙이 벌어질 겁니다."

"알겠습니다. 들어 주셔서 감사합니다, 샤펠 씨." 두 사람은 악수로 작별 인사를 대신했다.

다음 날 아침 10시, 검은색 벤츠 세단이 뤽상부르 궁전 앞 보지라르 거리에 멈추어 섰다. 뒷자리에서 토머스 켄드릭이 내려 인도를 따라 걷기 시작했다. 연철 출입문을 통해 유명한 정원으로 들어선 그는 수많은 관광객에 섞여 팔각형 연못을 향해 걸어갔다. 파리 시민들과 수백 명의 관광객이 책을 읽거나 햇볕을 쬐며 느긋한 아침 시간을 보내고 있었다. 아이들은 연못에 장난감 배를 띄우며 놀았다. 젊은 연인들은 연못의 낮은 콘크리트 벽 위에 누워 서로를 더듬어 댔다. 웃고 떠들면서 조깅을 하는 사람들도 있었다. 켄드릭은 들라크루아 기념탑 앞에서 손에 가방을 든 가스통 샤펠과 합류했다. 인사는 생략했다. 두 사람은 넓은 길을 따라 천천히 걸으며 연못으로부터 차츰 멀어져 갔다.

"절 감시하는 사람이 있나요?" 켄드릭이 물었다.

"이곳에 다른 사람들이 있을지도 모릅니다. 원고를 가진 사람에게 공범이 있답니다. 저는요? 혹시 제가 감시를 당하고 있나요?"

"아니요. 그건 분명히 말씀드릴 수 있습니다."

"좋네요. 대화가 잘된 모양입니다."

"전 2시간 뒤 미국으로 출발합니다. 내일 프린스턴 사람들을 만날 겁니다. 그들은 규칙을 잘 압니다. 샤펠 씨, 학교는 어떤 식으로든 확인을 원하고 있습니다."

걸음을 멈추지 않은 채 샤펠이 가방에서 서류철을 하나 꺼냈다. "이거면 될 겁니다." 그가 말했다.

켄드릭이 걸어가면서 서류철을 받아 들었다. "안에 뭐가 들었는지 물어봐도 될까요?"

샤펠이 짓궂은 웃음을 지으며 말했다. "《위대한 개츠비》의 3장 첫 번째 페이지입니다. 제가 아는 한 이건 진품입니다."

켄드릭이 그 자리에 얼어붙은 채 중얼거렸다. "맙소사."

존 그리삼

9.

제프리 브라운 박사는 프린스턴 캠퍼스를 뜀걸음으로 가로질렀다. 그런 다음 관리동 건물인 낫소 홀의 계단을 뛰어올랐다. 파이어스톤 도서관의 원고 소장부 관리자인 그는 마지막으로 총장실을 방문했던 게 언제였는지 기억조차 나지 않았다. 사실 그는 지금까지 단 한 번도 '긴급' 회의에 불려 가 본 적이 없었다. 그가 맡은 일은 활기와는 거리가 멀었다.

기다리고 있던 비서가 그를 칼라일 총장의 웅장한 사무실로 안내했다. 총장은 일어나서 그를 기다리고 있었다. 브라운 박사는 학교의 고문 변호사인 리처드 팔리와 토머스 켄드릭에게 다급히 자신을 소개했다. 다른 사람은 몰라도 브라운만큼은 방 안에 흐르는 긴장감을 뚜렷하게 느낄 수 있었다.

네 사람은 작은 회의 테이블 주위에 모였다. 칼라일이 브라운에게 말했다. "갑자기 연락해서 미안합니다. 하지만 확인이 필요한 상황이라서요. 어제 파리에서 켄드릭 씨가 F. 스콧 피츠제럴드의 《위대한 개츠비》친필 원고 원본의 3장 첫 페이지라고 주장하는 종이 한 장을 건네받았습니다. 보시죠."

그가 서류철을 받아 펼쳤다. 브라운은 헐떡거리며 종이를 보았고, 조심스럽게 윗부분 오른쪽 구석을 만져 보더니 양손으로 얼굴을 감쌌다.

10.

2시간 뒤 칼라일 총장은 같은 테이블에서 두 번째 회의를 진행했다. 브라운 박사는 자리를 떴고, 그가 앉았던 의자에는 일레인 셸비가 앉아 있었다. 그녀 옆에 그녀의 고객이자 2천5백만 달러를 물어내야 할 보험 회사의 CEO인 잭 랜스가 앉아 있었다. 셸비는 브루스 케이블을 잡으려던, 훌륭했지만 실패한 계획으로 인해 여전히 괴로워하고 있었다. 하지만 원고가 모습을 드러냈다는 소식이 전해진 이상 최대한 빨리 정신을 수습해야 했다. 그녀는 케이블이 카미노 아일랜드에 없다는 건 알았지만 프랑스로 갔다는 사실까지는 모르고 있었다. FBI는 그가 니스로 날아갔다는 얘기는 들었으나 그를 뒤쫓지는 않았다. 그리고 그들은 그 정보를 일레인과 공유하지 않았다.

토머스 켄드릭과 리처드 팔리가 일레인과 랜스의 맞은편에 앉았다. 칼라일 총장이 서류철을 내밀며 말했다. "우리가 어제 파리에서 이걸 입수했습니다. 개츠비의 일부인데 진품인 건 확인했습니다." 일레인이 서류철을 열고 내용물을 확인했다. 랜스도 같이 확인했지만 별다른 반응은 보이지 않았다. 켄드릭은 가스통 샤펠과 만났던 이야기를 하고 거래 조건을 말해 주었다.

켄드릭이 이야기를 마치자 칼라일이 말했다. "당연히 가장 높은 우선순위는 원고를 되찾는 겁니다. 나쁜 놈들을 잡는 것도 좋지만 당장은 그게 문제가 아닙니다."

일레인이 말했다. "그러니까 FBI에는 알리지 않는 건가요?"

팔리가 말했다. "법적으로 우린 그럴 필요가 없어요. 사적 거래에 문제는 없습니다만 우린 여러분의 의견을 듣고 싶습니다. 여러분이 우리보다 그들에 관해 더 잘 아니까요."

일레인은 서류철을 옆으로 치우고 어떻게 대답해야 할지 생각했다. 그녀는 단어 하나하나에 신경을 쓰면서 천천히 입을 열었다. "이틀 전 라마 브래드쇼와 이야기를 나누었습니다. 원고를 훔친 세 남자를 체포했는데 한 명이 거래에 응했다고 합니다. 두 명의 공범은 찾아내지 못했지만, FBI는 그들의 이름을 알고 있고 수배 중이라고 합니다. FBI에서 볼 때 범죄는 해결된 겁니다. 사적인 거래가 있다는 걸 알게 되면 FBI는 인상을 찌푸리겠지만 그들도 이해는 할 겁니다. 솔직히 말해서 그들도 원고가 되돌아오면 안심할 겁니다."

"전에도 이런 일을 해 본 적이 있습니까?" 칼라일이 물었다.

"아, 그럼요. 여러 번 있죠. 비밀리에 대가를 지급하면 물건이 돌아와요. 결론적으로 모두가 행복해지고, 특히 소유자는 더욱 그렇고요. 아마 악당들도 만족하겠죠."

칼라일이 말했다. "잘 모르겠어요. 우린 FBI와 매우 좋은 관계를 유지하고 있습니다. 그들은 줄곧 훌륭하게 일 처리를 해 주었습니다. 이 시점에서 그들을 배제하는 게 왠지 옳지 않은 것 같습니다."

일레인이 대답했다. "그러나 FBI는 프랑스에서 어떤 권한도 없습니다. 어쩔 수 없이 프랑스 당국의 힘을 빌려야 하는데, 그렇게 되면 우리가 상황을 통제할 수 없게 됩니다. 너무 많은 사람이 관여하다 보면 일을 그르칠 수도 있다는 걸 명심하셔야 돼요. 사전에 예상하지 못한 작은 실수 하나만으로도 원고가 영영 사라질 수 있습니다."

팔리가 물었다. "만일 우리가 원고를 되찾았다고 하면 사후에 FBI가 어떻게 반응할까요?"

그녀가 웃으며 말했다. "저는 라마 브래드쇼를 잘 압니다. 원고가 안전하게 도서관으로 돌아오고 도둑들이 교도소에 있다고 한다면 그는 무조건 좋아할 겁니다. 물론 몇 달 동안 이 사건의 수사를 지속할 수도 있고, 악당들의 실수도 있을지 모릅니다. 하지만 오래 지나지 않아 그 친구와 전 워싱턴에서 술 한잔하면서 기분 좋게 웃고 있을 거예요."

마침내 칼라일이 팔리와 켄드릭을 바라보며 말했다. "좋아요. 그럼 FBI 없이 진행합시다. 곤란하지만 돈 얘기를 안 할 수가 없겠네요. 랜스 씨?"

보험 회사 CEO인 랜스는 헛기침을 하고는 말문을 열었다. "에, 저희는 2천5백만 달러를 내줘야 하는 처지인데, 그건 물품이 완전히 손실됐을 때의 금액입니다. 하지만 지금은 상황이 전혀 다른 국면을 맞지 않았습니까?"

"그렇죠." 칼라일이 웃으며 말했다. "악당들이 다섯 작품을 모두 갖고 있다면 계산은 쉽습니다. 2천만 달러 가운데 얼마나 내실 용의가 있습니까?"

랜스가 머뭇거림 없이 대답했다. "절반을 내겠습니다. 그 이상은 안 됩니다."

전체 금액의 절반은 칼라일이 바라던 것 이상이었다. 그는 학자로서 냉담한 보험 회사 CEO와 협상을 벌이려 아웅다웅하는 게 왠지 마음이 편하지 않았다. 칼라일이 팔리를 쳐다보며 말했다. "나머지 절반을 구해 보도록 합시다."

11.

생 쉴피스 거리 반대편, 가스통 샤펠의 서점 출입문에서 겨우 10 여 미터 떨어진 곳에 프루스트 호텔이 있었다. 오래되고 별나게 생긴 4층 건물인 그 호텔은 방이 작고, 어른 한 명이 짐을 끌고 타면 꽉 들어차는 엘리베이터 한 대만 갖추고 있었다. 브루스는 위조한 캐나다 여권을 이용해 현금을 내고 3층에 방을 하나 빌렸다. 그는 창문에 작은 카메라를 설치해 가스통의 서점 출입문을 비추도록 했다. 그는 카메라에서 실시간으로 전송되는 화면을 길모퉁이 너머 센 거리에 있는 들라크루아 호텔의 한 방에서 아이폰으로 지켜보고 있었다. 보나파르트 호텔의 방에 있는 노엘도 같은 화면을 보고 있었다. 그녀의 침대 위에는 다섯 개의 원고가 각각 다른 모양의 가방에 들어 있었다.

오전 11시, 노엘은 쇼핑백을 하나 들고 로비로 가서 방에서 남편이 자고 있으니 청소를 하지 말아 달라고 프런트에 요청했다. 그녀는 호텔을 나와 도로를 건너 한 옷 가게 진열장 앞에 멈추어 섰다. 브루스가 옆을 스쳐 지나가며 멈추지도 않고 쇼핑백을 건네받았다. 그녀는 호텔방으로 돌아와 남은 원고들을 지키면서 가스통의 서점에서 무슨 일이 벌어지는지 지켜보았다.

브루스는 생 쉴피스 성당 앞 분수 주위를 어슬렁거리며 관광객들에게 섞여 들었다. 그는 시간을 흘려보내면서 앞으로 벌어질 상황에 대비해 마음을 단단히 먹었다. 앞으로 몇 시간이 그의 인생을 극적으로 바꿀 것이었다. 만일 제 발로 덫에 걸어 들어가는 거라면 그는 사슬에 묶여 오랜 세월을 갇혀 지내게 될 터였다. 반대로 일이 계획대로 잘 끝나면 큰 부자가 될 것이었다. 이 모든 일은 오직 노엘만이 알고 있었다. 그는 몇 블록을 걷다가 제자리로 되돌아오는 방식으로 미행이 붙었는지 확인했다. 드디어 물건을 전달할 시간이 되었다.

그는 서점에 들어가 오래된 지도책을 자세히 들여다보는 척하며 길거리에서 눈을 떼지 않는 가스통을 발견했다. 손님은 한 명도 없었다. 직원에게는 하루 휴가를 주었다. 두 사람은 서점 안쪽에 있는 어수선한 가스통의 사무실로 들어갔다. 브루스가 삼나무 상자를 꺼냈다. 그는 상자를 열고 안에 든 고문서 보관용 상자를 꺼내며 말했다. "첫 번째 원고인 《낙원의 이편》입니다." 가스통은 조심스럽게 원고의 첫 장을 만져 보고는 영어로 말했다. "제가 보기엔 이상 없군요."

브루스는 가스통을 두고 사무실을 나왔다. 출입문을 열고 밖으로 나온 그는 좁은 도로를 위아래로 훑어보고 최대한 태연하게 어디론가 걸어갔다. 노엘이 프루스트 호텔의 카메라가 전송하는 화면을 지켜보고 있었지만 특이한 점은 보이지 않았다.

가스통은 선불 폰으로 제네바에 있는 크레디트 스위스 은행에 전화해 담당자에게 첫 번째 전달이 완료되었다고 말해 주었다. 브루스의 지시대로 보상금이 취리히의 한 은행에 개설된 계좌에서 기다리고 있었다. 첫 번째 분할 대금이 취리히의 AGL 은행의 숫자로 표시된 계좌로 입금되었고, 즉시 룩셈부르크의 다른 은행 계좌로 재송금되었다.

브루스는 자신의 호텔방에서 노트북 앞에 앉아 두 번의 송금이 완료되었다는 이메일을 받았다.

검은색 벤츠 한 대가 가스통의 서점 앞에 멈추더니 토머스 켄드릭이 내렸다. 그가 서점에서 원고를 들고 나와 떠나는 데 1분도 채 걸리지 않았다. 그는 곧바로 제프리 브라운 박사와 프린스턴의 사서 한 명이 기다리고 있는 자신의 사무실로 향했다. 그들은 상자를 열어 안에 든 물건을 보고는 크게 감탄했다.

참을성이 필요했지만 기다림은 고문이었다. 브루스는 옷을 갈아입고 다시 긴 산책에 나섰다. 라틴 쿼터에 있는 에콜 거리의 한 노천카페에서 억지로 샐러드를 하나 먹었다. 두 테이블 떨어진 곳에 노엘이 앉아 커피를 마시고 있었다. 그들은 서로를 무시한 채 앉아 있었다. 자리에서 일어난 브루스는 그녀가 의자에 올려 둔 배낭을 들고 그곳을 떠났다. 1시에서 몇 분이 지난 시각, 브루스는 다시 가스통의 서점에 들어섰다. 그런데 예상치 못하게 서점 주인이 고객과 대화를 나누고 있어 화들짝 놀랐다. 브루스는 조심스럽게 안쪽으로 들어갔다. 그러고는 가스통의 사무실 책상에 배낭을 올려놓았다. 겨우 손님에게서 벗어난 가스통이 급히 사무실로 향했다. 두 사람은 두 번째 삼나무 상자를 열고 피츠제럴드가 휘갈겨 쓴 글씨를 바라보았다. 브루스가 말했다. "《아름답고도 저주받은 사람들》입니다. 1922년에 출간했고 어쩌면 그의 작품 가운데 가장 약한 것이라고 할 수 있죠."

"이상 없어 보이는군요." 가스통이 말했다.

"전화하세요." 브루스가 떠났다. 15분 뒤 송금이 확인되었다. 오래지 않아 같은 검은색 벤츠가 같은 장소에 멈추었고 토머스 켄드릭이 두 번째 원고를 가스통으로부터 회수해 갔다.

출간 순서로 보면《위대한 개츠비》가 다음이었지만, 브루스는 개츠비를 마지막으로 미루어 두었다. 운이 따라 주고 있었으나 그는 여전히 마지막 전달이 걱정스러웠다. 노엘은 뤽상부르 공원의 느릅나무 그늘에 앉아 있었다. 그녀 옆에는 제과점 이름이 적힌 갈색 종이 가방이 놓여 있었다. 종이 가방에는 바게트의 끄트머리가 위쪽으로 삐죽 튀어나와 있었다. 브루스는 바게트의 끝을 뜯어 입에 넣고 씹으면서 가스통의 서점으로 향했다. 오후 2시 30분, 그가 서점에 들어섰다. 가방과 뜯어 먹고 남은 바게트, 그리고《밤은 부드러워라》의 원고를 가스통에게 넘겨준 브루스가 서둘러 서점을 빠져나갔다.

세 번째로 송금된 돈은 취리히에 있는 독일 은행 지점에서 런던의 한 은행 계좌로 보내졌다. 두 번의 송금이 확인된 후 그의 재산은 일곱 자리에서 여덟 자리로 바뀌었다.

다시 켄드릭이 나타나 세 번째 원고를 회수했다. 사무실에서 대기 중이던 제프리 브라운 박사는 소장품이 늘어남에 따라 점점 들뜨기 시작했다.

네 번째 원고인《라스트 타이쿤》은 나이키 운동 가방 속에 숨겨져 있었다. 노엘은 가방을 생제르맹 거리의 한 폴란드 서점으로 가지고 갔다. 그녀가 책을 둘러보는 사이 브루스가 가방을 슬며시 들고 나갔다. 그러고는 도보로 4분 정도 거리에 있는 샤펠의 서점으로 갔다.

스위스의 은행들은 5시에 문을 닫을 예정이었다. 4시를 몇 분 남겨 둔 상황에서 가스통은 토머스 켄드릭에게 전화를 걸어 우울한 소식을 전했다. 상대방이 《위대한 개츠비》 원고의 보상금은 선입금을 원한다는 내용이었다. 켄드릭은 차분함을 유지하며, 이 조건은 받아들일 수 없다고 말했다. 양측은 지금까지 미리 합의한 대로 행동했기 때문이다.

"그건 그렇죠." 샤펠은 정중하게 말했다. "하지만 저와 거래하는 사람은 마지막 원고를 전달하고 나면 당신들이 마지막 송금을 하지 않을 위험이 있다고 생각하고 있습니다."

"반대로 우리가 송금을 했는데 그쪽에서 원고를 내놓지 않으면요?" 켄드릭이 물었다.

"그건 여러분이 감당해야 할 위험이라고 생각합니다." 가스통이 말했다. "상대방은 상당히 강경합니다."

켄드릭은 깊게 숨을 들이마신 다음 공포에 질린 브라운 박사의 얼굴을 바라보았다. "15분 안에 다시 전화드리죠." 그가 가스통에게 말했다.

브라운 박사는 이미 프린스턴으로 전화를 걸고 있었다. 학교에서는 칼라일 총장이 장장 5시간 동안 사무실을 지키고 있었다. 사실 논의를 할 것도 말 것도 없었다. 악당이 4백만 달러를 추가로 요구하더라도 프린스턴은 《위대한 개츠비》를 포기할 생각이 추호도 없었다. 그들은 위험한 모험을 강행해야 했다.

켄드릭은 샤펠에게 전화를 걸어 소식을 전달했다. 마지막 송금이 4시 45분에 확인되었다. 샤펠은 켄드릭에게 전화를 걸어 자신이 개츠비 원고와 택시 뒷자리에 앉아 몽테뉴 거리에 있는 그의 사무실 밖에 있다고 말했다.

켄드릭은 브라운 박사와 함께 사무실에서 뛰쳐나갔고 브라운 박사의 동료가 그 뒤를 쫓았다. 그들이 넓은 계단을 후다닥 뛰어내려가는 바람에 접수 직원이 화들짝 놀랐다. 그러거나 말거나 그들은 건물 출입문으로 뛰어갔다. 가스통이 막 택시에서 내리고 있었다. 그는 두꺼운 서류 가방을 건네주면서 가방 속에 3장 첫 페이지를 제외한《위대한 개츠비》원고의 전부가 들어 있다고 말했다.

그곳에서 50미터도 떨어지지 않은 곳에서 나무에 기대선 브루스 케이블이 그들의 모습을 지켜보며 활짝 웃었다.

에필로그

간밤에 내린 눈이 20센티미터나 쌓여 캠퍼스를 덮었다. 오전이 절반쯤 지난 시각, 수업이 원활하게 진행될 수 있도록 교직원들이 가래와 삽을 들고 보도와 출입문 앞에 쌓인 눈을 치웠다. 무거운 부츠와 코트 차림의 학생들은 공강 시간에도 밖으로 나오지 않았다. 기온이 아주 낮았고 바람은 얼얼했다.

인터넷으로 찾아낸 시간표에 따르면, 그녀는 퀴글리 홀에서 진행하는 창의적 글쓰기 강의를 하고 있었다. 그는 퀴글리 홀 건물에서 강의실을 찾아냈고, 2층 로비에 몸을 숨긴 채 10시 45분까지 따뜻하게 그녀를 기다렸다. 그러다 다시 겨울 날씨 속으로 빠져나가 건물 옆 보도에서 어슬렁거리며 일말의 의심도 받지 않기 위해 휴대 전화로 통화를 하는 척했다. 날씨가 너무 추운 탓에 그에게 신경을 쓰는 사람은 없었다. 옷을 많이 껴입고 있어서 다른 사람이 볼 때는 그냥 학생이라고 생각할 수도 있었다. 그녀가 건물 현관에서 나와 그에게서 멀어지며 인파 속으로 사라졌다. 다른 건물에서 수업이 끝나면서 몰려나온 사람들이었다. 그는 멀리서 그녀를 따라가며 그녀 곁에 배낭을 짊어진 젊은 남자 한 명이 붙어 있는 걸 발견했다. 두 사람은 서던 일리노이 대학 캠퍼스 건너편의 상점, 카페, 술집들이 줄지어 있는 상가로 향했다. 그들이 도로를 건넜다. 남자가 매너 좋게 여자의 팔꿈치를 붙잡아 주었다. 두 사람은 점점 발걸음이 빨라졌지만 그는 가던 대로 그들의 뒤를 쫓았다.

두 사람은 한 커피숍으로 들어갔다. 브루스는 바로 옆 술집으로 향했다. 그는 장갑을 코트 주머니에 넣고 블랙커피를 주문했다. 추위가 가실 때까지 15분 정도 기다렸다가 커피숍으로 들어섰다. 머서와 그녀의 친구는 작은 테이블에 앉아 있었다. 그들은 코트와 스카프를 벗어 의자에 걸쳐 둔 채로 요즘 유행한다는 에스프레소 음료를 앞에 놓고 대화 삼매경에 빠져 있었다. 브루스는 그녀가 미처 알아차리기 전에 테이블 옆에 다가가 멈추어 섰다.

"안녕, 머서." 그가 말했다.

그녀는 깜짝 놀란 얼굴이었다. 생각보다 충격이 컸는지 숨이 턱 막힌 것 같았다. 브루스는 그녀의 일행에게 고개를 돌리고 말했다. "죄송합니다만, 이 친구와 잠시 얘기 좀 했으면 하는데요. 제가 멀리서 왔거든요."

"뭡니까?" 남자는 싸움이라도 벌일 듯 대꾸했다.

머서가 남자의 손을 잡으며 말했다. "괜찮아. 그냥 잠깐 얘기만

존 그리샴

할게."

남자는 천천히 일어서서 자신의 커피를 들고 자리를 비켜 주었다. 슬쩍 브루스의 몸을 밀쳤지만 브루스는 반응하지 않았다. 브루스는 남자가 앉았던 의자에 앉아 머서를 향해 웃어 보였다. "귀여운 친구네. 제자야?"

그녀가 정신을 차리고 말했다. "네? 그게 당신이랑 무슨 상관이죠?"

"상관이야 없지. 좋아 보이네, 머서. 피부가 창백해진 것만 빼면."

"지금은 2월이고 여긴 해변에서 먼 중서부잖아요. 무슨 일이죠?"

"난 잘 지내고 있어. 물어봐 줘서 고마워. 당신은 잘 지냈어?"

"네. 날 어떻게 찾았어요?"

"당신이 숨은 건 아니니까. 모트 개스퍼가 당신 에이전트와 점심을 먹었고, 당신 에이전트는 왈리 스타크가 크리스마스 다음 날 급사했다는 슬픈 이야기를 전해 줬지. 그들은 이번 봄에 전속 작가 자리를 메꿀 대타가 필요했고, 그게 당신이었어. 여기는 지내기 어때?"

"괜찮아요. 춥고 바람이 많이 불어요." 그녀가 커피를 한 모금 마셨다. 두 사람은 서로의 시선을 피하지 않았다.

"그래서 소설은 어떻게 돼 가고 있어?" 그가 웃으며 물었다.

"좋아요. 절반 정도 끝냈고 매일 쓰는 중이에요."

"젤다와 어니스트 이야기?"

그녀는 기분 좋은 듯 웃었다. "아니요. 그런 멍청한 얘기 아니

카미노 아일랜드

에요."

"뭐, 상당히 멍청했지만 당신도 좋아했던 걸로 기억하는데. 그래서 이번 이야기는 뭐야?"

머서는 깊게 숨을 들이마시고는 실내를 둘러보았다. 그녀가 브루스를 향해 웃으며 말했다. "저희 할머니와 그분이 해변에서 보낸 삶, 손녀, 할머니와 어떤 젊은이의 로맨스예요. 전부 기분 좋게 각색한 얘기죠."

"젊은이는 포터?"

"그 사람이랑 많이 닮은 사람이요."

"마음에 드네. 뉴욕의 출판사 사람들한테도 보여 줬어?"

"에이전트가 먼저 절반만 읽었는데 아주 좋아했어요. 잘될 것 같아요. 아직도 얼떨떨하지만 아무튼 만나서 반가워요, 브루스. 아까 충격을 좀 받았는데 괜찮아지고 있나 봐요."

"나도 만나서 반가워, 머서. 이렇게 다시 볼 수 있으리라고는 생각 못했어."

"왜 날 찾아온 거예요?"

"마무리하지 못한 일 때문에."

그녀는 커피를 한 모금 마시고 냅킨으로 입술을 닦았다. "말해 봐요, 브루스. 처음 날 의심한 때가 언제죠?"

그는 그녀가 마시는 커피를 바라보았다. 거품을 잔뜩 올리고 그 위에 캐러멜을 뿌린 일종의 라테였다. "한 모금 마셔 봐도 괜찮아?" 그는 그녀의 대답을 듣지도 않고 커피로 손을 가져갔다. 브루스가 커피를 한 모금 마셨지만 그녀는 아무 말도 하지 않았다.

그가 말을 이어 갔다. "당신이 섬에 오자마자. 그땐 내가 경계심이 극에 달했을 때라 새로 등장하는 사람은 죄다 주시하고 있었거든. 그럴 만한 충분한 이유가 있었어. 당신은 너무 완벽한 위장에 너무 완벽한 서사를 갖고 있었어. 그래서 진짜일 수도 있지만 동시에 아주 기발하게 계획적으로 꾸민 걸 수도 있다고 생각했지. 누구 계획이었어, 머서?"

"그건 말 안 할래요."

"그렇군. 아무튼 우리 사이가 가까워질수록 내 의심은 더욱 커졌어. 그리고 그때 왠지 나쁜 놈들이 주변을 조여 온다는 느낌이 들었어. 서점에 모르는 얼굴이 너무 많이 등장하고, 가짜 관광객들이 어슬렁거리는 게 내 눈엔 다 보였거든. 당신은 내 걱정이 단순히 기우가 아니라는 걸 확인해 준 셈이었고, 그래서 움직이게 된 거야."

"깔끔하게 빠져나갔다, 이 말이죠?"

"그렇지. 운이 좋았어." ·

"축하해요."

"당신은 애인으로서는 최고였지만 스파이로서는 엉성하기 짝이 없었어, 머서."

"양쪽 다 칭찬으로 받아들일게요." 그녀는 커피를 한 모금 더 마시고는 그에게 내밀었다. 브루스가 커피를 마시고 돌려주자 그녀가 물었다. "그래서 마무리하지 못한 일이라는 게 뭐죠?"

"왜 그런 짓을 했는지 물어보는 거. 날 교도소에 보내 버리려고 했잖아."

"나쁜 놈이 장물을 거래하기로 마음먹었을 때는 그런 위험쯤은 당연히 감수하는 거 아니었어요?"

"날 나쁜 놈이라고 생각한 거야?"

"당연하죠."

"그럼 난 당신을 교활한 년이라고 불러야겠네."

그녀가 웃더니 말했다. "그래요. 비겼어요. 다른 욕도 하고 싶어요?"

그도 웃으며 말했다. "아니야. 지금 당장은."

그녀가 말했다. "아, 난 당신을 두고 부르고 싶은 이름이 참 많아요, 브루스. 하지만 나쁜 것보다 좋은 게 더 많아요."

"이럴 땐 고맙다고 해야겠지? 자, 그럼 다시 질문으로 돌아가지. 왜 그런 짓을 한 거야?"

그녀는 깊게 숨을 내뱉고 다시 주위를 둘러보았다. 그녀의 친구는 구석에 앉아 휴대 전화를 들여다보고 있었다. "돈 때문이죠, 뭐. 난 파산한 데에다 빚까지 있어서 재정적으로 위태로웠어요. 뻔한 핑계지만. 평생 후회할 거예요, 브루스. 미안해요."

그가 웃으며 대꾸했다. "그게 내가 여기 온 이유야. 내가 듣고 싶었던 말이었거든."

"사과요?"

"그래. 사과는 잘 받을게. 서로 유감을 풀자고."

"정말이지 엄청나게 관대하시네요."

"난 그럴 만한 여유가 있는 사람이니까." 그의 말에 둘은 낄낄대며 웃었다.

"당신은 왜 그런 짓을 했어요, 브루스? 그러니까, 지금 생각하면 그럴 가치가 있었지만, 그때는 되게 위험한 일이었잖아요."

"계획한 일이 아니야. 믿어 줘. 난 암시장에서 희귀본을 몇 번 사고팔았어. 아마 이제는 그럴 일이 없겠지만, 그때는 오직 내 사업에만 신경 쓰고 있었는데 어떤 전화를 받게 된 거야. 어쩌다 보니 일이 그런 식으로 굴러갔고 계획에 추진력이 생기게 된 거지. 기회를 보다가 붙잡기로 했어. 즉시 물건을 확보했고. 하지만 난 암흑 속에 있었고 나쁜 자들이 얼마나 가까이 와 있는지 알지 못했지. 당신이 나타나기 전까지는. 일단 내 주위에 스파이가 있다고 깨달은 다음에는 어쩔 수 없이 움직여야 했어. 당신이 그렇게 만든 거야, 머서."

"지금 나한테 고마워하는 거예요?"

"그래. 당신에게 진심으로 고마워."

"별말씀을요. 알다시피 난 엉성한 스파이잖아요."

두 사람은 대화를 즐기며 커피를 한 모금씩 더 마셨다. 그녀가 말했다. "이 말은 해야겠어요, 브루스. 원고가 프린스턴으로 돌아왔다는 기사를 읽었을 때 신나게 웃었어요. 바보가 된 느낌이랄까. 놀았다고나 할까. 하지만 그러면서도 이렇게 말했어요. '잘했다, 브루스.'"

"우여곡절이 상당히 많았지만, 어쨌든 난 이제 손 털었어."

"그럴 리가."

"진짜야. 머서, 난 당신이 섬에 돌아왔으면 좋겠어. 당신에게 많은 의미가 있는 곳이잖아. 오두막, 해변, 친구들, 서점, 노엘과 나.

문은 언제든 열려 있어."

"그렇다면야. 앤디는 어때요? 가끔 그 사람 생각이 나요."

"멀쩡해. 깔끔하게 제정신이야. 일주일에 두 번 알코올 중독자 치료 모임에 나가고 미친놈처럼 글을 쓰지."

"멋진 소식이네요."

"지난주에도 마이라와 당신 얘기를 했어. 당신이 갑자기 사라져 버려서 많이들 궁금해해. 이유를 알아낼 만한 실마리가 없으니까. 있잖아. 누가 뭐래도 당신은 카미노 아일랜드 사람이야. 난 당신이 언제든 우릴 보러 왔으면 좋겠어. 소설을 마무리하고 큰 파티를 여는 거야."

"정말 친절한 제의네요, 브루스. 하지만 난 자꾸 당신을 의심하게 될 것 같아요. 섬에 돌아가더라도 당신과 노닥거릴 일은 없을 거예요."

그는 그녀의 손을 꼭 쥐었다가 놓고는 일어서며 말했다. "두고 보자고." 그러고 나서 그녀의 머리에 키스하고 말했다. "오늘은 이쯤에서 작별하지."

머서는 브루스가 테이블 사이를 조심조심 지나 커피숍에서 빠져나가는 모습을 지켜보았다.

_끝

Camino Island
John Grisham

우선 프린스턴 대학교에 사과부터 해야 할 것 같다. 대학의 웹사이트가 정확하다면—그렇지 않다고 믿을 이유도 없지만—F. 스콧 피츠제럴드의 친필 원고 원본을 파이어스톤 도서관에서 보관하고 있다는 건 사실이다. 나는 이 정보를 직접 듣지 않았다. 그 도서관을 본 적도 없거니와 이 소설을 쓰는 동안에도 도서관에 가 보지 않았다. 원고는 지하에 보관되어 있을 수도 있고, 다락방이나 무장한 사람들이 지키는 비밀 묘지에 있을 수도 있다. 나는 이와 관련된 내용에 정확성을 기하기 위해 아무런 노력도 하지 않았다. 혹시나 잘못된 생각을 하는 사람들에게 중범죄를 저지를 만한 아이디어를 제공하거나 그들을 부추기고 싶지 않았기 때문이다.

나는 책을 쓰는 일이 파는 일보다 훨씬 쉽다는 걸 첫 소설을 내면서 배웠다. 소매업에 관해 아는 바가 전혀 없었으므로 오래된 친구이자 미시시피주 옥스퍼드에 있는 스퀘어 서점 주인인 리처드 하워스에게 의지했다. 그는 원고를 검토하고 수없이 많은 개선책을 찾아내 주었다. 고마워, 리치. 희귀 도서의 세계는 매혹적이며,

나는 그저 잠깐 손을 담가 본 사람에 불과하다. 도움이 필요할 때마다 찰리 러벳, 마이클 수아레즈, 그리고 비트윈 더 커버스 레어 북스의 주인인 톰과 하이디 콘갈턴에게 문의했다. 이들에게도 감사의 말을 전한다.

채플 힐에 관해서는 데이비드 로스가, 일리노이 대학교에 관해서는 토드 도허티가 많은 도움을 주었다.

카미노 아일랜드
희귀 원고 도난 사건

1판 1쇄 발행	2022년 9월 30일
1판 3쇄 발행	2023년 2월 14일
지은이	존 그리샴
옮긴이	남명성
발행인	황민호
본부장	박정훈
책임편집	강경양
기획편집	김순란 김사라
마케팅	조안나 이유진 이나경
국제판권	이주은 한진아
제작	최택순
발행처	대원씨아이㈜
주소	서울특별시 용산구 한강대로15길 9-12
전화	(02)2071-2094
팩스	(02)749-2105
등록	제3-563호
등록일자	1992년 5월 11일
ISBN	979-11-92612-59-1 03840